KB233910

二月河 大河歷史小說

帝王三部曲

절대군주 건륭황제

【일러두기】

·번역 원본은 1999년 4월 중국 하남문예출판사가 펴낸 제2판 1쇄본을 사용하였습니다.
·본문에 나오는 인명과 지명 중 만주어를 제외한 모든 한자는 한글발음대로 표기하였으며, 독특한 관직
 명은 이해하기 쉽도록 의역한 부분도 있습니다. 그리고 소설 진행상 불필요한 부분은 축역하였습니다.

(절대군주)건륭황제. 3 / 이월하 저 ; 한미화 옮김. -- 서
울 : 산수야, 2005
312p. ; 22.4cm.

판권기관칭: 二月河 大河歷史小說
원서명: 乾隆皇帝
ISBN 89-8097-127-3 04820 ₩ 8,000
ISBN 89-8097-124-9(세트)

823.7-KDC4
895.1352-DDC21   CIP2005001248

小說[乾隆皇帝]根據與作家二月河的契約屬於山水野. 嚴禁無斷轉載複製.

[건륭황제]의 한국어판 저작권은 작가 이월하와의 독점계약으로 산수야에 있습니다.
신저작권법에 의해 국내에서 보호받는 저작물이므로 출판사의 사전 허락 없는 무단전재와 복제를 금합니다.

二月河 大河歷史小說

帝王三部曲

絕代君主

건륭황제

乾隆皇帝

3

산수야

二月河 大河歷史小說

절대군주 건륭황제 ③

초판 1쇄 발행   2005년 11월 20일
초판 2쇄 발행   2009년 12월 10일

지은이   이월하
옮긴이   한미화
발행인   권윤삼
발행처   도서출판 산수야

등록번호   제1-1515호
등록일자   1993년 4월 30일
주소   서울시 마포구 망원동 472-19호
우편번호   121-826
전화   02-332-9655
팩스   02-335-0674

값   8,000원

ISBN 89-8097-127-3 04820
ISBN 89-8097-124-9(세트)

이 책의 모든 법적 권리는 도서출판 산수야에 있습니다.
저작권법에 의해 보호받는 저작물이므로
본사의 허락 없이 무단 전재, 복제, 전자출판 등을 금합니다.

산수야의 책은 독자가 만듭니다.
독자 여러분들의 소중한 의견을 기다립니다.

3 | 乾隆皇帝

제1부 풍화초로(風華初露) | 3권

35. 떨어지는 복숭아꽃처럼

불의의 습격으로 낙타봉에 있는 표고의 소굴을 들이치는 데 성공한 푸헝은 그 시각 낙타봉 정상에서 악호탄(惡虎灘)을 굽어보고 있었다. 차가운 밤바람이 거세게 장포(長袍) 자락을 말아 올렸고, 치렁치렁한 머리채가 등을 간지럽혔다. 방금 오할자(吳瞎子)가 빨간 호롱불을 들어 악호탄에 악보(惡報)를 전하던 표고의 앞잡이를 표창을 던져 죽여버린 것에 대해 푸헝은 몇 마디 책망하려고 했었다. 표고 쪽에서 뭔가 신호를 보내온 이후에 죽여도 늦지 않다는 게 푸헝의 생각이었다. 그러나 오할자의 진심을 굳게 믿는 푸헝은 아무 말도 하지 않았다.

천왕묘에 머물러 있던 6일 동안 푸헝은 완벽한 비적 행세를 하며 자신들의 정체를 보존하느라 바빴다. 오늘은 사람을 파견하여 어느 가게를 들이치고 다음 날은 길 가던 몇몇 촌부(村婦)들을 붙잡아 가둬놓고 진장(鎭長)인 나우수(羅佑垂)로 하여금 진땀을 빼게 했다……. 겉으론 완벽하게 비적 행세를 하면서 그는 암암리에 탐마(探馬)를 보내 표고의 동정을 살피게 했던 것이다.

이제 표고(飄高)의 산채는 완전히 푸형의 수중에 장악되어 있었다. 산채에 머물고 있던 잔당(殘黨)들을 전부 생포했고, 열세 개의 산채를 몽땅 불살라버렸다. 그와 동시에 그는 악호탄에서 고전하고 있는 청병(淸兵)들에게 쾌마를 보내어 지금 즉시 산채로 돌아오고 있을 표고를 앞뒤로 공격할 것을 명했다. 표고를 일망타진할 준비도 끝나고 흥분에 들떠있던 푸형은 차츰 냉정을 찾아갔다. 남쪽 임현(臨縣)엔 연이처녀가 있고 북쪽엔 표고가, 그 뒤엔 범고걸 부대가 있어 적아(敵我) 쌍방이 협격(挾擊)하는 구도를 이루고 있었다. 관군의 인원 수가 상대적으로 많다고는 하나 방금 호되게 얻어맞은 범고걸의 병사들은 투지를 상실했고, 사기가 바닥에 떨어졌다는 것이 문제였다. 또한 푸형 등의 예상과는 달리 표고가 산채를 포기하고 돌아서서 범고걸을 공격하는 날엔 승부는 예측할 수 없었다. 이런 저런 생각에 잠겨있던 푸형이 이시요를 불렀다.

"자네가 범고걸한테 다녀와야겠어. 낙타봉의 비적들은 이미 깡그리 소탕했으니 날이 밝기 전에 백석골에서 남쪽 방향으로 나오라고 하게. 병사들이 이젠 솥뚜껑보고도 겁을 집어먹을 것이니 좀 느리더라도 산비탈은 피해서 오라 하게. 표고가 서쪽으로 도망 갈라치면 자네가 장작불을 세 곳에 지펴 내게 신호를 보내고 쫓도록 하고, 표고가 산채를 구하러 이쪽으로 오면 내가 산 위에서 장작불을 세 곳 피워 신호를 보낼 테니 자넨 만사를 제쳐놓고 관군들을 데리고 달려오라고. 무슨 수를 쓰더라도 절대 표고를 놓쳐선 안되네."

여기서 잠시 말을 멈추었던 푸헝이 다시 입을 열었다.

"가보게! 대장부로 태어나 공명(功名)은 반드시 이룩해야 하네. 승패는 오늘의 한판에 딜렸으니, 자네에게 기대를 걸어보겠네!"

"명심하겠습니다!"

이시요가 열 몇 명의 친병을 거느리고 어둠 속으로 사라졌다. 푸헝이 시계를 꺼내보니 아직 자시(子時) 전이었다. 발걸음을 옮겨 취의청(聚議廳) 아래에 있는 정자의 바위 위로 가서 앉은 푸헝은 줄곧 옆자리를 지키고 있던 오할자에게 말했다.

"오늘밤 자네 수고 많았네! 지금은 술은 마실 수 없으니 호리병에 인삼탕이나 두어 모금 마시게!"

푸헝이 허리춤의 호리병을 풀어 입에 대고 몇 모금 마시고는 오할자에게 건네주며 말했다.

"자, 앉아서 천천히 마시게!"

"마신 걸로 하겠습니다."

오할자가 황송해하며 두 손으로 호리병을 받아 다시 돌탁자 위에 내려놓으며 말했다.

"결코 한순간도 방심할 수 없는 때입니다. 중당께 전군(全軍)의 안위가 달려있사오니 소인으로선 중당의 신변을 철저히 보호해드리는 것이 무엇보다 중요하다고 생각합니다!"

푸헝은 내심 흡족하여 머리를 끄덕였다. 일단 시작이 순조로우니 자신감은 팽배해 있었지만 순식만변(瞬息萬變)하는 전장(戰場)의 정세는 추호의 방심도 허락하지 않았다. 웬만해서는 임현을 떠나지 않을 것이라던 임현의 비적들이 한밤중에 쳐들어올지도 모르는 일이고 표고가 모든 걸 버리고 백석골에서 서쪽으로 섬서

성에 잠입해버리는 경우도 배제할 순 없었다. 그 어떤 경우에도 비적 두목을 놓치는 일은 이를 주된 임무로 안고 내려온 흠차로선 생각만 해도 끔찍한 일이었다. 순간 마음이 무거워진 푸헝이 친병 하나를 불러 말했다.

"각 병영에 명령을 전하라. 오늘저녁은 모두 옷을 입은 채로 자되 술을 마시거나 도박을 하는 자들은 즉시 정법에 따라 처할 것이니 조심하라고들 하라! 순시를 강화하고 날이 밝으면 움직여야 할지 모르니 마실 물을 충분히 준비해 놓으라고 하라!"

이같이 하명하고 난 푸헝은 곧 전망대로 걸어와 망원경으로 멀리 상대방의 동정을 감시했다. 그러나 너무 어두워 아무것도 보이지 않았다. 그는 다시 친병을 불러 명했다.

"순찰 도는 사람들은 절대 등화(燈火)를 사용해선 안되겠다. 수상한 움직임이 있으면 징을 울려 신호로 삼고 각 병영은 임의로 출격하지 말고 한데 집합하여 명을 대기해야 한다고 이르거라!"

그제야 푸헝은 정자로 돌아와 기둥에 기대어 잠깐 눈을 붙였다.

축시(丑時) 무렵, 다급한 징소리가 어렴풋이 잠이 든 푸헝을 벌떡 깨게 했다. 세 개의 대영에서 일제히 징을 울려 호응했고, 잠에서 놀라 깬 병사들이 뿔뿔이 달려나왔다. 반면 푸헝의 중군들은 상대적으로 침착했다. 초소로, 산채의 담장 밑으로 일사불란하게 움직였다. 오할자는 스무 명의 친병들을 거느리고 푸헝의 옆을 지켰다.

"중당, 점화(點火)하시죠."

흰 두건을 두른 비적들이 하얗게 산중턱을 넘어오고 있는 걸 본 오할자가 말을 이었다.

"여기서 더 지체하면 이시요의 지원병들이 힘들어질 것입니다!"

이때 네댓 명의 군사가 달려와 보고했다. 적들은 흩어져서 산을 오르고 있고, 미리 도착한 지들도 대오를 정렬하느라 아직은 숲속 여기저기에 숨어있다고 했다. 푸헝의 미간이 좁혀졌다. 고개를 갸웃하며 그가 말했다.

"점화를 서두를 일은 아니네. 자칫 저들이 거짓공략을 하여 표고에게 도망칠 기회를 만들어주느라 우리를 교란시키는 작전일지도 모를 일이네. 잠깐만 기다려 보세."

그러자 오할자가 곰곰이 생각하더니 입을 열었다.

"표고가 이리로 왔는지, 다른 데 있는 지는 알 도리가 없습니다. 하오나 한 가지는 단언할 수 있습니다. 이는 분명 표고의 대부대가 출동한 것이고 여기는 필경 저네들의 소굴인 만큼 지세나 인심이나 우리에겐 불리한 요소입니다."

"표고를 놓쳐선 안되는데……."

푸헝이 말끝을 흐렸다.

"일단 비적들의 주력을 무찌르는 데 성공해야 합니다."

오할자가 덧붙였다.

"주력은 그대로 있고, 표고 하나만 생포한다는 건 의미가 없습니다."

"점화하라!"

장작더미는 산채의 담장 가까이에 쌓여 있었다. 명령이 떨어지자 병사들은 준비해둔 청유(淸油)를 붓고 나뭇가지에 불을 붙여 장작더미에 던졌다. '확!' 하는 소리와 함께 세 더미의 장작이 무서운 기세로 기염을 토해내기 시작했다. 때를 같이하여 악호탄 백석골 일대에 전고(戰鼓)와 호각(號角)이 울려 퍼지고 수천 명이 산호해효(山呼海哮)하여 '돌격!'을 외쳤다. 유성(流星) 같은 횃불이 한데 모여 '화전(火田)'을 이루어 무서운 기세로 낙타봉을 덮쳤다. 산 속의 비적들이 불난 집의 쥐처럼 갈팡질팡하며 고함을 질러댔다.

"표총 어딨어?"

"저쪽 산중턱에!"

"관군이 쳐들어 왔다!"

드디어 때가 왔다고 생각한 푸헝이 돌격을 명했다. 중영(中營)의 문이 벌컥 열리고 사기가 충천하여 칼을 갈고 있던 병사들이 무서운 함성과 함께 뛰쳐나갔다. 흰 두건만 보면 사정없이 대도(大刀)를 휘둘러댔다. 사방에서 '악! 악!' 하는 비명이 터져 나왔고, 산을 오르느라 기진맥진하여 투지를 상실한 비적들은 변변히 반항조차 못해보고 썩은 통나무처럼 픽픽 나가 쓰러졌다. 칠흑 같은 어둠 속에서 소름끼치는 쇳소리와 함께 도광(刀光)이 번갯불 같았다. 맹호의 위력을 과시하며 푸헝의 1천 5백 중군이 종횡무진 무찌른 결과 담배 한 대 태울 정도의 짧은 시간에 비적들은 숱한 사상자를 내고 말았다.

어느새 동쪽하늘이 어렴풋이 밝아왔다. 푸헝의 중군들이 산등성을 까맣게 뒤덮은 가운데 푸헝과 오할자가 산채를 따라 순찰을 돌며 보니 여기저기에 흰 두건의 비적들의 시체가 어지러이 나뒹굴고 있었다. 어림잡아 몇백 구는 될 것 같았다. 서광(曙光)을 빌어 산 아래를 굽어보니 산비탈엔 범고걸의 관군들이 낙타봉에서 밖으로 향하는 모든 출로를 막고 있었다. 이시요의 시기 적절한 대응책에 연신 감복하며 푸헝은 그제야 안도의 한숨을 토해냈다.

긴장이 풀린 탓인지 다리가 후들거리고 머리가 어지러웠다. 정자로 돌아와 인삼탕을 두어 모금 마시고 앉아 있노라니 붉디붉은 쟁반 같은 태양이 서서히 지평선을 올라오고 있었다. 시원한 미풍에 얼굴을 맡기고 언제 소란스러웠더냐 싶게 마냥 평화롭기 만한 능선 고운 산들을 바라보며 푸헝은 문득 '봄을 감상하려면 도화원으로 오라[觀春宜到桃花園]'던 조설근의 시구가 떠올랐다. 설근이 이 자리에 있었으면 필히 걸작이 나왔을 텐데…… 이같이 생각하며 잠시 때아닌 향수에 젖어있던 푸헝이 등뒤의 배낭에서 퉁소를 꺼냈다. 입가에 갖다대고 막 불려는 순간 갑자기 먼발치에서 한바탕 소란이 일어난 것 같았다.

잠시 귀기울이니 오할자가 누군가와 한판 붙은 듯 칼날 부딪치는 소리가 심상찮았다. 푸헝이 벌떡 일어나 사방을 살피고 있노라니 친병이 헐레벌떡 달려 들어와 다짜고짜 푸헝을 잡아끌었다.

"중당! 어디서 열 명도 넘는 여자 비적들이 나타났습니다. 많지는 않아도 무예가 예사롭지 않아 보입니다. 어서 여길 뜨는 게 좋겠습니다!"

"뭘 그리 허둥지둥해!"

푸헝이 홱 팔을 낚아채며 친병의 따귀를 때렸다.

"생사유명(生死有命)하고 부귀재천(富貴在天)이라 했어. 연이가 설마 날 해치리라곤 생각지 않아! 앞장서봐."

산채 대문 밖에서 동남쪽으로 커다란 공터가 있었다. 표고가 연병(練兵) 장소로 활용하고 있던 곳이었다. 이제 막 돋아나기 시작한 풀들이 융단처럼 깔려 있었다. 스무 몇 명의 친병들이 머리에 태극도(太極圖) 문양이 있는 홍건(紅巾)을 두른 여자들과 칼싸움이 한창이었다. 그 중에서 푸헝은 한눈에 연이를 알아볼 수 있었다. 그녀는 쌍검(雙劍)을 휘두르며 오할자와 누란지위(累卵

之危)의 대결을 벌이고 있었다. 연이의 무검 실력은 몇 년 전과 변함이 없어 보였고, 행운유수(行雲流水) 같은 가벼움도 여전했다. 서로 실력이 상당하다 보니 곁에서 보기엔 마치 목숨건 사투가 아니고 서로가 무예연습을 하는 것 같이 대치하고 있었다.

"연이처녀!"

갑자기 푸헝이 소리쳐 불렀다.

느닷없는 부름에 흠칫하던 연이가 오할자가 칼을 거둬들이자 자신도 칼을 내렸다. 다른 여자검객들도 칼을 거두고 달려와 연이를 둘러쌌다. 한참 푸헝을 응시하던 연이가 고개를 외로 꼬며 아무 말도 하지 않았다.

"내 수급을 따러 왔나?"

마치 뭔가에 목구멍을 틀어 막힌 듯 푸헝의 목소리는 가늘게 떨렸다.

"비켜."

자신을 빈틈없이 막고 나서는 오할자를 향해 나지막하게 명하며 푸헝은 앞으로 다가갔다.

"그게 소원이라면 맘대로 하시오!"

사람들은 모두 그 자리에 굳어버리고 말았다. 이 시각 연이가 팔을 들어올렸다 내리면 닭 모가지 비틀 힘도 없을 것 같이 유약한 푸헝은 당장 불귀의 객이 되고 말 터였다. 표고와 연이가 도망가던 그 날 저녁을 어렴풋이 기억하고는 있지만 푸헝과의 사이에 청춘 남녀의 묘한 감정이 움터 있었다는 사실은 알 리가 없는 오할자는 못내 긴장하여 표창을 손에 쥔채 푸헝에게로 바싹 다가들었다.

그러나 연이는 아무런 동작도 취하지 않았다. 아무런 방비도 하지 않은 채 자신을 마주 하고 있는 사람을 다치게 할 수는 없었던 것이다. 마냥 도도한 표정으로 푸헝을 힐끗 쓸어보는 연이의 두 눈에 일말의 부드러움이 스쳤다. 푸헝은 여전히 그날 저녁 자신의 무검(舞劍)을 넋 놓고 지켜보던 그 순수하고 온화한 표정의 사내였다. 걷잡을 수 없이 약해지는 마음을 무섭게 다잡으며 연이가 차갑게 입을 열었다.

"조주위학(助紂爲虐, 악인을 도와 나쁜 짓을 함)도 유분수지 자신의 혈맥도 잊고 우리를 그리 개 잡듯 하다니 될 말이에요? 그러고도 한인(漢人)이냐고요! 당신은 한인의 수치이고 패륜아예요! 죽이라면 못 죽일 줄 알고?"

"난 한인이 아닌 만인(滿人)이오."

얼굴이 벌겋게 상기된 푸헝이 조금 더 앞으로 나서며 말했다.

"내 몸에는 부찰씨(富察氏)의 피가 흐르고 있소. 연이 처녀, 내가 그대의 형제들을 많이 죽였으니 내 피를 보겠다는 거 아니겠소……?"

순간 연이의 얼굴이 하얗게 굳어졌다. 검을 잡은 손이 느슨해지며 그녀는 이마를 내렸다. 저쪽에서 산을 수색하러 갔던 친병들이 하나둘씩 모여들고 있었다. 팔에 붕대를 감은 이시요도 범고걸, 방경 등과 함께 다가오고 있었다. 단 한 마디라도 깊은 얘기를 나눌 수 있는 자리가 아니었다. 푸헝은 곧 좌중을 향해 말했다.

"내가 연이처녀에게 일러둘 말이 있어 잠깐 들어갔다 나올 테니, 자네들은 밖에서 대기하도록 하게."

말을 마친 푸헝은 곧 산채 대문을 열고 안으로 들어갔다. 어안이 벙벙한 오할자가 못내 내키지 않는 손짓으로 연이를 안으로 안내하는 시늉을 했다.

"연이."

조금 거리를 두고 담장 언저리의 사람 허리높이 만큼 자라있는 청초(靑草)를 밟으며 걸어가던 푸헝이 물었다.

"지금 무슨 생각을 하오?"

연이가 천천히 주위를 둘러보았다. 연법당(練法堂), 취의청(聚議廳), 빈객루(宴客樓)…… 자신의 체취가 남아있는 곳들이 모두 초토로 변해 있었다. 손수 심은 도림(桃林)에서 은은한 향기가 미풍에 실려왔다. 벌써 복숭아 꽃잎은 홍우(紅雨)가 되어 낙영(落英)이 분분했다.

"우리가 패했어요, 저 복숭아꽃처럼."

연이가 담담하게 입을 열었다.

"그런 소린 듣고 싶지 않소."

"……"

"내가 듣고 싶어하는 말은 그대가 알고 있으리라 믿소."

"……"

푸헝이 천천히 고개 숙인 연이에게로 다가갔다.

"그날 저녁을 잊을 수가 없었소."

"……저도요."

마침내 연이가 입을 뗐다. 그러자 푸헝이 감정이 북받쳐 연이의 어깨를 껴안으려 했다. 힘껏 밀치며 토라지는 그녀의 등뒤에서 한탄하듯 푸헝이 말했다.

"딱 한 번의 눈맞춤으로 이토록 못 잊게 될 줄은 정말 몰랐소. 믿어지지 않겠지만 문득문득 그대 얼굴이 떠오를 때면 밤을 하얗게 지새우곤 했다오."

얼굴에 홍조를 띠우며 연이가 답했다.

"전 이제 죽어도 여한이 없네요. 그대 역시 믿지 못하시겠지만 전 이 한 미디기 듣고 싶어 찾아왔어요."

마침내 고개를 번쩍 든 그녀의 커다란 눈망울에 눈물이 그렁그
렁 고여 있었다.

"……절 죽여주세요. 영원히 씻어낼 수 없는 죄를 지은 사람이
에요……."

"제발 그런 말 마오!"

온몸의 피가 거꾸로 흐르듯 얼굴이 상기된 푸헝이 재빨리 그녀
의 입을 막았다.

"난 스스로 그물에 걸려든 자네를 보내줄 수도 있소. 또한 폐하
께 자네 죄를 용사해주십사 하고 주청 올릴 수도 있는 어마어마한
권세를 갖고 있는 사람이오! 자넨 두목이 아니니 필히 용사받을
방법이 있을 것이오!"

죽어라 도리질을 해대는 연이의 꼭 감은 두 눈에서 하염없이
눈물이 흘러내렸다.

"건륭황제가 저를 용사해주신다고요? 그건 하늘의 별을 따준다
는 소리나 다름없어요……. 사실 그대가 마방진에 도착한 첫날부
터 전 밤마다 천왕묘로 잠입하여 그대를 훔쳐보았어요. 하룻밤에
도 몇 번씩이나……. 후에 오할자가 온 이후론 감히 못 왔죠."

순간 푸헝이 깜짝 놀라며 두 눈을 커다랗게 떴다.

"전 아주 손쉽게 그대를 죽일 수도 있었어요. 사실 번번이 고이
잠든 그대를 향해 비수를 치켜들었지요……."

연이가 담담한 표정으로 말을 이어나갔다.

"그러나 차마 내 손으로 그대를 죽일 순 없었어요."

악호탄을 멍하니 바라보며 그녀는 말을 이었다.

"표고를 구해줄 수도 있었지만 포기했어요. 언제부턴가 저를

여자로 보고 치근덕거리기 시작했지만 필경은 절 도탄에서 구출해준 은인인데도 말이에요. 전 그런 철면피한 여자예요."

푸헝은 당장 할말이 떠오르지 않았다. 느릿느릿 발걸음을 떼어놓으며 복숭아나무 사이를 걸었다. 대청률에 따르면 모역죄는 주범이든 부하든 상관없이 일률로 능지에 처해지게 돼 있었다. 자신이 주청을 올린다곤 해도 건륭이 법외시은(法外施恩)을 해줄지 여부는 장담할 수 없는 노릇이었다. 고개를 돌려 연이를 바라보며 푸헝은 길고 긴 탄식을 내뱉었다.

"자네를 북경에 데려갈 순 없소. 그러나 금릉(金陵)에 마누라도 모르는 산장(山莊)이 한 채 있으니 잠시 그리로 가서 숨어 있다가 나중에 다시 보세."

이같이 말하며 푸헝은 허리춤에서 금으로 된 호신불(護身佛)을 꺼내어 건네주었다.

"불좌(佛座) 밑을 열어보면 그 안에 나의 인장(印章)이 있을 거요. 산장지기에게 보여주면 잘 시중들어줄 거요."

호신불을 받는 연이의 손이 심하게 떨렸다. 망연자실하여 먼 산을 바라보며 그녀는 중얼거리듯 말했다.

"……제가 왜 도망가지 않고 제 발로 찾아 왔는지 아세요? 그대 손에 죽고 싶었어요…… 저를 놓치면 그대 입장이 곤란해지게 될까 걱정했어요…… 정에 굶주린 여자라서 그런지 저를 바라보던 그대의 따스한 눈빛이 그렇게도 그리울 수가 없었어요! 이젠 원도 한도 없어요……."

"그래 우리 지금부터 시작하면 되니 어서 눈물을 거두오! 그대 곁엔 이젠 내가 있지 않소! 그 어떤 험한 산도, 가시밭길도 우리 같이 헤쳐나갑시다!"

푸헝의 간절한 호소가 애질하기 그지없었나. 그러나 눈물이 흥건한 얼굴에 처연한 웃음을 지어내며 연이가 고개를 저었다.

"늦었어요, 너무 늦었어요……."

그녀의 낯빛은 갈수록 창백해졌다. 마침내는 걷기도 힘이 든 듯 마치 솜이불 위를 걷듯 비틀대더니 그 자리에 폴싹 주저앉고 말았다.

"이봐 연이! 정신차려!"

푸헝이 덮치듯 달려들어 그녀의 어깨를 잡아 흔들며 불렀다.

"무슨 일이오, 대체 왜 이러오……."

그러나 푸헝의 애절한 부름에도 불구하고 그녀의 숨소리는 갈수록 미약해져만 갔다. 극심한 고통을 참는 듯 축 늘어진 팔을 뻗어 그녀는 있는 힘껏 땅을 후벼팠다.

"산에 오르기 전 약을 먹었어요. 약효가 느리다 싶었는데……."

마치 혼신의 기력을 모으는 듯 눈을 동그랗게 뜨고 푸헝을 바라보던 그녀는 끝내 말을 잇지 못하고 말았다. 창백한 입술을 너울대며 맥없이 툭 꺾인 머리는 다시 움직일 줄 몰랐다……. 아직은 온기가 남아있는 시체에 머리를 박고 푸헝은 어깨를 들썩이며 슬프게 울었다. 정실인 당아를 비롯하여 조설근에게 보낸 방경, 그밖에도 하녀들 중에서 자색이 뛰어난 여자들과의 육체적인 접촉은 많았지만 이처럼 잠깐 스친 인연에 심한 갈증을 느낄 줄은 몰랐었다. 스스로 가증스럽고 나쁜 사람이라고 자책하며 그는 자는 듯 눈을 감은 연이의 차디찬 이마에 깊은 입술 자국을 내는 것으로 슬픔을 달랬다…….

한줄기 바람이 불어와 얼마 남지 않은 복숭아꽃을 나무째 흔들어버렸다. 연이의 고운 얼굴에도 몸에도 꽃잎이 사뿐사뿐 내려앉왔다.

푸헝은 얼굴에 내려앉은 꽃잎이 떨어질세라 고이 시체를 내려 놓고 일어섰다. 몇 마디 중얼거려 기도하고 돌아서니 중문 입구에 오할자와 이시요가 와 있었다.

"중당……."

두 사람이 난감한 표정을 감추며 그를 향해 절을 했다. 거들떠보지도 않고 스쳐지나가던 푸헝이 멈춰 서며 말했다.

"이시요, 수습이 끝나는 대로 연이처녀의 시체를 북경 우리 집으로 실어가도록! 같이 왔던 여자들은 대충 처리해서 보내게. 날 따라 나서고 싶어하는 애들이 있으면 맘대로 하라고 하게."

"그리 조치하겠습니다."

"표고는 붙잡았나?"

"오늘 축시에 흑수욕(黑水峪) 쪽으로 도망가다가 그곳에 매복해 있던 방경(方勁)에게 붙잡혔다 합니다. 하오나 범고걸(范高傑)은 자기가 붙잡았노라고 터무니없이 우기고 있습니다. 두 사람의 분쟁이 심하여 아직 공로를 기입하진 않고 있습니다."

푸헝이 알겠다는 듯이 머리를 끄덕였다.

"항쇄를 씌워 태원(太原)으로 압송하게!"

푸헝은 임현 아문에서 6일 동안 군사를 정비했다. 이시요의 민병들 중에서 5백 명을 선발하여 자신의 중영을 보충하고 건륭에게 주장을 올렸다. 낙타봉 대첩의 경위를 상술하고 자형산의 비적들까지 궤멸시켜 산서성의 치안을 획기적으로 바로 잡겠노라는 포부도 밝혔다. 쓰기를 마친 푸헝은 이시요를 불러 상주문 초안을 봐주게끔 했다. 때맞춰 오할자가 공문결재처로 들어섰다. 그러자 푸헝이 손짓으로 그를 불렀나.

"마침 잘 왔네 그렇지 않아도 부르려던 참이었는데! 자네 지금 형부의 집포사(緝捕司)에 소속돼 있지? 집포사라면 문관아문인데, 자넨 또 4품 무직(武職)이란 말이지. 이번에 자네 공이 큰데 상주문에 자네를 대체 어찌 칭해야 할지 몰라서 그러네."

"중당어른."

오할자가 상체를 깊이 숙이며 말했다.

"소인은 원래 무직이었습니다. 이위 어른이 나중에 문관으로 봉해주셨사온데, 소인도 그 때문에 무척 헷갈립니다."

이에 푸헝이 말했다.

"이위는 다 좋은데, 뭐든지 자기 맘대로 저지르고 버무리는 것이 문제라니까. 이번에 필히 공훈자들을 우대할 것이니 이 기회에 내가 문이면 문, 무면 무, 명확히 해주겠네. 자넨 어느 쪽으로 원하나?"

오할자가 미처 답하기도 전에 부름을 받은 이시요가 들어섰다. 그러자 푸헝이 물었다.

"범고걸의 군중을 다녀왔나? 호진표(胡振彪)의 상처는 좀 나았는지 모르겠군. 범고걸, 방경 두 사람은 아직 티격태격하고 있고?"

푸헝이 자신이 초안을 작성한 상주문을 이시요의 앞으로 밀어놓으며 덧붙였다.

"여기 있네. 좀 봐주게."

이시요는 보기에 기분이 엉망인 것 같았다. 상주문을 들고 쭉 훑어보고는 서안 위에 내려놓고 깊은 생각에 잠겨들었다. 한참 후에야 그는 비로소 한숨을 지으며 말했다.

"중당어른, 범고걸도 장광사(張廣泗)를 대신하여 공을 청하는 내용의 상주문을 쓰고 있었습니다. 자기네가 수백 리 길을 추격하여 목숨 건 사투 끝에 간악한 비적 두목 표고를 생포했노라고 공공연히 적고 있었습니다!"

"파렴치한 자식!"

마침내 푸헝이 무겁게 탁자를 내리치며 일어섰다. 그리고는 대뜸 오할자에게 명했다.

"범고걸에게 가서 내가 보자고 한다고 하게!"

"예, 중당!"

"잠깐만!"

이시요가 오할자를 불러 세웠다.

"중당, 숨을 고르게 하시고 차분히 생각해 보십시오. 그자가 자기네 주인을 대신하여 주장을 올린다는데, 중당께서 무슨 흠집을 잡으실 수 있겠습니까? 장광사는 등에 장친왕(莊親王)을 업고 있습니다. 중당께서 대적하시기에 그리 만만한 상대가 아니라는 겁니다. 성총(聖寵) 면에서도 어지간한 인물이 아니지 않습니까. 이렇게 사람을 불러들여 한바탕 혼내주는 것이 결코 바람직하진 않습니다. 대처요령을 잘 짜서 지혜롭게 대적하셔야 할 줄로 믿습니다!"

"추호도 양보할 수 없네. 절대 만만하게 보여선 안되겠어."

푸헝이 천천히 방안을 거닐었다.

"내가 태원에서 정예병을 인솔하여 미리 마방진으로 출발한 사실은 미리 주장을 올려 폐하께서도 알고 계시네. 장광사가 감히 흠차를 우습게 보고 자기네 부장(副將)을 시켜 군정에 간섭하여 지휘불능으로 백석골 패전을 자초한 것은 필히 그 책임을 물어야 할 것이야! 6백리 긴급편으로 내 필히 탄핵안을 발송하여 그자의 발호를 눌러버리고 말 것이야!"

그의 눈은 분노로 이글거렸다. 경멸에 찬 눈빛으로 창 밖을 내다보며 푸헝이 말을 이었다.

"백석골에서 관군 2천 명씩이나 희생시키고, 악호탄에 숨어들어 눈 빠지게 우리의 증원이나 기다려 겨우 살아남은 놈이 공로는 무슨! 철면피하고 가증스런 자식, 범고걸! 내 천자검(天子劍)을 청하여 죽여 버리겠다!"

푸헝은 하늘이 낮다며 길길이 날뛰었다. 마냥 풍류스럽기만 한 재자(才子) 정도로 푸헝을 생각해왔던 이시요는 그 두 눈에서 내뿜는 홍광에 등골이 섬뜩해졌다. 그의 평보청운(平步靑雲)은 결코 황후 부찰씨의 입김에 의해서 이뤄진 것만은 아니라는 생각에 그는 내심 푸헝에 대한 호감이 배가 됐다. 잠시 생각하여 이시요가 말했다.

"소인의 우견으론 중당께서 장광사를 탄핵하시는 건 충분히 승산이 있다고 생각합니다. 그러나 범고걸을 처형함에 있어서는 상술한 죄명으로는 부족하지 않겠나 사려됩니다."

푸헝이 귀기울이는 자세를 보이자 이시요는 용기를 내어 말을 이었다.

"중당어른은 폐하께서 파견하신 흠차이시고 낙타봉을 정벌하는데 있어 총지휘자십니다. 장광사가 아무리 발호해도 전쟁은 우리가 치렀고, 표고는 우리가 소탕했습니다. 결말은 과정에 비해 그리 중요치 않습니다. 범고걸의 실수로 인한 패배일지라도 그 부분에 필묵을 너무 들일 필요는 없을 것 같습니다. 한 두 마디의 점정(點睛)으로 폐하께오선 제반 상황을 미뤄 짐작하시고도 남으실 영명하신 분입니다."

"여봐라!"

푸헝이 밖을 향해 고함쳐 불렀다. 친병 하나가 구르듯 달려들어오자 푸헝이 명령했다.

"가서 범고걸과 방경을 즉각 불러오너라. 자형산의 비적들을 소탕할 작전을 짜야 하니 시급하다고 이르거라. 호진표의 상태가 호전이 되었으면 같이 오라 이르라."

"예, 알겠습니다!"

친병이 물러가자 오할자가 침묵 끝에 천천히 입을 열었다.

"자형산은 여기서 자그마치 7백 리나 떨어져 있습니다. 정말 흥군(興軍)을 할거라면 서둘러 칼지산 중승에게 기별을 넣어 양초(糧草)를 지원받아야 할 것입니다. 하오나 소인이 알기로 자형산에는 백련교의 비적들이 아닌 굶주림과 추위에 몰린 백성들이 비적 노릇을 하고 있다 합니다. 식량을 풀어 대화를 유도하면 충분히 교화되어 돌아올 사람들입니다."

"귀순을 권유하란 말인가?"

푸헝이 되물었다.

"가능하다면 귀순이 상책입니다!"

이시요가 덧붙였다.

"이번에 표고의 구조요청을 외면한 무리들입니다. 표고와는 같은 편이 아니라는 명증입니다. 중당께서 서한을 보내시어 귀순을 권유하는 조정의 뜻을 전하시고 낙타봉의 전철을 밟았을 시의 위해(危害)를 설명하신다면 꼭 피를 보지 않고서도 자형산은 얼마든지 돌아올 가능성이 있습니다. 이대로 대군이 정벌을 한다면 저들은 뿔뿔이 도망칠 것이며, 대군이 철수하고 나면 원래 그대로 모여들어 아무런 소용도 없을 것입니다. 게다가 산서성에서 자형산에 대해선 언급도 하지 않은 상태에서 중당께서 홍사(興師)하신다면 칼지산 중승과의 관계가 어색해질 수가 있습니다."

이시요의 말에 일리가 있다고 생각한 푸헝이 다른 대안을 고민하고 있을 때 심부름 갔던 친병이 범고걸과 방경을 앞세우고 뜰에 들어서고 있었다. 얼굴의 웃음기를 가시며 푸헝은 이시요와 오할자에게 물러서라는 눈짓을 보냈다.

두 사람이 참례 올리길 기다려 푸헝이 말했다.

"범고걸, 이번에 큰일을 치르느라 수고 많았네."

"황송합니다."

범고걸이 조심스레 웃음을 지었다.

"경상자들은 현지에서 치료하고 중상을 입은 병사들은 태원으로 옮길 예정입니다. 사망 인원도 급히 파악하여 저희 장군문께 보고 올려 가족들에게 위로금을 빠른 시일 내에 내어주는 것이 시급한 실정입니다……"

"장광사에게 보고 올린다고 했나?"

푸헝이 콧소리를 크게 내며 자리에서 일어나 범고걸을 노려보았다.

"흠차인 내가 죽지 않고 두 눈 뻔히 뜨고 있는데, 어찌하여 장광사에게 보고 올린다는 겐가? 자넨 그의 가노(家奴)라도 되는가?"

갑자기 표독스레 돌변하는 푸헝을 보며 범고걸이 부산스레 눈알을 굴리며 궁리했다. 그리고는 말했다.

"근래에 장군문의 군사가 비적 정벌에 투입되는 경우가 허다했습니다. 모두들 임무를 완수하고는 본영으로 돌아가 먼저 장군문께 전적을 보고 올리곤 하는 걸 보아왔습니다. 이는 장군문께서 정하신 규칙입니다……"

매섭게 범고걸을 노려보던 푸헝이 다시 물었다.

"듣자니 자넨 장광사를 대신하여 청공상주문(請功上奏文)을 작성했다고 하던데, 어디 한 번 읽어볼 순 없겠나?"

그러자 범고걸이 방경을 힘껏 쩨려보며 말했다.

"벌써 흠차대신께 아뢰었나?"

"그렇네. 왜? 방경이 내게 아뢰었다고 간첩죄로 처넣기라도 하겠다는 건가?"

푸헝이 무섭게 탁자를 내리치며 일갈했다.

"구제불능의 안하무인이로군. 지휘불능으로 수많은 희생자를 내놓고선 감히 남의 공로를 가로채려고 들다니! 질현투능(嫉賢妬能)의 소인배 같으니라고. 여봐라!"

문밖에서 촉각을 곤두세우고 있던 친병들이 급히 들어왔다.

"이자의 정자를 떼어 내고 관복을 벗겨라!"

"예!"

친병들이 우르르 달려들어 순식간에 범고걸의 의관을 박탈했다. 그리고는 무릎 뒷부분을 힘껏 걷어찼다. 범고걸은 '털썩' 무릎을 꿇고 말았다. 푸헝이 그 주머니에서 장광사 대신 올리려했다는 상주문을 꺼내 읽어보고는 서안 위에 힘껏 팽개쳤다. 그리고는 목젖이 보이도록 껄껄 웃으며 말했다.

"과연 충성스런 한 마리의 개로군. 거짓말도 어쩌면 이리 맛깔스레 할 수 있을까! 간덩이가 부어터진 게지! 네놈이 감히 내 머리 위에 오르겠다고? 호진표가 눈 먼 화살에서 구해주었음에도 불구하고 바로 그 자리에서 호진표가 화살 맞는 걸 뻔히 보면서도 외면했고, 표고와 대적함에 있어서 방경의 정확한 판단을 자네는 끝까지 무시해버렸어…… 잘난 척을 하지만 방경이 적들을 몰아가지 않았더라면 자네가 악호탄으로 퇴각할 수나 있었을 것 같아? 문약한 서생 출신이라고 날 우습게 보지 말아. 서생이 약오르면 얼마나 무서운지 보여주겠어!"

말을 마친 푸헝은 힘껏 손사래를 쳤다.

"이자를 끌어내어 아문 밖 대기(大旗) 밑에서 수급을 따 전군(全軍)에 전시하도록 하거라!"

"중당…… 흠차어른. 이 모든 건 장군문의 지령에 따른 것입니다……. 하관이 잘못했습니다. 하관은 사람도 아닙니다……."

범고걸이 사색이 되어 손이 발이 되게 빌었다. 그러나 푸헝은 냉정하게 외면하며 다시 손사래를 쳤다. 친병들이 사납게 덮쳐들어 짐짝 끌듯 끌어냈다. 살려달라며 괴괴한 고함소리를 지르면서도 범고걸은 끝까지 "표고는 내가 잡았어……"를 주장했다.

"당장 명줄을 따버려!"

푸헝이 이빨 사이로 매섭게 내뱉었다. 그리고는 방경을 향해 말했다.

"자네들을 병부로 들이게끔 폐하께 주청 올릴 것이네. 호진표와 동심협력하여 끝까지 군사를 잘 이끌어 주길 바라네."

36. 종수궁(鍾粹宮)의 깊은 밤

　　사월 초파일 날, 군기처에서는 푸헝이 산서에서 발송한 첩보주장과 사천총독 장광사가 푸헝이 전공을 갈취하려 한다며 올린 탄핵문을 동시에 받았다. 이 두 가지 상주문을 받아들고 나친은 어찌할 바를 몰라하며 급히 돌쇠를 시켜 장정옥을 청해오게 했다. 이런 상주문은 어찌 올려야 할지 상의가 필요했던 것이다. 그러나 돌쇠는 곧바로 돌아와 장정옥이 지의를 받고 양심전으로 입궐했다고 전했다.

　　나친은 홀로 고민에 빠졌다. 아무리 생각해도 이런 상주문은 건륭이 가장 주목하는 내용인지라 절략(節略)해서는 안될 것 같았다. 나름대로 마음의 결정을 내린 나친은 곧 뵙기를 청하고 영항 입구에서 접견을 기다렸다. 잠시 후 고무용이 지의를 전해왔다.

　　"폐하께서 들라십니다, 나친 중당."

　　급히 고무용을 따라 들어가며 나친이 물었다.

"장상도 안에 계신가?"

이에 고무용이 답했다.

"장상뿐만 아니라 어얼타이 중당도 자리해 계십니다! 중당께서도 당직만 아니었다면 같이하셨을 겁니다."

그러자 나친이 급히 물었다.

"무슨 일이라도 있는 겐가?"

고무용이 히죽 웃으며 대답했다.

"거야 저 같은 아랫것들이 어찌 알겠습니까."

나친은 매사에 조심스러워하는 고무용의 됨됨이를 잘 아는지라 더 이상 묻지 않았다. 붉은 돌계단 위에 올라서서 미처 인기척을 내기도 전에 동난각에서 건륭의 목소리가 들려왔다.

"나친인가? 어서 들게!"

"문후 여쭙사옵니다, 폐하!"

매일 건륭을 알현하는 군기대신(軍機大臣)들은 삼고구궤의 대례를 면하게 돼 있었기 때문에 나친은 간단히 한 쪽 무릎을 꿇는 예를 올렸다. 그리고는 함박웃음을 지으며 말했다.

"장상, 어상 두 분도 계셨소?"

그러자 온돌 마루 옆 걸상에 앉아있던 장정옥과 어얼타이가 머리를 끄덕여 보였다. 건륭이 말했다.

"두 재상이 지금 짐이랑 밀고 당기고 있는 중이네! 오늘은 초파일이라 태후마마께서 짐더러 상서방과 군기대신들을 대동하여 함께 대불사(大佛寺)로 향배 올리러 다녀오자는 의지(懿旨)가 계셨네. 자네 생각엔 어찌하는 것이 바람직할 것 같은가?"

나친이 그제야 건륭이 재상들을 부른 이유를 알고는 고개 들어 건륭을 바라보았다. 과연 의관을 유난히 깔끔하게 갖춰 입은 건륭이 화려한 용포의 허리춤에 재계패(齋戒牌)를 달고 있었다. 보나마나 장정옥과 어얼타이는 건륭이 초파일 같은 날에 의미를 두지말 것을 간권하고 있는 게 분명했다. 입장이 난처해진 나친이 짐짓 건륭의 말뜻을 못 알아들은 듯 조심스레 웃으며 말했다.

"신이 폐하께 긴히 주할 희사(喜事)가 있사옵니다. 먼저 희사를 주하옵고, 다른 일을 상의하는 것이 어떨까 하옵니다."

이같이 말하며 그는 곧 푸헝의 상주문을 두 손 받쳐 공손히 올렸다.

"음, 푸헝의 주장이군."

건륭이 받아 겉봉을 보고는 웃으며 말했다.

"푸헝은 주장을 안 쓰면 안 썼지, 한 번 쓰면 보통 이같이 장편이지."

웃으며 겉봉을 벗겨내던 건륭의 미간이 춤을 췄다. 손을 내밀어 차를 내어오라는 시늉을 하며 시선은 급급히 미끄럼을 탔다. 세 명의 군기대신은 눈 하나 깜짝하지 않고 건륭의 순식간에 만변(萬變)하는 표정을 지켜보았다. 미간을 좁혀 고개를 갸웃하는가 하면 다시 안색이 굳어진 채 눈을 스르르 감기도 하고 또 안도가 섞인 한숨을 짓는가 했더니 용안은 어느새 먹구름이 가신 듯 걷히고 차츰 현란한 무지개가 모습을 드러냈다. 꿀떡 하나를 냉큼 입안에 집어넣은 표정이 따로 없었다. 그 맛을 음미하듯 밝은 표정 그대로 눈을 감고 있던 건륭이 천천히 자리에서 일어났다. 그리고는 느릿느릿 걸음을 떼어놓으며 중얼거리듯 말했다.

"역시 푸헝이야, 해냈어! 5천 비적들을 깡그리 소탕했다고! 가만있자, 헌데 적들이 5천이라고 했었나……?"

"여기 상주문이 또 하나 있사옵니다, 폐하."

나친이 기어 들어가는 목소리로 아뢰었다.

"사천총독 장광사의 주장이옵니다. 역시 이 사건에 대한 내용이옵니다."

나친이 장광사의 상주문을 받쳐 올렸다. 빠른 속도로 훑어 내려가던 건륭의 얼굴은 무표정했다. 가벼운 한숨과 함께 장광사의 상주문을 용안 위에 밀어놓으며 건륭이 장정옥과 어얼타이를 향해 입을 열었다.

"자네들도 읽어보게."

그리고 건륭은 곧 고개를 돌려 나친에게 물었다.

"이 일에 대해서 자넨 어찌 생각하나?"

그러자 나친이 머리를 조아려 대답했다.

"대단히 민감한 사안인 만큼 푸헝과 장광사 두 당사자를 불러 당면(當面)하여 자초지종을 철저히 규명해야 할 것이옵니다."

그사이 몇 글자 안 되는 장광사의 주장을 읽고 난 장정옥이 말했다.

"나친의 건의는 타당치 못하다고 사려되옵니다. 어찌됐건 우리 군이 압승을 거둔 건 사실이옵니다. 이를 천하신민들에게 고하여 더불어 경축하고 유공자를 장려하는 것이 제일 가는 요무라고 생각하옵니다. 푸헝이 범고걸을 참(斬)했다고 하오나 전쟁터에서 베고 베이는 일은 상사인 만큼 깨알 하나 때문에 수박을 잃을 순 없는 일이라 사려되옵니다."

이번엔 상주문을 읽으며 사색에 잠겨 있던 어얼타이가 나섰다.

"장광사는 멀리 사천에 있사옵니다. 흑사산과의 거리로 치면 북경이나 별반 차이가 없이 멀리 떨어져 있사옵니다. 그런 그가 꼭 현장을 지켜본 것처럼 이같은 주장을 올린 것은 자기 부하를 무작정 감싸주겠다는 옹졸한 처사로밖에 볼 수 없사옵니다."

그러자 장정옥이 밀했다.

"장광사도 범고걸이 5천 비적들에게 포위됐다고 하는 걸 보면 비적들의 수가 5천이라는 것에 틀림은 없는 것 같사옵니다."

"푸헝이 절대 짐을 기만할 리는 없지."

푸헝의 전략과 십사황숙 윤제의 말이 어김없이 맞아떨어진 데 대해 내심 윤제의 천리안에 탄복하며 건륭이 입을 열었다.

"적어도 푸헝이 이시요를 천거했다는 사실 하나만으로도 푸헝이 장광사를 탄핵하기에 급급해하는 그런 탐욕스런 인간이 아니라는 걸 알 수가 있네. 이제 막 부화되어 나온 햇병아리 같은 젊은 흠차가 과감히 임기응변을 시도하여 5백 군마를 빌려 적들이 예측하지 못한 험지(險地)를 습격하였고, 표고의 소굴을 덮쳐 완승을 거두었다는 것은 실로 대단한 용기이고 기백이 아닐 수 없네. 푸헝은 대장(大將)의 풍모를 갖춘 사람이네!"

건륭이 무게중심을 확실히 잡아주자 신하들은 한결 입을 열기가 수월해졌다. 장정옥은 건륭의 그런 판단에 고개를 끄덕였다.

"폐하의 통촉에 공감하옵니다. 표고는 생포 당했사오니 북경에 압송하여 심문을 한다면 사건의 전말은 명명백백해질 것이옵니다."

그러자 잠시 침묵한 후에 건륭이 말했다.

"이시요? 어디서 들어본 듯한 이름인데……."

이에 나친이 웃으며 대답했다.

"잊으셨나이까. 그 사람은 폐하께서 통판(通判) 직을 '벌(罰)' 하시어 산서(山西)로 보내신 젊은이가 아니옵니까! 본인이 면접을 고집하여 은과 시험을 거쳐 탈락한 자들의 낙권(落卷) 가운데

서 폐하께서 친히 선발하셨던 그……."

"아, 이제야 알겠네. 과연 그 사람이던가?"

건륭의 두 눈이 반짝 빛났다. 이어 건륭은 큰소리로 웃었다.

"짐이 과연 사람을 잘못 본 건 아니로군! 낙권에서 턱걸이하여 올라간 사람이 이같이 대단한 인재라니 과히 놀랍고 신기하네! 음……, '통판'의 개울물에서 놀게 하기엔 너무 아깝네. 푸헝이 '참의도(參議道)'로 위촉할 것을 주청 올렸으니 짐이 쾌히 윤허하겠네. 이시요에게 참의도 겸 시랑(侍郎) 직을 하사하여 푸헝을 시종케 할 것이니, 즉시 이 내용을 푸헝에게 발문하도록 하게. 북경으로 술직올 때 대동하라고 이르게."

나름대로 뭔가 깊은 사색에 잠겨 있던 장정옥이 입을 열었다.

"폐하, 낙타봉의 군사(軍事)가 끝났사옵니다. 이젠 전쟁의 피해를 고스란히 떠 안고 신음하게 될 인근 지역의 백성들을 보듬어주어야 할 때가 아닌가 사려되옵니다. 이들 지역엔 원래부터 지방관들의 가렴주구가 판을 쳐 백성들이 수탐화열(水深火熱)의 도탄 속에서 지푸라기라도 잡는 심정으로 백련교(白蓮敎)의 선동에 넘어갔던 것이옵니다. 워낙 민심이 흉흉한 곳이오니 자칫 선량한 백성들이 비적으로 전락되어 조정에 적대감을 품는 안타까운 경우가 재연될 수 있사옵니다. 폐하께오서 인정(仁政)을 베푸시어 태원 지역의 양창(糧倉)을 열어 이들 지역 백성들의 주린 배를 달래주신다면 이네들도 쉬이 악인들의 유혹에 넘어가지 않으리라 믿어마지 않사옵니다."

"역시 장정옥이야!"

크게 흡족해하는 건륭의 얼굴에 희열이 번뜩였다. 다시 온돌에 올라앉아 힘있게 붓을 집어든 건륭이 푸헝의 상주문에 어비를 달기 시작했다. 부지런히 붓을 놀리면서 한편으론 입을 열었다.

"장광사의 상주문은 일단 덮어두겠네. 나중에 술직차 오면 다시 보세. 오늘은 짐을 따라 태후부처님을 알현한 자리에서 자네들이 이 희소식을 전해드리게. 노인이 얼마나 즐거워하실지 모르겠네!"

태후를 알현하러 간다는 말에 세 대신은 다시 암담해졌다. 청나라 개국 이래 순치황제의 생모 버얼지치터씨를 비롯하여 후궁, 후비들은 거의 전부 독실한 불교신자였다. 군주들 중에서도 순치와 옹정은 불교를 신앙했다. 그러나 공교롭게도 이 두 황제 모두 '대행(大行)'이 불명불백(不明不白)하여 수많은 의혹의 한가운데 있는 인물들이었다. 장정옥이 유학(儒學)의 대스승으로서의 존엄을 사수하는 건 어제오늘의 일이 아니었다. 강희 때도 옹정때도 끝끝내 소신을 굽히지 않기로 유명했다. 어얼타이와 나친은 둘다 만인(滿人)이지만 한학(漢學)에도 조예가 깊었다. 욕불절(浴佛節, 부처님 오신 날)에 의미를 두지 않기는 이 둘도 마찬가지였다. 그러나 건륭이 태후를 따라 예불을 다녀오는 것 또한 '효'를 다하는 일환이라 생각하니 세 사람도 고민이 웬만하지가 않았다. 잠시 무거운 침묵을 깨고 나친이 먼저 입을 뗐다.

"신은 군기처 당직이오니 폐하께서 달리 지의가 안계시면 서둘러 돌아가야 할 것 같사옵니다. 국사를 그르칠까 적이 두렵사옵니다."

이번에는 어얼타이가 때를 놓칠세라 말했다.

"신 역시도 이부, 호부와 긴히 상의할 일이 있던 중 폐하의 부름을 받고 달려왔사옵니다. 내일 다시 패찰을 건네어 폐하께 주하도록 하겠사옵니다."

그러자 장정옥도 웃으며 입을 아뢰었다.

"폐하, 운신을 제대로 못하는 이 늙다리를 배려하시어 금세불(今世佛)인 폐하께 삼고구궤의 대례도 면하게 해주셨거늘 신은 한낱 쇳덩이에 불과한 내세불(來世佛)에게 허리를 굽힌다는 것이 내키지가 않사옵니다. 이에 죄를 청하는 바이옵니다, 폐하."

"알았네."

건륭이 피식 실소를 터트렸다.

"예불(禮佛)에 대한 얘기가 나오니 짐은 삽시간에 고립무원의 경지에 내몰리는군. 억지로 딴 참외 달지 않고, 물 싫다는 소에게 머리 눌러 물을 먹이는 법은 없다네. 짐도 자네들을 난감하게 할 생각은 없네. 사실은 짐도 부처를 믿진 않네. 다만 태후부처님께서 공덕을 좀더 크게 쌓으시려는 일념에서 자네들을 불러오라고 하시니 자네들에게 말했을 뿐이네. 다들 '일이 있고', '몸이 불편'하고 하니 그대로 부처님께 말씀 올리는 수밖에 없겠네. 허나 부처님께서 종수궁에 가시어 틀림없이 무릎꿇어 세불(洗佛)할 텐데, 그럴 때 짐은 따라서 무릎을 꿇어야 하나 아니면 서 있어야 하나? 자네들이 짐이 어찌해야 할지를 알려주게."

그 말에 세 대신 모두 웃었다. 나친이 먼저 말했다.

"그건 간단하옵니다. 태후부처님께서 불사(佛事)를 마치시길 기다리셨다가 폐하께오서 다시 부처님께 대례를 행하시어 모자간의 정분을 나누신다면 태후부처님께서도 무어라 하시지는 않을 것이옵니다."

그러자 건륭이 그리하는 수밖에 없겠다는 듯이 미소를 지었다.

"알았네, 그만 물러들 가게!"

세 대신이 물러가길 기다려 건륭은 서둘러 조복(朝服)을 벗었다. 사실 양심전에서 측근대신들을 접견할 때 황제는 조복을 입을 필요가 없었다. 그는 태후를 즐겁게 해주려는 심산에서 상서방과 군기처의 대신들을 대동하여 태후의 불사를 시중들고자 특별히 구색을 갖췄던 것이다. 이제 모두가 물러가 버렸으니 건륭은 되레 조복차림이 어색해 보였다. 낙타색 비단도포의 가벼운 차림으로 양심전을 나와 막 수화문에 들어서니 윤록, 윤아, 홍주, 홍석, 홍효네가 벌써 기다리고 있었다. 이들도 태후의 의지(懿旨)를 받고 황제를 대동하여 자녕궁으로 가려던 참이었던 것이다. 저마다 조복 차림에 조주(朝珠)를 걸고 격식을 갖춘 이들은 평상차림 그대로 나온 건륭을 보며 자못 의아스러운 표정을 지었다.

"됐네."

예를 갖추려는 이들을 향해 건륭이 웃으며 말했다.

"일단 짐을 따라 자녕궁으로 가서 부처님의 강녕과 복수(福壽)를 빌어드리세. 불자들은 부처님을 수행하여 욕불례(浴佛禮)를 올리러 가고, 달리 일이 있는 사람들은 편한 대로 하게."

내무부에서 전해온 의지에 따르면 '왕공대신, 종실, 친귀들은 반드시 태후부처님을 모시고 예불을 올려야 한다'라고 했다. 건륭의 뜻과는 크게 달랐다. 사람들이 못내 의아하게 생각하며 그 이유를 물으려 할 때 건륭은 벌써 저만치 걸어가고 있었다.

자녕궁에는 벌써 정원 가득 궁인(宮人)들과 명부(命婦)들이 자리해 있었다. 정원 구석구석에 놓여 있는 동학(銅鶴), 동귀(銅龜), 동정(銅鼎)에는 백합향(百合香)이 솔솔 향내를 뿜으며 타 들어가고 있었다. 한껏 멋을 뽐내며 한자리에 모인 여인네들은 행렬을 맞춰 자리하는 대신 삼삼오오 마음 맞는 사람들끼리 모여 앉아도란도란 애기를 나누고 있는가 하면 불심이 극진하여 한줌 가득 향을 어로(御爐)에 꽂는 이들도 있었다. 귀엣말로 무어라 속삭이고는 까르르 배꼽 잡는 여인네들을 피해 홀로 앉아 깊은 생각에 잠겨 있는 이들이 있는가 하면 일찌감치 황제의 용안을 보고싶어 몰래 수화문 입구를 훔쳐보는 여인들도 있었다. 극소수에 불과한 체통있는 가문의 명부들만 따로 황후, 귀비들과 함께 태후의 심심풀이 말상대가 되어주고 있었다. 드디어 이제나저제나 하던 황제가 몇몇 왕공들을 거느리고 모습을 드러내자 여인네들은 부랴부랴 하던 동작을 멈추고 공손히 엎드려 문후를 여쭈었다.

"오늘은 국례를 논하는 자리가 아니니 편한 대로 하세. 어서들 일어나게."

건륭이 자상하고 편한 미소를 지어 보이며 덧붙였다.

"불법(佛法) 앞에선 우리 모두가 평등한 것이네!"

사람들이 저마다 자리에서 일어나는 가운데 건륭은 궁전 안으로 들어가며 부지런히 곁눈질하여 당아(棠兒)를 찾았다. 그러나 당아의 모습은 좀처럼 시야에 들어오지 않았다. 아직 당도해 있지 않았다 생각하여 내심 실망하고 있던 중 갑자기 저쪽 동귀(銅龜) 앞에 홀로 무릎 꿇어있는 40대 여인이 눈에 띄었다. 향을 하나씩 꽂으며 기도하는 그 여인은 다름 아닌 이위(李衛)의 처 취아(翠兒)였다. 건륭이 다가가 나지막한 목소리로 불렀다.

"이보게 취아……."

응답이 없자 건륭이 다시 한 번 불렀다.

"취아……."

그제야 고개를 번쩍 돌린 눈물 범벅이 된 취아가 화들짝 놀라며 연신 머리를 조아렸다.

"강녕하시옵니까, 폐하……!"

건륭이 손을 내밀어 일으켜 세우는 시늉을 하며 말했다.

"지난번보다 많이 빠진 것 같네. 자네의 간절한 소망은 꼭 이뤄질 것이니 그만 일어나게."

취아가 일어나 건륭을 향해 몸을 내려 예를 갖추며 한숨을 지었다.

"소인의 남정네는 병세가 악화일로를 치닫고 있사옵니다. 한시도 시중드는 이가 없이는 안되는 사람이오나 오늘은 폐하의 홍복을 받아 재앙을 물리쳐 볼까 하여 맘먹고 들었사옵니다. 폐하께서도 태후부처님을 모시고 욕불하러 가신다니 소인은 무어라 말할 수 없이 기쁘옵니다."

순간 건륭은 마음이 무거워졌다. 먼저 태후께 문후를 올리고 이네들을 찾아보려 했으나 이처럼 자신의 황은을 빌어 안팎에서 고생하는 남정네들의 길운을 빌고자 하는 여인네들의 기분을 먼저 헤아려주어야 할 것 같았던 것이다. 태후전으로 향하던 건륭이 발걸음을 돌려 명부들을 향해 큰소리로 말했다.

"짐이 이렇게 많은 왕공, 패륵, 패자들을 거느리고 여러분들의 길운을 기도해주기 위해 걸음했네. 여러분들의 가정에 영원히 행운이 깃들길 기원하겠네……. 취아, 자넨 아직 부처님을 뵙지 못했지? 같이 들어가지."

황공해마지 않는 명부들의 사은의 소리를 들으며 건륭은 궁전 안으로 들어갔다.

궁전 안에는 부찰씨, 나라씨와 열 몇 명의 빈비들이 모여 있었다. 그밖에도 장친왕, 이친왕, 리친왕, 공친왕, 과친왕의 복진과 장정옥 등 상서방 대신들의 부인들도 자리해 있었다. 그 속에서 건륭은 한눈에 당아를 찾아냈다. 몰래 부딪친 눈길은 순식간에 뜨거운 불꽃을 퉁겼다. 온돌 위에 앉아있는 태후를 향해 무릎을 꿇어 내리며 건륭이 말했나.

"오늘은 좋은 날입니다. 소자, 어머니의 복수와 강녕을 공축(恭祝)합니다!"

"부디 태후부처님의 복수강녕을 비옵니다!"

등뒤의 왕공들이 앵무새처럼 따라했다.

나라씨의 아랫자리에 무릎을 꿇은 당아는 걷잡을 수 없이 가슴이 설레고 콩닥거렸다. 건륭이 친히 복중의 아이에게 '복안강(福安康)'이라는 이름을 지어 주었던 사실을 떠올리며 가슴이 뭉클해졌고 쑥스러웠다. 옆에서 나라씨가 귀엣말을 해왔다.

"이봐, 아우. 폐하의 금박 와룡대(臥龍袋)가 너무 예쁘다! 어쩜 지난번 아우가 생질(甥姪, 푸헝)한테 준다며 만든 거랑 똑같나?"

성정이 워낙에 예리한 나라씨의 질문다웠다. 당아는 자신의 속내를 떠보는 나라씨가 내심 괘씸했으나 반격할 입장이 못되는지라 잠자코 있었다. 이때 태후가 허허 웃으며 말했다.

"어서 일어나시오, 황상(皇上)! 십육숙, 십숙도 그만 일어나시죠. 나머지 패륵, 패자들은 처음 보는 낯선 얼굴들도 많구만. 우리 황가는 초야의 여염집과 달라 웬만하면 얼굴도 모르고 사니 어쩔 수가 없네. 성조께서도 백 명이 넘는 손자들을 두었어도 모르는 경우가 허다하셨는 걸!"

태후가 이같이 말하며 건륭을 향해 고개 돌려 물었다.

"황상, 지금 이 자리에 있는 주상의 형제들 모두 차사(差使, 일거리)는 있는지요?"

"반 이상은 없습니다."

건륭이 모친의 말뜻을 풀이해 보았다. 종실의 형제들에게 모두 '차사'를 내리라는 뜻일 테지만 절대 그렇게 할 순 없다고 생각했다. 태후의 옆자리에 시립해 있는 장친왕의 복진이 눈에 띄자 건륭이 천천히 입을 열었다.

"하오나 국법은 모든 친왕세자(親王世子), 군왕(郡王), 패륵(貝勒), 패자(貝子)들에게 달마다 월정액수의 월례를 내주게끔 규정하고 있습니다. 차사는 없더라도 먹고사는 데 필요한 도움은 주고 있습니다…… 안 그래요, 숙모?"

미리 건륭의 눈길을 받은 십육복진이 급히 대답했다.

"폐하의 은덕은 하늘보다 높사옵니다, 부처님! 천가(天家)의 골육들을 홀대하실 폐하가 아니시옵니다!"

그러자 태후가 웃으며 말했다.

"그렇다면 다행이네. 지난번 어느 조카 집에서 애들을 데리고 입궐했었는데, 아이들이 과자를 보더니 허겁지겁 게눈 감추듯 먹는 게 아닌가. 하도 가슴이 아파 물어보았더니, 애들 아비가 차사 없이 놀고 있어 애들이 과자를 처음 먹어본다지 뭔가. 내무부 총관에게 잘 돌봐주라고 했는데, 어찌됐는지 모르겠네……."

태후가 별걱정을 다한다며 내심 짜증스러웠지만 감히 입밖에 내지 못하고 윤록이 급히 입을 열었다.

"그 일은 신이 알고 있었습니다. 옛 동군왕(東郡王)의 본가(本家) 조카네였습니다. 이미 내무부 기무사(旗務司)에 문서(文書)직으로 들인 줄로 알고 있습니다. 시간이 다 됐습니다. 천천히 움직이셔야겠습니다. 아니면 예불시간에 맞추지 못할지도 모릅니다."

윤록의 말이 떨어지기 바쁘게 태후가 웃으며 뜻밖의 말을 했다.

"난 예불을 올리고 불사에도 적극적이지만 사실 부처에 대해선 아직도 잘 모르네. 대청(大清)이 개국 백년이 다 되어가는 바 황가의 식구들은 늘어만 가는데, 전명(前明)처럼 분봉제(分封制)도 실행하지 않는 데다 차사까지 없으면 이네들이 어찌 윤택한 삶을 영위할 수 있겠는가. 이대로는 열성조들께서도 자못 불안해 하실 거란 말일세. 배곯는 자손들을 나 몰라라 하고 부처님 앞에 가서 머리 천 번을 조아리고, 향배 만 번을 올린들 그분이 우리의 기도를 받아주시겠나?"

"모친의 훈회가 참으로 지당하십니다!"

건륭이 웃으며 말을 이었다.

"이는 결코 작은 일이 아닙니다. 나라의 존엄과 체면과도 직결해 있습니다. 소자가 내일 내무부에 지의를 내려 황가자손들이 적어도 가난에 쪼들리는 일은 없도록 조치하겠습니다. 오늘은 모친께서 기쁘신 날이오니 소자가 먼저 내고(內庫)에서 은자 10만 냥을 지출하여 이네들에게 상으로 내릴까 합니다. 소자의 효심이자 모친의 공덕입니다!"

건륭의 말에 태후가 희색이 만면하여 얼굴의 주름살을 활짝 펴며 말했다.

"공덕은 무슨? 모두 이 나라와 백성들을 위해 기도하는 마음뿐이지!"

태후의 환희에 겨운 모습을 보며 건륭이 가까이 앉아있는 당아를 힐끔 쳐다보며 말했다.

"부처님, 소자가 어젯밤 좋은 꿈을 꾸었습니다. 푸헝이 몇 백 명의 군사를 거느리고 흉악하기 그지없는 비적들을 소탕하러 갔는데, 어쩌다가 머리에 태극 두건을 두른 자들에 의해 사면초가의 위기에 빠진 것입니다. 다시 보니 흑수역파(黑水逆波)가 사방에서 몰려오는 가운데 봉두난발의 요인(妖人) 하나가 나타나더니 푸헝을 낙타봉에 밀어 넣고 흑수에 빠져죽게 만들겠다는 것이었습니다. 소자는 그럴 순 없다며 등골이 흠뻑 젖을 정도로 발버둥을 치다가 깼습니다. 그러나 가위눌려 좀처럼 일어날 수가 없었지 뭡니까!"

좋은 꿈이라더니, 난데없이 악몽을 말하자 태후며 궁빈들 모두 표정이 심각해지고 말았다. 안색이 창백하게 질린 당아가 뚫어지게 건륭을 바라보며 맥없이 입술을 달싹거렸다. 뭔가 묻고 싶었지만 차마 입이 떨어지지 않는 모양이었다. 안쓰럽다는 듯이 당아를 힐끗 일별하던 태후가 다그쳐 물었다.

"그게 끝인가?"

"물론 아니죠……."

건륭이 득의한 표정을 지어내며 제법 그럴싸하게 꾸며댔다.

"……소자가 목이 터져라 고함을 지르고 있는데, 누군가가 '고정하십시오, 인주(人主)! 푸헝은 그리 쉬이 죽을 사람이 아닙니다, 저 요인이 저러다 제 풀에 망할 것입니다!'라고 하는 겁니다. 소자가 급히 고개를 돌려보니 구름을 타고 웬 백의여자가 손에 들고 있던 작은 병을 거꾸로 들어 보이는 겁니다. 병에서 떨어진 차가운 물이 소자의 몸에 닿는 순간 그 상쾌함이란 이루 형언할 수 없었습니다! 반면 그 물을 맞은 요인들은 하나씩 맥없이 고꾸라지기 시작하더니 피투성이가 되어 죽어가는 것이었습니다……. 소자가 '푸헝, 저들이 다 죽었어, 어서 나와봐!' 하고 외치며 벌떡 일어나 앉았을 때는 자명종이 자시를 가리키고 있었습니다……."

건륭이 꿈 얘기를 지어내는 동안 여인들은 저마다 눈을 감고 합장하고 있었다. 연신 중얼거리며 경을 읽던 태후가 자못 진지한 표정으로 말했다.

"황상, 이는 분명 선흉후길(先凶後吉)한 꿈입니다. 관음보살께서 황상의 꿈을 빌어 그 사람을 보호해주는 것임에 틀림없습니다!"

건륭은 속으로 웃음을 금치 못했다. 어젯밤 푸헝에게 은향(銀餉)을 추가지원 해줄 것을 요청하는 산서순무의 주장을 읽고 잠자리에 들어 꿈속에서 당아와 질펀한 사랑을 한 건 사실이나 다른 건 모두 새빨간 거짓이었다. 태후에게 푸헝의 승전보를 그냥 전하는 것이 싱거워 보여 건륭이 이 같은 꿈 얘기를 지어냈던 것이다. 말은 그리하면서도 수심이 가득한 태후를 힐끗 훔쳐보며 건륭이 말을 이었다.

"하온데 신기한 것은 그 꿈을 꾸고 나서 정신이 흐리멍텅한 가운데 소자는 아침 일찍 푸헝으로부터 비적들을 깡그리 궤멸했다는 첩보를 받았지 뭡니까! 간교스런 비적 5천을 전멸시키고 그 두목 표고를 생포하여 지금 북경으로 오고 있다 합니다……. 그러니 방금 부처님의 예언은 어찌 그리 딱 들어맞습니까?"

"아미타불!"

태후가 경건한 표정으로 다시금 합장했다.

"대자대비하신 관세음보살! 돌봐주신 은택 필히 갚겠습니다. 보살이 은자 2만 냥을 출자하여 대불사에 보시하고 종수궁을 새로이 단장하도록 하겠습니다. 나무아미타불!"

그러자 당아가 태후를 향해 머리를 조아렸다.

"노비의 남정네를 구해주신 부처님께 머리 조아려 감읍하옵니다. 태후부처님과 비견할 순 없사오니 노비는 은자 1만 냥을 내어 종수궁에 보시하고 오늘 하루 계식(戒食)을 하도록 하겠사옵니다!"

태후가 부들부들 떨며 자리에서 내려와 밖으로 나가려하자 건륭이 급히 다가가 부축하여 궁전을 나섰다. 여인네들이 다시 무릎을 꿇어 머리를 조아리는 가운데 건륭이 조심스레 태후에게 물었다.

"대불사와 종수궁 중에서 어디로 먼저 걸음을 하시렵니까, 어머니?"

"먼저 대불사로 가세."

태후가 덧붙였다.

"푸헝의 안사람이 공덕을 쌓아 계식을 한다지만 회임(懷妊)한 몸이니 각별히 조심해야 할 것이네."

그날저녁 건륭은 상주문을 읽어야 한다며 후궁을 부르지 않았다. 초경(初更)이 다 되어 건륭은 고무용을 앞세우고 산책을 나섰다. 건청문을 한 바퀴 돌고 종수궁을 지나던 중 건륭은 문득 뭔가 떠오른 듯 입을 열었다.

"짐이 깜빡했네. 어제 달라이 라마가 열 봉지의 향(香)을 공품으로 보내왔는데, 짐이 종수궁에서 기다리고 있을 테니 자네가 가서 좀 가져오게. 향을 놓아둔 옆에 자그마한 함이 하나 있을 것이니 그것도 함께 들고 오게. 짐이 필요해서 그러네……. 다른 사람은 모르는 게 좋겠네. 무슨 말인지 알겠나?"

하루종일 건륭을 따라다닌 고무용이 '무슨 말인지' 모를 리가 없었다. 연신 허리 굽실거려 응답하며 고무용이 물러가자 건륭은 곧 종수궁으로 들어갔다.

종수궁(鍾粹宮)은 듣기 좋게 '궁'으로 부르지만 실은 태후와 황후가 예불을 올리고 향을 사르는 자그마한 불당이었다. 강희 연간에 소마라고가 이곳에서 삭발수행을 하다가 원적(圓寂)한 뒤로 이곳에 출가인은 없었다. 소마라고의 영혼을 위로하는 뜻에서 강희는 말년에 궁녀들 중에서 그와 성격이 비슷하게 양순한 궁녀들을 선발하여 이곳에 들여보냈다. 생전의 소마라고가 그랬듯이 이들은 육식과 기름진 음식은 피하고 불사를 거르지 않았으며, 3년 동안 비구니 차림으로 비구니 아닌 비구니 행세를 해야만 했다. 그렇게 3년이 지나면 강희는 이들을 다시 궁으로 부르지 않고 출궁시켜 고향집으로 돌려보내곤 했었다. 그래서인지 비록 힘들고 외롭지만 궁녀들은 이곳에 뽑혀오길 원했다. 수많은 경쟁을 뚫고 선발된 궁녀들은 당연히 영특하고 약삭빠른 데가 있었다. 이 시각 몇몇 집사(執事) '비구'들의 감독하에 목어(木魚)를 두드리며 만과(晚課) 공부를 하고 있던 비구니들은 황제의 예고 없는 방문에 저마다 불에 덴 듯 화들짝 놀라며 법사를 제치고 건륭을 맞았다. 그러자 건륭이 웃으며 말했다.

"자네들은 불사를 계속하도록 하게. 짐은 오늘 오전에 왔다가 불사를 제대로 치르지 못하고 갔더니 마음이 안녕치 못하여 다시 관음보살께 발원이라도 하려고 왔네. 짐은 신경 쓰지 말고 만과 공부를 계속하게!"

비구니들은 그제야 제자리로 돌아갔다. 찻물로 두어 번 입을 헹구고 잠시 생각하던 건륭이 앙증맞게 빚은 일명 '장미꽃떡'이라는 떡쟁반을 들고 불당으로 향했다. 평소에는 칙칙하기만 하던 불당은 분위기가 몰라볼 만큼 달라져 있었다. 서안이며 향로, 병풍 그리고 방석에서부터 기둥이며 땅바닥 모두 새롭게 단장했고 먼지 하나 찾아볼 수 없이 깔끔했다. 연대(蓮臺) 위에서 사람 키를 넘는 백옥관음이 자상하고 단아한 자태로 신비스런 미소를 지으며 향로 안에서 조용히 타오르는 향연을 바라보고 있었다. 한눈에 방석 위에 무릎을 꿇고있는 당아를 발견한 건륭이 발소리를 죽이며 조용히 걸어갔다. 떡쟁반을 탁자 위에 살짝 내려놓고 다시 까치발을 하고 물러선 건륭이 관음상을 향해 합장했다. 그리고는 한참 후에야 중얼거리며 기도했다.

"관세음보살, 무량의 법력으로 우리 대청의 국태민안(國泰民安), 하청해안(河清海晏)을 보우해 주시고, 부족한 이 사람이 천고의 완인(完人)으로 거듭나게끔 도와주소서……."

"폐하, 언제 걸음 하셨사옵니까!"

대뜸 건륭의 목소리를 알아들은 당아가 눈을 번쩍 뜨고 환희와 놀라움에 어찌할 바를 모르며 서둘러 일어나려 했다. 그러자 건륭이 재빨리 다가가 두 손으로 그 어깨를 눌러 도로 앉히며 자상한 미소를 머금었다.

"자네가 오늘 여기서 금식기도하고 있다는 사실이 문득 떠올라 편히 앉아있을 수가 없었네."

이에 당아가 얼굴을 붉히며 눈꺼풀을 내리깔고 말했다.

"별볼일 없는 여인 때문에 이리 걸음을 하시게 만들었으니 실로 황송하옵나이다."

그러자 건륭이 말없이 다가가 당아의 머리를 품안에 껴안고 그 동그란 이마에 입을 갖다대며 말했다.

"당아, 짐은 항시 자네가 그립고 안쓰럽게 여겨지네……. 짐의 용종을 품고 마음고생을 하는 자네가 그지없이 사랑스럽고 미안하네……."

건륭의 말에 당아가 눈물을 비오듯 쏟으며 흐느꼈다.

"그런 말씀 하지 마시옵소서, 폐하! 소인은 죽을 때까지 부처님께 죄를 참회하고 용서를 빌 것이옵니다……. 복중의 아이에겐 죄가 없사옵니다……."

"자네도 죄가 없는 사람이네."

건륭이 한숨을 지었다.

"죄가 있다면 당연히 짐에게 있지. 설령 천자가 아니고 어느 여염집의 사내일지라도 이 무거운 짐을 여인에게만 지우는 건 도리가 아니라 생각하네……. 후사는 짐에게 맡기고 자넨 홀가분하게 용종을 생산하기만 하면 될 것이네. 금식을 한다지만 자넨 홀몸이 아니니 아무 것도 먹지 않는 건 위험하네. 그래서 짐이 떡을 가져왔으니 이거라도 먹어두게. 입맛이 없어도 짐의 아들을 위해서라도 먹어줘야 하네……."

이같이 말하는 건륭의 눈가도 촉촉하게 젖었다.

"폐하……."

긴장과 불안으로 가슴 졸이고 있던 당아가 마침내 건륭의 넓다란 가슴에 가냘픈 몸을 맡겼다.

"어떨 땐 이보다 더 큰 복이 어딨냐고 스스로 위로도 해보지만 소인은 실로 이 죄로부터 자유로워질 수가 없사옵니다. 하루에도 수십 번씩 희비가 교차하곤 하옵니다……."

당아가 점점 건륭의 가슴속을 파고 들어갈 무렵 고무용이 들어섰다. 당아가 화들짝 놀라며 다시 빠져 나오려고 몸부림을 쳤으나 건륭은 더더욱 힘을 주어 끌어안았다.

"괜찮아, 이대로가 좋아…… 고무용, 물건을 가져왔으면 짐을 대신하여 향을 피워 올리게. 그리고 종이꾸러미의 물건은 탁자 위에 올려놓고 물러가게."

응답과 함께 고무용이 물러가자 건륭이 그제야 웃으며 말했다.

"자넨 어찌 짐의 품속에서까지 그리 깜짝깜짝 놀라고 그러나? 저네들의 생사와 영욕은 짐의 일념(一念)에 달려 있네……."

건륭이 따스한 입김을 당아의 귀에 불어넣으며 속삭이듯 말하고는 탁자 위의 종이꾸러미를 가리켰다.

"산동성 순무가 상납한 아교(阿膠)라는 거네. 진짜 아정수(阿井水)와 몽고 지역의 노새 껍질로 호가(胡家)의 원조기술로 만든 진미라네! 가지고 가서 혼자 천천히 맛을 음미해가며 먹게……."

"아이만 순조롭게 출산한다면 소인은 설령 푸헝이 저를 죽여버린다고 해도 두렵지 않사옵니다."

여전히 안색이 파리한 당아가 이같이 말했다.

그러자 건륭이 말했다.

"허! 이젠 짐이 있으니 죽는 것도 두렵지 않다, 이 말인가?"

건륭의 농담에 당아가 씁쓸한 웃음을 지으며 말했다.

"밖에 안 좋은 소문이 나돌아 소인은 우울하기만 하옵니다. 선제의 붕어 이유를 두고 유언비어가 난무하는가 하면 폐하께서 불효하시어 열효(熱孝)중임에도 소인이랑 그렇고 그런 사이라고 수군대고…… 또 폐하께서 소인을 소유하기 위해 푸헝의 목을 치려고 한다니……."

그 말에 당아를 껴안은 건륭의 팔이 흠칫 떨렸다. 적이 놀라워하며 막 다그쳐 물으려 할 때 고무용이 잰걸음으로 들어와 아뢰었다.

"폐하, 귀비마마께오서 만향(晚香)을 올리신다며 종수궁을 찾으셨사옵니다!"

그 말에 당아가 놀란 나머지 힘껏 건륭을 밀치고 제자리로 돌아와 무릎을 꿇었다. 그리고는 다급히 말했다.

"폐하, 어서 나가 보시옵소서!"

"호랑이라도 들었나? 어찌 그리 놀란 사슴 눈을 하고 그러나? 괜찮네."

건륭이 웃으며 말했다.

"나라씨는 질투가 많은 게 흠이지 다른 문제는 없는 사람이네. 이리 된 바에 짐이 오늘 속시원하게 그 사람의 의혹을 풀어 줄 것이네."

이같이 말하며 다시금 당아에게로 다가간 건륭이 모든 걸 포기한 듯 고통스레 두 눈을 감고 있는 당아를 꼬옥 껴안아주며 말했다.

"짐이 확실한 방패막이가 되어줄 테니 자넨 따라 오기만 하면 되네……."

37. 떠도는 소문

나라씨에게 들킬세라 건륭의 품을 빠져 나오고자 발버둥을 쳐 보았으나 건륭의 두 팔은 거센 집게처럼 아프도록 조여들었다. 당아는 차라리 포기하는 수밖에 없었다. 한 개의 등롱(燈籠)이 가까워오는가 싶더니 어느새 종수궁을 들어서고 있었다. '비구니' 들이 엎드려 귀비 나라씨를 영접할 준비를 서두르고 있는 가운데 밖에서 특유의 숫오리 같은 소리를 뽑아내며 고무용이 말하는 소리가 들려왔다.

"귀비마마, 폐하께오서 예불을 올리고 계시옵니다. 수행원들조차 모두 회피한 상태이옵니다!"

"과연 그러한가?"

나라씨의 째지는 듯한 웃음소리가 들려왔다.

"폐하께오서 이 늦은 시간에 이리 정성들여 예불을 올리시니 여래불도 감복하여 눈물을 흘리겠네!"

자박자박 발걸음 소리와 함께 나라씨의 비아냥거림은 멈출 줄 몰랐다.

"어쩐지 나도 오늘은 자꾸만 이리로 발걸음이 당겨진다 했지. 약속이라도 한 듯 폐하의 용안을 여기서 뵙게 되다니, 이 또한 우리네 복연(福緣)이 아니겠는가……!"

이같이 말하며 궁전 안으로 들어서던 나라씨가 뚝 그 자리에 멈춰서고 말았다. 등촉이 눈부신 가운데 관음좌 밑에서 황후의 친정 올케 당아가 공공연히 건륭황제의 품안에 안겨 있는 게 아닌가! 둘이 함께 있을 줄은 알았지만 이처럼 노골적인 모습을 보여줄 줄은 꿈에도 몰랐던 나라씨였다. 자신의 존재는 철저히 무시한 채 한 팔로 당아를 껴안고 다른 손으로 끊임없이 그 머리를 쓰다듬어 내리는 건륭을 보며 나라씨는 들어가지도 나오지도 못한 채 그 자리에 굳어버리고 말았다. 수려한 얼굴이 누렇게 변했고, 다물지 못하고 반쯤 벌어진 입술은 핏기가 없이 창백했다!

그제야 순한 양처럼 품속에 안겨 있는 당아를 살며시 풀어놓으며 건륭이 일어섰다. 향안 앞으로 다가가 향을 사르고 절을 하고 난 건륭이 한 발 뒤로 물러나 뒤돌아 서서 나라씨를 바라보았다. 나라씨가 감히 고개를 쳐들지 못하도록 오래오래 응시하던 건륭이 피식 웃으며 입을 뗐다.

"예불 올리러 왔나, 아니면 간통현장을 덮치러 왔나?"

"예? 폐하…… 아니…… 그런 건 아니옵니다……."

나라씨가 처음 보는 건륭의 싸늘한 눈빛에 황급한 나머지 한참 더듬거린 끝에 겨우 말했다.

"노비는 폐하께오서 여기 계신 줄을 몰랐사옵니다, 사실이옵니다! 믿어 주시옵소서……."

"알고 왔건 모르고 왔건 그건 의미가 없네. 무얼 보았느냐가 중요하지."

"노비는 시력이 부실하여 아무 것도 보지 못했사옵니다……."

"아니! 자넨 볼 건 다 보았어!"

마치 커다란 바위가 내려앉는 듯한 숨막히는 위압감에 짓눌려 나라씨는 다시금 머리를 떨구고 말았다.

"사실…… 보긴 다 보았사옵니다…… 기왕지사 이리된 바 하고 소인은 폐하께 간곡히 진언 올리고자 하옵나이다. 밖에 온갖 유언비어가 난무하고 있사옵니다. 이 일마저 소문이 새어나가는 날엔 폐하는 물론 황후조차 체통에 손상을 입을 것이옵니다. 당아 역시 얼굴 들고 다니긴 어렵지 않겠사옵니까……."

그녀의 말이 끝나기도 전에 당아의 작은 흐느낌이 들려왔다.

"고무용."

건륭이 문밖을 향해 하명했다.

"귀비를 종행(從行)한 사람들은 모두 궁으로 돌아가라 이르게. 짐과 귀비는 오늘저녁 이곳 종수궁에서 밤을 새워가며 예불을 올릴 것이니!"

이같이 분부하고 돌아서서 뚜벅뚜벅 실내를 거닐던 건륭이 지지리도 무거운 침묵을 깨며 물었다.

"자고로 유언비어에서 자유로운 황제가 있었던가?"

느닷없이 던져오는 질문에 나라씨가 잠시 당황한 표정을 짓더니 천천히 말했다.

"혹시 정관지치(貞觀之治)의 태종황제(太宗皇帝)나 개원 연간의 현종(玄宗) 때……."

그러자 건륭이 냉소를 터트렸다.

"그래, 결국엔 당태종(唐太宗)을 언급하는군! 보아하니 자넨 책 몇 권 읽었다는 게 사실이로군! 그러나 현무문(玄武門) 정변 때 이세민(李世民)이 형을 죽이고 보위를 찬탈했다는 건 알고 있었나? 무측황후가 위로는 태종을 섬기고 밑으로는 고종(高宗)의 시봉을 들어가며 제아무리 야무진 꿈을 꾸었어도 그 명성이 그리 좋은 건 아니잖아?"

나라씨의 고개가 점점 수그러들었다. 기어 들어가는 목소리로 그녀가 말했다.

"소인이 책을 많이 읽지 못했사옵니다……."

"여자가 엉뚱한 책이나 주워 읽지 말고 황후처럼 〈여아경(女兒經)〉이나 통독해야지."

고개를 떨구고 애꿎은 의대(衣帶)만 손가락에 감았다 폈다 하던 나라씨가 살며시 얼굴을 들어 건륭을 훔쳐보았다. 커다란 두 눈에 눈물이 그렁그렁해 있었다. 뭔가 할말이 있는 듯했으나 도로 다무는 입술이 측은해 보였다. 맘이 한결 누그러든 건륭이 천천히 입을 열었다.

"자넨 의심이 너무 많은 게 흠이네! 생각해보게, 짐이 자네 처소를 찾아준 적이 황후보다 훨씬 많았지 않았는가? 그런데 무슨 욕심이 그리 많아 항시 질투에 불타 있단 말인가? 어중간해야 애교로 봐주지 질투도 지나치면 큰 사고를 부르게 된다는 걸 잊지 말게!"

고개를 푹 떨군 채 아무런 대꾸도 없는 나라씨를 한참동안 응시하던 건륭이 돌연 음성을 높이며 준엄하게 입을 열었다.

"오늘도 그래! 짐이 예불을 드리고 있으니 아무도 들지 말라고 미리 분부를 했거늘 고무용이 그리 말하면 자넨 들지 말았어야지!

솔직히 짐은 자네가 올 줄 알고 덫을 놓아 이참에 버르장머리를 쏙 빼놓으려고 작심을 했던 것이네! 설령…… 설령이 아니지, 짐과 당아의 사이가 유별난 건 사실이네. 미리 짐작으로 알고 있었더라도 군주의 존엄을 지켜주고 평소에 친자매처럼 지내던 당아를 위해 적극적으로 덮어주고 감춰주어야 할 자네가 이게 뭐 하는 짓인가! 고작 밖에서 떠도는 '유언비어'나 전하여 짐의 심기를 불편하게 만드는 것이 자네가 할 수 있는 전부란 말인가! 이제 볼 것, 못 볼 것 다 보았으니 말해보게. 자네의 죄를 물어야 마땅한지 아니면 짐이 죄인 취급을 받아야 하는지?"

숨돌릴 틈을 주지 않는 건륭의 교설궤변(巧舌詭辯)에 '질투'라는 커다란 모자를 뒤집어쓰게 된 나라씨는 '대체 누가 죄인이냐'는 추상 같은 질문까지 겹쳐 숨이 턱턱 막혔다. 더 이상 버텨 서 있을 수가 없었던 나라씨는 털썩 무릎을 꿇고 말았다. 죽어라 머리를 조아려 대며 그녀는 사시나무 떨 듯하며 더듬더듬 말했다.

"폐하의 웅변에 소인은 마땅히 여쭐 말이 없사옵니다. 소인이 죽어 마땅한 몹쓸 년이옵고…… 모두 소인의…… 잘못이옵니다……."

"죄를 고하는 자에게 짐은 그 죄를 곧잘 면해주곤 하지."

건륭이 덧붙였다.

"이왕지사 이리 된 바 짐은 아예 당아의 목숨과 체면을 자네한테 전적으로 맡길까 하네. 당아가 건재하는 한 자넨 여전히 부와 명예를 누릴 수 있는 짐의 애첩일 것이고, 만에 하나 당아가 불측(不測)의 지경에 빠지는 날엔 자넨 더 이상 귀비도 아닐 뿐더러 목숨 또한 부지할 수 없을 것이네! 모든 것이 자네 하기 나름이라는 걸 명심하게!"

"폐하……!"

허겁지겁 건륭의 다리를 껴안은 나라씨가 얼음물에 빠진 사람처럼 온몸을 무섭게 떨었다. 그녀는 공포에 질려 눈물을 흘리며 호소했다.

"신첩은 폐하를 너무너무 좋아한 나머지 질투를 하게 되었사옵니다……. 누군가를 해코지하려는 마음은 추호도 없었사옵니다……."

입가에 한 가닥 야릇한 미소를 띄우며 나라씨를 굽어보던 건륭이 하하! 웃으며 가벼운 발짓으로 자신의 다리를 껴안은 나라씨의 팔을 뿌리쳤다. 그리고는 다가가 당아의 손을 잡아 나라씨에게로 데리고 오더니 말했다.

"둘 다 짐을 좋아하는 사람들이고 또한 짐이 좋아하는 여인들이네. 같은 지아비를 섬기는 처지에 질투는 삼가고 이제부턴 좋은 벗이 되어야 마땅할 게 아닌가. 자, 관음보살 앞에서 그 동안의 원망과 미움을 털어내고 좋은 형, 아우 사이로 남을 것을 맹세하는 뜻으로 손을 잡게!"

건륭이 지켜보는 가운데 두 섬섬옥수가 잠시 머뭇거리더니 곧 하나로 겹쳐졌다.

당아를 한번 본 다음 양심전으로 돌아가려 했던 건륭은 예기치 않은 '풍파'에 졸음이 가신 듯 사라지고 말았다. 밖에서 떠돈다는 '유언비어'에 대해 상세히 듣고 싶었다. 그는 아예 양심전으로 돌아가기를 포기하고 등나무의자를 가져오라고 명하여 반쯤 드러누웠다. 그리고 당아는 자신을 마주하여 의자에 앉아있게 하고 나라씨는 자신의 옆자리에서 다리를 주무르게 했다.

"인생에 이 같은 환희의 순간이 몇 번이나 있을까? 짐이 좋아하고, 짐을 좋아하는 두 미인과 함께 하니 이 밤이 짧기만 하구나."

건륭이 감격에 젖어 눈을 지그시 감으며 말했다.

"방금 폐하께오서 귀비마마께 하신 말씀에 공감이 가지 않는 부분이 있사옵니다."

당아가 신색이 암담하기만 한 나라씨를 일별하며 깊은 한숨과 함께 말했다.

"소인은 남정네가 있는 사람이옵니다. 아무리 발버둥쳐도 소인의 처사가 정당화될 순 없는 죄얼(罪孼)임엔 틀림없사옵니다 ……. 뱃속의 용종만 아니었다면 소인은 그만……. 밖에서 나도는 소문에 따르면 푸헝은 폐하를 위해 목숨 걸고 일하는데, 폐하는 뒤에서 푸헝에게 그…… 그걸…… 덮어씌웠다며 비난하고 있사옵니다……."

그녀는 차마 '녹두건(綠頭巾)'이란 세 글자를 뱉어낼 수가 없었다('녹두건'은 다른 남자에게 부인을 빼앗긴 남자를 일컫는 말).

물론 건륭은 당아가 차마 못하고 생략한 말이 녹두건이라는 걸 알고도 남음이 있었다. 그러나 그 소문만이라면 건륭은 대수롭지 않았다. 세상에는 누군가에게 녹두건을 덮어씌운 사람이 비일비재하다고 생각했던 것이다. 푸헝이 건륭의 스물 일곱 번째 여동생 결영(潔英) 공주와 그렇고 그런 사이였으니 그럼 푸헝은 그 부마인 더야에게 녹두건을 씌운 셈이었다. 더야가 다시 월영(月瑛) 공주랑 애매한 관계임이 밝혀졌으니 그럼 부마인 오진청(吳振淸)도……. 건륭이 알고 있기론 백 손가락이 있어도 미처 꼽을 수 없을 만큼 조정의 남녀관계는 얽히고 설켜 있었다. 구태여 일일이 나열할 필요도 없이 성조(聖祖)의 애첩이었던 정춘화(鄭春華)가 윤잉(允礽)과 내통하였으니, 그렇게 따지면 영명한 성조도 녹두건을 썼어야 한단 말인가.

더럽고 지저분하고 불분명한 남녀관계는 어느 조대를 막론하고 대동소이했으니 그걸로 일희일비할 건더기조차 못 된다고 건륭은 생각했다. 그러나 비록 당아도 떠도는 '유언비어'를 전한 데 불과하다곤 하나 정작 그 입에서 '푸헝은 폐하를 위해 목숨 걸고 일하는 데'라는 말을 듣는 순간 건륭은 마음이 착잡해졌다. 혹시라도 자신과 푸헝의 인간성을 두고 당아가 저울질할지도 모른다는 생각에 건륭이 무겁게 입을 열었다.

"남녀 사이의 애정이라는 건 하늘의 조화여서 어느 누구도 그 그물로부터 벗어날 순 없는 것이네. 천하에 자기 마누라밖에 모른다는 푸헝도 예외일 수는 없지. 자네들은 모르겠지만 이번에 산채를 습격하면서 비적의 여두목과 푸헝 사이가 심상찮았다고 하네. 들리는 말에 의하면 그 여자가 죽지만 않았어도 둘은 어디론가 도망이라도 갔을 거라고 하네……."

푸헝이 강호의 여비적과 그 정도로 죽고 못 사는 사이였다는 사실에 당아는 적이 놀랐다. 그러나 놀라움도 잠시 그녀는 무거운 짐을 덜어 놓은 것 같은 홀가분함에 전율했다. 남편에게 죄스러웠던 마음이 조금은 위로를 받을 수 있을 것 같았다. 이때 나라씨가 입을 열었다.

"폐하, 지금부터 소첩이 아뢰어 올리는 말씀에 그 뿌리를 캐지 않겠다고 약조해 주시옵소서. 소첩도 누군가로부터 전해들은 소문인지라 속속들이 다는 모르옵니다……."

"무슨 말인데 그리 뜸을 들이나?"

건륭이 웃으며 말했다.

"짐이 그리 약조할 테니 어서 말해보게."

"어떤 사람이 그러는데…… 선제께오선 비명에 횡사하셨다 하였사옵니다!"

순간 건륭이 벌떡 일어나 앉았다.

"폐하……!"

"캐지 않기로 했으니 걱정 말게."

안색이 한껏 굳어진 건륭이 덧붙였다.

"아는 데까지 말해 보게. 짐이 알고는 있어야 하니 말일세!"

벌써 두 눈이 휘둥그래진 당아를 향해 건륭이 말했다.

"자넨 짐의 자리에 편히 누워있게……. 요긴하긴 하지만 과거지사이니 그리 걱정 안해도 되네. 짐이 밖에 나가 나라씨랑 얘기 나누고 올 테니 한숨 자게."

이같이 말하며 건륭은 곧 밖으로 향했다. 나라씨는 내심 불안해하며 건륭을 따라 천정(天井)으로 나왔다.

밤이 으슥한 정원은 쥐죽은듯 고요했다. 종수궁의 비구들은 감히 밖에 나오지 못하고 방안에 들어앉아 타좌(打座)하고 있었다. 사위가 정적에 휩싸여 있는 가운데 멀리서 야경꾼 태감의 쉰 목소리가 끊어질 듯 이어지며 들려왔다.

"조…… 심…… 등…… 화……."

한 조각의 누런 초승달이 손가락 사이로 한줌의 은광을 흘리고 있었다. 어화원 쪽에서 날아오는 꽃향기와 불당의 농염한 향냄새가 한데 어우러져 묘한 향내가 어두운 밤 공기에 퍼져있었다. 오랜 침묵을 깨고 건륭이 나지막이 입을 열었다.

"말해 보게."

"폐하께오서 소첩을 이토록 신뢰하시니 소첩은 들은 대로 아뢰어 올리겠나이다."

나라씨의 목소리는 유난히 또렷했다.

"소첩의 친정올케가 십육공주님 댁에 생신 축하드리러 갔다가 연회석상에서 귀동냥을 했나 하옵니다. 선제께오서 임청 좋아하신 궁빈이 하나 있었는데, 이름이 인제라고 하는 것 같았사옵니다……"

"그래, 교인제(喬引娣)!"

건륭이 덧붙였다.

"원래 십사황숙 윤제가 데리고 있던 여자였지, 근데?"

"선제께오서 친아우와의 불화를 감내하면서까지 그 여자를 빈비로 데려온 것에 대해 사람들은 이러쿵저러쿵 말이 많았다 하옵니다. 나중에야 안 일이지만 교인제라는 여자는 생김새가 선제께오서 지방 순시 중에 우연히 만나 사랑을 했고 족규(族規)를 어겼다 하여 불에 타죽은 소복(小福)이라는 여자랑 쏙 빼어 닮았다고 하였사옵니다……"

여기까지는 건륭이 황자 시절에 가노(家奴)였던 고복(高福)에게서 들은 바가 있었다. 나중에 고복이 군주를 배신하였다 하여 죽임을 당하고 나서는 더 이상 이 사실을 아는 사람이 없을 거라고 생각해 왔던 건륭은 적이 놀랐다. 그러나 짐짓 내색하지 않고 물었다.

"그런데, 그것이 선제의 붕어랑 무슨 관련이 있다는 말인가?"

"남남으로 보기엔 너무 닮았다 하옵니다."

나라씨가 잠시 뜸을 들이더니 말을 이었다.

"선제께오선 용모가 그리 빼어나지도 않은 교인제를 육궁의 3천 궁녀들 중에서 가장 아끼고 좋아하셨다 하옵니다. 크게 노하시어 목을 베고 집을 압수 수색하는 와중에도 교인제가 조용히 말리면 기적같이 그 화가 가라앉곤 했다 하옵나이다……."

건륭이 머리를 끄덕였다. 자신이 직접 보아온 사실이었기 때문이다. 한번은 등나무가지로 홍주(弘晝)의 다리를 얼마나 후려쳤는지 피가 터지고 나뭇가지마저 꺾였었다. 아무도 감히 엄두를 못내는 가운데 인제가 환부에 바르는 약을 가져다 말없이 홍주에게 발라주었다. 그 모습을 지켜보며 마냥 준엄하기만 하던 옹정이 눈물을 보이지 않으려고 등나무가지를 내던지며 한숨 짓고 돌아서던 광경이 아직 눈앞에 생생한 건륭이었다.

건륭이 과거로의 회상에서 회귀하고 있던 중 나라씨가 바위가 갈라지고 하늘이 놀랄 정도로 충격적인 말을 했다.

"바로 그 교인제가 선제를 시해(弑害)하였다 하옵니다!"

온몸을 흠칫 떨며 건륭은 문득 공포의 그날 밤이 떠올랐다. 의혹을 사기에 충분한 두 시체, 기괴한 혈흔, 그 뜻이 묘연한 옹정의 친필 유조(詔諭).

"그 끔찍한 장면은 그날 저녁 불침번이었던 궁녀가 직접 목격했다 하옵니다. 약을 복용하실 거라고 하시며 물을 내어오라 명하시어 물잔을 쟁반에 받쳐들고 들어가니 선제께오선 부드러운 시선으로 교인제를 응시하시며 자네가 이 약이 몸에 좋다 하니 한 알씩 나눠먹자고 하셨다 하옵니다. 선제와 교인제가 환약을 한 알씩 복용하는 모습을 보고 물러난 궁녀는 밖으로 나오자마자 '쨍그랑!' 하고 물잔이 박살나는 소리에 놀라 발끝을 치켜들고 창문을 통해 안을 들여다 보았다 하옵니다. 그런데, 이게 어쩐 일이옵니까? 선제께오서 한 손으로는 고통스레 배를 끌어안고 다른 한 손으로 교인제를 가리키시며 '자네…… 어찌 짐을 시해하려 들 수가 있단 말인가? 짐은…… 자넬 위해서라면…… 뭐든지 다해 주고 싶었는데……' 라고 말씀하셨다 하옵니다."

나라씨는 조심스레 건륭의 눈치를 살피며 말을 계속했다.

"그러자 인제가 대뜸 종이 자르는 칼을 치켜들고 달려들더니 선제의 가슴팍을 향해 힘껏 찔렀다 하옵니다……. 궁녀가 하마터면 기절해 죽을 뻔했다 하옵니다!"

이쯤하여 건륭은 머리칼이 쭈뼛하고 마음이 혼잡하기 이를 데 없었다. 그날저녁 자신이 보았던 끔찍한 현장과 맞아떨어지니 달리 의심을 품을 여지가 없었던 것이다. 어둠의 장막에 휩싸인 크고 작은 궁궐들에서 귀신이라도 출몰할 것 같았다. 음산하고 소름이 끼쳤다……. 대경실색하여 연신 찬 기운을 들이마시던 건륭이 물었다.

"그 다음은?"

"선제께오서 괴로워 몸부림치는 모습에 교인제가 겁을 집어먹고 뒷걸음치자 선제께오서 마지막 숨을 몰아쉬며 띄엄띄엄 물으셨다 하옵니다. '짐을…… 좋아한다며…… 왜 그랬어? ……그러나, 자네 손에 죽으니…… 여한은 없네…….' 이에 교인제가 말하길 '신첩의 생모한테서…… 다 들었나이다…….' '자네 생모라? 누구 말인가? 뭘…… 다 들었다는 겐가?' '신첩의 생모는 바로 폐하께오서 그리 못 잊어하시는 소복이옵니다! 하오니 십사마마는 저의 친숙부였고, 폐하께오선 저의 생부였사옵니다! 그날 폐하께오서 친히 목격하셨다는 불에 타 죽은 여인은 신첩의 어머니가 아닌 쌍둥이 이모였다 하옵니다…….' 그러한 교인제의 말에 충격을 받으신 선제께오선 즉시로 숨을 거두셨다 하옵니다…….'

드디어 말을 마친 나라씨는 왜소한 몸을 동그랗게 오그린 채 공포에 질려 건륭의 가슴을 파고들었다.

"폐하, 신첩은 두렵사옵니다…… 이 자금성…… 이 황궁, 금원의 구석구석에서 귀신이 출몰할 것만 같사옵니다……."

자신이 목격했던 부친의 참사 장면과 나라씨가 궁녀에게서 들었다는 말이 어김없이 들어맞는다는 데 놀란 건륭은 느닷없이 사시나무 떨듯하며 무작정 자신의 가슴을 파고드는 나라씨를 보며 문득 뇌리를 치는 그 무엇을 느꼈다. 창백하게 질린 나라씨의 얼굴을 받쳐 올리며 건륭이 다그쳤다.

"혹시 그 '궁녀'가 자네 아니었던가?"

고양이 앞에 선 쥐처럼 잔뜩 겁에 질린 두 눈으로 건륭을 바라보며 마른침을 꿀꺽 삼키던 그녀가 마침내 무겁게 고개를 떨구었다. 그리고는 거의 들리지 않는 목소리로 말했다.

"그렇사옵니다……."

"방금 짐에게 들려주었던 말이 밖으로 새어나가면 구족(九族)이 멸문지화(滅門之禍)를 입게 된다는 걸 알아야 하네."

건륭이 미간을 좁히며 덧붙였다.

"안 그래도 훗날 이런 경우를 미연에 방지하기 위해 몇몇 왕대신들은 담녕거 현장을 목격한 태감, 궁녀들을 전부 벙어리로 만들어 영원히 출궁을 못하게끔 하자고 제안했었지. 그런데, 자네같이 영특한 사람이 어찌 이런 말을 함부로 세 치 혓바닥에 올릴 수 있단 말인가?"

"폐하! 절대 그런 건 아니옵니다, 절대!"

나라씨가 허물어지듯 바닥으로 쓰러졌다.

"신첩은 천지신명께 맹세할 수 있사옵니다. 방금 폐하께 아뢴 말은 다른 사람에겐 한 마디도 입밖에 내지 않았사옵니다. 지금 밖에서 나도는 요언은 훨씬 심각하옵니다. 신첩은……."

그녀가 공포에 질려 흐느끼며 말을 이었다.

"폐하께오선 신첩이 잠들면 잠꼬대 한 번 안하고 아기같이 쌔근 대며 잘 산나고 하시지 않았사옵니까……."

건륭이 땅바닥에 주저앉은 나라씨를 일으켜 세웠다. 섬뜩하게 날이 선 눈빛으로 똑바로 응시하며 물었다.

"밖에 나도는 요언은 훨씬 심각하다니 무슨 말인가?"

그러자 나라씨가 눈물을 훔치며 말했다.

"선제께오서 폭사하시는 그날 저녁 유독…… 폐하께서만 현장 에 계셨다 하옵나이다. 폐하께서도 윤잉과 마찬가지로 부황(父 皇)의 애첩에 눈독을 들여 선제께서 교인제와 폐하의 현장을 덮치 시어 그 같은 불상사가 일어났다 하옵니다"

건륭은 이같은 악성 유언비어에 황당하고 불안했다. 누가 감히 이 같은 요언을 지어내어 유포했단 말인가? 대체 요언의 진원은 어디일까? 불끈 쥔 주먹에서 뚜두둑 뼈마디들이 부딪치는 소리가 났다……

"폐하, 폐하……."

나라씨가 건륭의 옷깃을 잡아당겼다.

"밤이슬이 차옵니다. 어서…… 불당으로 드시옵소서."

"오!"

그제야 깊은 생각에서 소스라쳐 헤어난 건륭이 차갑게 웃으며 말했다.

"자네 혼자 들어가 당아의 동무가 되어주게. 짐은 양심전으로 돌아가봐야겠네. 짐의 머리 속엔 온통 수상쩍은 자들뿐이네."

살기가 번뜩이는 눈빛을 보이며 이같이 말하던 건륭이 표정을 부드럽게 하여 나라씨의 볼을 쓸어 내리며 말했다.

"내일 밤에는 자네의 녹패를 뽑아줄 테니 기다리게! 오늘 일을 계기로 당아와 사이좋게 지내도록 하게. 앞으로 당아가 입궐할 때는 자네 궁전을 빌려주는 자상함을 보여주면 금상첨화일 테고!"

나라씨가 얼굴을 붉히며 일부러 샐쭉한 표정을 지어 보였다.

양심전으로 돌아온 건륭은 장정옥을 부르려 했으나 자명종을 보니 벌써 해시(亥時)가 다 되어가고 있었다. 궁문이 닫혀 조용히 불러들이기는 글렀는지라 포기하고 주장을 펼쳐들었다. 그러나 마음이 뒤숭숭하여 좀처럼 글씨가 눈에 들어오지 않았다. 짜증스레 상주문을 밀어버리며 고무용을 불렀다.

"자넨 밤에도 자녕궁을 자주 들락거리는 편이니 알 게 아닌가? 태후부처님께서 평소 이 시간에 침수에 드셨던가?"

"아직 침수에 드시지 않으셨을 게 분명하옵니다, 폐하! 부처님께오선 기력이 왕성하시어 별다른 일이 없으시더라도 늘 자시향(子時香)을 사르시고 향을 마주하여 향보(香譜, 향이 타오르는 형태에 따라 길흉을 점치는 일)를 맞추신 연후에야 침수에 드시곤 하옵니다. 오늘은 푸헝 여섯째도련님의 첩보가 날아온 데다 욕불절인지라 경사가 겹쳐 방금 쉰네가 아교와 향을 가지러 가서보니 폐하를 배알하러 왔던 십칠황고(十七皇姑)와 지패놀이를 하고 계셨사옵니다!"

그러자 건륭이 말했다.

"짐도 오늘저녁은 잠기를 놓쳐서인지 통 잠이 안 오네. 앞장서게. 자녕궁으로 가봄세!"

이에 고무용이 급히 아뢰었다.

"폐하께오서 자녕궁으로 걸음을 하시기에 앞서 쇤네가 미리 부처님께 이 소식을 전하고 오는 것이 어떨까 하옵니다!"

그러자 건륭은 종행(從行)에게 외투를 챙기라고 이르고는 웃으며 말했다.

"아들이 엄마를 뵈러 간다는데, 미리 보고할 것까지 있는가? 그리 수선떨 것 없이 그냥 가세."

태후는 과연 지패를 만지고 있었다. 그러나 분위기는 건륭이 상상했던 것처럼 그리 열렬하지 못해 보였다. 황후를 마주하고 온돌 위에 자리한 태후의 양측에는 일찍 홀로된 넷째와 열일곱째 황고가 열심히 지패를 들여다보고 있었다. 십칠황고의 등뒤에는 서른 살 가량 되는 젊은 부인이 서 있었다. 앞뒤엔 거룡(巨龍)이, 양어깨엔 행룡(行龍) 무늬가 선연한 네 폭 짜리 용포(龍袍)를 입고 머리엔 홍보석이 눈부신 조관(朝冠)을 쓰고 있었다. 손엔 일곱 개의 동주(東珠)가 들려 있었다. 건륭이 들어서자 여인은 말없이 무릎을 꿇었다.

"모친께서 오늘 기분이 좋으시네요."

건륭이 희색이 만면하여 태후에게 문후를 여쭙고는 일어서며 말했다.

"소자도 오늘은 잠을 놓쳐 어머니한테서 호랑이 담배 피던 옛날 옛적 이야기를 듣고 싶어 왔습니다……. 헌데 일곱째 누이는 왜 이렇게 무릎을 꿇고 계셔요? 가족끼리인데 이런 격식을 갖출 게 뭐 있어요, 예복까지 입고! 어릴 때 귀뚜라미를 놓고 누구 말을 잘 듣나 우리 같이 잘 놀았잖아요. 그때 내가 졌다고 일곱째 누이가 내 코를 얼마나 잡아당겼어요!"

건륭의 편안한 이 한 마디에 일곱째 공주가 얼굴에 미소를 지으며 말했다.

"폐하께오선 어찌 이 누이의 나쁜 점만 기억하시나이까? 여지 (荔枝, 열대 과일의 일종) 먹을 때 폐하께선 알맹이만 드시고 전 껍질을 먹던 기억은 없으시옵니까?"

그 말에 건륭이 파안대소했다. 그 바람에 실내의 분위기는 한결 좋아지는 것 같았다.

태후가 차례가 되어 지패 한 장을 내놓으며 일곱째 공주에게 말했다.

"봐라, 사람들과 이렇게 어울리니 훨씬 낫지? 집구석에 처박혀 헛된 생각만 하여 우울병만 키울게 뭐 있어! 그 많은 언니동생들 과 어울려 다니며 하루하루 즐겁게 살 것이지 아직 젊은것이 왜 그래!"

누이가 장광사의 군중에서 효력하고 있는 아들에 대한 그리움 이 사무쳐 마음고생을 하고 있다고 생각한 건륭이 웃으며 말했다.

"사람 위의 사람이 되려면 고생 중의 고생을 하지 않으면 안돼 요. 액부(額駙, 공주의 남편) 좀 보세요. 이렇다 할 군공(軍功)이 없는 데다 진사(進士)에도 합격하지 못하니 평생 광록사(光祿寺) 사경(寺卿)으로 뭉개다 가는 걸 봐요. 내가 조카를 군중으로 보낸 것도 누이의 앞날을 위해서였어요. 십칠황고만 보더라도 아들 머 거둬를 전쟁터에 내몬다며 여간 불평불만을 해대는 게 아니더니, 이젠 그 아들이 당당한 복건제독(福建提督)이 되어 돌아왔잖아 요! 개부건아(開府建牙)의 봉강대리(封疆大吏)면 얼마나 위풍이 당당한데! 우리 대청엔 군공이 없는 사람에겐 작위를 봉하지 못하 게 되어 있어요. 황제라도 타파할 수 없는 규칙이죠. 그러니 괜스 레 이 아우를 혼군으로 만들 생각일랑 말고 조금만 참고 견디세요."

건륭의 다정다감하면서도 농담 섞인 말에 태후와 황고들 모두 웃었다. 표정이 한결 밝아진 태후가 말했다.

"어쩌겠어, 그 아이도 성이 애신각라(愛新覺羅)이니, 타고난 팔자인걸! 내일 너의 넷째언니가 생일이라 연극을 한다고 하니 그리로 연극구경이나 가자꾸나. 푸헝이 승전고를 울린 기념으로 내일 군기처에 하루 휴가를 주고 황제도 같이 구경가는 게 어떤는지?"

태후의 말에 건륭이 생각했다. 아직 3년 동안의 국상이 끝난 건 아니었다. 그러나 초야의 관민들은 혼상대사(婚喪大事)에 연극을 관람하고 술자리를 벌이는 등 개금(開禁)된 지 한참 되었으니 이를 분명히 하기엔 이미 늦었던 것이다. 게다가 모친의 명까지 받은 건륭은 곧 웃으며 말했다.

"그 누이를 못 본 지도 한참 됐네요. 하오나 내일 오전엔 일이 있어 못 갈 것 같습니다. 실은 그 일로 어머니께 상의를 드리려고 왔습니다. 오후 나절에 예고없이 찾아가 누이를 놀라게 해드릴까 하오니 어머님은 황후가 모시고 먼저 가 계시는 것이 어떻겠습니까?"

그제야 사람들은 건륭이 태후에게 상의할 일이 있어 이 밤에 태후의 처소를 찾았다는 걸 알고는 서둘러 지패를 내려놓고 재빨리 일어나 물러갔다.

38. 공주(公主)는 외로워

황고와 공주들을 따라 황후도 옷섶을 여미며 예를 행하며 물러 가려 했다. 그러자 건륭이 급히 불러 세웠다.

"황후는 잠깐 있어 보세요. 여기 있는 줄은 모르고 부처님을 뵙고 부르려던 참이었어요!"

그러자 황후가 멈춰 서며 관심어린 표정으로 잠깐 건륭을 응시 했다. 자못 진지하기 만한 건륭의 낯빛을 보며 태후가 태감과 궁녀 모두를 물러가게 했다. 그리고는 물었다.

"이제 보니 황제의 기색이 썩 안좋은 것 같은데, 궁중에 무슨 나쁜 기운이라도 도는 겝니까? 아니면 무슨 일로 심사가 무겁다든 지?"

"그렇습니다. 소자의 심사가 무겁습니다."

건륭이 방석 하나를 집어들고 안락의자에 기대어 있는 태후에 게로 걸어갔다. 등이 배길세라 방석을 의자 등받이에 받쳐주고 황후 부찰써더러 자리에 앉으라고 시늉하며 제자리로 돌아오며 건륭은 귀비 나라씨에게서 들은 '유언비어'에 대해 자신이 푸헝에게 '녹두건'을 씌운 부분만 누락시킨 채 들은 그대로 전했다. 그리고는 두 눈을 가늘게 뜨고 말했다.

"이네들은 사실 선제께오서 정당하게 보위에 오르지 않았다는 말이 하고파 이같이 당치도 않은 유언비어를 조작해내는 것입니다. 선제께서 부정득위(不正得位)했다면 이 아들도 부정득위했다는 뜻이 아니겠습니까. 이 속엔 필히 큰 꿍꿍이가 숨어 있습니다. 소자는 오늘 많은 것을 생각했습니다. 장광사의 묘강대첩(苗彊大捷)이 없었고, 윤계선, 고항, 푸헝이 각각 강서, 산서에서 비적들을 호되게 때려주지 못했다면 소자에 대한 무슨 요언이 어찌 날조되었을지도 모르겠습니다! 선제와 보위다툼을 벌였던 여덟째, 아홉째, 열째, 열넷째 숙부 모두 이젠 물건너 간 사람들이 아닙니까? 저 세상에 간 여덟째, 아홉째 숙부는 제쳐두고라도 열째숙부도 소자의 부름을 받으면 오금부터 저린다 합니다. 십사숙 또한 그 옛날의 십사숙이 아닙니다. 그러니 이네들이 그런 요언을 날조했을 리는 없습니다. ……그렇다면 과연 얼음 밑을 흐르는 잠류(潛流)처럼 은근히 기염을 토해내는 이런 요언은 대체 누가 그 소용돌이의 한가운데 서 있단 말입니까?"

흥분하여 언성의 기복이 심한 건륭과는 달리 태후와 황후는 그다지 놀라는 기색들이 아니었다. 황후는 신들린 듯 춤추는 촛불을 멍하니 바라만 보고 있고 태후는 지패를 폈다 모았다를 거듭하며 생각에 잠겨 있었다. 한참 침묵이 흘렀다. 그제야 태후가 천천히 입을 열었다.

"바람이 있으면 풍원(風源)이 있기 마련입니다. 그러나 바람과의 전쟁을 선언하고 그 풍원을 찾아 헤매는 것처럼 아둔한 짓은 없을 것입니다. 황제의 말을 들어보니 그 뿌리를 캐고자 하는 것 같은데, 그건 절대 바람직한 처사가 아닙니다. 이같은 요언을 날조한 죄는 구족이 멸문지화를 당하는 경우에 해당된다는 걸 모르는 사람은 없습니다. 캐면 캘수록 목숨걸고 숨어들 것이니 공연한 일에 시간을 허비하지 않는 게 좋을 듯합니다. 제아무리 기승을 부리던 광풍도 때가 되면 잠잠해지게 마련입니다. 황제가 몽둥이 들고 쥐 잡는 일에 앞장서면 민심이 불안하여 오히려 예기치 않은 사단이 일어날 수도 있습니다. 선제께선 바로 그런 착오를 범하셨습니다. 그냥 스쳐 지나는 법 없이 사사건건 귓전 어지럽히는 일들을 캐다보니 죽여 마땅한 증정(曾靜)이란 자의 입을 열어 〈대의각미록(大義覺迷錄)〉을 펴내는 과오를 범했던 것입니다. 그 책 속엔 비밀에 붙여야 할 궁중의 비화가 공공연히 내비쳐져 있었고, 신비와 존엄을 지켜야 할 궁전이 만천하에 공개되지 않았습니까. 폐하께오서 즉위하자마자 그 책을 소각해버리고 증정의 목을 친 건 대단히 현명한 처사였습니다. 그런데 정작 본인에게 닥친 일에 대해선 어찌하여 좀더 여유있고 차분한 대응을 못하시는 것입니까? 그리고 설령 요언 날조자를 색출해 냈다 해도 황실의 종친이 되지 말란 법은 없지 않습니까?"

"아무튼 이 일은 간과할 수 있는 일은 아닙니다."

모친의 말에 깊이 공감하면서도 없던 일로 치부해버리기엔 너무 석연치 않다 생각하여 건륭이 덧붙였다.

"인(仁)으로 사람을 대하고, 관대함을 치세의 근본으로 삼으려하고 또 그리 노력해 왔습니다. 공자를 포함한 세상 그 어디에 물어도 소자가 그릇된 정치를 한다고 말할 사람이 없지 않습니까?

그럼에도 인정(人情)은 갈수록 각박해지고 세풍(世風)은 나빠져만 가니 이를 어찌하면 좋단 말입니까."

건륭의 고충에 공감하듯 태후가 긴 한 숨을 토해냈다. 손에 들고 있던 지패를 한 쪽에 던져버리며 태후가 말했다.

"황상, 비록 이 어미는 여자이지만 위정(爲政)의 어려움은 알고 있습니다. 선제께오선 생전에 자신을 원망하고 미워하는 사람들이 많다고 하셨습니다. 외관(外官)에서 경관(京官)에 이르기까지, 형제조카들에서 외척, 친귀들 모두 먹고사는 데는 걱정이 없어도 재물을 불리지 못한다고 하여 온통 불만투성이었다고 합니다. 다만 그네들은 성정이 강직한 선제 면전에서 감히 일언반구도 내비치지 못했을 뿐더러 밀주문 제도가 시행 중이어서 뒤에서도 수군대지 못했을 뿐이었다 합니다. 감히 할말을 못한다는 것과 할말이 없다는 건 다르지 않습니까, 황상?"

그러자 건륭이 머리를 끄덕였다.

"지당하신 말씀입니다, 어머니."

자리에서 일어나 궁전 어귀로 걸어간 태후가 어둠 짙은 문 밖을 내다보며 말했다.

"관대한 정치를 하는 것도 보기엔 용이해 보입니다. 그러나 황상께서 즉위하시자마자 천하의 전량(錢糧)을 면해주심으로써 전량징수를 통해 한바탕 포식을 하는 데 익숙해져 있는 수많은 탐관들의 재원을 차단시켜버렸다는 사실을 알고 계십니까? 처자식 떼어놓고 천리 밖으로 나가길 원하는 관원들은 대부분이 빠른 시일 내에 부자가 되기 위한 발판을 마련하기 위해서라고 공공연히 말하고 다니는 사람들도 있다고 합니다. 사정이 이러하니 주상의 전량면제정책에 열성조들께서 흡족해하시고 백성들이 환호작약하는 반면 정작 현지 관원들은 벙어리 냉가슴 앓듯 할 수밖에요!"

그러자 건륭이 웃으며 말했다.

"배터지게 실컷 먹어보라지, 칼날 잡은 자가 이기는 경우는 아직 못 봤으니! 소자는 갖은 명목으로 가렴주구를 일삼아온 몇몇 악덕분자들의 목을 쳐 나무 뒤에 숨어 있는 원숭이들에게 닭 모가지 비틀어 피 받는 섬뜩함을 보여줄 것입니다! 비록 어린 나이였어도 성조의 치국풍모를 흠모하고 성조를 능가하는 군주가 되겠노라고 야심찬 꿈을 키워온 소자입니다!"

이같이 말하던 건륭의 뇌리에 문득 윤잉의 아들 리친왕 홍석이 떠올랐다. 그 아비에 그 아들이라더니, 혹시 그 마성(魔性)을 유전받아 내게 슬슬 마수를 뻗치기 시작하는 건 아닐까? 그러나 건륭은 이런 생각을 입밖에 내지는 않았다. 그저 웃으며 말했다.

"어머니께서 지적하셨듯이 소자가 생각하기에도 전 일 처리에 개연성이 부족해 보입니다. 해마다 봉천으로 제(祭)를 올리러 가시고, 강남으로 미복순방을 나가시고, 가을엔 어김없이 목란(木蘭)으로 수렵을 떠나시던 성조를 본받아 다리품을 팔아 민초들의 삶의 현장에 다가서는 군주가 되고 싶습니다. 하오나 성조께선 주변에 하늘이 무너져도 받쳐줄 수 있는 믿음직한 신하들이 많았기에 맘놓고 집을 비울 수 있었지만 소자는 그렇지 못한 것이 유감입니다. 또한 어머니께서 염려하실까 걱정되어 쉬이 발걸음이 떨어지지 않습니다. 백문이 불여일견이라 하여 자주 순방을 나서는 것이 좋은데……."

"나야 당연히 걱정이 태산이지."

태후가 말을 이었다.

"요즘 시위들은 성조 때랑 많이 다릅니다. 주군을 섬김에 있어 자신의 희생을 당연시하고 무조건적인 충성을 보여주었던 그 옛날의 시위들과는 달리 요즘 애들은 자기 과시욕에 잔뜩 부풀어 어딜 가든 겸손하지 못하고 거들먹거려 백성들에게 스스로 자기 신분을 노출시키기에 황제가 미복을 다녀오려 해도 그리 쉽진 않을 것입니다. 조급해하지 말고 시위들 중에서 여러 번 채를 쳐 알맹이만 걸러내도록 하십시오. 이 어미가 보기엔 류통훈(劉統勛)이란 젊은이가 썩 괜찮아 보이던데, 그 사람을 시켜 물색하도록 하는 게 좋겠습니다."

태후가 숨을 길게 내쉬었다. 그리고는 웃으며 화제를 돌렸다.

"그리고 이건 늙은이의 노파심에서 하는 소리일 수도 있지만 이 어미는 황제가 여색에 약한 것 같아 걱정입니다. 여자란 가까이 하여 좋을 게 없습니다. 그리고 후궁에 3천 미녀들을 제쳐두고 하필이면 당아가 뭡니까? ……얼굴 붉힐 것 없고, 누가 언질을 주어서 안 것이 아니고 어미 정도의 연륜을 가진 사람이면 척 하면 삼천리입니다. 늙으면 눈치밖에 남지 않는다고 하지 않았습니까? 성조도 여자 때문에 곤욕을 많이 치른 분이시고, 선제 또한 여자 때문에 크게 마음을 다친 분입니다. 사내란 여자를 가까이 할 때와 멀리 할 때를 알아야 합니다. 벽에도 귀가 있다고 했는데, 당아와도 적당히 하셔야지 무슨 사단이라도 생기면 어찌합니까?"

구구절절이 달리 반박할 여지가 없는 맞는 말이었다. 증조부인 순치황제는 동악씨(董鄂氏)라는 여자에게 순정을 느꼈고, 그 동악씨가 요절함에 따라 심한 우울증에 시달리던 중 붕어했다고 알려졌다. 강희제는 유독 훗날 윤상의 생모가 된 아슈를 좋아하여 맘에 두고 있는 사람이 있던 아슈가 급기야는 출가를 해버리는 감정의 파란을 겪어야 했다. 부친인 옹정제는 두 말이 필요없고,

이젠 자신이 또 그 정종(情種)을 물려받았으니, 애신각라 가문의 남자들은 정이 범람하여 사단을 일으킨다는 데 공감하지 않을 수 없었다. 그러나 한두 마디의 성인어록으로도, 그 누구의 간절한 권언으로도 붙들어맬 수 없는 것이 남녀간의 감정이라고 건륭은 생각했다. 잠시 생각해 보았으나 마땅히 태후의 마음에 들만한 답변거리를 찾지 못한 건륭이 웃으며 말했다.

"선인들의 전철을 밟지 않도록 노력하는 아들이 되겠습니다. 하오니 염려 마시고 내일 연극 구경 가시어 즐거운 한때를 보내실 준비나 하십시오. 소자도 이만 돌아가 봐야겠습니다."

말을 마친 건륭은 태후가 잡기라도 할세라 서둘러 궁전을 나섰다. 양심전으로 돌아와 이리 뒤척, 저리 뒤척 생각이 깊어 쉬이 잠을 못 이루던 건륭은 새벽녘이 다 되어서야 겨우 잠이 들었다.

사공주(四公主) 애신각라 청영(晴瑛)의 50 대수(大壽) 축하행사자리는 대단히 법석거렸다. 나이가 지긋한 순치제(順治帝)의 세 딸과 강희제(康熙帝)가 남긴 서른 명의 딸들을 비롯하여 50살을 넘긴 공주들은 열서너 명에 불과했다. 그러니 그녀는 장수한 공주인 셈이었다. 어제저녁, 오늘 이 자리에 태후도 연극구경을 올뿐더러 잘하면 황제도 걸음을 할지 모른다는 태후의 의지(懿旨)를 십칠공주로부터 전해 받은 사공주 일가는 감히 꿈도 꾸지 못했던 태후와 황제의 도래(到來) 소식에 흥분하여 밤을 하얗게 지새우고 말았다.

이들은 부랴부랴 당초 계획했던 조촐한 당회(堂會)를 취소하고 호수 위의 정자에 따로 커다란 무대를 마련했다. 무대가 높고 언덕 지대가 낮아 태후가 연극구경하기에 불편해할세라 가인들이 총출

동되어 밤새도록 황토를 등짐으로 날라 3, 4척은 더 되게 둔덕을 높였다. 그리고는 황토 위에 네 발 둘레의 굵기만큼 되는 버드나무를 열 몇 그루 심고 야들야들하여 푸른 융단 같은 풀을 삽으로 떠다 깔아놓았다.

사시(巳時)가 가까워오자 녹경당(祿慶堂)의 희자(戲子)들이 우르르 몰려들었다. 공주들은 하나씩 배수(拜壽)하러 들어가면서도 이네들에게 알은체하는 사람은 아무도 없었다. 희자들이 어찌해야 할지를 모르고 있을 때 마름이 날아갈 듯이 달려오더니 녹경당의 반장격인 왕웅(王雄)을 다짜고짜 잡아끌고 구석자리로 갔다. 묵직한 은자(銀子) 뭉치를 탁자 위에 탕 올려놓으며 마름이 말했다.

"선불금이니 희자들로 하여금 최고의 실력을 발휘토록 해야겠소. 태후부처님과 폐하께오서도 관람오신다 하셨으니 정신 똑바로 차리란 말이오!"

그러자 왕웅이 정신이 번쩍 들어 두 눈이 휘둥그레졌다.

"과연 태후부처님과 폐하께오서도 관람하신단 말씀이오? 최상의 기량을 보이라고 내가 단단히 일러두겠소. 관람하실 연극의 목록을 보여주오!"

마름이 건넨 종잇장을 보니 〈마고헌수(麻姑憲壽)〉란 연극이 첫 자리를 차지했다. 그 밑으로는 〈화소홍련사(火燒紅蓮寺)〉,〈만상홀(滿床笏)〉,〈타금지(打金枝)〉,〈목련구모(目蓮救母)〉,〈왕상와어(王祥臥魚)〉,〈도활차(挑滑車)〉 등 연극 이름이 빼곡이 적혀 있었다.

잠시 종잇장을 들여다보던 왕웅이 혼잣말처럼 말했다.

"모두가 늘 공연하던 것들이라 그리 어려울 것도 없겠군. 그런

데 이 〈조활차〉는 악비(岳飛)가 금(金)나라 병사들과 교전하는 장면이 들어 있어 국체(國體)에 어울리지 않는다 하여 꺼리는 것인데 혹시라도 폐하의 심기를 다치게 하는 날엔 큰 일 아니겠소? 그리고 이것도 그렇지, 〈타금지〉 말이오. 오늘 보니 대부분이 공주님들이던데, 어찌 이런 연극을 주문할 수가 있소? 어디 사람 잡을 일 있나?"

"〈조활차〉는 십이액부(十二額駙)의 여동생이 주문했는데, 뭘 몰라서 그런 것 같소. 그러니 이건 지워버리는 게 낫겠소."

마름이 덧붙였다.

"그리고 〈타금지〉는 십팔공주께서 주문한 연극이오. 십팔공주라면 폐하의 동복 여동생이니 웬만하면 폐하께서 애교로 봐 주실 거요."

말을 마친 마름은 다시 날 듯이 어디론가 달려갔다. 이때 멀리서 '태후부처님께서 납시었다!'라는 외침이 점점 가깝게 들렸다.

장내가 떠나가라 담소를 즐기던 공주들이 뚝 입을 다물었다. 왕웅이 창문으로 훔쳐보니 공주들은 장유(長幼) 순서대로 줄을 서고 있었다. 낭하에도 몸종어멈들이 순서대로 고개를 숙이고 서 있었다. 공주가 하나씩 나올 때마다 낭하의 몸종어멈들도 자기주인을 따라 태후를 영접하러 나갔다. 공주들마다 네 명의 어멈을 대동하였다.

잠시 후 태후와 몇몇 나이 많은 태비(太妃)들이 담소를 즐기며 이문(二門)을 들어섰다. 그러자 공주들은 일제히 무릎꿇어 머리를 조아려 문후를 올렸다.

"그만하고 일어나게들."

태후는 웃는 듯 마는 듯한 표정으로 서른 네 명의 공주들을 하나씩 훑어보았다. 한눈에 알아볼 만한 사람도 있었고, 고개가 갸웃 기울어지는 사람도 있었다. 일일이 눈 도장을 찍고 난 태후가 그제 야 환한 미소를 머금으며 옆에서 시중들던 넷째공주 청영에게 말 했다.

"작년에 자네가 데리고 왔던 아홉째네 공주가 영특하고 고와서 내가 맘에 들어했었는데, 그 뒤론 통 입궐하는 모습을 못 봤네? 오늘은 왔는가?"

다소 당황해하는 모습을 보이던 청영이 고개를 떨구며 나지막 이 답했다.

"복도 지지리도 없는 사람이었사옵니다. 올해 원소절을 쇠고 세상 떠났사옵니다. 부처님께서 상심이 크실 것 같아 감히 여쭤 올리지 못했사옵니다."

순간 태후의 얼굴에 웃음기가 가신 듯 사라지고 말았다. 말없이 그저 머리만 끄덕였다.

"연극이나 구경하세. 황제도 걸음을 하실 거라고 하셨으니 이제 곧 도착할거네."

일순 숙연한 기분에 휩싸인 공주들은 숨죽이고 자기 자리를 찾 아가 앉았다. 사공주는 태후를 동반하여 호수 위의 무대가 가장 잘 보이는 황토언덕 버드나무 밑에 자리했다. 태후가 중간에 앉고 넷째와 십칠공주가 왼편에 어깨를 나란히 하여 앉았고, 오른편에 는 황후가 자리했다. 그 옆에 비어있는 반룡(蟠龍) 의자는 당연히 건륭의 자리였다. 모든 준비가 끝나가자 사공주가 자리에서 일어 서서 웃으며 말했다.

"태후부처님, 오늘은 비록 저의 생일이라곤 하오나 부처님께서 왕림하시니 전 벌써 십년이고 백년이고 첨수(添壽)된 느낌이옵니

다. 자리한 모든 이들이 부처님의 천추천세(千秋千歲)와 폐하의
만수만년(萬壽萬年)을 공축(恭祝)드리는 뜻에서 한마음, 한뜻으
로 연극 〈마고헌수〉를 주문했사옵니다. 부디 즐겁고 편안한 자리
가 되시길 기원하옵나이다."

"천추는 뭐고, 만수는 뭔가?"

태후가 웃어서 실눈이 된 두 눈을 반짝이며 말했다.

"빨리 죽으라는 소리보단 나으나 세상천지에 천년을 산 사람이
어딨겠나? 오늘 보니 전혀 생소한 얼굴들도 많군. 꼭 마치 조회를
하는 것처럼 분위기를 딱딱하게 만들지 말고 마음 맞는 이들끼리,
평소에 알고 지내던 사람끼리 같이 앉도록 하게. 연극 구경하는
자리에서까지 장유를 논하고 서열을 따질 게 뭔가? 아니 그런가?"

그러자 넷째와 열일곱째 공주가 급히 웃으며 화답했다.

"그럼요, 부처님! 역시 부처님께오선 인정 많으시고 천리(天
理)를 꿰뚫어보시는 분이옵니다!"

기다렸다는 듯이 공주들은 호들갑을 떨며 한바탕 호붕환우(呼
朋喚友)의 소란을 피워댔다. 엄숙하고 진지하기만 하던 분위기는
온 데 간 데 없고 장내는 여인네들의 도란도란 말소리와 호호하하
웃음소리로 활기를 띄었다. 공주들의 몸종어멈들만이 시종 그린
듯 제자리를 지키고 서 있었다.

징소리가 울리며 연극이 시작되었다. 마고(麻姑) 역을 맡은 희
자는 북경에서 유명한 향운(香雲)이라는 희자였다. 긴소매를 행
운유수처럼 휘저으며 한 무리 선녀들 중에서 군계일학의 미를 연
출하는 자태가 선경에서 노니는 진짜 선녀를 보는 것 같았다. 향연
(香煙)이 살며시 무대를 감도는 가운데 채색 띠가 표표하여 황홀
경이 눈부셨다. 이어 혼신을 전율케 하는 마고의 음창(吟唱)이

먼 하늘 끝에서 들려오는 천뢰(天籟)같이 장내를 사로잡았다.

　　왕모(王母)를 배견(拜見)하고자 요대(瑤臺)를 떠나 오채로운 상
운(祥雲)을 타고 범경(凡境)에 내려오니, 고개 돌려 바라보매 천궐
(天闕)이 우뚝, 인간세상을 조감하니 제은(帝恩)이 쟁영(崢嶸)하
고, 부처님의 은혜, 띠를 이룬 강하(江河)와 더불어 굽이치매 온 누
리에 서기(瑞氣)가 듬뿍! 천년 반도(蟠桃)를 불조(佛祖)께 바치고
여래(如來) 앞에 공봉하여 억만 중생, 선남신녀(善男信女)가 더불
어 요순제덕(堯舜帝德)을 노래하리……

광대의 탈을 쓴 왕웅이 군선(群仙)들 사이를 나비처럼 넘나들
며 우스꽝스런 동작을 거듭하며 마고에게로 다가가 익살을 떨었
다.
　"아리따운 선녀께서 반도(蟠桃)를 따오셨다며 복숭아가 싱싱
할 때 부처님께 올리지 않고 뭘 하시나요?"
　"그거야 당연하지요!"
　마고가 왕웅의 익살에 애교 섞인 면박을 주며 긴소매를 휘저어
보이자 삽시간에 무대엔 안개가 자욱히 피어났다. 잠시 후 안개가
걷혔을 때는 선녀들의 손에는 저마다 자그마한 복숭아쟁반이 들
려 있었다. 절기상 복숭아철은 아니지만 북경 풍대(豊臺)의 류씨
네는 벌써 5월 선도(仙桃)를 재배하는 데 성공하여 보기에도 탐스
런 복숭아를 공납(貢納)해왔던 것이다. 선녀들은 무대 옆의 아치
형 구름다리를 사뿐히 내려와 황토언덕 밑에서 태후를 향해 복숭
아쟁반을 머리 위로 받쳐 올렸다. 일제히 예를 갖춰 문후를 올리며
말했다.

"태후부처님과 황후마마의 복여동해(福如東海), 수비남산(壽比南山)을 공축드리옵나이다! 사공주마마의 천세, 천천세를 공축드리옵나이다!"

그러자 태후가 희색이 만면하여 말했다.

"공주들에게 두 개씩, 황제랑 우리에겐 한 접시만 내려놓게!"

태후가 다시 마고를 가리키며 사공주에게 말했다.

"저네들에게 상을 내리게!"

"예, 부처님."

사공주가 어딘가를 향해 신호를 하자 미리 대기 중이던 가인들이 대나무바구니에 가득한 건륭전(乾隆錢)을 들고 무대 한가운데로 나오더니 와르르 쏟아놓았다. 그러자 방금 전까지 갖은 모양을 내며 '선녀'의 단아한 자태를 자랑하던 회자들이 머리 조아려 사은을 표하고는 뒤질세라 밀치고 닥치며 허겁지겁 무대로 달려갔다. 돈을 끌어들이기에 혈안이 되어 추태만상인 회자들을 보며 태후와 부찰씨 그리고 공주들 모두 배꼽을 잡고 말았다.

〈마고헌수〉가 끝나고 이어 공주들이 특별 주문한 연극이 하나씩 공연되기 시작했다. 귀신들이 난무하는가 하면 승도(僧道)들이 판을 쳐 분위기가 괴괴하긴 했지만 그런 대로 볼만했다. 두 번째 연극 〈만상홀〉이 공연될 때는 비교가 될 만큼 분위기가 조용했다. 잠자코 있던 황후가 탄식하듯 내뱉었다.

"곽자의(郭子儀)처럼 슬하에 7자 8서(七子八婿)를 두고 은택이 만당(滿堂)하여 장수와 복귀를 누린 사람은 아마 역사적으로 몇 안될걸?"

그러자 사공주가 껄껄 웃으며 답했다.

"그래서 연극 아닙니까? 저처럼 만사여의(萬事如意)한 경우가 실제로는 어디 있을 법한 얘깁니까? 사실 곽자의라는 인물은 그리 큰 공훈자는 아닙니다. 황제가 은택을 한 번씩 내릴 때마다 황공하여 어찌할 줄을 몰라 했다 합니다. 황은이 어디 그리 쉽게 내려지는 건 아니잖습니까."

"넷째누이의 한마디가 참으로 의미심장합니다. 인신(人臣)들이 다 이같이 생각한다면 군신(君臣)간의 불화는 있을 수가 없겠죠!"

갑자기 등뒤에서 말소리가 들려왔다.

사람들이 고개를 돌려보니 어느새 건륭이 몰래 와 뒤에서 연극을 관람하고 있었다! 연극에만 몰두하다 보니 황제가 도래한 줄도 모르고 있었던 공주들은 서둘러 무릎을 꿇었다. 희자들 또한 무대 위에서 일제히 무릎을 꿇어 머리를 조아렸다. 황제더러 예를 면하고 자리하라 분부하며 태후가 웃으며 말했다.

"나까지도 깜짝 놀랐네! 그래 접견은 끝났고? 십육숙이랑 홍효, 홍승, 홍석 등도 데리고 오지 그랬나? 오늘은 집안모임이라 기휘(忌諱)같은 건 전혀 없는데."

그러자 건륭이 웃으며 말했다.

"저마다 차사(差使)가 남아 있어서 데리고 올 수가 없었습니다. 어젯밤 어머님께서 훈수해주신 대로 류통훈을 불러 몇 가지 분부하고 즉위 이래 처음 구경하는 연극인지라 잔뜩 기대되어 서둘러 쫓아왔습니다!"

이같이 말하며 건륭은 고무용을 향해 연극을 계속하라는 턱짓을 했다.

다시 연극이 시작될 모양이었다. 제목이 〈타금지〉라는 말을 들은 건륭이 웃으며 말했다.

"무대 밑에 한가득 금지(金枝)들을 두고 무대 위에선 타금지라니! 누가 주문한 연극인지 참으로 희한하군!"

"폐하!"

돌연 무대 밑의 빈비들 자리에서 스무 살 가량 되어 보이는 공주가 불쑥 튀어나오더니 건륭의 앞으로 다가와 무릎을 꿇었다. 고개를 번쩍 치켜올리고 머리도 조아리지 않은 채 그녀가 말했다.

"소인이 주문한 연극이옵니다! 소인은 폐하께 주하여 아뢰올 말씀이 있사옵니다!"

그녀의 소행에 주위는 삽시간에 술렁거리기 시작했다. 공주들은 소곤대며 귀엣말을 하느라 여념이 없고, 태감과 어멈들은 어안이 벙벙하여 서로를 마주보았다. 잠시 멍한 표정을 지었던 태후가 웃으며 말했다.

"아니, 이 사람 십팔공주가 아닌가? 착한 애야, 무슨 일이 있으면 나중에 주하면 안될까?"

이번에는 건륭이 미소를 머금으며 말했다.

"우리 꼬맹이가 어쩐 일인가? 이 연극은 자네가 주문한 거라며? 먼저 연극이나 보고 얘기는 나중에 하는 게 좋지 않겠어?"

"연극이 끝나면 태후부처님께서는 궁으로 돌아가시고 폐하께서도 바삐 자리를 뜨실 것이옵니다."

십팔공주가 낯빛 하나 흐트러짐 없이 머리를 조아리며 말을 이었다.

"소인이 이 말을 했다 하여 폐하께서 이 금지(金枝)를 때려죽이신다고 해도 소인은 여한이 없사옵니다!"

십팔공주는 건륭의 막내 여동생이었다. 평소에 가끔 만날 때면 마냥 수줍고 예의바르며 온유한 아이라 생각해 왔는데, 오늘은 어쩐 일로 이리 황소고집을 부리는 걸까? 건륭이 고개를 갸웃하며 태후를 향해 조심스레 웃어 보이며 물었다.

"막내가 긴히 주할 말이 있나 본데 먼저 들어봐야겠습니다."

이에 태후가 탄식을 내뱉었다.

"쟤가 무슨 말을 할지는 이 어미가 잘 알지. 어젯밤 십칠공주처럼 그런 일이 아니겠나?"

그러자 건륭이 적이 놀라며 물었다.

"막내, 자네 액부가 그동안 차사가 없었나?"

"그것은 소인이 주하고자 했던 말이 아니옵니다."

십팔공주가 말했다.

"소인은 폐하께 여쭙고 싶었사옵니다. 소인의 남정네는 누구인지, 그는 지금 어디 있는지를 말이옵니다."

건륭의 안색이 굳어졌다.

"짐이 물어야 마땅할 말을 어찌 자네가 짐에게 묻고 있나? 자넨 하가(下嫁)한 지 5년쯤 됐지 않았나? 평소에 착하고 얌전한 줄 알았는데 어불성설로 태후와 짐의 사유를 어지럽히다니, 자넨 국법이고 가법이고 전혀 안중에도 없단 말인가?"

"소인은 결코 어불성설을 내뱉은 것이 아니옵니다!"

십팔공주가 즉각 되받아쳤다.

"소인은 올해 나이 스물셋이옵니다. 거산팅에게 하가한 지 6년이란 세월이 흘렀어도 그 동안 민닌 횟수는 열 빈도 되나마나하옵니다. 그 사람은 저녁에 잠깐 소인의 처소로 왔다가 날이 밝기 전에 가곤 하옵니다. 혼례식 때 3일 동안을 같이한 것 외에는 맘놓고 같이 있어 본 적이 없사옵니다. 선제께오선 어찌하여 저에게 이같은 독수공방을 강요하셨는지 모르겠사옵니다! 솔직히 반년

에 한 번씩, 그것도 밤에 보는 얼굴이 낯설어 낮엔 사람들 틈에서
저의 남정네를 찾아내지 못하는 경우도 있었사옵니다!"

그러자 건륭이 웃으며 말했다.

"막내, 혹시 그 사람은 일 때문에 그럴 수도 있네. 자네가 정
그리워 못 견디겠다면 내일 북경으로 불러오면 될 것이네."

"폐하, 오라버니! 그런 건 아니옵니다!"

십팔공주가 도리질을 쳤다.

"그 사람은 지금 종인부(宗人府)에서 당차(當差)하고 거처는
바로 소인의 처소와 지척에 두고 있사옵니다. 밤 깊은 어떤 날은
작패를 놀거나 술이 거나하여 주령을 하는 창가에 비친 남편의
모습을 보면서도 만날 수 없는 게 안타까워 펑펑 운 적도 있사옵니
다!"

그녀가 고개를 숙이고 잠잠해진 공주들을 가리키며 말했다.

"겉으론 더없이 춘풍에 득의해 보이고 마냥 고귀해 보이지만
속은 썩어 문드러지는 게 저희 공주들의 삶이옵니다! 거의 다 나
이 마흔에 머리는 백발이 되어버리고 순치황제로부터 지금껏 수
백 명이 넘는 공주들 중에서 나이 60을 넘긴 사람은 하나밖에 없고
50을 넘긴 공주도 열 셋밖에 안 되는 실정이옵니다. 남녀가 성혼했
으면 단란한 가정을 꾸려야 인륜을 누리는 게 아니겠사옵니까?
하온데 어찌하여 젊은 사람들을 이같이 생이별 아닌 생이별을 시
키는 것이옵니까? 소인은 오늘 죽을 각오로 폐하께 주청을 올리는
바이옵니다. 이대로 생이별이 계속된다면 내년엔 이 자리에 있는
소위 '금지(金枝)'들 중 반 이상은 일찌감치 저 세상으로 가버리고
말 것이옵니다……. 이 자리에 있는 고모님들, 그리고 언니들 중
어느 누구라도 막내의 말이 틀렸노라고 말하는 사람이 있다면 전

이 자리에서 기군죄(欺君罪)를 안고 죽어도 여한이 없을 것입니다!"

말을 마친 십팔공주는 대성통곡을 하고 말았다! 오장육부를 도려내는 그 슬픈 울음이 도화선이 되어 공주들은 저마다 훌쩍이며 어깨를 들썩이기 시작했다. 분위기 그만이던 생일잔치는 순식간에 초상집을 방불케 하는 곡소리로 터질 것 같았다!

막내여동생의 하소연을 듣고 난 건륭이 저마다 부둥켜안고 눈물에 젖어 있는 고모며 누이동생들을 향해 버럭 고함을 질렀다.

"어찌 이런 일이 있을 수가 있단 말인가? 진작에 짐에게 주할 일이지 이게 뭔가?"

"그건 이 몸종어멈들에게 물어보시옵소서!"

십팔공주가 눈물을 닦으며 공주들 등뒤에서 저마다 사색이 되어 있는 어멈들을 가리키며 말을 이었다.

"자기네들이 노처녀고 과부이니까 젊은 부부들이 달콤하게 한 이불 덮고 자는 걸 눈꼴이 시어 어떻게든 떼어놓지 못해 안달이었지? 신분은 미천하기 짝이 없어도 툭하면 우리들을 가르치라는 조훈(祖訓)을 거론하면서 완전히 패왕(覇王) 노릇을 해왔던 것이옵니다! 왜 진작에 주하지 않았느냐고 하시지만 명색이 공주이면서 일년 월례의 반 이상을 저것들에게 뇌물로 바쳐가며 남정네를 만나야 하는 수치스러움을 어디 가서 하소연하기가 수월치는 않았사옵니다."

황제와 태후, 황후를 비롯하여 숱한 어른들 앞에서 막둥이가 단호하게 자신의 입장을 피력하고 부부동거를 당당하게 요구하는 모습에 공주들은 십년 묵은 체증이 쑥 빠지는 것 같았다. 사공주는 그제야 자신의 생일인 이 순간에도 감히 함께 할 엄두도 못 내고 이문(二門) 밖에서 다른 액부들과 더불어 부인의 생일을 '공축(恭祝)' 해주면서도 더 이상 서글픈 생각도 없이 무감각해져 있을 남편을 생각하며 일순 마음이 무거워지는 걸 어쩔 수 없었다. 건륭이 십팔공주를 문책할세라 또한 자신에게 불똥이라도 튀지는 않을까 내심 걱정하며 도움을 청하는 눈빛으로 태후와 황후를 바라보았다. 황후가 뭔가 할말이 있는 듯 자리에서 엉거주춤 일어나는가 싶더니 다시 탄식하며 자리에 앉았다. 그리고는 태후에게 아뢰었다.

"폐하께오서 심기를 다치셨다면 부처님께서 나서주셔야겠사옵니다."

그러자 태후가 말했다.

"황제가 이런 일로 화를 낼 사람이 아니네. 그나저나 저 몸종어멈들이 해도해도 너무 했네. 자기네 주인이 아기 때 젖 몇 모금 빨았기로서니 그 '공로'가 그리 대단하단 말인가! 덜돼먹은 것들 같으니라고!"

안색이 무섭게 굳어진 건륭이 물었다.

"지은 죄를 알겠는가?"

"예, 폐하!"

십팔공주가 머리를 조아렸다.

"폐하께서 죄를 물으시는 대로 흔쾌히 받겠사옵니다!"

"짐이 자네들한테 묻지 않았던가!"

건륭이 험악하게 일그러진 표정으로 공주들 뒤에 있는 어멈들을 향해 무섭게 일갈했다.

"가노(家奴)인 주제에 주인을 함부로 대하다니, 그 죄를 아느냐 물었다!"

그제야 백여 명의 어멈들은 화들짝 놀라며 무릎을 꿇어 머리를 조아리며 용서를 빌었다. 그 소리가 일치하지 않아 장내는 소란스럽기까지 했다. 대체 누가 무슨 말을 하는지도 알아들을 수가 없었다.

"썩 물러가지 못해!"

건륭의 우레같은 노갈(怒喝)이 다시 이어졌다. 여태 무소불위의 권위를 누려왔던 고참 노복(奴僕)들은 그제야 건륭의 눈치를 힐끔힐끔 살피며 줄행랑을 놓기에 바빴다. 왜 이제야 그런 얘기를 했냐는 듯 자못 원망스런 눈빛으로 고개를 떨구고 있는 여러 공주들을 오래도록 응시하던 건륭이 한숨을 지으며 입을 열었다.

"어느 누구도 문책할 생각은 없네. 어멈들 중에서도 진심으로 주인을 위하는 사람들이 있으니 말일세. 앞으로 공주들이 시집가면 내무부에선 더 이상 어멈을 파견하지 않을 것이네. 지금 있는 어멈들은 가노로 부리고 앞으로는 액부와 같은 울타리서 살도록 짐이 조치하겠네. 어멈들이 악습을 고치지 않으면 내쫓아버리든 벌을 주든 공주님들 맘대로 하게."

황제의 인덕(仁德)에 공주들이 연신 머리 조아려 사은을 표하는 가운데 태후가 웃으며 말했다.

"잘했네, 아들! 황제라고 무조건 권위적이어야만 하는 건 아니지. 참으로 바람직한 황제상(皇帝像)이 바로 이런 게 아닌가 싶네! 이참에 아예 밖에 있는 액부들을 함께 불러 사공주의 생일을 축하해주는 게 좋겠네. 부부끼리 모처럼 연극구경을 하면 얼마나 즐거워하겠나?"

"그러죠, 어머니!"

건륭이 흔쾌히 응답했다.

"모친의 의지(懿旨)에 따르겠습니다. 그리고 십팔공주를 화석공주(和碩公州)로 봉하겠습니다!"

십팔공주에 의해 한바탕 소동이 빚어진 사공주의 생일잔치는 그러나 새옹지마의 효과를 거두게 되었으니, 자신들의 처지를 비관하여 상심에 젖어있던 공주들이 넘치는 기쁨을 주체할 수 없는 건 당연했다. 태어나서부터 암달태감(諳達太監)과 정기어멈[精奇嬤嬤]으로 불리는 '교도관'들의 엄격한 훈육을 받으며 자란 이들은 걸음걸이며 앉음새에서 음식 먹을 때의 숨막히는 예절과 웃을 때 이를 드러내선 안된다는 등등의 '황가체통'을 지키며 자라왔다. 밖에서 보기엔 더없이 존귀하고 호사스러워 보이지만 그 고충은 이루 말할 수 없는 이네들이었다. 그러나 처음부터 틀에 박혀 숨죽이고 사는 생활에 익숙해진 이들은 자신들이 혼인했음에도 남편과 같이 살지 못하는 걸 당연지사로 생각해왔던 것이다.

안으로 들라는 황제의 명이 떨어지기 바쁘게 액부들은 밀물처럼 몰려들었다. 부부가 나란히 앉아 연극구경을 한다는 것은 꿈에도 생각지 못했던 특혜였기 때문이다.

태후와 담소를 나누던 건륭은 저쪽에서 자신을 훔쳐보는 나라씨와 눈이 마주치는 순간 문득 그 '요언'들이 떠올라 마음이 싱숭생숭해지고 말았다. 그런 건륭의 속내를 모르고 연극에 도취돼있던 태후가 웃으며 말했다.

"오늘 황상께서는 참으로 현명한 처사를 하셨습니다. 공주들이 저렇게 좋아하는 모습은 처음입니다. 참으로 보기 좋습니다. 그렇지 않습니까, 황상?"

"예? 예!"

깊은 생각에 잠겨 있던 건륭이 그제야 제정신이 돌아온 듯 급히 어색한 웃음을 지으며 답했다.

"그럼요, 그렇고 말고요."

건륭의 경황없는 모습에 태후가 웃으며 말했다.

"오늘 이 자리에 걸음을 해주신 것만 해도 사공주의 체면은 광채가 번뜩이니 황상께선 돌아가 쉬십시오. 뵙기에 많이 피곤해 보이십니다. 난 실컷 구경하고 갈 것이니 내 걱정일랑 마십시오!"

그러자 건륭이 기다렸다는 듯이 일어섰다.

"역시 어마마마십니다. 사실 소자는 피곤하다기보다는 몇 가지 처리해야 할 자질구레한 일들이 남아있어서 생각이 외딴 곳으로 흘러갔던 것 같습니다."

말을 마친 건륭은 태후를 향해 간단히 예를 갖추고는 고무용네를 데리고 몰래 사공주의 처소를 떠났다.

39. 모반의 불씨

 자리를 파하고 십팔공주 내외가 조양문 밖에 있는 자신의 부저
(府邸) 앞에 당도하니 수레가 내려앉기도 전에 한 무리의 하녀,
어멈들이 우르르 몰려들었다. 앞장선 사람은 단연 이 집의 정기어
멈인 장씨(張氏)였다. 하녀와 어멈들을 거느리고 엎드려 머리 조
아려 문후를 올리고 난 장씨가 웃으며 말했다.
 "쇤네는 지금 천제묘(天齊廟)로 가서 불공을 드리고 오는 길이
옵니다. 점괘를 보았더니 공주마마께오선 내년에 귀공자를 잉태
하실 거라기에 덩실덩실 춤을 추며 집으로 돌아왔지 뭡니까……."
 이같이 수선을 떨어대며 십팔공주를 따라 대문으로 들어가던
정기어멈이 고개를 돌려 액부인 거산팅을 향해 말했다.
 "액부께오선 걸음을 멈춰주십시오. 두 분 모두 피곤해 보이시는
데 액부께오서도 처소로 돌아가시어 쉬셔야죠. 공주마마께오선
오늘 재계(齋戒)를 하시고 내일 천제묘로 불공드리러 가실 겁니

다."

십팔공주의 정기어멈인 장씨는 안정태비(安定太妃)가 시집오면서 데리고 나온 하녀로서, 대학사(大學士)인 윤태(尹泰)의 아우 윤안(尹安)과 혼인했었다. 그녀의 사촌동생이 바로 당금 황제의 성총을 한 몸에 받고 있는 장광사였으니, 비록 하녀 출신이라고는 하지만 그 배경만은 든든한 여인이었다. 사실상 이 집의 진짜주인이나 다름없는 장씨의 말에 거산팅은 두말없이 그 자리에 멈춰서서 착잡한 표정으로 처인 십팔공주를 바라보았다. 그러자 공주가 깔깔 웃으며 말했다.

"일단 처소로 돌아가 계셔요. 난 오늘 생선이며 고기를 엄청 먹어댔으니 재계는 글렀고, 내일 천제묘에도 가지 않을 거예요. 낭군께오선 돌아가 짐을 꾸려놓고 제게서 소식이 가기만을 기다리고 계시면 되겠어요."

말을 마친 공주는 곧 대문 안으로 들어갔다. 낭하를 거쳐 상방(上房)으로 들어간 그녀는 자리에 앉아 차를 마시며 생각에 잠겨 있었다.

멍하니 두 사람의 얼굴을 번갈아 보던 장씨가 종종걸음으로 좇아 들어오더니 공주를 마주하여 비스듬히 앉았다. 그리고는 웃으며 말했다.

"액부께오서 멀리 출장을 떠나시려나 보죠? 그럴 줄 알았더라면 안으로 모시어 주안상이라도 봐드릴 걸 그랬사옵니다. 듣자니 오늘 폐하께오서도 연극구경을 오셨다는데, 하필이면 공주마마께오서 오늘 이 노파를 천제묘로 보내실 건 뭡니까? 잘하면 폐하의 용안을 가까이에서 뵐 수 있었을 텐데 말입니다!"

그러나, 십팔공주는 실소를 흘릴 뿐 장씨를 왼눈으로도 쳐다보지 않았다. 그녀는 턱을 번쩍 치켜들고 밖을 향해 고함을 쳤다.

"화미(畵眉), 어디 있어? 어서 들거라!"

"예, 공주마마!"

응답과 함께 사뿐 들어선 하녀가 생글거리며 물었다.

"공주마마, 분부 내리시옵소서."

"다름이 아니고 장정들을 몇 명 불러 내 방과 정청(正廳) 사이를 가로막고 있는 이 병풍을 앞으로 당겨놓도록 하라. 유리병풍이라 여간 무거워야 말이지! 너희들이 할 수 있는 일은 아니야."

십팔공주는 잠시 생각하더니 덧붙였다.

"창고에 아마 조총(鳥銃) 한 자루와 왜도(倭刀) 한 자루가 있을 것이니 가져다 내 방에 걸어두고. 봐라, 저기 저 빨간 도자기병 옆에 걸어놓으면 되겠어. 그리고 내 방의 등나무의자며 침구, 찻잔, 탁자 모두 새것으로 바꿔놓거라. 나의 지시라고 하면 관사방(管事房)에서 감히 뭐라 토를 달지 못할 것이다. 그리고 서쪽 별채에 있는 옥관음(玉觀音)도 이쪽으로 옮겨놓도록 하거라. 무슨 말인지 알겠느냐?"

"예, 공주마마!"

화미가 십팔공주의 분부를 토씨 하나 틀리지 않고 고스란히 외워냈다. 그리고는 종종걸음으로 물러갔다. 자신의 주장을 분명히 하고 척척 추진하는 공주의 모습은 처음 보는지라 내심 의아스러워하며 장씨가 웃으며 말했다.

"모든 것이 이 노파가 신경을 써야 마땅하나 공주마마께서 친히 분부하시니 황송하기만 하옵니다. 하오나 무검(舞劍)이나 몽둥이 휘두르는 데 소질이 있으신 분도 아니고 공주님 방에 총이며 칼을 걸어둔다는 것은 어째 좀 섬뜩한 느낌이 들 것 같사옵니다."

그러자 십팔공주가 웃으며 말했다.

"어멈, 액부를 불러들여 같이 살고자 그래요. 밤이면 밤마다 악몽에 시달리니 남정네라도 옆에 있어주면 낫지 않겠나 싶어서."

순간 장씨가 깜짝 놀라더니 눈이 휘둥그레지고 말았다. 입을 헤벌린 채 마치 전혀 생소한 사람을 대하듯 자신의 젖을 물려 키워온 금지옥엽을 뚫어지게 바라보았다. 이에 십팔공주가 냉소를 터트렸다.

"왜? 안된다고 제동이라도 걸려는 모양이지? 내가 돈을 넉넉히 찔러줄 테니 입다물고 있어주었으면 좋겠네요!"

"그건 아니되옵니다. 내무부에서 알면 하늘이라도 무너질 듯 길길이 뛰지 않겠사옵니까?"

장씨가 펄쩍 뛰었다.

"공주마마는 주인이시고, 액부는 어디까지나 신하이옵니다. 마마께서 필요로 하시어 부르시면 들고 그렇지 않을 경우엔 맘대로 들 수가 없는 사람이옵니다. 한 번씩 들고 날 때마다 내무부에 보고하여 기록을 남겨야 함은 주지하는 바가 아니옵니까? 부르시는 횟수가 많아지면 유난히 남자를 밝힌다 하여 뒤에서 수군대고 흉을 볼 것이옵니다! 몰래 만나고 조용히 물러가는 건 이 어멈이 눈을 감아주는 것으로 충분하겠사오나 이처럼 대놓고 공주부저(公主府邸)로 들이는 것은 아무래도 무리가 아니겠사옵니까!"

어멈의 말을 듣고 난 공주가 웃으며 안방으로 들어가더니 은표(銀票) 한 장을 꺼내왔다. 나오면서 포의노(包衣奴)인 장대(張大)가 한무리의 장정들을 거느리고 뜰에 서 있는 걸 본 공주가 문 어귀로 다가가 명령했다.

"내가 정기어멈이랑 이야기 중이니 좀 있다 들어오너라."

말을 마치고 장씨에게로 다가온 공주가 말없이 은표를 밀어주었다. 그리고는 한참 후에야 입을 떼었다.

"장어멈, 어릴 적부터 내가 커오는 모습을 보고 살아온 장어멈이니 나에 대해 속속들이 다 안다고 해도 과언은 아니겠죠. 하가(下嫁)하여 나올 때 하사받은 은자 1만 냥은 벌써 써버린 지 오래됐고, 한 달에 한 번씩 나오는 월례도 우리 식구가 근근히 득식(得食)하는 데 불과한 실정이지요. 이 돈도 지난번 입궐했을 때 귀비 나라씨가 나의 입성이 허술함을 가엾이 여겨 몰래 쥐어준 돈이니 장어멈도 값지게 생각하여 받아주었으면 해요!"

장씨가 눈짓으로 훔쳐보니 즉석에서 환전이 가능한 1천 냥 짜리 용두은표(龍頭銀票)였다. 집안사정이 넉넉한 장씨에게는 공주가 큰맘먹고 주는 돈이라지만 눈에 찰 리가 없었다. 급히 사양하며 장씨가 말했다.

"주인께서 상을 내리시는 은자를 감히 사양하겠사옵니다. 하루 이틀 묵어가는 것도 아니옵고, 아예 들어와 사신다고 하니 이 어멈은 그저 당황하기만 할뿐이옵니다."

장어멈이 한사코 은표를 사절하고 있을 때 화미가 들어와 아뢰었다.

"관사방에 따르면 등나무의자며 찻잔, 식탁은 창고에 얼마든지 있다고 하옵니다. 하오나 창고의 관리인인 장어멈의 생질(甥姪)이 '이모(姨母)의 허락없인 물건을 내줄 수가 없다'고 하옵나이다!"

"흥! 식구대로 완전히 우리 집을 주름잡고 있구만!"

십팔공주가 섬뜩한 눈매로 장어멈을 쏘아보며 냉소를 터트렸다.

"마름은 사촌동생, 창고관리는 생질, 문지기는 친정조카이니 좀 득의양양하겠어? 내 방의 하녀들까지 장씨 자네 앞에서 벌벌 떠는 이유를 알겠어!"

장어멈이 미처 제정신을 차리기도 전에 십팔공주는 무섭게 탁자를 내리치며 벌떡 일어났다. 그리고는 반쯤 넋이 나가있는 어멈을 향해 손가락질하며 욕설을 퍼부었다.

"파렴치한 년 같으니라고!"

마냥 얌전하고 순종적이던 공주에게서 입에 담지 못할 욕설이 터져 나오자 장씨는 기겁한 나머지 혼절할 것만 같았다. 퀭한 두 눈으로 공주를 바라보며 어멈이 잔뜩 기가 죽어 말했다.

"공주마마, 이게 어찌된 일이옵니까? 이 늙은 어멈은 그저 당황스럽기만 할뿐이옵니다!"

"그 더러운 주둥아리 썩 다물지 못해!"

공주가 다시 버럭 고함을 질렀다.

"여긴 공주부저이지 늙다리 어멈의 집이 아니란 말이야! 내 집에서 내 맘대로 하겠다는데, 어찌 어멈인 주제에 감 놔라 배 놔라 하는 게야!"

발을 힘껏 굴러 문 어귀로 다가간 공주가 하녀인 화미에게 말했다.

"가서 상방의 하녀들을 데리고 부저 곳곳을 돌며 이르거라. 내가 이미 화석공주로 승격되었고, 이제부터 가사를 정리해야 하겠으니 다 모이라고 말이야."

분부를 마친 공주가 그제야 얼굴이 누렇게 떠 있는 장씨를 향해 말했다.

"내가 화석공주로 봉해졌으니 물이 불면 배가 높아지듯 자네도 한 자리 올라가리라곤 언감생심 꿈도 꾸지 말아. 아직도 뻣뻣이 서 있는 건 내게 시위라도 하겠다는 건가!"

그제야 장어멈이 털썩 무릎을 꿇으며 엎어졌다. 그리고는 눈물로 범벅이 된 얼굴을 들어 흐느꼈다.

"이 늙은이가 건방진 건 아니옵고, 너무 놀라 얼어붙었사옵니다. 아무리 생각해보아도 오늘 특별히 잘못한 일은 없사온데 화석공주로 봉해지시어 환희로운 이날에 어찌하여 이토록 화를 내시는지 모르겠사옵니다."

사실 십팔공주는 한낱 아랫것에 불과한 어멈에게 억눌려 산 세월이 한스러워 그 동안의 울분이 한꺼번에 활화산처럼 폭발한 것이었다. 그러나 그녀는 속내를 드러내지 않았다. 흥광이 번뜩이는 매서운 눈매로 어멈을 바라보며 그저 냉소하여 말했다.

"내가 어멈의 젖을 먹고 자라며 줄곧 장씨를 어미신(神)으로 받들어온 데 비해 장어멈은 나를 어찌 대해왔지?"

그러자 장씨가 연신 머리를 조아렸다.

"천지양심에 추호의 어긋남도 없이 이 늙은 어멈은 친딸보다 공주마마를 더 끔찍이 위해왔사옵니다……."

"그러나 자네의 그 지극한 정성이 내겐 조금도 전달이 되지 않았으니, 이 또한 비극이라면 비극이겠네."

십팔공주가 머리를 절레절레 저으며 말을 이었다.

"난 그저 내 남정네를 불러 하룻밤을 지내려면 장어멈에게 미리 은자를 찔러주어야 했고, 날 밝기 전인 새벽에 도둑처럼 살금살금 내보내야만 했던 씁쓸한 추억밖에 없네. 그럼에도 자넨 늘 내게 여자로서 '창피한 줄을 알아야 한다'며 훈육해 왔지!"

이 대목에서 문득 언성을 높인 공주가 두 눈에 불을 내뿜으며 손가락으로 장씨를 가리켰다. 그리고는 이를 악물었다.

"방금 전까지도 자넨 내가 유난히 '남자를 밝히는' 것처럼 매도했어. 그래, 난 남자 없이는 못 살아! 성현의 가르침에도 사람은 적당히 색을 먹고살아야 한다고 하셨어. 청상과부로 늙어오니 남자 맛이 어떤 것인지도 까맣게 잊은 자네랑 비할 수가 없지!"

"공주마마……."

"그 더러운 주둥아리 닥치라고 했지!"

오늘 그야말로 처음으로 주인의 행세를 하는 것치곤 십팔공주의 서슬은 섬뜩하게 푸르렀다.

"난 오늘 집안의 가무(家務)를 직접 챙기라는 폐하의 지의를 받았다. 여봐라, 화미, 앵가! 거기 있느냐!"

"예, 공주마마!"

평소에 장씨어멈의 억눌림에 숨 한번 제대로 내쉬지 못하고 살아왔던 두 하녀가 만발하는 희색을 감추지 못하고 힘찬 응답과 함께 한 발 앞으로 나섰다.

"공주마마, 어인 지령이 계시옵나이까?"

그동안 잔뜩 움츠러들었던 하녀들도 마음속으로 한껏 기지개를 켜는 눈치였다.

"지령이라고까지 할 건 없다."

십팔공주가 입을 떼었다.

"하지만 오늘부터 난 이 집안에서의 권위를 찾아갈 것이야. 너희들의 남정네를 액부부(額駙府)로 보내어 액부를 이리로 모셔오도록 하거라. 앞으로 자질구레한 집안일은 너희 둘과 너의 남정네들이 안팎으로 책임지도록 하거라! 아직도 정신 못 차리고 장씨의 입김에 불려 다니는 자들은 전부 내쫓을 것이야! 주안상을 정히 마련하여 오늘밤 액부를 영접할 준비를 하거라!"

"예, 공주마마! 명을 받들겠사옵니다!"

"열일곱 살을 넘긴 하녀들의 명단을 올려보내거라. 못돼도 1, 2백 명은 되겠지? 나이들이 찼으니 서둘러 짝을 지어줘야 할 것이야. 하녀들이 밖에 있는 종복들을 고르게끔 하거라!"

"예, 공주마마!"

열 몇 명의 상방 하녀들은 수줍은 미소를 지으면서도 가슴은 설렘으로 터질 듯했다. 얼굴이 한껏 굳어진 공주가 사색이 되어 있는 장씨를 바라보더니 돌연 피식 웃으며 말했다.

"지의를 받은 몸이니 어쩔 수 없이 장어멈을 내보내야겠구만. 지의엔 나더러 자네의 집을 수색하여 여기서 빼돌린 물건이 없나 살피라고 했으나 미운 정도 정이라고 차마 그리 하진 못하겠네. 방금 내가 준 천 냥 은표를 가지고 자네 형제와 조카를 데리고 떠나게. 돈만 있으면 그네들도 상전으로 받들 것이니 우리 집에서 여러모로 마음 쓰는 것보단 훨씬 편할 것이네."

이쯤하여 한결 마음이 누그러든 공주가 한숨을 지으며 덧붙였다.

"어쨌거나 어린 나를 젖먹여 키워주느라 고생 많았네……. 가끔 이곳을 지날 때면 그냥 지나치지 말고 들어와 차라도 한 잔 마시고 가게……."

"망극하옵나이다, 공주마마."

대경실색하여 잔뜩 기가 죽어있던 장씨가 공주의 말에 울컥 눈물을 쏟았다. 울음소리를 억지로 누르느라 금세라도 숨이 넘어갈세라 흑흑 흐느끼며 장어멈이 말했다.

"……늙다리가 주제파악을 못해서 그만……."

"됐네!"

십팔공주가 단호하게 손사래를 쳤다.

"그만 물러가게!"

무소불위의 권력을 휘두르고 다니던 장어멈이 조카며 동생을 데리고 풀이 죽어 떠나가자 하녀 화미는 가솔들을 거느리고 공주와 액부를 위한 보금자리를 꾸미기에 여념이 없었다. 환호작약하는 가인들이 대부분인 가운데 더러는 울며불며 배웅을 나서는 축들도 있었다. 짐짓 못 본 척 외면하고 어느새 몰라보게 변한 객청(客廳)을 보며 부군과의 감격적인 재회에 가슴 설레던 공주는 문득 이문(二門)을 들어서고 있는 풍채 늠름한 액부를 발견하고는 그만 그 자리에 굳어지고 말았다.

거의 동시에 공주를 발견한 거산팅이 발걸음을 재촉하여 공주에게로 다가와 한 쪽 무릎을 꿇어 예를 갖추었다.

"이 사람 거산팅이 공주천세께 문후를 올립니다!"

공주는 흥분으로 얼굴이 달아올랐고 가슴이 주체할 수 없이 콩닥거렸으나 뜰 가득한 가인들을 의식하여 그저 담담하게 말했다.

"어서 안으로 드시죠!"

"앞으론 사적인 자리에서 이렇게까지 예를 갖출 건 없겠어요."

두 손을 공손히 무릎 위에 모으고 똑바로 앉아있는 거산팅을 향해 공주가 웃으며 말했다.

"오늘에야 비로소 '부부'라는 이름을 쟁취했네요. 그런데 낭군님은 어찌하여 여전히 아랫것의 언동을 보이고 계신가요?"

그러자 거산팅이 웃으며 말했다.

"오랜 습관이 하루아침에 고쳐지는 건 아니지 않습니까. 아직은 별로 실감이 나지 않습니다!"

이에 공주가 웃으며 말했다.

"나도 고달팠지만 그 동안 낭군님도 오죽했겠어요? 액부라고
해서 3처 4첩(三妻四妾)을 들일 수 있는 것도 아니고. 그쪽 액부
처소에도 장어멈이 들여보낸 하인들 일색일 터이니 낭군님이 보
기에 쓸만한 애들 몇 명만 데려오세요. 나머지는 적당히 달래서
보내는 게 좋겠어요. 너무 각박하게 쫓아낼 건 없겠고요."

거산팅이 웃으며 대답했다.

"예, 그리 하겠습니다! 방금 내 처소로 대여섯 명의 액부들이
찾아와 그대를 여중호걸이라며 엄지를 내둘렀습니다. 아마 다른
공주님들도 나름대로 주인으로서의 위치 찾기에 분주할 것입니
다!"

"모든 것이 영명하신 폐하를 둔 덕분이죠!"

공주가 웃으며 말을 이었다.

"폐하께오선 세상만물의 이치를 두루 통찰하신 분이에요! 실로
대단한 용기를 내셨고요! 어멈들 중에는 외척의 가노 출신도 있
고, 궁중에 상당한 인맥을 가진 사람들이 많아요. 폐하께서 이처럼
우리 '금지(金枝)'들의 손을 들어주신 데 대해 필히 일각에서는
원성이 자자할 테니깐요!"

지척을 천애지각(天涯地角)으로 수 년 동안 떨어져 살아왔던
두 젊은 부부는 밤늦도록 무릎을 마주하고 이야기꽃을 피웠다.
가인들이 정성껏 준비한 주안상이 올라오자 둘은 홍촉(紅燭)을
마주하여 술잔을 기울였다. 술 석 잔이 들어가자 어느새 마음의
응어리가 어지간히 풀린 거산팅이 고개를 저으며 탄식을 내뱉었
다.

"폐하의 황은은 실로 호탕하기 이를 데 없습니다. 천지신명이

다 아는 일입니다! 그럼에도…… 어떤 자들은 폐하를 욕되게 하지 못해 안간힘을 쏟고 있으니……."

이같이 운을 뗀 거산팅이 엿듣는 사람이 없나 창 밖을 확인하고는 돌아와 앉으며 말했다.

"듣자하니 리친왕 홍석 등이 폐하를 해코지하려고 음모를 꾸미고 있다 합니다!"

"그게 과연 사실이에요?"

공주가 두 눈을 동그랗게 뜨고 다그쳐 물었다.

"그 자식이 대체 뭘 어떤 식으로 음모를 꾸미고 있다는 거죠? 예?"

공주의 과격한 반응에 뜨끔해진 거산팅이 일순 긴장하여 술기운이 확 달아나는 느낌을 받으며 말했다.

"글쎄, 나도 여러 군데 귀동냥을 해서 어느 말이 맞는지 통 알 수가 없습니다. 그 사람들이 꿍꿍이를 꾸며 봤자지 결국엔 당랑거철(螳螂拒轍, 사마귀가 수레바퀴에 맞섬)의 무모함이 아니겠습니까? 그리고 그것이 우리랑 무슨 상관이 있습니까?"

이에 십팔공주가 안색을 흐리며 잠시 생각하더니 말했다.

"당연히 상관 있죠. 폐하께오서는 요즘 각종 유언비어로 심기가 불편하시다고 귀비 나라씨에게서 들었어요. 비록 내가 불을 지펴 폐하께서 윤허하시긴 했으나 이 사건이 폐하께서 외부로부터 '조상들의 가법을 무시한다'는 공격을 받는 계기가 되어버리는 날엔 나도 발 편히 뻗고 잠을 자진 못할 게 아니에요? 그러니 성은에 보답하는 뜻에서, 또한 내 자신을 보호하기 위해서라도 우린 폐하를 해코지하려 드는 자들을 간과할 순 없는 일이죠!"

묵묵히 공주의 말을 들으며 멍하니 생각에 잠겨있던 거산팅이 말했다.

"십육황숙의 호위로 있는 십삼액부가 지난번 술자리에서 그러는데, 일전에 폐하께오서 하남 순방을 떠나셨을 때 리친왕 홍석과 패륵인 홍승 등이 때아닌 기무(旗務) 정돈을 거론하며 뭔가 꿍꿍이를 꾸민 건 사실이라고 합니다. 봉천의 팔기(八旗) 기주(旗主)들을 불러 팔왕의정(八王議政)의 불씨를 지핀다는 둥 하는 걸 보니 선제 때 자기네 선대들이 했던 것을 똑같이 답습하려는 것 같았습니다!"

그러자 화석공주가 코웃음을 쳤다.

"저 치기를 어찌할까! 하는 짓거리들하곤 부전자전(父傳子傳)이니! 리친왕은 구제불능이로군! 선제와 당금 폐하의 인덕이 아니었다면 진작에 폐서인(廢庶人)이 되었을 인간이 어찌 그리 은공을 모를까요?"

"공주께선 바깥출입이 적어 잘 모르시겠지만 졸렬하고 야비한 인간은 지천입니다!"

거산팅이 웃으며 말했다.

"한 톨의 쌀을 주었더니 한 되의 원수로 갚더라지 않습니까? 아직 치기가 다분한 리친왕으로선 당금 폐하께서 선제로부터 보위를 승계받았지만 선제는 자기 아버지인 윤잉으로부터 보위를 찬탈했다고 생각하여 지금의 보위는 당연히 자기가 앉았어야 마땅하다고 그릇된 마음을 품고 있는 것 같습니다."

자명종은 아홉 번을 울려 해시(亥時)를 알렸지만 화석공주의 눈빛은 갈수록 초롱초롱해졌다. 아랫입술을 하얗게 깨물며 그녀는 하녀를 불렀다.

"난화(蘭花), 어디 있느냐!"

앳되어 보이는 하녀가 달려 들어와 미처 예를 갖추기도 전에
공주가 말했다.

"내가 시금 액부랑 입궐하어 태후부처님올 알현하고지 히니 화
미랑 앵가를 깨워 따라 나서도록 하라."

"예, 공주마마."

거산팅이 어리둥절하여 아직은 다소 서먹한 부인을 뜨악한 표
정으로 바라보았다. 온유해 보이지만 주관은 뚜렷한 여인이었다.
거산팅은 입술을 실룩거리며 더듬거렸다.

"지금 이 시간에…… 궁문도 잠겼을 터인데…… 게다가 난 외신
(外臣)이고……."

"떠날 채비를 하거라!"

화석공주가 소리쳤다.

40. 가짜 상주문

각각의 상주문마다 어비(御批)를 달고 난 건륭이 기지개를 켜며 지시했다.

"황후가 자녕궁에 있는지, 종수궁에 있는지를 알아보고 오너라. 짐이 오늘저녁은 황후의 처소에 들어야겠다."

건륭의 말이 떨어지기 바쁘게 태감 진미미가 아뢰었다.

"황후마마께오선 지금 막 부처님 전에서 나오셨사옵니다. 십팔 공주님과 그 액부가 긴히 폐하를 알현하고자 서화문 밖에 도착해 있다고 하시며 쇤네더러 폐하께 주하라 이르셨사옵니다. 궁문이 닫혀 들어오지 못하고 있다 하옵니다."

"음……"

피곤한 기색이 다분한 얼굴을 쓸어 내리며 잠시 생각한 건륭이 말했다.

"알았네. 그만 물러가게."

진미미가 물러가기를 기다려 건륭은 곧 의복을 갈아 입혀 줄 것을 명했다. 묵직한 용포(龍袍) 대신 가벼운 비단 장포로 갈아입고 허리춤에 금박 와룡대를 착용하고 난 건륭이 고무용에게 말했다.

"짐이 출궁하여 산책하고 올 것이니 시위 몇 명을 딸려 보내도록 하게."

건륭을 가까이에서 시중들며 절대 같은 말을 두 번 하지 않는 건륭의 성정을 잘 아는지라 고무용은 잠시 주춤하더니 곧 응답과 함께 물러갔다. 써렁거, 수룬, 위거를 비롯하여 열 몇 명의 시위들이 수행했다. 승여(乘輿)도 타지 않고 걸어서 영항(永巷)을 나선 건륭은 융종문을 지나 곧바로 서화문으로 향했다. 과연 십팔공주 내외가 초조하여 발을 동동 구르고 있는 게 보였다. 건륭이 웃으며 말했다.

"이 시간에 금지(金枝), 액부가 면군(面君)을 청하다니 어쩐 일인가? 두 사람이 또 싸운 건 아니겠지?"

황제가 친히 걸음을 할 줄은 꿈에도 몰랐던 두 사람은 당황한 나머지 급히 엎드려 머리를 조아렸다. 십팔공주가 먼저 아뢰었다.

"야심한 밤에 성가(聖駕)를 경동(驚動)케 하여 죄를 지었나이다. 사실은 오늘 무슨 말을 전해듣고 놀란 가슴을 쓸어 내리던 중 낮에는 폐하께오서 너무 다망하시어 알현할 수 없을 것 같아 이 시간을 택했사옵니다. 그렇다 하여 여동생을 아끼는 오라버니가 죄를 물을 거라곤 생각하지 않나이다."

"이만한 일에 죄를 묻진 않지!"

건륭이 웃으며 답했다.

"저 앞에 장정옥의 처소가 있으니 그리로 가세."

건륭은 일행을 거느리고 북으로 꺾어졌다. 화살이 날아가 꽂힐 정도의 거리를 걸어가니 등불이 휘황찬란했다. 장정옥의 부저가 있는 좁다란 골목 앞에는 열 몇 승(乘)의 대교(大轎)가 세워져 있었다. 건륭이 살며시 대문 안을 들여다보니 열 몇 명의 관품 높은 관원들이 차를 마시며 접견차례를 기다리고 있었다. 얼굴을 알만한 사람도 있었고 전혀 생소한 얼굴들도 있었다. 고무용이 아뢰러 들어가려 하자 건륭이 제지시키며 낮은 목소리로 말했다.

"우린 측문으로 들어가 직접 서재로 가면 될 걸세."

고무용은 지의를 전하기 위해 거의 매일 장정옥의 부저를 드나드는지라 문지기며 가인들 모두 고무용을 모르는 사람이 없었다. 덕분에 별다른 소동없이 동쪽 측문으로 들어온 일행에게 등롱(燈籠)을 들고 길을 안내하던 가인이 서재 앞에 다다라 목소리를 낮춰 아뢰었다.

"장상께오선 나친 중당과 함께 관원을 접견하고 계시옵니다. 그네들을 회피시키라 이르는 것이 어떻겠사옵니까?"

"그럴 거 없네."

건륭이 덧붙였다.

"자네들은 밖에 있게. 짐 혼자 들어갈 테니."

말을 마친 건륭은 곧 성큼 서재로 들어갔다. 과연 장정옥과 나친이 상석에 자리해 있었고, 그 밑으로 기윤, 전도, 아계와 윤계선이 열심히 어쌴의 보고에 귀를 기울이고 있었다. 인기척도 모르고 있는 이네들을 향해 건륭이 웃으며 느릿느릿 입을 열었다.

"상공 여러분들이 참으로 열심이군."

극히 귀에 익은 목소리에 화들짝 놀라며 일제히 고개를 돌리던 사람들이 허둥지둥 자리에서 나와 무릎꿇어 머리를 조아렸다. 장정옥이 먼저 입을 열었다.

"폐하께오서 어찌 이 시간에 인신(人臣)의 처소로 친히 걸음을 하셨사옵니까? 유사시 인신들을 소환하시면 신들이 달려갈 것이온데, 구주(九州)의 생령(生靈)의 어버이이신 주군께서 이러시면 아니 되나이다. 부디 노신의 간언을 받아주시옵소서, 폐하!"

"됐네!"

건륭이 대수롭지 않게 손사래를 치며 주석으로 가서 앉았다. 그리고는 웃으며 말했다.

"모두가 짐의 친근한 신하들이네. 굳이 회피할 것도 없겠네. 사실 짐은 무슨 일이 있어 발걸음을 한 것은 아니고 속이 갑갑하여 산책 ·나온 것이 어느새 여기까지 오게 됐지 뭔가. 야식으로 차 한 잔과 간식 한 조각을 얻어먹고 가도 되겠지?"

장정옥이 급히 가인들에게 간식을 내어오라 이르고는 부하에게 지시했다.

"밖에 아직 접견을 기다리는 사람들이 적잖을 텐데, 오늘은 내가 몸이 좋지 않으니 내일 다시 오라 이르게!"

장정옥 외에 다른 신하들은 잔뜩 긴장하여 굳은 표정을 짓고 있었는지라 건륭이 웃으며 말했다.

"자네들, 안 그래도 궁금했었네. 자넨 불세출의 재학을 자랑하는 기윤(紀昀)이라는 사람이지? 2갑 4등으로 합격했고, 지금은 한림원 차사(差使)를 맡고 있는 그 기윤 말일세. 그리고 까맣고 깡마른 자넨 어싼이고. 고향이 자네가 제방을 튼튼히 쌓아두어 현지 백성들이 칭송이 자자하다며 상주문을 올렸더군. 글재주 또한 비상하다고 했던 것 같네. 윤계선(尹繼善)은 강남순무로 일하면서 자질구레하게 골치 아픈 일이 한두 가지 아닐 것이네. 자네

일은 오늘 저녁에 논하지 말고 나중에 보세. 그리고 전도(錢度), 자넨 한 차례 사단을 겪더니 더 노련해 보이는군. 저쪽 끄트머리에 앉은 아계(阿桂)는 요즘 어떠한가? 장광사를 시중들기가 그리 수월치는 않을 테지?"

건륭은 일일이 이름을 말해가며 측근 신하들에 대한 깊은 관심을 보였다. 사람들이 황감해하는 가운데 건륭이 다시 말을 이었다.

"짐이 어떤 공주 내외를 데리고 왔네. 십팔공주, 들게!"

기밀에 붙여야 할 사안을 이렇게 많은 사람들 앞에서 어찌 주한단 말인가? 두 사람은 잠깐 서로를 마주보며 난색을 표했으나 들어가는 수밖에 없었다. 사람들이 모두 엎드려 있자 십팔공주 내외도 무릎을 꿇으려 했다. 그러자 건륭이 웃으며 말렸다.

"그만하고 다들 일어나게. 장정옥, 나친, 공주는 의자에 앉고 나머지는 걸상에 앉도록 하게."

이같이 말하며 건륭의 시선은 아계를 향하고 있었다.

뱃속 가득한 울분을 털어놓고 다른 곳으로 전근발령을 내달라고 청을 하려고 장정옥을 찾아왔던 아계가 건륭의 말꼬리를 놓칠세라 붙잡았다.

"방금 폐하께오서 장광사에 대해 언급하신 부분은 실로 만리를 통촉하시는 지당한 말씀이옵니다! 장광사의 안하무인에 괴로울 때마다 폐하께오서 신을 그 군중으로 파견하신 의중을 되새기며 언젠가 서부전선에서 필요로 할 때 마혁과시(馬革裹屍, 군인이 전장에서의 죽음을 뜻함)의 용맹을 과시하리라 다짐하며 이 악물고 버텨왔사옵니다. 장광사가 어머어마한 유공자이고 관품 또한 신이 감히 비견할 바가 못 된다는 건 잘 알고 있사옵니다. 하오나 그 사람이 제아무리 대단하다고 해도 필경은 폐하의 종이옵니다.

소인 또한 주군을 섬기는 충실한 개이옵니다. 신이 견딜 수 없는 것은 장광사가 신을 자신의 종으로 부리려든다는 것이옵니다. 신은 주군의 종이지 장광사라는 종의 새끼 종은 아니옵니다!"

'종'이란 말이 연이어 터져 나와 자칫 정신이 사나울 법도 했지만 그 뜻은 명료했다. 잠자코 듣고 있던 건륭이 크게 웃으며 말했다.

"만인(滿人) 자제들은 오랜 세월 교만과 방종이 적습(積習)된 데다 자넨 문관 출신의 무관이니 깎고 갈고 닦지 않고서 어찌 옥기(玉器)가 될 수 있겠나?"

이에 아계가 급히 아뢰었다.

"천만 지당하신 훈육이옵나이다. 갈고 닦아 옥기가 되는 것은 신도 절실히 원하옵니다. 하오나 그 사람은 소인들이 옥기가 되는 걸 원치 않사옵니다. 그 휘하의 참장들은 그가 부리는 친병 앞에서도 기를 못 펴고 사는 실정이옵니다. 소인 같은 경우엔 병사들을 거느리지 못하고 매일 군막에 들어앉아 그가 허풍떨며 자신의 공치사를 하는 것만 귀에 못이 박히게 들어주곤 하는 것이 주된 일이었사옵니다. 이젠 거꾸로도 술술 외울 정도이옵니다. 그 사람은 수없이 우려먹는 유치찬란한 공치사를 자신의 '병법'이라고 철면피하게 말하고 있사옵니다! 밤마다 번갈아 가며 그 잠자리를 지켜주고 요강 내다버리는 일에 이젠 신물이 나옵니다!"

얼마 전에 푸헝으로부터 장광사, 범고걸의 발호와 갖은 비리에 대한 상소문을 받은 적이 있는 건륭인지라 어느새 얼굴이 무섭게 굳어지고 말았다. 이때 옆자리에 있던 기윤이 말했다.

"신은 장상의 부름을 받고 이 자리에 왔사옵니다. 장광사가 상소문을 올려 푸헝이 공로를 독차지하기 위해 장광사 자신의 부하장령을 죽였고, 비적 여두목과 낙타봉에서 추한 작태를 보이며 실컷 데리고 놀다가 죽여버렸다고 했사옵니다. 군기처더러 이 사실을 폐하께 주하여 푸헝의 죄를 물어달라고 했사오나 몇 가지 석연치 않은 점이 있어 아직 이 상소문을 폐하께 올리지 못하고 있는 중이옵니다."

이같이 말하며 기윤은 조용히 건륭을 바라보았다. 그러자 건륭이 물었다.

"그래, 자네 생각엔 이 일을 어찌 처리하는 것이 바람직할 것 같은가?"

"전에는 연갱요가 자신을 불세출의 영웅으로 자칭하며 안하무인으로 일관해오다 결국은 불나방 신세를 자초하지 않았사옵니까?"

기윤이 자신감에 찬 목소리로 말을 이었다.

"선제께오선 연갱요가 무소불위의 권력을 휘젓고 다니도록 방치한 사람은 바로 당신이라고 하시며 자책하셨던 걸로 알고 있사옵니다. 전사(前事)를 망각하지 않는 건 곧 후사(後事)의 스승이라 했사옵니다. 조정으로선 절대 장광사라는 고래에게 약한 모습을 보여서는 아니 되옵니다. 외람되오나 신은 장광사가 누군가를 참핵하고 천거하는 주장을 올릴 때마다 폐하께오서 백이면 백 모두 인준해주셨다는 사실이 그의 기염을 조장하는 역효과를 일으켰다고 사려되옵니다. 하오니 이번 주장은 필히 일격을 가하여 푸헝의 군중으로 발송하여 공신의 마음을 위로해주는 것이 바람직할 것 같사옵니다. 또한, 사천총독이면서 강남, 강북의 병마를 통괄하고 있는 장광사는 사실상 '천하병마대원수(天下兵馬大元帥)'라 불러도 과언이 아닐 것이옵니다. 지금은 전국적으로 전사

(戰事)가 있는 것도 아니온데, 칼을 쥔 그 사람의 손잡이가 너무 무거운 것 같사옵니다. 그는 사천의 팔기병(八旗兵)만 관리하고 다른 성(省)의 병무는 각자 자치권을 부여하여 순무들에게 맡기는 것이 어떨까 하옵니다."

건륭이 흡족한 눈빛으로 기윤을 바라보았다. 기윤을 재밌고 똑똑한 문인쯤으로만 생각해왔던 건륭이었으니 좌중을 압도하는 그의 발언은 다분히 진가가 돋보였던 것이다.

"자네가 진언한 두 조항 모두 취할 바가 있네. 그러나, 장광사와 연갱요를 동일선상에서 비교하는 것은 무리가 있는 것 같네. 두 번째 조항은 자네 뜻을 반쯤 취하고자 하네. 군무는 여전히 장광사에게 맡겨야 하네. 유사시 신속한 상하일통(上下一統)과 용이한 지휘가 밑받침되어야 하지 않겠나. 다만 전에는 전량(錢糧)과 군향(軍餉)을 호부와 병부에서 직접 조달했으나 이제부턴 각 성의 자율공급에 맡기도록 하겠네. 군신간에 서로 상대방을 의심해선 아니되네. 사람은 의심할라치면 끝이 없는 법이네. 형신, 푸헝이 천거한 이시요(李侍堯)란 친구 말인데, 짐이 보기에도 썩 괜찮은 재목인 것 같네. 산서성에서 포정부사(布政副使)의 명의를 주고, 푸헝의 참의도(參議道) 역할을 겸하게 하는 게 어떻겠나?"

"내일 그리 처리하도록 하겠사옵니다, 폐하."

장정옥이 의자에서 몸을 앞으로 숙이며 덧붙였다.

"그리고 폐하, 여기 그 내용이 심상찮은 이상한 상주문이 올라와 있사옵니다."

대단히 조심스러워하며 장정옥이 받쳐 올린 상주문을 받아보니 한눈에도 섬뜩한 글발이 눈에 확 안겨왔다.

폐하께서 절욕(節慾)하시어 여분의 정력을 정무에 쏟으시고, 구신(舊臣)을 애양(愛養)하시며, 팔기훈귀(八旗勳貴)들을 귀하게 여기실 줄 아시는 군주가 되셨으면 하는 바람으로 신 손가감(孫嘉淦)이 엎드려 간곡히 주(奏)하는 바이옵니다…….

그 밑에는 깨알같은 글씨가 장장 수만 자는 될 것 같이 까맣게 박혀 있었다. 대체로 건륭이 관원을 기용함에 있어 선제의 노신들을 꿰다 논 보릿자루 취급하고, 아직 젖 냄새도 가시지 않은 신진들에 그 비중을 두고 있어 유감이라는, 또한 후궁에 지나치게 애착하고 심지어 외척가족의 여인들과도 그렇고 그런 애매한 정사소문이 나돈다는 내용이었다. 특히 소문을 말함에 있어 어떤 것은 직접 목격한 것처럼 이파리며 가지가 제대로 그려져 있었다. 황제에게 올린 상주문이라고는 감히 엄두도 못 낼 그런 내용이었고, 건륭의 체면을 깡그리 긁어버렸다.

요순지군(堯舜之君)으로 역사에 길이 남길 원하신다는 폐하께오서 유일무이의 폭군인 걸주(桀紂)를 본받으시고, 성조의 도(道)와 세종의 법을 숭상하신다는 분이 전명(前明)의 구마지속(狗馬之俗)을 답습하시니 수레는 남으로 가는데, 바퀴는 북으로 도망가는 격이 아니고 무엇이옵니까? 그리하니 천하가 실망하고 당혹해하는 건 당연지사 아니겠사옵니까?

건륭의 두 손이 부르르 떨렸고, 낯빛은 금방이라도 폭풍취우라도 퍼부을 것 같다. 얼굴이 경련을 일으켰고 입술마저 드르르 떨렸다.

"손가감, 은공을 몰라도 유분수지 과연 짐에게 이런 오물을 퍼부을 수가 있단 말이던가?"

두 눈에 섬뜩한 인광(燐光)을 내뿜으며 건륭이 이를 갈았다.

"그래도 글공부를 했다며 정인군자를 표방하는 자가 과연 이리할 수 있단 말인가! 능구렁이처럼 담을 넘어 군주의 은사(隱私)나 염탐하고 감히 '용린(龍鱗)을 긁어 직간(直諫)을 했다'는 허명을 탐내 불나방 신세를 자초하는 미련한 놈! 성조에게 직간하여 크게 명성을 떨친 곽수처럼 되고 싶다? 어림도 없지!"

탁!

용안을 무섭게 내리친 그 서슬에 그 위의 찻잔이며 서류뭉치들이 드르르 진저리쳤다. 손가감이 올렸다는 상주문을 힘껏 땅바닥에 내동댕이치며 건륭이 내뱉듯 말했다.

"궁으로 돌아가지! 지금 이 상태론 의사를 할 수 없을 것이네!"

"잠시 고정하시옵소서, 폐하!"

장정옥이 엉거주춤 일어섰다. 그 숨소리도 거칠고 무거운 것이 대단히 흥분한 것 같았다.

"나친은 바로 이 일 때문에 전도를 데리고 신의 처소를 찾았던 것이옵니다. 신들이 먼저 상의하여 어얼타이와 함께 셋이 공동명의로 폐하께 주장을 올리려던 중이었사옵니다⋯⋯."

"셋? 서른, 삼백 명의 군기대신도 이 사건을 무마시킬 순 없지!"

악에 받쳐 고함지르는 건륭의 목소리가 흥흥했다.

"누가 됐든 그자를 편들고 나섰다간 짐이 똑같이 죄를 물을 것이니 그리 알게!"

잿빛을 띠며 차갑게 번쩍이는 그 눈빛을 감히 바라볼 수가 없어 대신들은 저마다 고개를 떨구고 있었다.

그러던 중 나친이 말했다.

"폐하, 장상의 말은 아직 끝난 게 아니옵니다! 문제는 이 상주문이 손가감이 올린 주장이 아니라는 데 문제의 심각성이 있사옵니다. 신이 이에 의혹을 품고 손가감의 부저를 직접 방문하여 필적을 대조해본 결과 이는 누군가가 악의를 품고 날조한 것임이 드러났사옵니다. 그렇지 않아도 요즘 병상 신세를 지고 있던 손가감은 상주문을 보자마자 기절하고 말았사옵니다……."

"그게 과연 사실인가?"

건륭이 크게 놀라 실색을 하고 말았다! 반쯤 넋이 나가 멍하니 서재의 창 밖을 내다보던 건륭이 차츰 마음을 추스르는 것 같았다. 어둠 속에서 푸릇한 빛을 발하는 고양이의 두 눈처럼 창 밖의 칠흑 같은 어둠을 뚫는 눈빛이 다시금 예리하게 빛났던 것이다.

아무 말도 없이 건륭이 손을 내밀었다. 건륭이 크게 발작할 것이 지레 두려워 혼비백산하여 엎드려 있던 고무용이 철조물 같은 지존을 힐끔 바라보고는 네발걸음으로 기어가 건륭이 내던진 상주문을 주워 올렸다. 건륭은 말없이 상주문을 소매 속에 밀어 넣고 자리로 돌아와 앉았다. 그리고는 뱃속 가득한 울분을 한꺼번에 토해내려는 듯 깊은 한숨을 내쉬며 찻잔을 들어 한 모금 마셨다. 자신의 자그마한 인기척에도 흠칫흠칫 놀라는 대신들을 향해 건륭이 갑자기 환하게 웃어 보이며 말했다.

"일대 쾌사가 아닐 수 없네. 짐은 이제 안개 속에서 걸어나온 느낌이네. 즉위 이래 만사가 대체로 순조로웠지만 가끔 괴괴한 일이 있어 의혹을 품어왔는데, 오늘에야 비로소 짐에게 재를 뿌려온 상대를 어렴풋이 볼 수가 있었던 것 같네."

건륭이 말을 이어나갔다.

"십팔공주 내외가 밤중에 뵙기를 청한 걸 보면 필히 뭔가 긴요한 일이 있음이네. 궁중의 구설을 피해 이리로 왔음직한데, 오자마자 얼토당토않은 기문(奇文)부터 섭하게 냈군. 막내, 이제 말해보게."

"그게……"

십팔공주가 방안 가득한 사람들을 쓸어보며 망설였다. 그러자 공주의 눈치를 읽은 장정옥과 나친이 자리에서 일어나 건륭을 향해 절을 하며 아뢰었다.

"공주마마께오서 밀주(密奏)를 하시려나 보오니, 신들은 회피해야 마땅할 것 같사옵니다."

이에 건륭이 머리를 저었다.

"그럴 거 없네. 한 쪽은 짐의 여동생이고, 경들은 짐의 최측근 친신(親臣)들이네. 기밀이 따로 없이 털어놓아 다같이 참작함이 좋을 것이네."

그제야 십팔공주는 방금 거산팅에게서 들은 말을 상세히 복술했다. 그리고는 덧붙였다.

"밖에서 이같이 갖은 유언비어가 난무하고 구석자리에선 누군가가 팔기친왕들의 입경(入京)을 획책하고 있사오니 아무래도 예삿일이 아닌 것 같사옵니다."

잠자코 듣고만 있던 건륭이 말했다.

"선제 때의 밀주문 제도를 짐은 아직 회복하여 시행하고 있진 않네. 밀주문이라는 것이 힘센 자의 전횡으로 이어질 수도 있겠다는 생각에서 밀주문 제도의 회복을 서둘러 검토하지 않았었는데, 이제 보니 짐도 그 이목(耳目)이 필요한 것 같네. 오늘 이 자리에 있는 모두에게 짐은 밀주권을 부여하겠네. 밀주할 내용을 노란

함에 넣어 짐에게 직접 올려보내도록 하게. 오늘 이 자리는 언자무
죄의 자리이니 터무니없는 요언일지라도 들은 대로 털어놓게. 짐
은 듣기만 할뿐 시비곡직은 따지지 않을 것이네."

"폐하!"

목청을 가다듬어 전도가 천천히 입을 열었다.

"신이 며칠 전에 이위의 처소를 다녀왔사옵니다. 소인을 알아보
는 것 같았으나 말은 하지 못하고 하염없이 눈물만 흘리는 모습이
처연했사옵니다. 부인을 만나 폐하께오서 이어른을 위하는 마음
은 여전하니 원숭이도 나무에서 떨어지는 수가 있다는데, 한 번의
실수로 그리 낙담하지 말았으면 한다고 위로의 말을 건넸사옵니
다. 그랬더니 부인도 이어른의 병이 마음고생에 따른 심병(心病)
이 더 깊다는 데 공감하며 며칠 전 손가감 어른 댁을 다녀왔는데
그 부인의 말에 따르면 손어른도 이친왕(怡親王)이 병문안을 다
녀간 뒤로 아예 몸져눕고 말았다 했사옵니다. 둘 다 신병보다는
심병이 위주인 것 같다며 어찌하면 좋으냐고 가슴을 쳤사옵니다!
폐하의 고굉으로 성총을 한 몸에 받고 있는 두 신하가 부인들의
말을 빌리면 둘 다 같은 증세를 앓고 있다는 사실이 예삿일은 아닌
것 같사옵니다."

하로형의 사건을 거쳐 훨씬 노련해진 전도였다. 사람들의 이목
이 집중된 가운데 표정이 심각하기만 한 전도가 입을 열었다.

"이는 오늘날 누군가 손가감의 상주문을 위조해냈다는 것과 일
맥상통한다고 볼 수 있사옵니다. 손가감이 선제에게 '서부파병을
거둬들이고 골육들을 위해 주라'며 직간을 하여 천하를 떠들썩하
게 만들 정도로 물불 가리지 않는 직간으로 유명한 인물인지라
그에게 바가지를 덮어씌우는 건 용이하다고 생각했을 것이옵니

다! 상주문을 날조한 이 자는 폐하와 선제께서 아끼셨던 유신(遺臣)들 사이를 이간질시키고 노신(老臣)과 신진들의 불화를 조장시키려는 불순한 의도에서 이같은 짓을 저질렀을 것이옵니다 ……. 장광사의 그깟 '공로'는 성조와 선제 때 풍운(風雲)을 질타하며 갈기를 날렸던 도해(圖海), 조양동(趙良棟), 주배공(朱培公), 채육영(蔡毓榮) 등 불세출의 영웅들은 물론, 장작 메고 불 속으로 뛰어든 연갱요와도 비교할 가치조차 없는 것임은 주지하는 바이옵니다."

흥분한 전도의 연설은 차츰 무아지경에 이르렀다.

"장광사가 대체 뭘 믿고 그리 발호하겠사옵니까? 신은 괜스레 사람을 의심하는 건 아니옵니다. 아계 어른이 비록 자신의 부하라곤 하오나 폐하께서 믿음을 주시는 신하이거늘 어찌 자기의 종을 부리듯 할 수가 있단 말이옵니까? 푸헝 어른 또한 비록 자기보다 연륜은 부족하나 흠차대신이온데, 그 존재를 무시해버리고 월조(越俎)하여 사전에 군사배치를 해버린 사람이옵니다. 선제에 의해 병권을 깡그리 빼앗긴 팔기친왕들이 조정의 병권을 한 손에 움켜쥐고 있는 장광사를 끌어당겨 뭔가 물밑거래를 하고 있을 가능성도 배제할 순 없사옵니다. 물론 이는 신의 가정(假定)에 불과하옵니다."

건륭이 연신 머리를 끄덕여 보이자 용기를 얻은 전도가 자신감에 차 말을 이었다.

"조정에 간신(奸臣)이 있사옵니다. 물론 어두운 곳에 숨어 있사옵니다. 저네들은 장기 국수(國手)가 장기 알을 옮겨놓듯 차분하고 여유있게 장(將)을 치기 위한 환경을 만들어가고 있사옵니다!"

촉각을 곤두세워 전도의 말에 귀기울이고 있던 사람들의 눈이 화등잔만해진 가운데 건륭이 장정옥을 향해 물었다.

"형신, 자넨 전도와 기윤 두 사람의 말을 어찌 생각하나?"

그러자 장정옥이 숨을 길게 들이마시며 대답했다.

"일이 이 지경에까지 이른 건 재상으로서의 책임이 크옵니다. 하오나 설령 두 사람의 견해가 불행히도 적중한다 할지라도 크게 염려할 건 없다고 사려되옵니다. 순치황제 때와는 달리 지금은 천자의 일언이면 모든 신하들의 영욕생사가 정해지는 시기인지라 철모자왕들이 제아무리 사력을 걸어도 팔왕의정제도를 회복할 순 없을 것이오니 폐하께오선 심려를 거두셔도 되겠사옵니다. 신의 우견으론 경기지역의 주둔군을 대폭 물갈이하여 평소의 훈련강도를 한층 높여 유사시를 대비해두는 것이 바람직할 것 같사옵니다. 그리고 조정에 간신이 있는 건 사실인 것 같사옵니다. 그저 간신이 아니라 음흉하고 악랄하기 그지없는 족속들인 것 같사오니 물밑 수사에 열을 올려 그 확증을 거머쥐는 것이 급선무인 것 같사옵니다."

"직예총독은 가장 비중 있는 자리인데."

건륭이 고개를 들어 잠시 생각하더니 말했다.

"이위가 저러고 있으니 마냥 비워둘 수도 없고. 이렇게 하지. 이위는 관품을 승격시켜 영양(榮養)하는 걸로 처리하고, 직예총독의 빈자리는 악종기가 채우게끔 하지. 악종기에겐 이밖에 풍대 제독(風臺提督)까지 겸하게 하고, 이번에 크게 위풍을 떨친 푸헝을 북경으로 불러 구문제독(九門提督)을 겸하게 하면 될 걸세. 이시요를 아문에 들어앉혀 놓고 푸헝은 바깥일을 처리하면 짐이 보기엔 찰떡궁합이 따로 없을 것 같네. 그리고 주둔군을 물갈이하는 일은 나친이 진두지휘하여 3개월 내에 마치도록 하게. 조정에서 이같이 칼을 갈고 있는 모습을 보이면 언감생심 조정에 대적하려넌 사악한 무리들의 망념(妄念)에 미리 일격을 가하는 효과를 거두게 될지도 모르네."

"위조 상주문은 정상적인 경로를 통해 전해진 만큼 수사도 정정당당하게 드러내놓고 착수해야겠네. 누가 무슨 연유에서 누구의 사주를 받아 이같은 짓을 저질렀는지 한 점 의혹도 없이 밝혀 내도록 하게. 장정옥, 자네는 자네가 맡은 정무에나 전념하고 골머리 썩고 다리품 팔아야 하는 이런 일은 나친과 류통훈 같은 젊은이에게 맡기게. 오늘저녁 논한 내용은 기밀에 붙여야하는 중대사인만큼 알아야 할 사람은 짐이 어련히 주비를 달아 알려줄 것이니 몰라도 괜찮은 사람에겐 절대 발설해선 아니 되겠네. 세 대신은 구태여 강조하지 않아도 잘 알겠지만 자네들 신진들은 잘 들어두게. 짐은 평소엔 개미 한 마리 밟아 죽이지 않는 여린 사람이지만 왕법을 어긴 자에 대해선 가차없다네. 지난번 류강이 처형에 앞서 하늘을 우러러 통곡하며 살려달라고 빌었지만 하늘도 결국 그를 구해주진 못했지 않은가!"

이같이 말하고 난 건륭이 웃으며 윤계선을 향해 말했다.

"자넨 어찌 여태 일언불발인가! 상경한 지 어느 정도 된 사람이 여태 패찰을 건네지 않았는가?"

호부에서 식량을 징수하는 일 때문에 급히 북경으로 왔던 윤계선은 장정옥의 서재에서 이같은 간담 서늘한 말을 들을 줄은 몰랐거니와 이곳에서 천자를 알현하게 될 줄은 더더욱 뜻밖인지라 사실 언감생심 입을 열지 못했던 것이다. 건륭이 자신을 향해 물어오자 그제야 급히 대답했다.

"신은 지금 꿈을 꾸고 있는 것 같사옵니다. 밖에 있으니 누가 감히 폐하를 해코지하려 들리라고는 전혀 생각해 볼 여유가 없었 사옵니다. 신은 오늘 저녁 무렵에 노하역(潞河驛)에 도착하여 패 찰을 건네려 해도 너무 늦은 시각이라 감히 집에도 못 들르고 이리 로 왔사옵니다. 해녕(海寧)에 있는 진세관(陳世倌)도 동행했사옵 니다. 호부에서는 군량미 부족을 이유로 들어 신더러 올해는 식량 1백만 석을 더 바치라고 하옵니다. 하오나 성조께오서 영원히 부 세를 올려 받지 않을 거라는 성훈이 계셨다는 걸 만백성들이 알고 있사온데, 무슨 명목으로 그 많은 식량을 더 상납하라고 해야 할지 난감하기만 하옵니다. 이 일로 폐하의 훈시를 청하고자 뵙기를 청하려 했사옵니다."

"그 일은 짐이 알고 있었네."

건륭이 웃으며 말을 이었다.

"진세관까지 데리고 온 걸 보니 자네도 어지간히 골치 아팠던 게로군. 진세관이라면 선제의 면전에서 눈물을 흘리며 백성들을 위해 간청을 들어 소문난 진짜배기 부모관(父母官)이 아닌가. 강 남, 절강 모두 대풍작을 거두었다고 들었는데, 변통력 대단한 윤계 선이 1백만 석 때문에 골치를 앓는단 말인가?"

"식량은 얼마든지 있사옵니다."

윤계선이 건륭의 말을 흔쾌히 수락할 수 없다는 듯 눈을 습벅이 며 말했다.

"한 되에 3전이오니 1백만 석이면 은자 3백만 냥이옵니다. 강남 번고(藩庫)에……."

그의 말이 끝나기도 전에 건륭은 웃으며 자리에서 일어났다.

"자네 뜻은 짐이 미뤄 짐작하고 있네. 염세(鹽稅)니 상세(商稅)

니 해관세(海關稅)니 해서 은자가 바닷물처럼 자네한테로 밀려들고 있는 줄을 아는데, 가진 사람이 베풀고 살면 좀 좋은가! 자넨 현무호(玄武湖)에 서원(書院)을 건립하고자 돈을 모으는 걸로 알고 있는데, 그 생각은 일찌감치 접어버리는 게 좋을듯하네. 풍작을 거뒀을 때 식량을 많이 비축해두어야 조정에서도 든든하지 않겠나. 이러다 언제 전사(戰事)가 생겨 파병해야 할지도 모르는데 말일세. 길게 말하진 않겠네만 내일 패찰을 건네게. 짐이 강남 문인들의 풍류운사(風流韻事)에 대해 자네랑 논하고자 하네!"

속을 훤히 들여다보는 건륭의 말에 윤계선이 슬며시 입을 옆으로 당기며 웃었다. 건륭이 이번에는 기윤을 향해 웃으며 말했다.

"자네도 계선이랑 함께 뵙기를 청하게. 전에 성친왕(誠親王)이 〈고금도서집성(古今圖書集成)〉을 편찬했다지만 짐은 이보다 더 방대하고 더 완벽한 책을 편수할 것이네. 이 일은 자네들이 팔을 걷어붙여야 할 것이네!"

말을 마친 건륭은 곧 떠나갔다. 무릎꿇어 성가(聖駕)를 배웅하고 난 이들은 다시 서재로 돌아와 흥분하여 한시간도 넘게 떠들고서야 비로소 흩어졌다.

41. 개구리 소리

　건륭과 장정옥 등이 의사(議事)하고 있었던 그 시각, 리친왕부
(理親王府)에서도 심상찮은 만남이 이뤄지고 있었다. 이 부저(府
邸)는 리친왕 홍석(弘晳)의 아버지 윤잉(允礽)이 폐위당하고 나
서 연금되어 있던 곳이었다. 커다란 뜰엔 인공호수가 있었고, 언덕
위에는 버드나무가 울창했다. 윤잉이 늘 호숫가에서 홀로 맴도는
모습을 본 내무부에서 그가 물에 빠져 자살할 것을 우려하여 언덕
위에 버드나무를 심어 나무마다에 등롱을 훤히 내걸었던 것이다.
윤잉이 산책을 나갈 때면 가인들이 미리 달려나가 등롱을 밝혀
윤잉의 일거수일투족을 감시하곤 했었다. 산책의 의미를 잃게 된
윤잉은 그 뒤론 거의 호숫가로 나오지 않았다고 했다. 그때 심은
버드나무가 이젠 아름드리나무로 변해 있었다.

　오늘저녁 리친왕부로 초대받은 사람은 패자(貝子) 홍보(弘普),
패륵(貝勒) 홍창(弘昌), 그리고 항친왕(恒親王)의 세자(世子)인

홍승(弘昇)이었다. 이들은 모두 홍석이 종학(宗學)과 육경궁에서 글공부를 하며 사귄 친한 벗들이었다. 서로가 눈빛만으로 그 마음을 점칠 수 있노라 자부하는 사이였다. 호숫가로 난 오솔길을 따라 한바퀴 돌고 서재 앞의 언덕에 다다른 홍석이 개굴개굴 개구리 소리를 들으며 긴 숨을 토해냈다.

"여기 좀 앉자."

세 아우는 다소 뜨악한 표정으로 서로를 번갈아보며 장포자락을 들고 석탁(石卓) 앞의 석고(石鼓)에 엉덩이를 붙였다. 개구리가 첨벙대며 뛰어간 뒤에 물결이 춤추는 모습을 한동안 뚫어지게 바라보고 있던 홍창이 마지못해 입을 열어 물었다.

"넷째형, 사람을 불러놓고 호숫가를 빙빙 돌게 만들더니, 이젠 침묵을 지켜버리니 대체 어찌된 일이에요? 무슨 안 좋은 일이라도 있는 거예요?"

홍창은 작은 이친왕 홍효(弘曉)의 맏형이었다. 큰 이친왕 윤상(允祥)이 정실을 들이지 않았기에 네 아들 모두 서출이었다. 윤상은 살아생전에 옹정제의 제일 가는 충신으로서 '고금제일현왕(古今第一賢王)'이라 불리었다. 이친왕을 세습할 수 있는 특권이 부여되었는지라 이 가문에도 소위 '철모자왕(鐵帽子王)' 시대가 열린 셈이었다. 적자가 없으니 윤상의 뒤를 이어 '철모자'를 쓸 사람은 단연 장자인 홍창이었다. 그러나 옹정은 특지를 내려 홍효를 세자로 세울 것을 명했던 것이다! 그건 그나마 참을 만했던 홍창은 위독한 윤상의 병상을 찾은 옹정이 아들들 중에서 누굴 군왕(郡王)으로 봉하고 싶으냐는 옹정의 말에 윤상이 옆자리에 있던 셋째 홍교(弘晈)를 가리켰다는 사실에 그만 분노를 터트리고 말았다! 윤상이 죽을 때 겨우 패자에 봉해진 홍창은 건륭이 즉위하자 패륵으로 승격했어도 군왕, 친왕과의 거리를 좁히는 데는 한계가 있었는지라 항시 불만과 원망을 안고 살아왔다. 그러던 중 유유상종이라고 늘 욕구불만이던 홍승, 홍보와 죽이 맞아 돌아가게 되면서 '성스러운 사업'을 위해 일당을 물색 중이던 홍석과 뜻이 맞아 '한탕' 해먹기로 했던 것이다.

"난 요즘 들어 심신이 안녕하질 못해."

홍석이 어둠이 짙게 깔린 호수를 바라보며 말을 이었다.

"자꾸만 우리가 벌인 일들이 마치 물 속에서 달을 건지듯 위태롭기 짝이 없는 것 같아."

홍석을 가까이하고 앉은 홍승은 대단히 차분한 편이었다. 홍석의 말을 잠자코 듣고 있던 그가 한참 후에야 입을 열었다.

"일전에 〈전등록(傳燈錄)〉이라는 책을 읽은 적이 있어요. 보리달마(菩提達摩)의 큰제자인 혜가(慧可)가 불법(佛法)을 깨우쳐 줄 것을 간절히 소망하자 달마가 말하길 '하늘에서 홍설(紅雪)이 내리지 않는 한 자네를 제자로 받아들일 수 없다'는 것이었어요. 그 말이 떨어지자마자 혜가는 눈밭에 두발을 파묻은 채로 의연히 칼을 뽑아 한쪽 팔을 내리쳐 선지피로 백설을 빨갛게 물들였다고 해요. 이 얼마나 대단한 용기이고 결의인가요? 그러나 그는 어찌어찌 하여 끝내는 속진(俗塵)을 벗어나지 못했는데, 어느 날 홀연 달마에게, '스님, 요즘 들어 자꾸 마음이 불안합니다!' 라고 말했어요. 이에 달마가 '그대의 마음이 어디에 있는지요? 이리 오세요, 빈도가 안심시켜 줄 것이니!' 라고 답했다는 거 아니에요."

사실 홍승의 이 이야기는 두 사람도 몇 번 들어본 적이 있었다. 그러나 이 시각 홍승에게서 다시 들으니 마치 주전자의 냉수를 정수리에 쏟아 붓는 듯한 돈오(頓悟)의 느낌이 번개같았다. 홍보가 말을 받았다.

"홍승의 불경공부가 마침내 경지에 이른 것 같구나. 같은 이야기를 하더라도 이같이 유난히 듣는 사람의 심폐를 울려주는 사람이 있더라고!"

"난 내 마음을 열어보였던 거예요."

홍승이 덧붙였다.

"넷째형이 어찌하여 마음이 편하지 않으신지 그 이유가 무척 궁금하네요."

"팔왕의정제도가 폐지된 지도 벌써 7, 80년이 흘렀네."

홍석이 천천히 입을 열었다.

"우리가 무슨 수로 거의 잊혀져 가는 이 조제(祖制)를 다시 복원시킨다는 건지, 설령 복원한다고 해도 뭘 어쩌자는 건지 무척이나 회의적이야. 우리가 모역(謀逆)을 감행하여 넷째(건륭)를…… 어떻게 할 수라도 있단 말인가?"

홍창과 홍보의 눈빛이 어둠 속에서 등롱불이 비친 호수처럼 번뜩였다. 홍창이 크게 한숨을 내쉬었다. 손으로 버드나무가지를 흔들며 그가 말했다.

"지난번 문화전(文華殿)으로 갔다가〈영락대전(永樂大典)〉을 뒤적이던 중 눈에 띄는 글귀가 한 단락 있어 외워두었는데, 한번 기억을 더듬어 볼 테니 들어보세요."

말을 마친 홍창이 조용히 읊어 내려갔다.

예전에 항우(項羽)를 생각할 때는 칠척남아가 쉬이 경혈(頸血)을 오강(烏江)에 떨군 것을 유감이라 여겼었지. 하늘에 사무치는 격랑을 뒤로 하고 잠시 의기(意氣)를 거둬 노부(父老)가 안아주는 고향으로 편주(片舟) 타고 돌아가 1보 후퇴, 2보 전진을 기약했어야 한다며 생각했지. 패배의 치욕을 씻어내고 백전(百戰)으로 지친 몸을 추스리며 조용히 관망하노라면 한궁(漢宮)에 경풍이 일고 내분의 화염이 크게 번져 어부지리를 꾀할 수도 있었을 거라며 아쉬워했었지!

허나 오늘 고쳐 생각하니 내 속골(俗骨)과 탁장(濁腸)에 한안(汗顔)이 된 이내 모습 한없이 초라해 보이는구나. 사면에 울려 퍼지는 초(楚) 나라의 노랫소리에 장검 뽑아들고 창망한 밤하늘을 우러러 긴긴 탄식을 토해내니, 7진 7출(七進七出)의 진정한 영웅 그 기백은 천추에 길이 빛나리! 영웅이 스러져간 사장(沙場)에 까악! 까악! 울어대는 까마귀들의 슬픔이 어찌 그리 깊었는지를 나 이제야 알겠노라!

격정에 휩싸여 다 읽고 난 홍창이 물었다.

"어때요?"

"느낌이 새로운데, 누구의 작품이지?"

홍석이 되물었다. 이에 홍창이 답했다.

"글쎄 책을 펴자마자 한눈에 들어오길래 읽어보느라 글쓴이의 이름을 기억하지 못했네요."

그러자 홍보가 웃으며 말했다.

"넷째형, 누가 썼는지가 뭐가 그리 중요해요? 이 두 단락은 '안 되는 줄 알면서도 과감히 밀어붙이는' 영웅의 기백을 칭송했다는 것이 중요하죠. 이것이 바로 홍창이 뜻하는 바가 아니겠어요? 독재로 유명했던 성조께서도 대사를 앞두곤 팔왕들의 의견을 종종 물으셨거늘 세종은 어찌하여 팔왕들을 꿔다 논 보리자루 취급을 하셨는지 모르겠네요. 심각한 건 선제의 뜻에 가위질을 하는 데 이골이 난 건륭도 팔왕들에 대한 태도만은 변함없다는 것이에요. 이대로 나간다면 후세들은 팔왕의정이란 말조차도 생소해질 게 아니에요?"

"그리고 팔왕의정제도를 복원하는 의미에 대해 회의를 품게 된다고 하셨는데."

홍창이 천천히 말을 이어나갔다.

"팔왕의정이 가져다주는 의미는 참으로 커요! 생각해 보세요. 성조께서 말년에 팔왕의정에 예전 같은 열정만 보였더라도 아홉 명의 숙부, 백부님들이 골육상잔의 비극을 초래하진 않았을 거예요……. 여덟 명의 철모자왕들이 태자를 보호했더라면 그와 같은 실정의 위기는 모면했을 거라는 거죠. 순치제께서 일곱 살에 등극하실 때는 천하가 그리 태평치 못할 때였지요. 그때 만약 예친왕 도르곤이 팔기왕들을 거느리고 어가를 보필하지 않았더라면 우린 아마 이 시각 산해관(山海關) 밖으로 쫓겨나 있을지도 몰라요! 이처럼 팔왕의정의 의미는 이루 말할 수가 없어요!"

'이루 말할 수가 없다'는 홍창은 어느새 자신의 속내를 훤히 드러내 보이고 있었다. 윤잉이 실위(失位)하지만 않았더라면 오늘 구중용궐(九重龍闕)에 앉아 천하를 호령하는 사람은 홍력이 아닌 홍석이었을 거라는 강한 뜻을 피력하고 있었다. 이들은 나이가 건륭에 비해 몇 살씩 많은지라 강희 연간에 숙부, 백부들이 감행한 중원축록(中原逐鹿)의 피비린내 나는 현장을 똑똑히 알고 있었다. 여덟째, 아홉째, 열째 숙부의 처참한 말로 또한 그리 먼 과거는 아니었다. 그런 이들이었기에 서로에 대한 경계가 전혀 없는 건 아니었다. 팔왕의정제도의 필요성을 '국사(國事)' 차원에서만 강조하는 홍창도 그렇고, 처음부터 짐짓 회의적이라고 운운하며 세 사람의 속내를 염탐하려는 홍석 또한 그러했다.

이제 탐색을 거쳐 세 사람의 속내를 대충 알 것 같은 홍석이 몰래 웃으며 일부러 탄식했다.

"솔직히 난 공로 같은 건 바라지 않아. 그저 몹쓸 놈이라고 손가락질이나 당하지 않으면 그걸로 만족이야. 자네들은 나 같은 폐인을 어느 짝에 써먹겠다고 굳이 자네들의 배에 끌어올리려고 안달인가?"

"배라뇨?"

홍보, 홍창이 놀란 표정을 지었다. 홍창이 물었다.

"넷째형 그게 대체 무슨 말씀이에요?"

"도둑배 말이야."

홍석이 껄껄 웃으며 말했다.

"도둑배란 오르긴 쉬워도 내리긴 무척 힘이 들거든!"

대수롭지 않게 보이려고 웃는 그 웃음이 과장스럽게 들리는 건 어쩔 수 없었다. 세 사람 모두 아연해지고 말았다. 외딴 묘지를 방불케 하는 정적을 깨고 청개구리 첨벙대는 소리가 더욱 크게 들려왔다. 홍보가 돌연 크게 웃으며 말했다.

"넷째형, 우리가 뭐 도둑이에요? 도둑배에 오르게? 그건 그렇고 우리 술 한잔 안줘요? 술이나 마시고 집에 돌아가 계집 껴안고 자는 기분 끝내주는데."

"술이야 얼마든지 있지."

홍석이 킬킬대며 말을 이었다.

"제 죽을 줄 모르고 퍼먹어 양명시 사부처럼 중풍에라도 걸리면 글도 못쓰고 말도 못해. 그 조카 양풍이 장정옥에게 자기 숙부가 병으로 죽은 게 아니라 급사한 것 같다며 의혹을 제기했대!"

홍창과 홍보가 흠칫하여 얼굴이 굳어진 가운데 홍승은 듣는 둥 마는 둥 한 손 가득 버드나무가지를 꺾어들고 뭔가를 만들기에 여념이 없었다. 수시로 등롱 빛에 비춰보며 그가 만들어낸 것은 앙증맞은 바구니였다. 물가로 다가가 구멍이 숭숭 나 있는 바구니로 물을 떠 담는 시늉을 하며 홍승이 차갑게 내뱉었다.

"어찌 그 의혹뿐이겠어요! 장광사가 푸헝의 용병계획을 파탄시킨 데 대해 칼지산이 올린 참핵상주문이 지금 건륭의 어안 위에 놓여있어요! 이 사건을 추궁할라치면 우리 넷 중의 누구라도 그 죄를 피해갈 순 없을 거예요. 그리고 손가감의 상주문을 위조한 것도 누구의 소행인지는 모르겠으나 아슬아슬하기 짝이 없네요. 용주(龍舟)도 배고, 도둑배[賊船]도 배예요. 아무 데나 올라만 가면 적어도 물에 빠져 죽는 일은 없지 않겠어요? 우린 보통 헛된 일에 정력을 낭비하는 경우를 '대나무 바구니로 물을 뜬다[竹藍打水一場空]'라고 하죠."

홍승이 자신이 만든 바구니로 물을 떠 보이며 말을 이었다.

"여태 우리가 시행착오를 거듭했을지라도 그러나 '대나무바구니'에 물을 담아 낼 수 있는 방법도 얼마든지 있어요. 감히 시도해 볼 용기가 있느냐가 중요하죠!"

이같이 말하며 껄껄 크게 웃던 홍승이 뚝 웃음을 그치며 물었다.

"넷째형, 혹시 벽에 귀 달린 건 아니겠죠?"

"그럴 리가 없어. 돌아가신 리친왕과 환난을 함께한 사람들이라 그런 짓은 안할 것이니 걱정 붙들어매게. 새로이 선발되어 온 애들은 전부 이문(二門) 밖에서 시중들뿐 여긴 들어오지도 못해."

홍석이 잠시 후 다시 말을 이어나갔다.

"지금은 다른 일은 생각하고 고민할 여유가 없어. 오로지 팔왕의정에만 몰두해야 해. 홍담, 홍완이는 양명시의 일에 대해 얼추 알고 있는 것 같아. 그것들 입을 막는 것도 쉬운 일은 아닐 것 같아……. 그렇다고 돈을 찔러줄 수도 없고! 아까 홍승이 아무 배에나 올라타기만 하면 물에 빠지는 일은 없다고 했는데, 천만의 말씀! 아무리 급해도 허술하여 다 찌그러진 배에는 탈 수 없지 않는가!"

이에 홍승이 말했다.

"우린 지금 찬밥, 더운밥 가릴 때가 아니라고요! 팔왕의정제도를 복원시키지 못하는 한 우린 저 개구리처럼 아무리 발버둥쳐도 날고 기지 못할 거예요! 손가감의 상주문을 위조한 건 너무 단세포적인 발상이었어요! 누가 저지른 짓인지는 모르지만! 이위가 지금 병들어 말을 못하고 있으니 저렇게 나죽었소, 하고 있지 병상을 털고 일어나는 날엔 우릴 가만두지 않을 거예요. 손아무개 또한 펄쩍뛰면서 진상조사에 앞장서지 않는가 어디 보세요. 그렇지 않을 경우엔 내 눈알을 도려내겠어요! 내 말이 틀렸어, 홍보?"

홍승이 돌연 홍보를 향해 고개를 돌렸다. 자신이 극비리에 일처리를 했노라고 자신만만하여 이젠 은근슬쩍 그 '공로'를 드러낼 시간만을 기다리고 있던 홍보가 홍승의 예리한 눈빛에 흠칫 놀랐다. 그러나 곧 불량기가 다분한 능글맞은 웃음을 지으며 말했다.

"그렇게 쳐다보지마, 귀신 나올 것 같아. 내가 저지른 거 아니야. 내가 그리 아둔한 줄 알았어? 설령 내가 저질렀을지라도 여러 사람 곤혹스럽게 하지 않을 거니까 걱정 붙들어 매두셔!"

"승산이 없을 게 뻔한 짓은 더 이상 해선 안되겠네."

홍석이 언성을 점점 높였다.

"내가 돌아다니며 엉덩이만 닦아줄 일 있나! 내가 생각해보니 우리가 전에 팔왕의정에 관해 장친왕에게 잠깐 언급했던 것 같네. 미끼를 던져놓았으니 입질을 하나 어쩌나를 조용히 지켜보고만 있자고. 여덟째, 아홉째 숙부님이 우리의 백 배는 능가할 어마어마한 중권을 장악하고 있으면서도 그리된 이유는 바로 형세를 조용히 관망하는 느긋한 자세가 결여되었기 때문이야. 어디에 암초가 도사리고 있는지 빙산이 가로막고 있는지는 생각하지도 않고 무조건 배 끌고 출항하는 격이었지. 그러다가 위험물에 부딪치면 비켜가든가 후퇴하든가 할 것이지 사마귀가 수레바퀴에 항거하는 격으로 막무가내로 밀고 나갔으니 그 배가 박살나지 않으면 되레 이상하지. 숙부들이 송곳으로 자기 눈 찌르는 치기어린 짓으로 점차 수세에 몰리고 급기야는 처참한 말로를 맞는 광경을 두 눈으로 똑똑히 보면서 자란 우리가 그 유치한 발상을 그대로 답습해서야 되겠어?"

그러자 민숭민숭한 표정으로 앉아있던 홍창이 말했다.

"처음에는 무슨 말인지 알 것 같더니 갈수록 어리둥절해지네요. 초패왕(楚覇王)의 용감무쌍함을 따라 배우자 할 때는 언제고 이젠 또 초패왕의 치기가 우습다는 식으로 말하니 뭐가 뭔지 모르겠네요."

그러자 홍보가 웃으며 말했다.

"모르고 자시고 할 것도 없어. 우리네 취지는 변함 없어. 다만 여유를 갖고 천천히, 실속있게 다가가자 이 말이야. 힘센 고기를 그냥 붙들다 놓치기보다 노를 천천히 저어 어지럼증에 좌충우돌할 때 잡으면 훨씬 안전할 게 아니야."

"무슨 말인지 알 것 같네요!"

홍승이 입을 헤벌리고 웃으며 덧붙였다.

"어떻게 해서든 장친왕 십육숙을 끌어들이자 이거죠. 그러나 십육숙은 상서방에서는 말발이 선다지만 상서방의 권력은 거의 군기처로 옮겨져 상서방은 이제 유명무실해졌어요. 현재 군기처에 있는 대신들을 보면 만한(滿漢)이 반반씩이지만 만인들이 결국엔 한인에게 밀려나게 돼 있어요. 그런 불행한 사태를 초래하기 전에 누군가 철모자왕이 나서서 군기처를 확실히 휘어잡아야 해요. 그런 측면에서 볼 때 십육숙은 귀가 얇은 게 흠이에요. 이제 보니 이친왕 홍효도 자기네 아버지 발뒤축도 못 따라가지만 친왕은 친왕이네요."

그러자 홍석이 웃으며 말했다.

"그렇지. 홍효도 '세습' 친왕이지."

"그렇다면 홍효도 철모자왕의 의정제도에 대해 반기를 들 이유는 없을 테니 한번 낚아보죠."

홍승이 자신감에 차 말했다.

버드나무 잎을 뜯어 손바닥에 넣고 비벼 호수에 내던지며 홍석이 말했다.

"오늘저녁은 안하면 안 했지 착오는 범하지 말자는 데 의견을 같이했다고 할 수 있겠네. 이걸 우리네 행동강령으로 정하는 게 어때? 우리 중엔 아무도 철모자왕이 없잖아. 팔왕의정에 유달리 목말라 할 철모자왕들의 겨드랑이를 간지럽게 해놓고 우린 살짝 물러서는 치고 빠지는 전략이 먹혀들게끔 노력해야 해!"

그러자 이번에는 홍승이 말했다.

"가랑비에 바지가랑이 젖는다고, 우린 이제부터 장친왕과 이친왕에게 가랑비를 내려줘야겠어요! 진인사대천명[盡人事待天命]

이라고 했는데, 우리의 노력에 감화되어 하늘에서 큰 기회를 내려주실지 누가 알아요?!"

이같이 말하며 힘껏 나뭇가지를 잡아당기는 바람에 곤히 잠들어 있던 이름 모를 새 한 마리가 깜짝 놀라 쉰 목소리로 쩩쩩 울며 어디론가 날아갔다.

홍승의 예측은 적중했다. 그로부터 3일 후, 손가감은 언제 병상 신세를 졌더냐 싶게 씩씩한 모습으로 서화문 입구에 나타났다. 때는 가짜 상주문에 대한 소문이 조야(朝野)에 파다하여 어딜 가나 그 내용을 점치느라 분분했다. 듣기에 류통훈이 이미 지의를 받고 상주문이 올라온 경로를 추적하고 있다고 했다.

수많은 이목을 몰고 다니면서도 손가감은 시종 태연하기만 했다. 주변의 수군덕거림 속에 침착하게 패찰을 건네고 초연히 돌계단 밑으로 물러가 소매 속에서 책 한 권을 꺼내어 읽으며 기다렸다. 안면이 있는 사람, 없는 사람 수없이 오갔지만 아무에게도 아는 체하지 않았다.

제멋대로 생긴 외모에 비해 그 박력과 패기가 비상한 손가감이었다. 옳다고 생각하는 것에 대해선 머리를 떼어 어깨에 둘러메고 직간을 하는 관원으로도 유명했다. 옹정 즉위 초에 옹정전(雍正錢)을 주조함에 있어 동(銅)과 연(鉛)의 비율이 부적합하다는 이유로 까마득한 상사인 호부상서와 목덜미를 잡고 대판 싸워 파직당해 쫓겨나 건청궁 앞에서 담장에 머리 박고 죽으려던 그를 양명시가 구해줬었다. 우여곡절 끝에 다시 복직되었으나 '목에 칼이 들어와도 할말은 한다'는 그 소신에는 변함이 없었다. 아슬아슬하고 위태롭기 짝이 없는 상소문을 올려놓고도 마냥 태연하기만한 그를 대학사인 주식(朱軾)이 그 진가를 알아주었고, 나중엔 옹정도 그 담력과 패기를 높이 사 단숨에 국자감 제주(祭酒)로 발탁해 주었던 것이다. 그러나 새로운 군주가 즉위해서는 처음 간언을 시도하는 손가감이었다. 손가감이 손에 침을 발라 책장을 넘기려 할 때 태감 하나가 나오더니 계단 위에서 큰 소리로 물었다.

"어느 분이 손석(孫錫) 공(公)이신지요?"

"공은 무슨, 내가 손석이오."

손가감이 책을 가인에게 넘겨주고는 덧붙였다.

"헌데 손석 공은 어인 연으로 찾은 것이오?"

손가감은 설마 황제가 자신의 자(字)에 공(公)자까지 붙여 존칭할 줄은 몰랐는지라 이같이 물었던 것이다.

"어르신께서 손석 공이시옵니까! 쉰네는 복인(卜仁)이라고 하옵나이다."

태감이 어느새 아첨 어린 웃음을 배시시 지어내며 말했다.

"폐하께오서 손석 공을 들라 하시옵니다."

촐싹대며 앞서가는 태감을 따라 들어가며 손가감은 어찌하여 고무용이 보이지 않을까 내심 의아스럽게 생각했다. 그러나 양심전 뜰 안으로 들어간 손가감은 낭하에 가득한 태감과 궁녀들도 모두 생판 낯선 얼굴들로 바뀐 것에 더욱 놀랐다. 다시 보니 고무용은 고개를 무겁게 드리운 채 한 쪽에서 긴 빗자루를 휘저으며 정원을 쓸고 있었다. 그제야 고무용이 뭔가 사단을 일으켜 수석태감 자리에서 쫓겨났다는 걸 알 수 있었다. 대체 무슨 일일까 잠시 생각하고 있을 때 안에서 건륭의 음성이 들려왔다.

"복의(卜義), 어서 손석 공을 안으로 모시지 않고 뭘 하는 거야!"

주렴이 걷히는 소리와 함께 또 다른 젊은 태감이 나오더니 손가감을 안으로 안내했다. 건륭은 뭔가 열심히 용안 위를 들여다보고 있었다. 장조, 사이직, 어싼 셋은 숨죽이고 그 옆에 시립하여 지켜보고 있었다. 손가감이 장포자락을 잡고 무릎을 꿇으려하자 건륭이 여전히 고개도 들지 않은 채 손사래를 치며 말했다.

"몸이 안 좋은 사람이니 예는 면하도록 하게. 상의할 일이 있어 진작부터 부르고 싶었네……."

손가감이 고집스레 예를 행하고 일어서며 보니 건륭은 시초(蓍草, 옛날에 점을 보던 풀줄기)를 용안 가득 펴놓고 점괘를 보고 있었다.

"손가감."

괘상(卦象)이 흡족한 듯 미소를 지으며 건륭이 말했다.

"선제께서 말씀하시길 손가감 자넨 지독하게도 고지식하여 가끔씩 숨이 막히지만 그래도 돈을 추종하여 비리를 저지르는 일은 절대 없을 것이니 미워할 수 없는 사람이라 하더군. 은자를 오물 보듯 하는 자넨 정인군자임에 틀림없네. 허나 자넨 옹정전이 그 역할을 제대로 하는 데 있어서도 결정적인 기여를 한 사람이 아닌가!"

그러자 옆에 있던 어싼이 말했다.

"요즘 시중에는 강희전과 옹정전이 함께 유통되고 있사옵니다. 옹정전은 연(鉛)과 동(銅)의 비율이 6대 4인지라 전처럼 녹여 동기(銅器)를 만들 수 없기에 그런 대로 잘 유통되고 있는 것 같사옵니다. 하오나 건륭전은 동(銅)의 품질이 우수하고 양이 많아 감히 많이 주조하여 유통시킬 수 없는 실정이옵나이다. 화폐가 불통하면 전량(錢糧)이 불흥(不興)하오니 결국엔 민생에 직접적인 영향

을 미치게 되옵니다. 하오니 돈을 주조하는 것도 결코 작은 일은
아니옵니다!"

"자네의 대학사 직책은 이미 복위되었네."

건륭이 어싼의 말에는 가타부타 응답조차 없이 장조를 향해 이
같이 말했다.

"여전히 동궁(東宮)으로 돌아가게. 자넨 다 좋은데 너무 심약하
고 소심한 게 흠이네. 물론 수년간의 수감생활을 거쳐오며 매사에
조심스러워지는 건 이해할 수 있네. 허나 동궁의 사부(師傅)로서
그 위상과 기강을 확실히 수립하지 못하는 날엔 안하무인의 종실
자제들을 휘어잡기가 힘들 것이네."

건륭이 용안 위에 놓여있던 철척(鐵尺)을 집어 장조에게 주며
말했다.

"이걸 자네한테 상으로 내릴 테니, 감히 요언을 살포하고 사도
(師道)를 존중하지 않는 자에 대해선 가차없이 매질을 하게. 살점
이 떨어져 나가도 고집을 피우는 자에겐 죽음을 줘도 상관없네!"

출옥하자마자 동궁의 시독(侍讀)으로 들어와 평소에 됨됨이가
부실한 황자들로부터 갖은 놀림과 수모를 당해온 장조는 자신의
억울한 마음을 헤아리기라도 한 듯한 건륭의 말에 가슴이 뭉클해
지며 눈시울이 붉어졌다. 애써 눈을 깜빡여 눈물을 삼키려 했으나
허사였다. 재빨리 소매 끝으로 눈물을 훔치며 털썩 길게 엎드린
장조가 떨리는 두 손을 내밀어 철척을 받았다. 그리고는 황공하여
고개를 떨구었다.

"이 노신은 조정과 주상을 위한 일에 사력을 다하겠사옵니다!
원래는 여가를 내어 책을 집필해볼 생각을 했사오나 이젠 그 마음
을 접겠사옵니다. 노신이 마지막 숨이 붙어 있는 한은 황가의 동량

을 양성하는 성스러운 일에 미력을 다할 것을 약조 드리옵니다!"

건륭이 미소를 머금고 머리를 끄덕였다.

"동궁에서 종실자제들의 글공부를 가르쳐주면서도 얼마든지 여가를 낼 수 있을 것이네. 그 훌륭한 학문을 썩히지 말고 책을 쓰도록 하게. 아직은 기력이 따라줄 때 두 마리 토끼를 잡아보도록 시도해보게. 몇 년 후에 건강이 여의치 않으면 그땐 짐이 국사관 (國史館)으로 보내어 집필에만 전념하도록 배려해 줄 것이네. 다만 짐은 그 어떠한 경우에도 자넬 향리로 보내는 일은 없을 것이니 경은 북경에서 여생을 보낼 각오를 해두게. 평소에도 시흥이 발동하면 좋은 시구를 적어서 짐과 더불어 향유하도록 하세. 그리 알고 그만 물러가게."

장조가 두 손에 철척을 받쳐들고 마치 술에 취한 사람처럼 휘청거리며 걸어나가는 후줄근한 뒷모습을 바라보던 건륭이 한숨을 지었다.

"불세출의 학자이지. 그런데 총칼을 들려 전쟁터로 내몰았으니 그 진가를 발휘할 수가 있었겠는가? 짐이 보호막을 쳐주지 않았더라면 저 사람은 양명시보다도 못한 종말을 고하게 되었을 지도 모르네! 손가감, 경은 호부에서 잔뼈가 굵었다고 해도 과언이 아니지. 방금 들었다시피 건륭전이 제대로 유통되지 않고 있나본데, 자네 무슨 좋은 대책이 없나? '통보(通寶)' '통보' 하는데, '통(通)' 해야 보배지!"

위조된 상주문 때문에 황제를 알현했던 손가감은 전법(錢法)에 대한 얘기가 나오자 그 옛날 바로 이 궁전 이 자리에서 옹정전의 주조법을 두고 옹정제와 설전을 벌였던 광경을 떠올리며 감개가 무량했다. 잠시 마음을 추스르며 손가감이 아뢰었다.

"신은 근래에 재정을 관장하지 않았기에 마땅히 무릎을 칠만한 묘안은 떠오르지 않고 있사옵니다. 옹정전은 건륭전에 비해 도형이며 동의 품질은 떨어지오나 시중에 유통되는데는 옹정전을 따를만한 화폐가 없사옵니다. 근래에 강소, 절강, 소주, 항주일대의 비단, 방직물을 비롯한 소금, 동, 자기의 거래량은 강희 연간의 열 배도 넘게 그 교역이 하루가 다르게 활성화되고 있는 실정이옵니다. 상인들에게 물으면 백이면 백 모두 화폐가 은자보다 훨씬 사용하기에 편하다고 하옵니다. 하오니 전법(錢法)도 달라져야 할 것이옵니다. 채광소에 일꾼을 대량 투입시켜 채광량을 늘려야 하옵니다. 하오나 사람이 많아지면 무리지어 사단을 일으킬 우려가 있사오니 그네들을 예속할만한 제도적인 장치가 시급하겠사옵니다. 채광량을 늘리는 동시에 민간에서 사사로이 동전을 사들여 동기(銅器)를 주조하는 행위를 엄단해야 할 것이옵니다. 전에 보면 우렛소리만 요란했지 비를 때려 주지 않으니 사람들이 조정이 무서운 줄을 모르는 것 같았사옵니다! 이상은 우매한 신의 짧은 소견이었사옵니다. 노생상담(老生常談)이긴 하오나 폐하께 부디 참작이 되었으면 하옵니다."

"참작 정도가 아니네, 짐은 노생상담에서 알맹이를 건졌네."

건륭이 말했다. 손가감이 말하는 동안 건륭은 귀 기울여 들으며 미간을 좁혀 깊은 사색에 잠겨있었다. 채광일꾼들은 향촌 여기저기에 산재해 있는 농민들과는 달라 한 군데 모이면 사단을 일으키는 수가 비일비재했다. 그렇다고 일꾼을 늘리지 않으면 채광량은 한정이 되어 있을 테고, 그리되면 돈의 주조에 어려움을 겪게 됨은 자명한 일이었다. 건륭이 이같은 생각에 잠겨 있을 때 내내 침묵을 지키고 있던 사이직이 입을 뗐다.

"동광(銅鑛)이 밀집되어 있는 운귀 지역에 형부 산하의 동정사(銅政司)를 설치하여 불온한 움직임을 미연에 차단시키는 것이 어떨까 하옵나이다."

건륭이 미처 입을 떼기도 전에 어쌴이 먼저 말했다.

"사이직의 건의에 공감하옵니다. 동정사에 생사권까지 부여하면 금상첨화일 것 같사옵니다. 또한 수많은 채광일꾼들을 관부의 힘으로만 관리한다는 건 무리일 터이니 조운(漕運)을 본받아 강호의 청방(靑邦) 세력을 빌려 일도 시키고 감독역할도 하는 일석이조를 꾀하는 것도 바람직할 것 같사옵니다."

"그래, 그게 좋겠네!"

건륭이 흥분하여 무릎을 치며 일어섰다.

"이 일은 사이직이 책임지고 추진하도록 하게. 올해 목표는 동전을 배로 늘이고 사사로이 동기를 주조하는 자들을 색출하여 엄벌에 처함으로써 일벌백계의 효과를 거두는 것이네!"

건륭은 흥분하여 부지런히 궁전을 배회했다. 창가로 가서 밖을 내다보니 고무용이 잔뜩 풀이 죽어 기둥에 물걸레질을 하고 있었다. 그 모습을 한참 바라보던 건륭이 말했다.

"고무용, 잠깐 들어와 보게."

고무용은 어제 오후에 말단 태감으로 격하당하고 말았던 것이다. 양심전의 태감들 모두 이번에 손가감의 위조 상주문이 올라오게 된 경위를 추궁하는 과정에서 그 책임을 회피할 수가 없었던 것이다. 궁중에 한바탕 피비린내를 풍기게 될지도 모르는 이같이 흉흉한 내용의 상주문을 누가 어디서 어떻게 올렸는지조차 모르고 있다는 것이 어떤 식으로든 용서를 받을 수 없었기에 양심전 태감들 모두 내침을 당하고 말았던 것이다. 다른 태감들은 여기저기 끌려가 벌을 받고 있었으나 그는 총관태감인지라 어떤 식으로 죄를 물을 것인지에 대해선 아직 최종결정이 나지 않은 상태였다. 두근두근하는 가슴을 부여안고 숨죽인 채 걸레질을 하고 있던 고무용은 건륭의 부름을 받고 화들짝 놀라 걸레를 떨어뜨리고 말았다. 급히 머리를 조아리고 무릎걸음으로 건륭의 면전에 다가와 엎드린 고무용이 숫오리 같은 목소리를 길게 뽑아올리며 체읍했다.

"쇤네의 실책이옵나이다…… 자신만 입에 자물쇠를 걸면 되는 줄 알고 아랫것들의 입 단속을 제대로 시키지 못한 죄를 물어 주시옵소서……"

"군소리하지 말고 어서 일어나!"

건륭이 웃으며 그 펑퍼짐하게 큰 엉덩이를 발로 걷어찼다. 그리고는 동난각으로 걸어가며 말했다.

"자넨 그 놈의 입이 방정이지 악의를 품고 죄를 지은 건 아니라는 걸 아네. 이번만은 용서해 줄 테니 두 번 다시 이런 일이 있어선 안되겠네!"

고무용은 울어서 퉁퉁 부은 두 눈을 들어 뜨악한 표정으로 자리에 앉은 몇몇 대신들을 바라보았다. 그네들이 말을 잘해주어 건륭의 마음이 돌아선 줄 알고 그는 사람들을 향해 죽어라 머리를 조아리며 중얼거렸다.

"망극하옵나이다, 폐하! 살려주신 은혜 두고두고 갚겠사옵니다, 지체 높으신 어르신들……"

이같이 말하며 엉거주춤 일어선 고무용이 등을 새우처럼 구부린 채 동난각의 병풍 앞으로 걸어갔다. 그리고는 무릎을 꿇어 건륭의 분부를 기다렸다.

"양심전의 태감들은 전부 물갈이했네. 짐의 신변에도 복인(卜仁), 복의(卜義), 복례(卜禮), 복지(卜智), 복신(卜信) 다섯 명의 태감을 새로 들였으니, 자네가 이네들을 관리하도록 하게!"

"지의를 받들어 모시겠사옵니다, 폐하!"

"짐이 왜 이네들의 이름을 이같이 고쳤는지 알겠나?"

"황공하오나 잘 모르겠사옵니다."

"태감들이란 하나같이 천하디 천한 것들이 아닌가!"

건륭이 경멸에 찬 웃음을 지으며 덧붙였다.

"그래서 시시각각 사람들에게 그 본질을 상기시켜 주기 위한 고육지책으로 불인(不仁), 불의(不義), 불례(不禮), 부지(不智), 불신(不信)으로 이름을 개명시켰네('卜'은 '不'과 발음이 같음)! 그 밖에도 낭하에서 시중드는 태감들은 같은 목적에서 왕효(王孝), 왕제(王悌), 왕충(王忠), 왕신(王信), 왕례(王禮), 왕의(王義), 왕렴(王廉), 왕치(王恥)라고 지었지. 기억하기에도 그만이더군."

"명심하겠사옵니다, 폐하!"

"자네도 오늘부턴 이름을 고대용(高大庸)이라 개명해야겠네!"

"예, 폐하! 그리 하겠사옵니다……."

건륭이 고개를 돌려보니 몇몇 대신들은 소리죽여 웃느라 여념이 없었다. 그는 다시 명령했다.

"서쪽 배전(配殿)에 음식을 준비해 놓으라고 했으니 사이직과 손가감, 어쌴을 그리로 안내하라. 몇몇 큰 태감들이 시중들도록 하고 자리가 파하는 대로 손가감만 남겨두고 두 대신은 고대용 자네가 직접 영항 밖까지 배웅하도록 하게. 그만 물러가게!"

"예…… 폐하!"

42. 직간(直諫)

손가감, 사이직과 어싼 모두 입이 무거운 사람들인지라 사연(賜宴)을 받는 내내 거의 말이 없었다. 태감들이 자그마한 기침소리에도 경주하듯 달려와 등을 두드려준다, 수건을 건넨다 하며 수선을 떨고 술잔이 비기도 전에 주전자를 들고 술 따를 준비를 하는 등 부담스러울 정도로 친절을 베푸는 바람에 이네들은 그 자리가 마냥 불편하기만 했다. 억지로 술 석 잔을 마시는 시늉을 하여 성수(聖壽)를 공축하고 각자 평소에 즐겨먹던 음식을 두어 젓가락씩 집어먹고는 누가 내쫓기라도 하듯 서둘러 자리를 물렸다. 사이직과 어싼은 천정(天井)에서 정전(正殿)을 향해 삼배(三拜)를 올리고 물러갔다. 그러나 손가감은 고대용을 따라 다시 양심전 동난각으로 돌아왔다.

"배불리 잘 먹었나?"

건륭이 한 손에 주필을 들고 상주문에 어비를 달며 다른 한 손으로 나무걸상을 가리키며 고개도 들지 않은 채 말했다.

"예는 면하고 저쪽에 자리하게 손석 공! 대금천(大金川) 지역의 장족(藏族)들이 심상찮은 움직임을 보이고 있다는 장광사의 상주문이 올라왔네. 요즘 일 처리를 제대로 못해 은근히 기죽어 있을 터이니 몇 마디 위로해줄까 하네. 짐이 어비를 달고 나서 자네랑 할말이 있네."

손가감은 걸상에 엉덩이를 살짝 붙이고 비스듬히 걸터앉았다. 이곳 동난각에 수도 없이 들락거렸어도 번번이 불려 들어가자마자 접견이 이뤄지고 접견이 끝나면 서둘러 물러나다 보니 오늘처럼 자세히 실내를 둘러볼 기회가 없었던 손가감이었다. 앉은자리에서 시선이 닿는 서쪽을 보니 노란 주렴이 차분히 드리워진 사이로 책이 빼곡이 꽂힌 책꽂이가 한눈에 안겨왔다. 바닥에 깐 검푸른 벽돌이 책꽂이를 거꾸로 비추고 있었다. 그곳이 바로 서난각이었던 것이다. 서난각 북쪽으로 회랑(回廊)의 통로가 보였고, 겹겹의 문 어귀마다 궁녀들이 다소곳이 서 있었다. 가끔씩 집사궁녀들이 오갔지만 천으로 바닥을 한 평평한 신발을 신고 있어 발소리가 거의 들리지 않았다. 정전(正殿)의 수미좌(須彌座)가 비어 있었지만 양옆에는 먼지떨이를 손에 든 여덟 명의 태감들이 앞만 바라보고 그린 듯 서 있었다. 동서 난각을 가로막은 병풍 옆에는 고대용과 복인, 복의 등 다섯 태감들이 구부정하게 서 있었다. 선비들이 십년 한창(寒窓)을 감내하며 꿈속에서도 그리는 소위 옥당금마(玉堂金馬), 기거팔좌(起居八座)가 이런 것이라고 생각하니 홀연 모든 것이 덧없다는 느낌이 들었다. 종잇장 넘기는 소리에 손가감이 급히 사색을 털어내니 건륭은 이미 어비 달기를 마친 모양이었다.

건륭에게서 눈길을 뗄 줄 모르던 고대용이 건륭이 붓이며 문서를 치우려 하자 급히 다가가 조심스레 웃어 보이며 아뢰었다.

"뒷일은 소인에게 맡기시고 폐하께오선 그만 쉬시옵소서."

그러자 건륭이 말했다.

"용안 위에 있는 주장문서들은 평소에 짐이 스스로 정리해 왔네. 짐이 특별히 지의를 내리지 않는 한 자넨 여기 있는 종이 한 장이라도 손을 대서는 아니 되겠네."

표정이 무겁기만 하던 건륭이 그러나 손가감을 대하는 순간 환한 미소를 지어보였다.

"한(漢), 당(唐) 때부터 전명(前明)에 이르기까지 얼마나 많은 어리숙한 황제들이 문서관리에 소홀하여 천한 태감들에게 뒤통수를 얻어맞았는지 모른다네. 성조와 세종 모두 태감들을 요리하는 데는 가차없으셨거늘 짐 또한 화근의 싹을 미리 잘라버리지 못하면 저것들에게 당하지 말란 법이 없지 않은가. 그래서 짐은 태감이 정무를 논하고 정무에 간섭하는 경우엔 가차없이 목을 칠 것임을 분명히 하는 법을 정할 것이네! 짐이 보고 난 주장은 긴요하든 사소하든 간에 감히 훔쳐보거나 밖으로 발설하는 자는 즉석에서 목을 칠 것이야……. 고대용, 똑바로 들었는가!"

"여부가 있겠사옵니까, 폐하!"

고대용이 급히 덧붙였다.

"태감들은 쇤네를 포함하여 모두 미천하기 그지없는 망종들이옵니다! 쇤네가 폐하의 지의를 토씨 하나 빼놓지 않고 그대로 궁중 전체에 전달하겠사옵니다."

건륭이 한 쪽에 밀어두었던 50 가닥의 시초(蓍草)를 한데 모아 손에 움켜쥐고 고대용에게 말했다.

"짐을 따라 나서가라."

몸을 비스듬히 하여 온돌에서 내려선 건륭이 정전으로 향했다. 건륭이 대체 무엇을 보여주려는지 궁금해진 손가감이 고개를 빼들고 보니 동서 난각을 가르는 병풍 앞으로 걸어간 건륭이 한 손 가득 움켜 쥔 시초를 아무렇게나 땅바닥에 내던지는 것이었다. 그리고는 마구 헝클어진 시초를 가리키며 말했다.

"이곳은 매일 청소를 하되 청소가 끝난 뒤에도 시초는 항시 요 모양 요대로 이 자리에 있어야 해. 대청이 건재하는 한 이 모습은 천년이고 만년이고 불변함이야!"

말을 마친 건륭은 한 쪽에 멍하니 서 있는 고대용에겐 시선 한 번 주지 않고 제자리로 돌아왔다. 홀가분한 표정을 지어 보이며 우유 한 모금을 마시고 난 건륭이 손가감에게 물었다.

"짐의 조치가 어떠한가?"

"폐하!"

손가감이 몸을 앞으로 굽히며 아뢰었다.

"신이 금번 뵙기를 청한 것은 위조 상주문에 대해 억울함을 하소하고자 함은 아니오나 폐하께오서 궁금(宮禁)을 엄히 다스리시고 태감들 단속에 경계심을 늦추지 마십사 하고 주청 올리고자 함은 사실이었사옵니다. 하오나 폐하께서 이같이 엄단하시니 신의 건의는 성려(聖慮)의 만 분의 일에도 못 미치는 것 같아 쑥스럽사옵니다. 신은 쌍수를 들어 찬성하옵나이다!"

그러자 건륭이 복례라는 태감더러 손가감에게 차를 내어줄 것을 명했다.

"보아하니 자넨 방금 말했던 것 외에도 달리 할말이 남아있는 것 같은데?"

"예, 폐하."

손가감이 자못 진지하게 입을 열었다.

"신은 폐하의 마음에 대해 말씀 여쭙고 싶사옵니다!"

순간 건륭의 얼굴에 미소가 굳어졌다. 한참 후에야 천천히 우윳잔을 내려놓으며 건륭이 입을 열었다.

"무슨 말인지 소상히 말해보게!"

"폐하께오서 인정(仁政)을 행하심은 만천하의 황동백수(黃童白叟)들이 주지하는 바이옵니다"

이같이 운을 떼고 건륭을 바라보는 손가감의 눈빛이 고요한 수면 같았다. 조용히 그 눈빛을 받으며 건륭은 쟁쟁철골(錚錚鐵骨)의 진짜 사내를 보고 있었다. 진지한 표정으로 손가감의 말에 귀기울일 태세를 취했다. 그러자 손가감이 말했다.

"폐하의 마음이 인효성경(仁孝誠敬)하시고 명서정일(明恕精一)하심은 달리 흠잡을 데가 없다고 사려되옵니다. 하오나 치란(治亂)은 음양의 운행과 같아 음이 극에 달하면 양이 생기고, 양이 극하면 음이 시작되기 마련이옵니다. 만사가 한창 극성(極盛)할 시에는 필히 화란(禍亂)이 숨어 있는 법이옵니다. 문제는 그 움직임이 미약하여 사람들은 위기를 느낄 수가 없사옵고 일단 피부로 느낄 때는 이미 그 적폐(積弊)가 깊어 달리 손쓸 수가 없게 되옵니다. 아니 그렇사옵니까, 폐하?"

허울을 벗겨버릴라치면 인정사정 보지 않는 노신이 당아나 그 누구를 끄집어내어 한바탕 장편대론을 펼세라 은근히 긴장하고 있던 건륭이 적이 안도하며 말했다.

"계속 말해 보게!"

"신은 한 가지 일만을 가지고 논하고 싶진 않사옵니다. 그리하면 쉬이 일엽장목(一葉障目)하여 태산을 보지 못하는 한계를 범할 수가 있사옵니다."

계속 말해 보라는 격려를 받고 안면에 홍조를 띄우며 손가감이 말을 이었다.

"주상께오선 위망이 높으시고 만천하 백성들의 마음을 얻어 가시는 중요한 시점에 직면해 계시오니 신은 폐하께 삼습일폐(三習一弊)에 대해 직간 올리고자 하옵니다."

"귀가 마냥 즐겁기만 하면 기쁜 보고에만 습관이 되어 저도 모르게 달면 삼키고 쓰면 내뱉는 한계 상황에 내몰리게 되옵니다. 한마디로 아부를 좋아하고 직간을 혐오하게 된다는 것이옵니다. 폐하의 일언에 사해가 환호하니 폐하의 귀는 천지가 진동하는 구가(謳歌)소리에만 습관이 되어 결국엔 그 환호의 진위조차 가려내지 못하는 무감각 상태에 빠지기 십상이옵니다. 눈 또한 마냥 순종적이고 부드러운 것에만 습관이 되다 보면 졸부의 아첨어린 웃음이 언제부턴가는 역겹게 보이지 않고 차츰 만성중독으로 이어지게 되는 것이옵니다. 그리되면 폐하의 신변에서 진인(眞人)은 멀어만 가고 온통 사탕발림소리에 능한 졸렬한 소인배들만 들끓게 될 것이옵니다. 세상만사는 아무리 기괴한 것도 자주 보면 이상해 보이지 않고 아무리 신기한 것도 자주 행하다 보면 시시해지기 마련이옵니다. 사람은 타인으로부터 단점을 지적 당하지 않을 뿐더러 스스로에게 자문(自問)했을 때도 전혀 흠잡을 데 없는 완인(完人)으로 생각될 때가 가장 위험할 때이옵니다. 자신의 모든 것은 다 정확하고 완벽하다 여겨진다면 그 마음은 무조건적인 순종자를 향해서만 열릴 뿐 조금이라도 자신의 흠집을 지적하여 치유해 주고자 하는 사람에겐 배타적일 수밖에 없는 것이옵니다."

건륭이 길게 숨을 내쉬었다. 위조 상주문에 적힌 내용을 들먹여 건륭을 난처하게 만들지도 않고 자신을 위한 변호에도 급급하지 않았지만 손가감은 정곡을 찌르는 직간으로 건륭의 마음을 들춰 놓는 데 성공했다. 그럼에도 시종일관 담담한 언동을 보이는 손가 감의 모습에 건륭은 내심 탄복해마지 않았다. 잠시 후 건륭이 웃으 며 말했다.

"전에 선제께 직간할 때도 이렇게 마냥 침착하고 태연했었나? 삼습(三褶)에 대해선 들었으니, 이제 '일폐(一弊)'가 과연 무엇인 지 말해보게. 짐이 귀를 씻고 경청할 준비가 되어 있네."

"황공하옵나이다."

손가감이 진지하게 입을 열었다.

"전에 선제께 직간할 때는 정무상의 실수에 초점이 맞춰졌기 때문에 죽을 각오로 간언 올렸사옵니다. 하오나 폐하께오선 아직 신이 목을 떼어 어깨에 둘러메고 직격탄을 날릴 정도로 실정(失 政)의 흔적이 없사오니 상술한 내용은 모두 혹시 닥칠지 모르는 환란을 미연에 방지하자는 취지이옵니다. 위에서 말씀 올린 '삼습' 이 있으면 곧 소인을 가까이하고 군자를 멀리하는 폐단을 불러오 게 된다고 생각하옵나이다. 물론 폐하께오서도 이 점을 간과하시 진 않으실 거라 믿어마지 않사옵니다. 춘추가 정성(鼎盛)하시고 전망이 구만리이신 폐하의 창창한 미래를 위해 기도하는 노신의 노파심으로 생각하셔도 좋겠사옵니다. '군자를 가까이하고, 소인 배를 멀리 하라[親君子, 遠小人]'는 것은 아무리 열등한 황제라도 주지하는 바이옵니다. 역대의 군주들 모두 당신이 중용하고 있는 신하는 군자임에 틀림없다고 생각하는데 문제의 심각성이 있사옵 니다."

손가감이 아뢰는 내내 멀거니 그 입만 뚫어지게 바라보던 건륭이 한숨을 지었다.

"정답이네! 짐 또한 소인배를 잘못 기용하여 군자의 마음을 다치게 하지는 않을까 전전긍긍하고 있다네. 그러나 장(醬)이라 찍어먹어 보겠나, 버선목이라 뒤집어보겠나! 군자와 소인은 구별하기가 너무 어려운 것 같네."

"성려가 이러하시다는 것은 곧 이 사직(社稷)의 복이 아닌가 싶사옵니다."

손가감이 느릿느릿 입을 열었다.

"'덕(德)'은 군자에게만 있사오나 '재(才)'는 군자와 소인 모두 공유하옵니다. 게다가 소인의 재주는 늘 군자를 능가하는 것처럼 보이기 일쑤이옵니다. 말로나 글로나 군자는 대가 바르고 고지식하여 생각하는 대로, 있는 그대로를 주하기 때문에 군주의 심기를 불편하게 만드는 것도 불사하오나 소인배들은 늘 입술에 꿀이 발려있으니 바람 따라 움직이는 갈대의 근성이 그 특유의 바특함에 편승하여 군주를 현혹시키게 마련이옵니다. 흑(黑)도 백(白)이라 하면 처음엔 펄쩍 뛰오나 시일이 흐르면 점차 검정이 흰색으로 보이기 시작한다 하옵니다. 흑백이 전도되고 동서(東西)의 위치가 바뀌는 건 시간문제라 사려되옵니다. 이로 볼 때 치란(治亂)의 근본은 군자와 소인의 진퇴를 결정짓는 것이고, 그 칼자루는 인주(人主)에게 달려 있사옵니다. 인주는 타인의 존경을 받기 이전에 필히 스스로를 존경할 수 있어야 하옵나이다. 건강은 건강할 때 지키듯이 별다른 과실이 없을 때일수록 근신이 필요한 것 같사옵니다. 항상 이 두 가지를 명기하신다면 왕도의 치화는 창성하지 못할 이유가 없지 않겠사옵니까?"

건륭은 온돌에서 내려섰다. 신발을 꿰고 천천히 방안을 거닐며 손가감의 말에 귀를 기울였다. 손가감은 선제에게 직간했을 때와는 달리 특정 사건을 가지고 간언을 올리는 것이 아니라 큰 틀에서 뭉뚱그려 논하고 있었다. 위조 상주문의 내용이 전부 거짓인 것은 아닌지라 건륭은 손가감이 대체 어떤 사실을 지목하여 이같이 넌지시 에둘러 말하는지 혼란스러웠다. 야밤에 봉창을 두드려도 마냥 태연할 수 있는 건륭이 아니었던 것이다. 잠시 생각한 후 건륭이 말했다.

"경이 말한 부분은 또한 짐이 평소에 유의하던 것들이네. 짐은 요즘 들어 석연치 않은 일들이 많아 소인배의 농간에 걸려든 게 아닌가 생각하네. 그러나 아무리 확대경을 들이대도 뒷덜미 덥석 낚아챌 만큼 확신이 가는 자가 없네!"

건륭이 이같이 말하며 근자에 발생한 괴이한 사건에 대해 손가감에게 가감없이 들려주었다. 그리고는 조언을 구했다.

"손석 공(公)은 이를 어찌 생각하나?"

"실마리가 있는 사건은 공명정대하게 수사에 착수하옵고, 아직 실마리가 없는 것은 조용히 관망하는 것이 바람직할 것 같사옵니다."

손가감이 말했다.

"예컨대 위조상주문 사건과 장광사가 푸헝의 군사에 개입하여 하마터면 전군의 패망을 불러올 뻔한 사건은 반드시 그 책임을 추궁해야 하옵니다. 하오나 다시 고개 드는 팔왕의정에 대해선 잠시 지켜보시는 편이 나을 것이옵니다. 그네들의 속셈이 단지 조제(祖制)를 회복하는 데 그치느냐 아니면 달리 음모가 숨어 있느냐를 가려내야 하옵니다. 군자도 소인도 모두 칠정육욕(七情六

欲)이 있는 범인(凡人)이옵니다. 따라서 둘 사이엔 넘지 못할 장벽이 없사오니 썩 괜찮아 보이던 사람도 악습에 젖으면 소인배로 전락하는 경우도 배제할 순 없을 것이옵니다. 고로 치란의 근본시도(根本之道)는 폐하의 심중에 있사옵니다! 폐하께오서 성심을 광명정대하게 세우시고 항시 그 자리에 똑바로 서 계신다면 들고 나는 언젠가는 사람들의 진심이 엿보이게 될 것이옵니다. 이처럼 일에 직면하여 급급히 군자와 소인을 가려낸다는 것은 위험천만한 발상이옵니다."

손가감의 말을 듣고 있노라니 건륭은 갑자기 얼굴이 뜨거워졌다. 남의 남정네는 밖에서 조정을 위해 한 몸 바쳐 일하고 있는데 일개 군주로서의 자신은 뒤에서…… 본인의 마음이 떳떳하지 못하니 갖은 의구심이 꼬리를 문다는 뜻으로 손가감이 '광명정대한 성심'을 꼬집은 것이 아닌가 생각하여 건륭은 절로 주눅이 들었다. 가벼운 한숨과 함께 건륭이 말머리를 돌렸다.

"경은 강희 52년의 진사였지?"

"예, 폐하."

"금년에 쉰 일곱이고?"

건륭이 느닷없이 나이를 물어오자 건륭을 힐끔 쳐다보며 손가감이 대답했다.

"노신은 견치(犬齒) 쉰하고도 여덟이옵나이다."

"그러니 만으로는 쉰 일곱이지."

건륭이 웃으며 말을 이었다.

"자네와 경륜이 비슷한 대원들 중에선 윤계선을 빼고 자네가 가장 젊은 편이지. 며칠 전까지 병상신세를 지며 말 한마디 못한다던 사람이 기적같이 털고 일어났는데, 대체 무슨 병을 어떻게 앓았기에 자네 안사람조차 마음의 병이 더 깊다고 말했다는 건지 궁금하군."

이에 손가감이 답했다.

"신도 젊진 않사옵니다. 근자에 위장이 말썽을 부리고 입맛이 없어 탈진하여 침상 신세를 진 건 사실이오나 내인(內人)은 당황한 김에 그리 추측하여 말했었나 보옵니다. 물론 밖에 갖은 요언이 무성하다 하오니 신도 마음이 우울했던 건 사실이옵니다. 하여 오늘 폐하를 알현하여 향리로 돌아가 휴양하게끔 윤허해 주십사 하고 주청 올리려던 참이었사옵니다."

이에 건륭이 웃으며 다그쳤다.

"과연 밖에서 떠도는 요언 때문에 병들어 누운 건 아니란 말이지? 그렇다면 자넨 그런 요언이 전혀 두렵지 않단 말인가?"

이에 손가감이 잠시 고개를 숙여 잠시 생각한 후에 입을 열었다.

"이에 대해 신도 곰곰이 생각해 본 적이 있사옵니다. 신은 물불 가리지 않는 직간으로 이름을 얻었사오니 그로 인해 패명(敗名)을 하지 말란 법도 없으리라 사려되옵니다. 솔직히 재학(才學)을 논할라치면 신이나 사이직이나 명성에 비해 그리 뛰어난 편은 못된다는 걸 잘 알고 있사옵니다. 하오니 인주께오서 현명하시고 신하들이 그나마 양호하여 세상이 태평한 이 시점에 신은 격류용퇴(激流勇退)하고 싶은 마음이 굴뚝같사옵니다. 어떤 식으로든 욕심이 생기니 마음이 불안한 건 사실이옵니다."

"자넬 향리로 보내는 일은 없을 것이네. 여생을 짐과 더불어 살 생각을 굳혔으면 하네!"

건륭이 웃으며 덧붙였다.

"아무리 생각해봐도 자넨 어사(御史)직에 적합할 것 같아 자네

의 나이를 물었었네. 건강이 허락하는 데까지 일하고 여의치 않을
땐 도찰원(都察院)에 또아리를 틀고 앉아 있어 주는 것만으로도
짐에겐 사기(邪氣)를 눌러주는 든든한 존재일 것이네. 아직은 그
출처가 묘연한 사기(邪氣)가 조정을 혼란스럽게 만들고 있는 실
정이네. 경도 알다시피 위조 상주문은 짐뿐만 아니라 성조와 세종
마저 욕되게 했으니 짐으로선 절대 간과할 수가 없는 일이네. 이미
류통훈에게 수사에 착수하라는 명을 내렸네. 주모자를 색출하는
대로 짐은 필히 그 정국을 혼란케 만든 죄를 물을 것이네!"

그러자 손가감이 아뢰었다.

"신은 평생 어사로 늙어온 사람이옵나이다. 다시 도찰원의 어사
로 눌러 앉을 수도 있겠사오나 폐하께오서 어사들에게 풍문(風
聞)을 주사(奏事)할 수 있는 권한을 부여해 주셨으면 하옵니다.
아니 땐 굴뚝에서 연기 나는 경우는 없사옵니다. 풍문도 그 근원이
있기 마련이옵니다."

풍문주사(風聞奏事)는 강희 말년에 폐지된 주사제도였다. 그
당시 황자들의 중원축록(中原逐鹿)으로 조정에 피비린내가 진동
하고 있을 때 어사들이 '풍문'을 주사함으로써 사태를 더욱 복잡하
게 만들었기에 말년의 강희제가 판단에 혼선을 빚을까 우려하여
폐지시켰던 것이다. 섣불리 결정을 내릴 사안이 못 된다고 생각하
여 건륭이 말했다.

"중대사인 만큼 짐이 상서방, 군기처와 협의 하에 지의를 내릴
까 하네. 풍문주사제도는 언관들의 언로를 훤히 틔워주는 격려
역할도 하겠지만 세상 조용한 꼴을 못 보는 자들에게 악용될 소지
도 크네. 이를 적당히 절충하여 신빙성이 있는 사실을 주하는 언관
에 대해선 그 언사가 아무리 귀에 거슬리더라도 그 죄를 묻지 않고

고적(考績)을 인정해 주는 반면 허위사실을 유포하는 자에 대해선 가차없이 징벌하는 식으로 하면 어떨까 싶네. 자네가 좀더 깊이 있게 생각하여 주장을 올리도록 하게."

건륭이 자리에서 일어나자 손가감도 급히 일어서서 물러가려 했다. 그러자 건륭이 손짓으로 앉으라는 시늉을 했다.

"올해 남위(南闈) 시험 땐 자네와 윤계선을 학정(學政)으로 파견할 것이니 전시(殿試)에 참가할 인재를 잘 물색하도록 하게. 병부시랑 수허더가 시문(時文)을 폐지했으면 하는 내용의 주장을 올렸더군. 이것도 논의해야 할 것이니 나중에 그 사람의 상주문을 자네에게 보내주겠네."

"시문 폐지에 대해선 일찍이 성조께서 조유(詔諭)가 계셨었사옵니다."

손가감이 정색하며 답했다.

"과거시험을 통해 인재를 선발하기 시작한 수당(隋唐) 때부터 시문(時文)은 4백년 동안 이어지고 있사옵니다. 누구나 이는 그 시대를 반영하는 논설문이라는 거창한 이름에 걸맞지 않게 허무와 부화(浮華) 일색으로 일관되어 화려하고 현란한 말장난으로 끝난다는 걸 알고 있사옵니다. 번번이 그 병폐를 알면서도 없애버리지 못하는 건 이를 대신할만한 마땅한 인재선발 방식이 없기 때문이옵니다. 신이 산동성 향시(鄕試)를 주관할 때의 일이옵니다. 시제는 '닭[鷄]'이었사온데, 어떤 수재가 쓴 걸 보니 '이 닭은 검은 닭인가 흰 닭인가 아니면 회색 닭인가?'라고 적고 있었사옵니다. 거두절미하여 통 무슨 뜻인지를 알 수가 없기에 신은 '얼룩 닭'이라 비어를 달아두었사옵니다. 다시 그 아래를 보니 '이 닭은 암놈인가 수놈인가 아니면 암놈도 수놈도 아니란 말인가?'라고 적혀 있었사옵니다. 재학을 품었으나 불우(不遇)를 비관한 자의 짓이려니 생각하고 신은 어쩔 수 없이 '거세닭'이라 비어를 달았사옵니다……."

손가감의 말이 끝나기도 전에 건륭은 입 안 가득한 찻물을 뿜어내며 웃어버렸다.

"참으로 묘하군……. 마냥 근엄하기만 한 줄 알았는데 자네에게도 이같이 해학적인 면이 있었던가!"

그러자 손가감이 한숨을 지으며 말을 이어나갔다.

"신은 모든 걸 이치에 따라 행할 뿐이옵니다. 시군(侍君)엔 시군지도(侍君之道)가 있사옵고, 사우(事友)에도 사우지리(事友之理)가 있사오며, 대하(待下, 아랫사람을 대하다)엔 나름대로 대하지정(待下之情)이 있는 것이옵니다. 신은 감히 인주의 면전에서 농을 했던 건 아니옵니다. 이는 사실이옵니다."

손가감의 표정은 시종 담담했다.

손가감은 견고하여 아무도 헐 수 없는 성부(城府)를 소유한 사람이었다. 사람을 대함에 있어 상대에 따라 거리를 조율하고 규범을 철저히 지키는 확실한 사람임을 건륭은 이참에 명명백백히 알게 되었다.

손가감이 물러가자 건륭은 그제야 자신이 아직 저녁 수라를 들지 않았다는 생각이 들었다. 자명종을 보니 유시(酉時)가 지난 시각이었다. 여름엔 해가 길어 아직 등롱을 밝힐 정도로 어둡진 않았다. 피곤이 역력해 보이는 건륭을 안쓰럽게 바라보던 고대용이 조용히 다가와 어깨를 두드려주며 아뢰었다.

"방금 부처님께오서 말씀을 전해오셨사옵니다. 오늘 몇몇 복진들과 함께 대각사(大覺寺)를 찾아 예불을 올리느라 삭신이 노곤하여 일찌감치 침수에 드실 것 같사오니 폐하더러 저녁 문후는 올리지 않으셔도 좋다고 말씀하셨사옵니다……. 어선방에서 저녁 수라 준비에 바쁘기에 폐하께오선 하루종일 대신들을 접견하시느라 심신이 노곤하시어 다른 건 맛있게 드시지 못할 것이오니 기름기는 절대 피하고 좁쌀 죽을 좀 끓여내라고 소인이 지시했사옵니다. 참기름을 살짝 묻힌 절임 반찬에 개운하게 드셨으면 하옵니다……."

"잘했네."

건륭은 나이가 들면서 갈수록 말이 많은 고대용의 말허리를 썩둑 잘라버렸다. 잠시 후 궁녀가 은쟁반에 좁쌀 죽이며 오이무침, 어린아이 주먹만한 만두를 두 사발 담아 내어왔다. 향리 백성들의 식탁에나 오를 법한 음식이었으나 삽시간에 건륭의 식욕을 돋우었다. 만두 하나를 덥석 집어들고 반색하며 건륭이 말했다.

"다 좋은데, 구색이 좀 맞지 않네. 앞으로 이런 음식을 내올 땐 은쟁반 말고 나무쟁반에 받쳐오는 걸 잊지 말게!"

건륭은 단숨에 좁쌀 죽 두 사발을 비웠고, 사각사각 씹히는 느낌이 너무 좋은 오이무침에 젓가락이 자주 갔다. 만두까지 두 개 먹고 불룩한 배를 쓸어 내리며 건륭이 흡족한 표정으로 말했다.

"역시 태감은 보정(保定) 출신이 최고라니까! 시중 드는 방식이 다르니 말일세!"

양심전 총관태감에서 쫓겨난 후 처음 듣는 칭찬에 고대용이 흥분하여 몸둘 바를 몰라했다. 다시 뭐라 주절댈세라 건륭이 먼저 입을 열었다.

"앞장서게, 황후에게로 가보세!"

건륭이 고대용을 앞세우고 종수궁으로 왔을 때 날은 어느새 어둑해지고 있었다. 궁녀가 아뢰기도 전에 건륭은 손사래를 치며 성큼 안으로 들어갔다. 그러나 건륭은 곧 그 자리에 주춤했다. 뉴구루씨와 당아도 자리해 있을 줄은 몰랐던 것이다. 황후가 온돌에 앉아 우유를 홀짝이고 있는 가운데 뉴구루씨가 그 옆에 시립해 있었고, 당아는 울어서 두 눈이 퉁퉁 부은 채 무릎을 꿇고 뭔가 하소연을 하고 있었던 것 같았다. 건륭이 사전 연락도 없이 문득 들어서자 세 사람 모두 놀라는 눈치였다. 뉴구루씨가 황급히 무릎을 꿇었고, 당아는 감히 고개도 쳐들지 못했다. 황후도 자리에서 일어나 몸을 약간 숙여 보이며 담담하게 입을 열었다.

"대신을 접견하신다고 들었사옵니다."

"그런데 자네들은 지금 뭘 하는 겐가?"

건륭이 대수롭지 않게 웃으며 말했다.

"오늘은 오경(五更)에 기침하여 여태 옷 갈아입을 시간도 없이 바빴네. 너무 오래 앉아 있었더니 다리가 다 저리네……."

건륭이 애써 담담한 척하며 황후의 눈치를 보았다.

"당아, 자넨 어찌하여 여기 있는 겐가? 부처님을 뵈러 갔다가 헛물켠 게로군."

그러자 당아가 몰래 눈물을 닦으며 입을 열었다.

"부처님께오서 일찍 침수 드시어 문후만 올리고 그냥 물러나왔사옵니다. 입궐한 김에 황후마마와 귀비마마께 문후 올리고자 들었사옵니다."

그러자 건륭이 일어나라고 명했다.

"푸헝은 돌아오는 일정이 조금 늦춰질 것이네. 아직 산서 쪽에 처리해야 할 일들이 산재해 있으니 말일세. 집에 필요한 것이 있으면 주저하지 말고 황후께 아뢰게. 진력을 다해 챙겨 줄 것이니."

건륭의 말에 당아는 연신 응답했다. 어느새 배가 크게 불러와 행동이 여간 불편해 보이지 않았다. 생각 같아선 두 사람 모두 자리에 앉게 하고 싶었으나 건륭은 입가에 맴도는 말을 삼켜버렸다. 건륭의 속내를 낱낱이 꿰뚫어 보면서도 황후는 설파하려 들지 않고 태연하게 미소를 지으며 말했다.

"당아, 날도 저물어가고 폐하께서도 노곤하실 터이니 자네들은 그만 물러가게. 밖에서 나도는 유언비어는 한 쪽 귀로 듣고 한 쪽 귀로 흘려보내게. 내가 자네의 인품 하나는 믿지 않는가? 나와 뉴구루 귀비가 있는 한 어느 누구도 감히 자네를 해코지하진 못할 것이네! 몸이 무거우니 무리한 걸음은 삼가고 되도록 집에 있게. 내 남동생의 안사람인데, 내가 어련히 알아서 잘해 줄까봐? 걱정 말게!"

"망극하옵니다, 황후마마!"

당아가 부찰씨를 향해 엎드려 절을 했다. 일어서며 몰래 건륭을 일별하는 두 눈엔 한가닥 원망이 실려 있었다. 뉴구루씨를 따라 당아가 물러가자 건륭이 황후에게 물었다.

"짐이 오기 전에 무슨 얘기가 있었던 것 같은데, 짐이 들어오니 뚝 끊어지네? 무슨 일이라도 있는 겁니까, 황후?"

그러자 황후가 건륭에게 인삼탕을 따라 올리며 태감 진미미에게 명했다.

"다들 물러가라 이르거라!"

추상 같은 위엄으로 주위를 물리치고 난 황후가 그제야 입을 열었다.

"밖에서 떠도는 소문에 대해 이친왕의 복진과 몇몇 빈비들이

참기름 뿌리고 조미료 넣어 제법 그럴싸하게 요리하고 다니나 보옵니다. 오늘은 부처님 전에서 지패를 놀면서 가시 돋친 말을 공 님기듯 하며 당아를 괴롭혔다 하옵니다. 그래서 소인이 이진왕 복진더러 내일 당아를 찾아가 사죄하라고 명했사옵니다. 명을 어길 경우 우린 형님동서 사이는 물론 군신의 명분도 없어질 것이니 영원히 입궐을 못할 줄 알라고 엄포를 놓았사옵니다."

말을 마친 황후가 무거운 속내를 반영하듯 길고 깊은 한숨을 토해냈다.

"무슨 얘기가 오갔는지 알 것 같습니다, 황후."

멍하니 생각에 잠겨 있던 건륭이 말했다.

"더 이상 황후를 기만할 수는 없을 것 같아 더 늦기 전에 고백하겠습니다. 사실 당아의 뱃속에 있는 저 아이는 짐의 혈육입니다. 황후만 알고 있었으면 합니다. 결자해지(結者解之)라고 했으니, 이 일은 끝까지 짐에게 맡겨주세요."

그러자 황후는 전혀 놀라는 기색없이 한숨을 지으며 톡 쏘아붙였다.

"폐하께오선 용종을 얻는 기쁨이 클 테지만 당아는 마음고생이 오죽하겠사옵니까?"

황후가 말끝을 흘리며 고개를 떨구었다.

천천히 자리에서 일어나 창가로 다가간 건륭의 얼굴에도 일말의 근심이 서렸다.

43. 마음 속의 비적(匪賊)

위조상주문 사건 수사에 착수한 류통훈(劉統勛)은 모든 일은 접어두고 이 일에만 매달렸으나 한 달이 가고 두 달이 가도 아무런 소득이 없었다. 수염이 석 자나 길어도 미처 깎을 시간이 없이 몇 날 며칠 집에도 못 들어가고 실낱같은 희망을 쫓아 여기저기 뛰어다녔지만 범인은 좀처럼 정체를 드러내지 않고 있었다. 그렇게 칠월칠석이 지나도록 감감무소식이자 건륭은 류통훈의 책임을 물어 그 직급을 두 등급이나 격하시켰다. 상주문이 올라온 경로를 추적하여 육부와 병부를 이 잡듯 뒤졌으나 여전히 꿩 구워 먹은 소식이었다.

이날도 천근만근 무거운 두 다리를 끌고 병부를 나선 류통훈은 멀리 형부가 있는 승장(繩匠) 골목을 멍하니 바라보았다. 뒤에서 따라온 전도(錢度)가 감히 말을 붙이지 못하고 눈치만 살폈다. 한참 후에야 류통훈이 비로소 입을 열었다.

"정성이 지극하면 고목나무에도 꽃이 핀다 했거늘 내 정성이 아직 부족한가……. 머리털 나고 처음으로 절에 가서 삼천배라도 올리고 싶은 생각마저 드는군. 공맹지도(孔孟之徒)로서 어불성설이지만 말이야."

그제야 전도도 깊은 한숨을 내쉬며 말했다.

"위조상주문의 장본인이 누구인지는 일단 제쳐두더라도 상서방, 접본처(接本處)와 등본처(謄本處)에서는 결코 그 책임을 피해갈 순 없을 것입니다. 저의 소견에는 이 두 곳의 책임자를 불러 엄형고문(嚴刑拷問)을 시도해 보는 게 어떨까 합니다. 매 앞에 장사가 있겠습니까? 요즘 장친왕, 이친왕은 물론 어얼타이마저 폐하의 어비(御批) 힐책을 받았는지라 이 마당에 누구도 감히 상서방을 두둔하고 나서지는 못할 것입니다……."

전도의 말이 끝나기도 전에 류통훈은 이 형명막료 출신의 관원이 주장하는 바를 알 것 같았다. 그것은 다름 아닌 '꿩 대신 닭'이라고 위조상주문을 접수한 상서방의 새우들에게 칼을 대자는 것이었다. 그 뜻을 알아차린 류통훈이 머리를 저었다.

"상서방의 새우들도 그리 호락호락하진 않을 거네. 콧대가 세기로 웬만한 사람은 안중에도 없는 팔기인 후예들이네. 꼴들은 비실비실해도 등엔 저마다 어머어마한 인물들을 하나씩 업고 있단 말이야! 장님 코끼리 만지는 식으로 해서 될 일이 있고, 안될 일이 있어. 그 속에도 진범이 없는 날엔 우린 그야말로 빼지도 박지도 못하는 위험한 지경에 이르고 만다고!"

"그럼…… 이제 어떡하죠?"

말을 꺼냈다 본전도 못 찾은 전도가 혼잣말로 중얼거리듯 말했다.

"조사할 만한 곳은 다 했는데……."

수염이 더부룩한 류통훈의 대춧빛 얼굴에 근육이 무섭게 푸들거렸다. 이를 악물고 류통훈이 말했다.

"천하의 류통훈이 여기서 곤두박질칠 순 없지! 자, 이위(李衛) 어른 댁에 문병이나 다녀오자고!"

뭔가 결심이 선 듯 류통훈은 단호하게 발걸음을 뗐다. 전도는 다소 어리둥절했으나 따라나서는 수밖에 없었다. 수레를 타는 것도 잊은 채 횡하니 걸어 병부 골목을 나선 류통훈은 북으로 동으로 골목을 이리저리 누비더니 어느새 이위의 집 앞에 당도했다. 문 앞의 커다란 회자나무가 한눈에 안겨왔다. 낙엽을 쓸고있던 몇몇 가인들이 두 사람을 발견하고는 급히 빗자루를 내던지고 달려와 문안인사를 올렸다. 류통훈이 물었다.

"이 어른께서는 요즘 어떠신가?"

"거의 쾌차하셨나이다."

가인이 덧붙였다.

"저희 주인의 병세는 가을에 좋아지셨다 겨울에 다시 도지곤 하여 우리 모두 서리 내리는 걸 두려워하옵니다. 주인께오선 마님과 함께 서화청에서 산책중이시옵니다!"

류통훈이 전도를 데리고 대문 안으로 들어와 정당(正堂) 서쪽에 위치한 월동문을 나와보니 과연 이위와 취아가 화청 앞의 석고(石鼓) 둔덕에 앉아 어딘가를 가리키며 담소를 즐기고 있었다. 때는 중추절을 며칠 앞둔 날씨였는지라 정원 가득한 화초엔 붉은 색이 야위어가고 푸른 기운도 말라갔다. 키 높이가 일정하지 않은 갖가지 나무들에도 가을은 찾아와 싯누렇고 불그레한 이파리가 사철 푸른 소나무를 더욱 푸르게 했다. 얼마 전 내무부에 의해 반쯤 헐렸던 담장은 그대로 흉물스레 방치되어 월계화와 장미꽃으로 대충 울타리를 만들어 놓고 있었다. 역시 그때 헐다가 만 서쪽 서재도 골조만 앙상하게 드러낸 채 높다란 가을하늘을 떠받치고 있어 주인의 영쇄(榮衰)를 쓸쓸히 말해주고 있는 것 같았다. 멀리서 공수하여 읍해 보이며 류통훈이 큰소리로 말했다.

"우개 공(公), 쾌차를 감축드립니다. 바깥출입까지 하신 모습을 뵈니 보기에 너무 좋습니다!"

"연청 어른과 전도 어른이 발걸음을 하셨습니다."

취아가 이위에게 말했다. 이위가 자리에서 일어서려 하자 그녀는 급히 어깨를 눌러 앉혔다. 그리고는 웃으며 말했다.

"서로가 허물없는 사이인데, 무리하여 일어나시지 말고 그대로 앉아 계세요. 전어른은 실로 오랜만에 걸음을 하셨네요!"

취아의 말에 전도가 턱 끝을 약간 치켜들고 생각하더니 웃으며 말했다.

"아마 한 달쯤 되지 않았을까요? 하는 일 없이 얼마나 바쁜지 오늘도 류어른이 이리로 걸음 하시지 않으셨다면 또 못 왔을 겁니다."

그러자 류통훈이 말했다.

"전도의 말이 맞습니다. 병부에서 나오던 중 문득 가까이에 계신 총독어른께 문후라도 올리고 싶어서 찾아왔습니다."

이위는 여름철 내내 동쪽 서재를 한 발짝도 떠난 적이 없었다. 오늘에야 모처럼 가을 구경나온 그는 기력은 많이 회복된 것 같았으나 큰 병을 앓고 난 뒤라 안색이 창백하다 못해 푸르스름한 기운마저 감돌았다. 류통훈과 전도가 수선을 떨며 예를 갖춰 인사를 하자 힘겹게 웃어 보이며 이위가 말했다.

"그…… 그만하게. 같이…… 앉지."

핏기 없는 입술을 혀끝으로 축이며 다시 말을 이었다.

"가을경치가 참 좋은데, 머리 속에 든 것이 너무 없으니 뭐라 감흥을 표할 방법이 없군."

"신맛, 쓴맛이 내 안에 가득해도 수심을 말하기엔 추경(秋景)이 너무 좋구나."

류통훈이 웃으며 말을 이었다.

"총독어른의 심경을 얼추 때려 맞추지 않았나 싶네요. 아무쪼록 안심하시고 몸조리나 잘하십시오. 요즘 들어 폐하께오선 이어른의 부재를 부쩍 크게 느낀다고 하셨습니다. 어제도 이위만 몸져눕지 않았더라도 어찌 위조상주문의 장본인이 여태 법망에 걸려들지 않을 수 있겠느냐고 하시며 못내 아쉬워하셨습니다!"

그러자 이위가 한숨을 지었다.

"성은은 여전한데 몸이 따라주지 않으니 서글프기 짝이 없네. 헌데 그 위조상주문 사건은 여태 진전이 없나?"

이에 류통훈이 말머리를 놓칠세라 급히 말했다.

"그렇습니다. 아직 아무런 단서도 잡지 못한 상태입니다. 다만 단언할 수 있는 건 육부의 관원들 중에는 범인이 없다는 것입니다. 생각은 굴뚝같으나 아직 각 왕부에 대한 수색은 보류하고 있는 중입니다. 궁중의 비화에 대해 알만한 사람은 그들밖엔 없습니다. 조만간 착수는 해야 할 텐데, 어찌해야 할지 선배님께 조언을 구하고자 왔습니다."

이위는 잠시 아무 말도 없었다. 상체를 숙여 앞에 있는 풀잎을 하나 뜯어 입에 넣고 잘근잘근 씹을 뿐이었다. 의아스러워 하는 전도를 보며 취아가 웃으며 말했다.

"별 것 다 먹죠? 전생에 소였나 봐요. 풀잎 뜯어 입에 넣는 걸 보면 심사가 깊은 모양이네요. 그렇게 하지 말라고 해도 제 버릇 남 못 준다고 고쳐시시가 않네요! ㄱ게 멋인 줄 알고 따라하는 사람들도 있다니깐요!"

취아의 수다를 짐짓 못들은 척하며 이위가 천천히 입을 열었다.

"자칫 정국의 일대혼란을 초래할 수 있는 사건이네. 결코 소홀할 수 없기에 폐하께오서 자네를 그리 재우치셨던 거라 생각되고. 자네가 육부에서 몇 개월 동안 뭉개는 사이 설령 어느 왕공(王公)이 일을 저질렀다고 해도 벌써 증거를 열두 번을 인멸하고도 남았을 거네. 내가 자네에게 찬물을 끼얹는 건 아니네. 왕공들에게서 집착을 거둬들이게. 그리 아둔하여 돌 들어 자기 발등 까는 왕공은 없을 거네. 물론 위조상주문이 하늘에서 떨어지지 않은 이상 범인은 있을 테지만 육부도 아니고 왕공들도 아니라면 결국은 지방에서 수십 건씩 올라오는 상주문 속에 묻어 들어왔다고 볼 수밖에 없네."

"무슨 말씀인지 잘 알겠습니다."

류통훈이 허리를 깊숙이 숙이며 덧붙였다.

"의욕만 넘쳤지 생각이 짧았던 것 같습니다. 믿고 맡기신 폐하께 너무 죄송하고 지금 기분 같아선 쥐구멍이라도 있으면 들어가고픈 마음뿐입니다. 선배님께서 그리 가르침을 내리시니 내일 각 성(省)에 6백리 긴급문서를 발송하여 총독, 순무들더러 혐의자를 색출하라고 지시하겠습니다."

그러자 전도가 서글픈 웃음을 지으며 말했다.

"총독과 순무들이 선뜻 책임을 떠 안고자 하는 사람이 없을 것입니다. 제가 여기 오기 전에 몇몇 순무들을 따라봐서 알지만 큰

일은 작게, 작은 일은 무마해버리는 것이 총독, 순무들의 생리입니다. 소인의 소견으론 위조상주문은 거론할 것 없이 상서방에 남아있는 기록과 맞춰봐야 하니 각 성의 총독순무들과 직주권이 있는 관원들은 작년부터 지금까지 상서방에 올렸던 주장의 기록문서를 올려보내라고 하면 될 것 같습니다."

전도의 말에 이위가 머리를 끄덕였다.

"평생 총독, 순무로 늙어온 내가 보기에도 전도의 견해가 정확하네."

이같이 말하고 잠시 침묵하여 생각에 잠겨있던 이위가 실소하듯 내뱉었다.

"연청, 자네 오늘 보니 너무 순진하군. 이 일이 아직 이렇다 할 진전이 없다 하여 창피하다고 했는데, 아무도 그리 생각하는 사람은 없네. 폐하께오서도 개중의 어려움을 누구보다 더 잘 아실 테니 자네의 고충을 헤아리시고도 남으실 분이네. 자네를 문책하시고 처벌을 내리신 건 이 사건에 대한 당신의 의지를 사람들에게 보여주기 위함이지 결코 문책을 위한 문책, 처벌을 위한 처벌은 아니란 말일세. 손가감은 직접적인 피해 당사자임에도 느긋하고 차분하기만 하지 않은가. 그건 그 사람이 벌써 성심(聖心)을 읽어냈기 때문이네. 내가 보기에 폐하께오선 바보스러울 정도로 우직한 자네의 성품을 믿고 이 일을 맡기신 것 같으니 용기 잃지 말고 계속 잘해보게."

이위의 격려를 받으며 흥분하여 눈시울이 붉어진 류통훈이 갈수록 피곤기가 쌓여만 가는 이위의 얼굴을 보며 서둘러 자리에서 일어났다.

"선배님, 오늘 총독어른을 뵈러 온 것이 얼마나 잘한 일인지 모르겠습니다. 천뢰와 같은 하늘의 계시를 받은 느낌입니다. 계속 지켜봐 주십시오. 오늘은 이만 물러가고 나중에 다시 방문하겠습니다."

"그러세."

이위가 미소를 지으며 일어섰다. 두 사람을 배웅하여 조심스레 걸음을 떼어놓으며 이위가 말했다.

"관보를 보니 손가감이 곧 남하할 거라고 했는데, 혹시 배웅 나갈 거면 안부나 전해주게."

걸어가며 생각에 잠겨 있던 전도가 조심스레 입을 열었다.

"소인이 궁금한 게 있어 여쭤보고자 합니다. 방금 총독어른의 말씀 중에 폐하께오서 연청어른을 문책하심은 이번 사건의 장본인을 엄히 단죄하려는 폐하의 의지를 사람들에게 보여주기 위함이라고 하셨는데, 여기서 말한 '사람들'이란 대체 누구를 가리키는 건지요?"

그러자 류통훈이 말했다.

"그건 우리가 언감생심 캐물을 일이 아니지. 신하로서의 본분만 다하면 되지 그걸 왜 신경 쓰나!"

이에 이위는 그저 시무룩히 웃기만 할 뿐 말이 없었다.

손가감이 남위(南闈)의 향시(鄕試)를 주관하러 남경에 도착했을 때는 중추절도 지난 8월 18일이었다. 평소에 흉허물없이 지내던 몇몇 막료들을 대동한 그는 아직은 녹음이 우거지고 싱그러운 기운이 풍만한 남녘의 경관에 매료되어 밥짓는 연기가 모락모락 피어오르는 황혼의 촌락에서 묵어가기도 하고 졸졸 흐르는 냇가에 발 담그며 시사(詩詞)를 읊기도 하며 전혀 여독을 몰랐다. 남경

성(南京城) 밖에 있는 자그마한 객잔에 여장을 푼 손가감은 곧 강남순무인 윤계선에게 자신이 도착한 사실을 아뢰게끔 사람을 파견하고자 했다. 그러자 막료들이 말리고 나섰다.

"오늘은 하루종일 말에서 내려본 적이 없는지라 눈이 가물거리고 다리가 퉁퉁 부어 그저 죽은 듯이 자고픈 생각밖엔 없습니다. 지금 윤중승께 기별을 넣으면 곧 이리로 발걸음을 하실 텐데, 내일 어르신께서 친히 순무아문을 방문하시는 것이 예의상 더 낫지 않을까요? 예정일보다 닷새 앞당겨 도착했으니 그리 서두를 건 없다고 봅니다!"

막료들이 한사코 말리는 통에 손가감은 어쩔 수 없이 눌러앉고 말았다.

저녁상을 대충 물리고 난 막료들은 씻지도 않은 채 저마다 방으로 들어가 곤죽이 되어 드러눕고 말았다. 그러나 손가감은 아무리 뒤척여도 잠을 청할 수가 없었다. 동구 밖에서 들려오는 개굴개굴 개구리 소리와 밤이 마냥 즐거운 듯한 풀벌레 소리가 갈수록 크게 들려왔다. 오지도 않는 잠을 손짓하느라 승강이를 하느니 손가감은 아예 베개를 밀어버리고 일어나 앉았다. 머리맡에 놓여 있던 냉차를 두어 모금 마시고 나니 개운한 느낌이 목구멍을 타고 내려가 온몸에 퍼지며 돌연 시흥이 북받쳤다.

　　푸르름 넘치는 정원에 추색이 기댈 데 없구나. 종일 달리며 강물에 시를 띄웠지. 푸르름은 여전해도 그 누가 막을쏘냐, 가을 오는 발걸음을……

손가감이 잠시 다음 구절을 생각하고 있을 때 갑자기 지붕 위에서 누군가 시를 이어 읊는 소리가 들려왔다.

　이별의 수심 안고 떠날 맨 산 위의 구름도 소슬하여 눈물을 흘렸다네. 강초(江草)가 우거진 강가에서 날개 꺾인 아픔 안고 떠나던 그 날을 내 잊지 못하리…….

"누구야?"

손가감이 크게 놀라 흠칫하며 외마디 소리를 내질렀다. 창 밖으로 불쑥 고개를 내밀어 소리를 좇아 살폈지만 아무도 보이지 않았다. 대경실색하여 반쯤 넋이 나가 있을 때 갑자기 지붕 위에서 시커먼 그림자가 한줄기 바람과 함께 사뿐 창가에 내려섰다. 소스라쳐 놀라며 순간 정신을 가다듬어 손가감이 눈여겨보니 상대는 체구가 어중간한 열 대여섯 살 가량 되어 보이는 애송이 청년이었다. 놀란 손가감을 향해 빙그레 웃고 있는 앳된 얼굴에 다행히 악의는 없어 보였다. 순간 손가감이 적이 안도하며 말했다.

"난 산서성의 서생 손가감이란 사람이오. 관품은 낮은 편이 아니나 가진 건 이 비실비실한 몸뚱아리밖에 없는 사람이오. 무슨 일로 왔는지는 모르겠으나 내게 앙심을 품은 누군가가 파견했다면 내 수급을 취하든지 맘대로 하시오."

"솔직히 말씀드리겠소."

청년이 긴 머리채를 목 뒤로 휙 넘겼다. 그리고는 말을 이었다.

"난 산서(山西) 백양교(白陽敎)의 호법사(護法使) 출신으로 본명은 요진(姚秦)이라고 하오. 표고(飄高)라는 도인이 내 재능을 질시하여 내쫓는 바람에 갈곳을 잃어 하루아침에 이렇게 양상군자(梁上君子, 도둑을 일컫는 말)로 전락되고 말았다오. 술값이나 훔쳐내려고 왔다가 어르신이 시 읊는 소리에 참지 못하고 함부로 지껄여 놀라게 해드린 점을 진심으로 미안하게 생각하오."

이같이 말하며 청년은 곧 물러가려 했다. 그러자 손가감이 급히 붙잡았다.

"기왕 왔으니 잠깐 앉았다 가시오. 방금 즉석에서 읊는 시사를 들으니 남다른 품격이 느껴졌소. 잠도 안오는데, 내가 끄적거려 놓은 시나 좀 봐주오."

손가감이 서둘러 배낭 속에서 책자 하나를 꺼내어 청년에게 건넸다. 그러자 청년이 웃으며 말했다.

"손어른의 우레 같은 함자는 익히 들어왔소. 호탕한 성격의 대장부라 들었는데, 과연 그러한 것 같소!"

책자를 받아 등불 밑에서 한참을 뒤적이던 청년이 도로 손가감에게 돌려주었다.

"어떤 시는 당(唐)의 전성시대 때의 시풍이 느껴지는 반면 '한식(寒食)의 조우(朝雨)에 행화(杏花)가 흩날린다'든지 '버드나무 집에 황혼이 깃들었'느니 하는 내용은 또 당나라 말기의 열등감 같은 것이 느껴지고……."

청년이 고개를 까닥이며 잠시 생각을 더듬더니 말을 이었다.

"그런가 하면 '베갯머리의 속삭임을 과연 도사가 엿들었단 말인가' 하는 부분은 시인으로서의 중후함이 없고 다소 경박한 느낌이 드네요."

이에 손가감이 푸홋! 하고 웃음을 터트렸다.

"한낱 비적에 불과한 주제에 감히 나 손아무개의 '중후'함을 논하다니! 시풍이 그러하다니 참고 넘기겠소만 그렇다면 청년에게 가작(佳作)이라도 있으면 한 수 읊어보게나."

그러자 청년이 한숨을 짓더니 내뱉었다.

"비적(匪賊)과 관가(官家)는 담 하나의 차이라오. 그래서 승자는 왕이 되고, 패자는 도눅이 된다고 하지 않았겠소? 듣자니 손석공도 왕년에 이유야 어찌 됐건 간에 사람을 얼마 죽였다면서? 그건 왕법이나 천리에 저촉되는 일이 아니오? 누군가 그랬소. 산속의 비적은 몰살시킬 수도 있지만 마음 속의 비적은 그리되기 어렵다고 말이오. 가작이 있냐고 물었는데, 소복난파(巢覆卵破, 둥지가 뒤집어져 알이 깨짐)하고 나서 전에 있던 시집들은 다 태워 버리고 없소. 즉석에서 한 구절 읊어 오늘저녁의 해후를 기념할까 하오."

말을 마친 청년은 곧 시를 읊기 시작했다.

작은 쇳조각 하나 없이 새로운 전쟁터에 내몰리니
날은 어둡고 갈 길은 묘연하구나.
혹여 시 읊으며 고헌(高軒) 앞을 지나지 마라,
명주(明珠)를 얻으려다 금낭(錦囊)을 잃을 순 없으니!

손가감이 내심 청년의 범상찮은 재학에 놀라며 주머니를 뒤졌다. 탁 털어 겨우 다섯 냥밖에 안되는 은자를 꺼내어 탁자 위에 내려놓으며 손가감이 한숨을 섞어 말했다.

"그대 같은 인재를 제때에 발굴하지 못하고 흙 속에 묻혀 있게 했다는 건 우리 학정들의 착오가 아닐 수 없소. 그대에게 공명을 약속할 순 없으나 이제부터라도 금분(金盆)에 손 씻고 조정을 위해 그 재학을 바친다면 필히 사도(仕途)에 올라 청운의 꿈을 실현할 수 있을 것이오. 대단히 약소하긴 하나 이거라도…… 나도 털면 먼지밖에 없는 가난한 관원인지라 큰 도움이 못돼 안됐소만 당분간 배는 곯지 않을 것이오."

"'도인이 꼴이 우스워지려면 바다를 떠돌고, 사람이 추해지려 하면 조정에 들어가 관모부터 쓴다[道人行乘桴浮於海, 人之患束 冠立於朝]'고 누군가 말하는 걸 듣고 무릎을 쳤소. 은자는 고맙게 받겠으나 방금 했던 그런 금구옥언(金口玉言)은 손어른 제자들을 훈육할 때나 써먹으세요."

손가감은 잠시 할말을 잃었다. 청년도 손가감을 똑바로 쳐다볼 뿐 말이 없었다. 나이 차이도 나고 성격도 달라 보였으나 두 사람 은 서로에게서 뭐라 형언할 수 없는 지기(知己)를 느꼈다. 동시에 서로가 추구하는 방향은 둘을 불공대천(不共戴天)의 숙적으로 만 들기에 충분하다는 것도 알고 있었다. 한참 후에야 손가감이 비로 소 입을 열었다.

"현명하신 폐하과 신하들이 만들어 가는 밝은 세상에 살면서 관직에 뜻이 없는 건 이해하겠으나 하필이면 조정과 대적하는 무 리로 남길 원하는 건 무슨 까닭인가?"

그러자 청년이 웃으며 답했다.

"아무리 찬란해도 오랑캐들이 주무르는 세상이오. 표고 일당이 제아무리 발버둥을 쳐도 결국엔 동네 개울물에서 놀다가 끝나버 렸지만 난 그와는 별개로 천리교(天理敎)를 창립할거요. 30년 후 엔 '대청(大淸)'이 내 손에 망하지 말라는 법은 없지 않소? 오래 살다 보면 손어른도 그 날을 맞이하게 될 거요."

나이 어린 청년의 이같은 말에 손가감은 일순 등골이 오싹해 졌다.

"난 앞으로 강산이 세 번씩 바뀔 동안까지는 살아 있지 못할

거요. 그러나 젊은이의 발상은 무지하고 위태롭기 짝이 없다 해야
겠네."

"누고 보시오. 그대의 사손들은 필히 우리 천리교가 흥하는 세
상에서 살게 될 것이니."

"우리 자손들이 나 죽었소 하고 가만히 있을 것 같은가?"

"길고 짧은 건 대어봐야 하지 않겠소? 가만히 있지 않으면 붙겠
지!"

통명스레 내뱉고 난 청년은 곧 손가감을 향해 공수해 보이며
말했다.

"난 그만 가봐야겠소, 흠차어른."

손가감이 씁쓸한 웃음을 지으며 미처 뭐라 말하기도 전에 청년
은 올 때 그랬듯이 가뭇없이 어둠 속으로 사라지고 말았다.

"산 속의 비적을 소멸하긴 쉬워도 마음 속의 비적을 없애기는
어려울 것이다……."

손가감이 외로운 등불에 비친 긴 그림자를 끌고 방안을 서성이
며 잠꼬대하듯 청년의 말을 되뇌었다. 멀리서 닭이 홰치는 소리가
세 번 들렸으나 여전히 잠은 오지 않았다. 등잔에 기름을 보태고
심지를 돋구어 서안 앞에 다가앉았다. 간밤에 큰도적 하나를 만난
사연을 자초지종 그대로 적어 꼼꼼히 밀봉을 마쳤을 때는 창 밖이
훤히 밝은 뒤였다. 밥짓는 연기가 지붕 위로 모락모락 피어오르는
가운데 뒤뜰 마구간에서는 말들의 합창이 이어졌다. 물지게에 물
통을 지고 물을 길어 나르는 일꾼들의 한가로운 모습이 보였다.
손가감은 아예 이부자리를 걷어버리고 찬물에 얼굴을 두어 번 문
지르고는 의자등받이에 기대어 눈을 감았다.

44. 막수호(莫愁湖)의 뱃놀이

객잔에서 대충 아침을 먹고 난 손가감은 몇몇 막료들은 남경성에 있는 역관으로 들여보내고, 자신은 두 사동(使童)만 데리고 윤계선을 찾아 순무아문으로 향했다. 그의 명함을 본 문관(門官)이 잠시 놀란 표정을 지으며 말했다.

"중승께오선 손어사께서 3, 5일 후에 도착하시는 줄로 알고 계셨나이다! 이걸 어떡하나? 중승부(中丞府)의 몇몇 청객(淸客)들이 응시(應試)하러 간다 하여 중승께오선 지금 막수호(莫愁湖)까지 배웅을 나가시고 자리에 안 계시옵니다. 어사께서 잠깐 공문결재처에 드시어 차 드시고 계시는 동안 소인이 사람을 파견하여 모셔오도록 하겠나이다. 한 시간도 안걸릴 것이옵니다."

그러자 손가감이 말했다.

"급한 일도 아닌데 그 사람의 흥을 깰 순 없지. 그럴 거 없이 내가 그리로 찾아가겠네."

말을 마친 손가감은 곧 말 위에 올라탔다. 성황묘(城隍廟) 옛터에서 남으로 나가니 멀리 추풍(秋風)에 버드나무 하느작거리는 가운데 잔주름 물결치는 시리도록 파란 호수가 한눈에 펼쳐졌다. 곡랑(曲廊)이 꾸불꾸불 이어진 가운데 연꽃이 아기 손을 꼬물거리며 손짓하는 호수엔 화방(畵舫, 유람선)이 점점이 떠 있었다. 이곳이 바로 그 이름도 유명한 막수호였다.

유랑(遊廊)을 따라 걸어가며 낙홍교(落紅橋)를 지나 승기루(勝棋樓)를 돌아가니 정자(亭子)가 있었다. 그 옆의 가산(假山)에서 발걸음을 멈추고 바라보고 있노라니 호수엔 희희낙락 놀러 나온 사람들을 싣고 오가는 화방들이 호수 위를 덮고 있었고, 연안에는 유람객들이 개미처럼 몰려들어 있었다. 그 속에서 윤계선을 찾아낸다는 것은 바다 속에서 바늘 찾는 격일 터였다. 어찌할 바를 몰라 주위를 두리번거리며 눈 둘 데를 모르고 있던 중 호수 저편에서 은은한 고악 소리가 들려왔다. 소리나는 쪽을 유심히 바라보니 유난히 요란스러운 화방 한 척이 연꽃 사이를 곡예하고 있었다. 고악에 맞춰 여인의 간드러진 노랫소리가 시원한 호수바람을 타고 귓전을 간지럽혔다.

곱게 단장하여 낭군과 손잡고 언덕에 올라서니 춘풍에 저고리 섶이 팔랑거리네. 오가는 수레 안에서 살며시 그대 내 손을 잡으니 낭군의 품속이라면 그 어딘들 춘풍이 없을까……

손가감이 노랫소리를 따라보니 놀랍게도 그 화방 속에 윤계선의 모습이 보였다. 가기(歌妓)들의 농염한 자태를 안주 삼아 술잔을 주고받는 그 사람은 두 번 눈을 씻고 보아도 윤계선이 틀림없었다. 화방이 뱃머리를 돌려 다른 곳으로 향하려 할 때 손가감이 급히 소리쳐 불렀다.

"계선이 아우, 팔자 한번 끝내주는군!"

"누구야?"

언덕에서 자신을 부르는 소리에 윤계선이 고악을 멈추라 명하며 자리에서 일어섰다. 그제야 손가감을 발견한 그는 의외라는 듯 잠시 어정쩡한 표정을 보이더니 곧 화방을 언덕 쪽으로 붙이라고 지시했다. 그리고는 공수하며 말했다.

"아니, 흠차어른이 벌써 도착하다니! 적어도 닷새는 더 걸려야 도착할 줄 알았는데!"

윤계선이 반색하여 떠들어대는 사이 화방은 어느새 언덕에 다다랐다. 윤계선이 성큼 뛰어올라 좋아라 손가감의 손을 덥석 잡았다.

"공사(公事)는 잠시 제쳐두고 배에 올라탑시다! 소개시켜드릴 괜찮은 선비들이 있소!"

두 사동(使童)에게 말고삐를 던져주고 손가감은 윤계선을 따라 배에 올라탔다. 그 속엔 과연 대여섯 명의 선비들이 있었다. 손가감을 보자 저마다 일어나 반갑게 맞아주었다. 손가감의 얼굴에 없잖아 경계하는 기색이 보이자 윤계선이 웃으며 말했다.

"못 올 데를 온 것도 아니고, 손석 공, 어째 우리 막료들을 괴물 보듯 하는 것 같네! 러민 이 사람이 북경으로 회시 보러 가게 되어 이렇게 날을 받아 배웅을 나왔소."

윤계선이 러민을 소개했다. 그러자 러민이 손가감을 향해 허리를 굽혀 보이며 예를 갖췄다.

"나머지는 이 사람의 막료로만 만족하는지 시험엔 관심이 없는 이들이지. 이 사람은 조설근(曹雪芹)이라는 문재(文才)이고, 저 둘은 하지(何之)와 류소림(劉嘯林)이라고 다들 재주꾼들이오⋯⋯."

자신의 막료들을 일일이 소개시켜주고 손가감을 자신의 옆자리로 끌어당겨 앉히던 윤계선이 웃으며 말했다.

"오, 여러분들은 잘 모르지? 이분이 바로 직간(直諫)으로 유명한 손가감 어사이시네. 이번에 강남으로 남위시험을 주관하러 오셨지. 역시 한 풍류 하는 고매하신 분이야!"

윤계선의 말에 청객들이 모두 웃었다. 손가감도 따라 웃으며 말했다.

"다들 날 인간세상의 연화(煙火)도 먹지 않는 신선쯤으로 알고 있는데, 그런 건 아니오. 나도 사람인데 어찌 칠정육욕이 없겠소. 내가 소위 말하는 '직신(直臣)'인지는 모르겠으나 아무튼 난 가짜 도학파(道學派)들을 너무 혐오스러워하는 건 사실이오. 자기는 조상 대대로 선비인지라 책에만 몰두할 뿐 여색엔 곁눈도 두지 않는다던 사람이 머리통엔 온통 계집들의 벌거벗은 몸뚱아리만 오락가락 하는 그런 가식적인 인간들은 정말 구역질이 난다네. 실제로 그런 치들을 많이 봤거든. 여기는 러민 이 친구만 본 적이 있고, 나머지는 전혀 생소한 얼굴들이네? 조설근 선생은 상면은 처음이나 이친왕마마로부터 '제일재자(第一才子)'라는 칭찬을 많이 들었는지라 그리 낯설어 보이지가 않는구만. 오늘 우연찮게 여러 재자들을 만나 즐거운 자리가 될 것 같아 은근히 기대가 되는군. 나 때문에 술자리가 식지 않았으면 좋겠소. 내가 오기 전처럼 편하게 즐겼으면 하오."

"여기 이 어르신은 소림선생이라고, 강희 51년의 탐화(探花)였지. 빼어난 글 솜씨를 자랑하고 왕년엔 만부(萬夫)의 웅심도 품었으나 애석하게도 관운이 기구하여 번번이 좌절한 끝에 홍진(紅塵)에 묻혀 저렇게 늙어버리고 말았다오."

윤계선이 흰 수염이 폭포 같은 노인에게 술을 따라주었다.

"요즘은 우리 집에서 애들 글공부를 가르치고 있는 중이오. 설근이 쓰고 있는 〈홍루몽(紅樓夢)〉 원고를 봐주기도 하고……."

그러자 류소림이 수염을 쓸어내리며 고개를 저었다.

"과거는 이미 흘러가 버린 물이오. 새삼스레 떠올려선 뭘 하겠소. 이젠 다 죽어가는 고목이거늘. 석양은 한없이 좋지만 황혼을 재촉하니 서글프기만 하오!"

"무슨 말을 그리하오? 아직 살아있을 날이 멀었는데."

윤계선이 악의없이 나무랐다. 그리고는 연신 술을 권하며 웃는 얼굴로 말했다.

"……천의(天意)는 유초(幽草)를 아끼고, 인간은 만정(晚情)을 소중히 여긴다고 했잖소! 자자, 괜한 소리해서 기분 우울해지지 말고 손석 공의 무사도래를 위해, 러민의 장원급제를 위해 우리 모두 건배하세!"

이제 서른을 갓 넘긴 풍류를 즐길 줄 알고 멋을 아는 봉강대리 윤계선은 하얀 얼굴에 깔끔하게 정돈된 외모가 무척 인상적이었다. 치렁치렁 허리까지 오는 머리채는 까맣고 반지르르했고, 꾸밈없이 자연스런 언동이 보기 좋았다. 누구도 그가 스무 살도 안된 젊은 나이에 한림원에 들어왔고, 흠차대신의 신분으로 광동성을 순찰하며 선참후주(先斬後奏)하여 광동 포정사와 안찰사의 목을 쳐 현지 관가의 해이해진 기강을 바로잡아 활화산처럼 폭발하기 일보직전인 민변(民變)을 일거에 잠재운 공훈자라는 것을 알지 못했다. 또한 그로 인해 옹정의 크나큰 성총을 받기 시작했고 하루에 관품이 무려 여섯 등급이나 격상되는 등 4년 사이에 일약 순무로 승진했고, 오늘날엔 일방을 호령하는 제후로 자리매김을 했다는 사실 또한 속속들이 아는 사람은 그리 많지 않았다. 손가감이 이런저런 생각에 잠겨있을 때 윤계선이 고개를 돌려 물었다.

"석공, 무슨 생각을 그리하오?"

"글쎄……."

손가감이 급히 술잔을 들어 윤계선의 잔에 부딪치며 말했다.

"윤중승에 대해 생각하고 있었소. 무슨 사람이 재주가 이리도 많을까? 조운, 염정, 군사, 정사(政事) 두루 통하지 않는 게 없으면서도 이같이 풍월을 즐기는 데도 여느 멋쟁이 뺨치게 생겼으니 실로 감복하지 않을 수 없소……. 다 같은 사람인데 난 왜 윤중승 발뒤축도 못 따라가는지 모르겠소. 아버님이신 윤태 어른께서 덕을 많이 쌓으셨던가봐……."

"또, 또 그 소리네."

윤계선이 당치도 않다는 듯이 웃으며 말허리를 잘라버렸다. 그리고는 웃으며 말했다.

"사실 난 평범하기 이를 데 없는 사람이오. 내가 다른 사람보다 좀 낫다면 그건 호기심이 많고 배움을 좋아하기 때문일 거요. 가부(家父)께서 강희 연간에 강남순시를 자주 다녔지. 그때마다 졸졸 묻어다니며 눈으로 보고 머리로 생각하여 쥐꼬리만한 것이 나라 걱정에 잠을 못 이뤘다니까? 웃기지도 않지? 믿거나 말거나요. 옹정 6년에 선제께오서 이 사람을 강남 순무로 발령 내실 때도 손어사랑 똑같은 말씀을 하셨던 기억이 나오. 그 당시 나의 답변 또한 지금 같았고, 덧붙였다면 앞으로 이위, 전문경, 어얼타이 세 대신들을 많이 본받고 싶다고 말씀 올렸었지. 그러자 선제께선 세 사람 모두 모범총독인 만큼 본받을 점이 많을 거라고 하시며 흡족해하시기에 난 이같이 주(奏)했소. '신은 이위의 용맹은 본받되 그 거친 성정은 배제할 것이오며, 전문경의 근면함은 본받되 그 각박함은 따라하지 않을 것이며, 어얼타이 또한 본받을 점은 많으나 그 지나치게 고지식한 성품은 취할 바가 못 되옵니다!'라고. 이는 손석 공에 대해서도 마찬가지요. 난 그대의 강직한 성정은 좋아하나 변통성이 좀 결여되어 있는 것 같아 아쉽소."

이같이 말하며 윤계선은 히죽 웃어 보였다. 그러자 손가감도 웃으며 말했다.

"내가 고물인 거야 세상이 주지하는 바가 아니겠소. 폐하께오서 나더러 시문(時文)을 폐할 것을 주장하는 수허더를 반박하는 글을 쓰라고 명하시어 비록 쓰긴 했지만 억지스러운 느낌은 지울수가 없소. 내가 보기엔 글공부와 사람공부, 세태공부를 결부시켜온 윤중승이야말로 진짜 실학파인 것 같소…… 인재선발에 있어 난 팔고(八股)를 폐지하는 건 쌍수를 들어 환영하오. 그래, 윤중승은 아직 시문을 쓰오?"

그러자 윤계선이 도리질을 했다.

"그놈의 썩어빠진 팔고 애긴 꺼내지도 마시오. 난 그따위 출세용 문장은 측간에 내다버린 지 오래됐소. 소림선생이 명기(名妓) 소순경(蘇舜卿)의 애도문을 쓰고 있으니 흥을 깰라 그런 말 마오."

그제야 손가감이 눈여겨보니 두 사람이 이야기를 나누고 있는 사이 류소림은 무릎에 종잇장을 펴놓고 뭔가 열심히 적고 있었다. 웃으며 그 모습을 일별하던 손가감이 고개 돌려 조설근에게 물었다.

"그래 설근선생의 〈홍루몽〉은 문체가 시사곡(詩詞曲) 가운데 어디에 가까운지?"

그러자 조설근이 겸손하게 답했다.

"홍루몽은 시사곡, 그 어느 것도 아닌 패관소설(稗官小說)입니다."

"오, 그렇구만!"

손가감의 웃음이 어색하게 식어갔다. 그 실망의 기색을 읽은 윤계선이 웃으며 말했다.

"비록 패관소설이라곤 하나 시문도 아름답고 곡도 일품이지."

이같이 말하며 윤계선이 탁 손뼉을 마주쳤다. 그리고는 지시했다.

"음악을 연주하라! 〈홍루몽〉의 감초 역할을 하는 가곡(歌曲)을 들어보자꾸나!"

가기(歌妓)들이 섬섬옥수로 뜯어 올리는 거문고 소리가 청아한 가운데 간드러진 노랫소리가 호수바람을 타고 울려 퍼졌다.

그이는 천애 절벽 깊은 골짜기의 난(蘭)이요, 그이는 저녁놀 타고 날아가는 큰기러기. 그이는 봄바람에 하느작거리는 버드나무요, 그이는 양원(梁園)의 정자에 핀 한 떨기 꽃…… 그이를 만나게 해준 하늘의 조화에 거듭 고마움을 표하오나 우린 원래 삼생(三生)의 원한이 많은 사이였다네. 사랑하오나 누를 끼칠까 저어하여 마음대로 그리워하지도 못하는 이내 마음, 어찌하여 유독 그이를 잊지 못하나. 어젯밤 꿈속에서 손잡고 천애지각을 달렸거늘…… 잔월(殘月) 걸린 새벽 창가의 설음이 이다지도 시린 줄을 그 누가 알까……

나무 조각 같은 손가감의 얼굴에 잔잔한 감정의 물결이 이는걸 본 사람은 흔치 않을 것이다. 그러나 이 시각 손가감은 애절한 노랫말에 흠뻑 도취돼 있는 것 같았다. 젊은 시절 죽마고우의 외사촌 여동생과 가슴 절절한 사랑을 했고, 온갖 좌절 끝에 결실을 맺으려 했으나 가세가 기울어 뿔뿔이 흩어지고 만 아픔이 문득 되살아났던 것이다. 가시에 찔린들 이보다 더 아플까? 마음이 아프고 눈물이 났다. 몇 곡을 연이어 듣고 난 손가감이 마침내 깊은 관심을 보였다.

"방금 들은 가곡이 다 〈홍루몽〉의 삽입곡인가? 어디 좀……."

손가감이 책을 원한다는 걸 알아차린 조설근이 싱긋 웃었다.

"〈풍월보감(風月寶鑑)〉 편에 나오는 곡들입니다. 아직 홍루몽이 책으로 만들어지진 않고 있습니다. 쓰는 족족 수도 없이 수정을 거쳐야 그나마 읽을 만하거든요. 워낙에 명민하지 못한 탁물(濁物)인지라 어찌할 수가 없습니다! 생각 같아선 기서(奇書) 한 부로 살다간 흔적이라도 남기고 싶으나 한낱 옹골찬 미완의 꿈으로 남게 될까 적이 걱정스럽습니다!"

윤계선의 섬세한 배려로 남경에 있는 나날이 의식주 걱정없이 편하기만 했으나 소싯적의 아픈 추억이 묻어나는 곳인지라 마음 한 구석은 늘 서글픈 조설근이었다. 이번에 러민과 함께 북경으로 돌아가고 싶었으나 윤계선의 만류를 뿌리치는 데는 실패하고 말았다. 자신의 가곡을 듣고 상감에 젖어있는 손가감을 보며 친근감을 느꼈으나 교분이 깊지 않은 탓에 달리 말로 위로할 길 없는 조설근이 말머리를 돌렸다.

"소림선생의 애도문이 마침표를 찍는 것 같은데, 우리 함께 기문(奇文)이나 감상합시다!"

조설근의 말에 다시금 류소림에게로 관심이 쏠린 사람들이 다가와 보니 애도문은 이미 완성이 되어 있었다.

묻거니 19년의 여린 삶 중에 이보다 더 기구한 것이 어디 있을까? 촛불처럼 타들어 가는 아픔 안고 누에고치처럼 매인 몸 되어 살아왔건만 하늘은 어찌 그리 무심하여 꽃 한 번 못 피운 청춘을 데려가는가? 미인박명(美人薄命)이라 치부해버리기엔 너무 애달프구나. 우우! 누구라도 손 내밀어 구해주지 못했음이 안타깝구나. 부용(芙蓉) 이슬 아래에서, 미풍의 버드나무 앞에서, 꾀꼬리 목소리로 오가(吳歌)를 부르고, 물찬 제비의 몸짓으로 초무(楚舞)를 추던 그 형상이 어제 같은데, 발그레하게 홍조 띤 백옥 같은 얼굴 다시 보지 못한다니 아쉽기만 해라. 멀리 밤하늘 마주하여 귀엣말 주고받으며 다시 없을 인연에 오늘밤도 저미는 가슴 쓸어 내리네.

이에 대한 대구(對句)는 실신(失身)하였다 하여 저버릴 남아가 아니었거늘 우매한 선택을 한 데 대한 안타까움과 내생에 다시 만나 귀밑머리 파뿌리 되도록 세세생생 영원한 부부로 살아가자는 내용이었다. 다분히 눈물샘을 자극하는 글귀에 사람들 모두 숙연해진 가운데 손가감이 한숨을 지으며 말했다.

"벌써 십 수년이 흘렀군. 그동안 수많은 명신, 명장들이 죽었어도 누군가 이같이 절절한 애도문을 쓴 적이 없었지, 아마?"

"명신, 명장이라도 이 한 사람의 명기(名妓)보다 그 죽음이 사람들의 심금을 울리지 못하는 건 나름대로 이유가 있을 것이오. 백성들은 자기네들의 삶에 더 가까운 사람을 동정하고 가엾이 여기기 마련이니까."

윤계선이 웃으며 말했다. 사람들이 윤계선이 던진 말뜻을 음미
하며 각자 생각에 잠겨있을 때 저쪽 언덕 위에서 누군가 손나발을
하여 부르는 소리가 들려왔다.

"중승어른, 정기(廷寄) 급전이옵니다!"

"오늘 실컷 놀고 가기는 글렀군."

윤계선이 미소를 지으며 가벼운 한숨을 내쉬었다. 배가 언덕에
닿아 보니 순무아문의 친병이었다. 화방이 멈춰 서기 바쁘게 뱃전
에 뛰어내린 친병이 윤계선을 향해 예를 갖춰 인사하고는 군기처
의 관방이 찍힌 화칠(火漆)을 한 통봉서간(通封書簡)을 두 손으
로 받쳐 올렸다. 다리를 꼬고 앉아 서간의 겉봉을 뜯은 윤계선이
'어비(御批)'라는 두 글자를 발견하는 순간 벌떡 일어났다. 그리고
는 조심스레 속지를 꺼내어 두 손으로 받쳐들고 읽었다

　　신(臣) 산서순무 칼지산은 산서포정사인 싸하량이 공금을 탐오
　　횡령한 물증을 확보하였으므로 그 사람을 탄핵할 것을 강력히 주청
　　올리옵나이다.

칼지산의 상주문을 대충 훑어보고 나니 그 밑에 건륭의 어비가
한눈에 안겨왔다.

　　각 성(省)으로 발송하라. 이부시랑(吏部侍郎) 양사경(楊嗣景)을
　　현지로 파견하여 진상조사에 착수하도록 하였으니, 푸헝과 회동하
　　여 이 사건을 처리할 것이다.

윤계선은 표정이 어두워진 채 침묵하고 있었다. 손가감은 궁금

하여 묻고 싶었으나 성유(聖諭)인지라 주저되었다. 유람선 위의 사람들 모두 두 사람이 입을 다물고 있자 아무도 먼저 입을 여는 이가 없었다. 한참 후에야 윤계선이 무겁게 입을 뗐다.

"당금 폐하께오서 즉위하신 이래 첫 번째 탐오횡령사건이오. 전에 내가 몇 사람에 대해 탐오혐의를 물어 주장을 올렸으나 폐하께오서 모두 달리 언급이 없으셨는데, 이번에는 뭔가 심상찮은가 보네?"

이같이 말하며 윤계선은 칼지산의 주장을 손가감에게 건네주었다. 받아들고 꼼꼼히 읽어보던 손가감이 코웃음을 쳤다.

"칼지산 이 미꾸라지가 이번엔 먼저 선수를 쳤군! 싸하량을 덥석 물었으니 장친왕이 가만히 있지 않을 텐데, 그리 쉽게 결판날 사건이 아닌 것 같소!"

"모처럼 나왔는데 끝까지 동무해주지 못해 안됐소."

윤계선이 좌중을 향해 공수해 보이며 말했다.

"나랑 손어사는 일이 있어 아문으로 돌아가봐야겠소. 여러분들은 달리 할 일이 없으니 실컷 즐기다 오게. 나 대신 러민 아우를 즐겁게 해주고. 나중에 길 떠날 때는 내가 어떤 식으로든 배웅을 할 것이니 너무 서운해하지는 말게."

말을 마친 윤계선은 곧 손가감과 함께 수레에 동승하여 아문으로 돌아왔다.

강남 순무아문의 공문결재처에 자리하자마자 윤계선이 말했다.

"장친왕도 장친왕이려니와 양사경은 또 이친왕부의 친신(親信)이자 싸하량의 동년배잖소. 그런 양사경과 칼지산 사이가 원만할 수 있겠소?"

윤계선이 부채를 폈다 접었다 하며 말을 이었다.

"칼지산의 뒤에는 필히 푸헝이 있어 그 뒤를 받쳐주고 있을 것이오. 명신(名臣)이 되고자 야망을 불태우는 푸헝이 산서성에서 탐관오리에게 첫 칼을 내릴 거라는 사실은 예측했었지. 폐하께오서도 만약 이 사건을 조용히 처리하고자 했다면 어찌 칼지산의 주장을 각 성으로 발송하라 명하셨겠소? 또한 이 사건의 투명성과 형평성을 고려하셨다면 하필 양사경에게 이를 맡기지는 않았을 터인데, 대체 어찌된 일인지 모르겠소."

외관 대원(大員)을 지내본 적이 없는 손가감은 이같은 주장을 받았을 때 봉강대리들이 '내 주변엔 이러한 사건이 있나 없나'를 둘러보는 것도 아니고, '이 사람의 주장이 사실인가 허위인가'를 밝히는 데 급급한 것도 아니고 고작 사건에 대한 '성의(聖意)'를 점치는 데 비중을 둔다는 것에 속으로 유감을 표했다. 그는 곧 의견을 피력했다.

"내가 윤중승이라면 그런 생각으로 머리를 복잡하게 만들지는 않을 것이오. 나라면 곧추 강남번고(江南藩庫)로 달려가 내 자신부터 점검해 볼 것이오."

"그런 생각을 품고 있다면 손어사는 순무 임기를 채우지도 못하고 나앉을 것이오."

손가감의 직설적인 발언에 윤계선이 씩 웃으며 덧붙였다.

"자기가 깨끗한지 더러운지는 본인이 제일 잘 알 것이니 생각하고 말고 할 것도 없고, 주변에 탐관이 있는지 여부도 생각할 것 없소. 세상 어느 구석이나 탐관은 그 경중의 차이만 있을 뿐 다 있으니까. 난 진작부터 속에 숫자가 있소. 내가 폐하의 성의에 집착하는 것 같아 꼴 우습게 보일 수도 있겠으나 이 자리에 오래 버티고 앉아있으려면 그리하는 수밖에 없소. 하로형 사건만 해도 선제 때라면 이위가 그 불 같은 성격에 주춤주춤 뒷걸음치며 사건을 묻어버리고 말았겠소? 당금 폐하께오서 관정(寬政)을 강조하고 나서시니 자칫 잘못 긁어서 부스럼을 만들지 않기 위해 그리 된 것 아니오? 우린 폐하의 뜻을 미리 점치고 행해야 하오. 조정을 위해 백성을 위해 뭔가 좋은 일을 하고 싶어하는 사람이 관직에서 쫓겨나면 그걸로 끝이지 달리 방도가 있겠소? 태평한 세월이 오래 지속되니 열에 아홉은 탐관이라고 해도 과언이 아니오. 일일이 뒤를 캐려면 밑도 끝도 없을 것이오. 물이 너무 맑으면 고기가 살지 못하듯이 벼슬을 하려는 사람도 없을 것이오."

이도 일리가 있는 말이었다. 과연 누가 옳고 그른지를 가리기란 그리 쉽지 않을 것 같았다.

'산 속의 비적을 소멸하긴 쉬워도 마음 속의 비적을 대적하긴 어렵다'던 객잔의 불청객 청년의 말이 문득 떠올랐다. 잠시 표정이 어두워져 있는 손가감을 향해 윤계선이 물었다.

"어째 심사가 무거워 보이오, 손어사?"

"좀…… 두려운 감이 없지 않아 있소."

"두렵다니! 그 무슨 말이오?"

윤계선이 다그쳤다.

"탐관이 많아 두렵단 얘기요?"

"아니오! 그대처럼 높은 벼슬자리에 있는 사람들이 다 그같은 생각을 하고 있을까 두렵단 얘기요."

손가감이 씁쓸한 표정으로 덧붙였다.

"과연 그렇다면 혁명이 멀지 않았다는 얘긴데……."

이에 윤계선이 크게 웃고 난 다음 말했다.

"손어사, 혁명(革命)은 천도(天道)이고, 하늘이 내리는 사명이요. 성인이 강조하는 '화광동진(和光同塵)'은 바로 사람들더러 현실에 순응하며 살라는 뜻이 아니겠소? 혁명이 필연이라면 우린 필사적으로 막아보았자 손으로 하늘을 가리는 격일 것이오. 조정의 신하로서 자신의 위치에서 진력함으로써 혁명의 시일을 늦출 순 있어도 원천봉쇄하긴 어렵다 이 말이오. 폐하께오서 소망하시는 극성시대(極盛時代)는 이미 그 윤곽이 보인다고 할 수 있소. 그러나, 달도 차면 기울고 정상에 오르면 내려오는 길밖에 없는 법이오. 박학다식하신 폐하께오서 이 도리를 모르실 리가 없지 않겠소? 오로지 이 나라를 위하는 손어사의 순정은 이해할 수 있겠으나 현실은 냉정하다는 이치도 함께 말하고 싶소."

"냉수에 목욕한 기분이오."

손가감이 자조하듯 웃으며 말을 이었다.

"난 항시 걱정이 너무 많은 게 흠인 것 같소."

이같이 말하며 성밖의 역관에서 한밤중에 비적을 만난 경위와 그 청년이 던지고 간 말을 소상히 들려주었다.

순간 윤계선의 얼굴에 웃음기가 가신 듯 사라지고 말았다. 한참 동안 깊은 생각에 잠겨있던 그가 한숨을 내뱉었다.

"그같은 자들이 많다는 것은 우리 대청의 위협이 아니라고 말할 수 없군……."

손가감과 윤계선은 둘 다 지의를 받고 이번 향시의 주시험관을 맡은 사람들인지라 그 이튿날로 관원들의 내방은 일체 사절한다는 팻말을 내걸었다. 윤계선은 순무아문의 사무를 당분간 강남포정사인 무싸하에게 서리(署理)하게 하고 1차 채점을 해줄 막료들과 함께 손가감이 머무는 역관으로 들어갔다. 시험날짜까지는 아직 한 달이 남았으나 각종 혐의를 피하기 위해 늘 행하는 관례였다. 집에서 책을 몇 상자 보내오게끔 하여 이참에 두문불출하고 평소에 못 읽어 유감스러웠던 책들을 읽으려 하던 윤계선에게 역관으로 들어간 지 닷새 째 되던 날 또다시 산서순무 칼지산의 상주문이 전해왔다. 여전히 탐관을 탄핵한다는 내용이었으나 피고는 싸하량이 아닌 산서성 학정(學政)인 칼친이었다. 어투는 강경하기 이를 데 없었다.

"칼친은 문무(文武) 생원들을 회매(賄賣, 뇌물로 팔다)했고, 그 죄증이 충분하며 유부녀를 사들여 첩실로 들임으로써 대신으로서의 명성에 크게 손상이 가는 파렴치한 짓을 저지르고 다녔사옵니다. 필히 관가의 기강을 망가뜨린 칼친의 목을 베어 일벌백계를 꾀해야 마땅할 것이옵니다."

칼지산의 주장 뒤에 있는 선연한 어비(御批)가 한눈에 안겨왔다.

이 상소문를 각 성의 순무들에게 발송하라. 어사 손가감에게도 상소문 원본을 보여주라.

이에 대해 그 밑에 예부상서(禮部尙書)가 올린 글이 있었다.

"손가감은 이미 남위시험을 위해 강남으로 출발하셨사옵니다."

그러자 건륭이 그 밑에 달아놓은 어비는 가위 용비봉무(龍飛鳳舞)가 따로 없었다.

손가감이 강남으로 내려간 것은 짐의 지의에 따른 것이거늘 짐이 어찌 모를 리가 있겠나! 허튼 소리! 예부상서와 시랑은 관품을 한 등급씩 강등한다!

"폭풍우가 몰려오려나, 누각에 바람이 거세게 불어닥치네."

동쪽 서재에서 유지(諭旨)를 받은 윤계선은 곧 손가감을 찾아 서쪽 서재로 왔다. 기품은 여전히 태연했으나 낯빛은 딱딱하게 굳어있었다.

"손가감, 보아하니 손어사는 이번 남위시험을 지켜보지 못할 것 같소. 내 예감이 적중한다면 폐하께오선 그대에게 총대를 메게 해 이 굉장한 사건을 처리하러 산서로 파견하실 것 같소!"

손가감이 긴 호박 모양의 울퉁불퉁한 얼굴을 두 팔 사이에 파묻고 한참동안 칼지산의 상주문을 떠올리며 생각에 잠겼다. 그러던 그가 마침내 가벼운 한숨과 함께 입을 열었다.

"내 생각도 그러하오. 성명(聖命)이 이리로 오고 있는 중일 것 같소. 이 사건은 적어도 수십 명의 산서 관원이 파직을 당하는 파란을 몰고 올 게 분명하오. 그러나, 그대가 얘기했듯이 흠차대신 푸헝이 현지에 있는데 폐하께오서 하필 날 고집하실 이유가 없지 않겠소? 그렇다고 날 파견하시지 않을 거라면 굳이 나더러 상주문을 읽으라는 지의를 내리실 이유도 없겠고."

"주상께오선 바보스러울 만큼 순수한 그대의 충정을 높이 사시는 게 틀림없소. 또한 필요에 따라 얼마든지 험상궂게 보일 수 있는 그대의 얼굴이 곧 무기라는 것도 간과할 수 없는 장점이오."

윤계선이 웃으며 덧붙였다.

"그리고 푸헝은 말이오, 난 그 사람이 칼지산의 뒷심이라는 걸

단언할 수 있소. 이 사건을 수사할 입장이 못 될 터이지……."

윤계선이 말을 이으려 할 때 문지기가 헐레벌떡 달려 들어왔다. 예의를 갖출 새도 없이 그는 말했다.

"중승어른, 내정(內廷)의 왕례(王禮)가 쾌마편으로 지의를 전하고자 순무아문을 거쳐 이리로 왔사옵니다. 두 분 어른께서 함께 지의를 받으라고 하시옵니다!"

'지의(旨意)'라는 말에 둘은 벌떡 일어났다. 잠시 마음을 진정하여 윤계선이 명령했다.

"예포를 울리고 중문을 열어 영접하라. 향안(香案)도 설치하거라!"

"예, 알겠습니다!"

그사이 두 사람은 부랴부랴 의복을 갈아입었다. 신양보복(神羊補服)에 구망오조(九蟒五爪)의 관포(官袍)를 입고 산호정자(珊瑚頂子)를 단 손가감과 꽃무늬가 화려한 산호정자를 달고 금계보복(金鷄補服)을 입은 윤계선이 엄숙한 표정으로 나란히 서재를 나섰다.

둥! 둥! 둥! 우레 같은 예포소리가 세 번 울리자 두 사람은 성큼성큼 지의를 받으러 걸어나갔다. 스물 대여섯 살 되어 보이는 젊은 태감이 두 손에 지의를 받쳐들고 중문을 들어서고 있었다.

"손가감, 윤계선은 지의를 받거라!"

먼지를 잔뜩 뒤집어쓰고 얼굴이 온통 땀으로 얼룩져 우스꽝스러워 보이는 태감이 향안 앞으로 다가가더니 남쪽을 향해 똑바로 섰다. 그리고는 태감 특유의 오리 같은 목소리를 뽑아 올리며 지의를 읽어 내려가기 시작했다.

봉천승운황제조왈(奉天承運皇帝詔曰)：

짐은 등극 이래 대신들에게 믿음을 주고 봉록을 올려주었으며 양렴은도 넉넉히 내어주었다. 이는 주지하는 바이다. 짐은 천하의 신하들이 이에 감격하여 필히 더욱 분발하여 부패추방에 선봉 역할을 충실히 해줄 것을 기대마지 않았다. 그러나 믿는 도끼에 발등 찍혀도 유분수지 짐은 산서포정사 싸하량과 학정 칼친이 장물을 산더미처럼 쌓아두고 있다는 말에 배신감을 금할 길 없다!

계단 밑에서 무릎을 끓고 있던 손가감과 윤계선은 몰래 서로를 마주보았다. 예상했던 대로였던 것이다. 다시 왕례의 지의 읽기가 이어졌다.

……짐의 황고(皇考)께서 십년의 심혈을 기울여 쇄신해 놓은 이치(吏治)를 미꾸라지 한 마리가 그 견고한 제방을 망가뜨리려 하고 있다니 실로 분개하지 않을 수 없다. 이는 짐의 성은은 차치해 두고라도 국법을 무시하고 선제의 큰 뜻을 어겼다는 데 그 파괴력은 가위 천지개벽이 따로 없을 것이다. 짐은 섬뜩함을 금할 길 없다! 선제 때 유홍도(兪鴻圖)가 문무생원들을 회매(賄賣)한 사건이 발생했을 때 선제께오선 가차없이 정법에 처하시어 유사사건의 재발을 미연에 방지했었다. 오늘날 칼친이 그 전철을 밟게 될 것임은 자명한 일이다.

여기까지 읽고 난 왕례가 목이 마르는 듯 혀를 내밀어 입술을 축였다. 그리고는 손가감을 힐끗 쳐다보고 나서 계속 읽어나갔다.

싸하량, 칼친 두 사건은 이미 이부시랑 양사경을 파견하여 수사에 착수하도록 명하였다. 순무 칼지산과 협조하여 추호의 사심도 없이 법에 따라 엄정히 처리되어야 할 것이다. 이밖에 어사 손가감을 산서로 급파하여 사건처리의 총책을 맡길 것이다. 설령 그 어느 황친이 연루되더라도 원혐(怨嫌)을 두려워 말아야 할 것이며, 그 어떤 위협 앞에서도 초심이 움직여선 아니 될 것이다. 만에 하나 양사경이 불의에 타협하는 모습을 보인다면 손가감은 어사로서, 흠차로서 과감히 조정과 짐의 뜻에 따라 처리해야 할 것이다. 남위시험의 주시험관으로는 어싼을 파견할 것이니 윤계선은 그와 협력하여 향시를 무사히 치르기 바란다. 이에 특별히 밀유(密諭)를 발송하는 바이다!

"명심하겠사옵니다, 폐하!"
손가감과 윤계선은 깊숙이 머리를 조아렸다.

45. 신하의 길

 손가감을 보내고 난 윤계선은 자욱한 물안개가 호묘(浩渺)한 장강(長江) 제방 위에서 잠시 주저했다. 건륭의 밀유엔 그가 구두선(口頭禪)처럼 달고 다니는 '이관위정(以寬爲政)'이라는 단어를 찾아볼 수 없었다. 대신 '황고(皇考)의 이치쇄신 업적을 망가뜨리려 한다'며 강경한 대응방침을 피력하고 나섰다. 이는 건륭이 다시 이치쇄신(吏治刷新)의 기치를 내걸었다는 명증이었다. 그러나, 이 밀유의 내용만으로는 밑에서 어떻게 밀고 나가야 할지 감을 잡을 수가 없었다. 강희제처럼 백관들에게 '존법세심(遵法洗心)'을 강조하면서 한편으론 일벌백계를 꾀할는지 아니면 옹정제처럼 강도 높은 수사를 벌여 넝쿨을 더듬어 수박을 찾아내는 수법으로 줄줄이 주련(株連)시킬는지 알 수가 없었다. 그사이 깨알같이 멀어져간 손가감의 관함(官艦, 관원들이 타는 배)을 멍하니 바라보며 윤계선은 깊은 생각에 잠겼다……

"중승어른!"

갑자기 수행원이 등뒤에서 말을 걸어왔다.

"이곳의 경관이 맘에 드시어 즐기실 것 같으시면 소인이 근처가게로 가서 주안상을 마련해오겠습니다."

"응? 아!"

윤계선이 그제야 한참 멀어져가던 생각의 끄트머리를 잡아당겼다. 말 없이 정자 앞으로 걸어가 말에 올라타며 그가 말했다.

"방금 전까지도 손어사랑 술을 마셨는데, 자넨 내가 술고래라도 되는 줄 아나? 성으로 돌아가야겠어. 난 하도아문에 들러 흠차인 어싼어른께 폐하의 지의를 전한 연후에 역관으로 돌아갈 터이니 자네들은 그만 거처로 돌아가게."

말고삐를 느슨히 잡고 두어 걸음 앞으로 나가던 윤계선이 잠시 침묵한 후에 말했다.

"성 동쪽의 명나라 고궁 서쪽에 있는 우리 집이 적어도 몇 십 칸은 되겠지?"

"어찌 몇 십 칸뿐이겠습니까? 적어도 백 칸은 될 것입니다! 왕년에 수허더가 사단을 일으켜 실각되고 선제께오서 어르신께 상으로 내리신 저택 아니십니까."

"그런 말은 주절댈 것 없고 그중 몇 칸을 깨끗이 청소하여 지금 아문화원(衙門花園)에 머물고 있는 조설근을 비롯한 여러 어른을 내일 중 그리로 모시도록 하거라."

"예, 중승어른! 하오나 어르신들이 어찌하여 그리로 옮겨가냐고 물으시면……."

"이쪽 화원은 대대적인 수리에 들어갈 것이라고 여쭈어라."

윤계선이 두 다리를 오므려 말등을 가볍게 조였다. 말이 천천히 달릴 태세를 취하자 윤계선이 덧붙였다.

"수리가 끝나는 대로 다시 돌아올 거라고 고하거라."

말을 마친 윤계선은 뽀얀 연기를 일구며 벌써 저만치 달려갔다. 한적한 번고중지(藩庫重地)를 지나니 울창한 대숲에 살짝 덮인 청당와사(靑堂瓦舍)가 눈에 띄었다. 하도아문에 도착한 것이다. 어쌴의 흠차행원은 바로 여기에 위치하고 있었다.

문지기 친병들은 모두 윤계선을 알고 있는 지라 그가 말에서 내리기를 기다려 앞다투어 문후를 올렸다. 아뢰러 들어가려는 친병을 향해 손짓으로 제지하며 윤계선은 성큼 뜰로 들어섰다. 안에서는 어쌴이 누군가와 이야기를 주고받는 소리가 들려왔다. 이에 윤계선이 웃으며 말했다.

"어공(公), 불청객이 들이닥쳤소!"

"운장(云長, 윤계선의 호)아우가 어쩐 일이오?"

안에서 웃음 머금은 말소리와 함께 주렴이 걷히며 어쌴이 모습을 드러냈다. 그를 따라나온 사람은 서른 살을 넘긴 듯한 중년 사내였다. 용모가 깔끔하고 점잖은 회색 비단장삼을 입고 있는 사내는 공손히 뒤로 물러나 있었다. 어쌴과 윤계선이 서로 예를 갖추길 기다렸다가 사내는 조심스레 두 사람을 향해 한쪽 무릎을 꿇어 인사를 올렸다.

"어흠차께오선 손님을 접견하셔야 하니 소인은 그만 물러가겠습니다. 빌려주신 은자는 요긴하게 잘 쓰고 몇 개월 후에 필히 갚을 것을 약속드립니다."

어쌴이 말없이 고개를 끄덕여 보이자 사내는 곧 종종걸음으로 물러갔다. 그제야 어쌴이 윤계선에게 물었다.

"향시가 얼마 안 남아 짐 싸들고 역관으로 들어가 폐문사객(閉

門謝客)을 선언한 사람이 어쩐 일이오?"

윤계선이 사내의 뒷모습을 힐끔 쳐다보며 말없이 어싼을 따라 서재로 들어왔다. 자리에 앉을 사이도 없이 그는 어싼을 향해 전전히 입을 열었다.

"실은 밀유지의(密諭旨意)가 있어 왔소."

순간 어싼이 크게 놀라며 황급히 말했다.

"잠깐만 기다려주오, 중승! 내가 의복을 갈아입고 나와 지의를 받겠소."

"그럴 거 없소."

윤계선이 말을 이었다.

"급한 김에 나도 그냥 왔는 걸."

어싼이 무릎을 꿇기를 기다려 윤계선은 건륭이 어싼을 향시 주시험관으로 임명한다는 내용의 지의를 전했다. 그러나 밀유에 있었던 자신과 손가감에 관한 부분은 생략해버렸다.

"망극하옵니다, 폐하!"

어싼이 일어나자 윤계선이 덧붙였다.

"손가감은 따로 차사(差使)가 있나 보오. 돌연 이같은 지의가 내려진 이유는 나도 모르겠소. 아무튼 어흠차가 이곳에서 치수에 쌓아둔 공로를 감안하시고 그대를 여러모로 연마시키고자 하는 성의가 아니겠소?"

이에 어싼이 답했다.

"성은이 망극하심은 말해서 뭘 하겠느냐마는 그저 너무 뜻밖이어서 놀라울 따름이오. 방금 전까지 제방 보수공사에 드는 비용을 계산하느라 머리가 빠개지는 줄 알았는데, 갑작스레 묵객들에게로 짐 싸들고 들어가게 됐으니 말이오."

심사가 무거워 오래 지체하고 싶지 않은 윤계선이 자리에서 일어나며 한마디했다.

"방금 그 사람은 이곳 하도의 재정을 책임지고 있나 보오? 난 또 가뜩이나 빠듯한 살림에 불쑥 손벌리러 온 애물단지인 줄 알았지! 아무튼 이곳 일은 오늘 중으로 인수인계를 마치고 내일, 늦어도 모레까지는 역관으로 들어와야겠소. 허구한 날 강가에서만 씨름하지 말고 미리 나한테로 와 책도 읽고 바둑도 두면서 모처럼 조용한 시간을 가져보는 것도 좋지 않겠소?"

"역시 윤중승의 눈은 비수라니까!"

어쌴도 웃으며 자리에서 일어났다.

"방금 그 친구는 내무부에서 서무관으로 일하던 사람인데, 2년 전 운귀 지역에 무직(武職) 천총(千總) 자리가 비었다 하여 그리로 갔나 보오. 고향집이 화재를 입었다며 가봐야 하는데, 당장 노자가 없다고 하지 뭐요. 나한테 와서 은자 1천 냥을 꿔달라고 하는데, 북경에 있을 때 안면이 있던 사이인지라 매정하게 외면하지 못하고 5백 냥을 주어 보내버렸다는 거 아니오. 난 내일 그리로 가겠소. 안그래도 근자에 주판알 소리에 귀청 째지기 일보직전인데 흙모래와 씨름하는 나 자신을 구제해주는 계기가 돼서 좋소!"

그렇게 두 사람은 내일의 만남을 약속하며 공수하여 작별했다.

어쌴의 처소에서 나온 윤계선은 그러나 역관으로 향하던 중 돌연 방향을 틀어 순무아문으로 왔다. 류소림이 무얼 하고 있는지 궁금했던 것이었다. 때는 마침 정오인지라 점심 먹으러 간 아역들이 돌아오지 않아 아문은 텅 비어있었다. 숱이 많은 누런 머리카락이 바람에 표령(飄零)하는 뜰 안의 아름드리 나무를 보고 있노라니 어느새 성큼 다가선 가을이 실감났다. 천천히 발걸음을 떼어

서화청 문 어귀로 다가간 윤계선은 문득 바로 옆 공문방(公文房)에서 들리는 인기척에 의아스러워 했다. 아직 점심시간이 끝나려면 한참 남았는데, 누가 이 시간에 점심 먹으러 가지도 않고 남아 차사를 보고 있단 말인가? 윤계선이 불쑥 들어가 보니 몇몇 서무관들이 서둘러 방금 인쇄한 듯 묵향이 짙은 문서를 한 무더기씩 묶고 있었다. 그 모습을 본 윤계선이 웃으며 물었다.

"다들 밥 먹으러 가지 않고 뭘 그리 열심히 묶고 있나?"

"아니, 중승어른!"

서무관들이 며칠만에 불쑥 나타난 윤계선을 발견하고는 급히 하던 일을 멈추고 다가와 예를 갖췄다. 공문서를 관리하는 사서(司書)가 아뢰었다.

"체포령 전단지입니다. 어젯밤 명을 받고 지금 막 인쇄가 끝난 상태입니다. 각 주현(州縣)들에 발송하려던 참이었습니다."

이같이 말하며 사서가 형부에서 내려온 원문을 보여주었다. 윤계선이 보니 사이직의 친필이 틀림없었다.

> 손가감 어사를 사칭하여 위조상주문을 날조한 흠명요범(欽命要犯) 노로생(盧魯生)을 체포하는 데 적극 협조해줄 것을 각 성 순무 아문에 명한다. 노로생, 올해 나이 33세, 전 경사 내무부 소속 운귀(雲貴) 공품고(貢品庫) 서무관 출신……

그 밑으로도 범인의 인상착의에 대한 설명이 상세하게 적혀 있었지만 윤계선은 번개처럼 뇌리를 치는 직감에 흥분하여 문서를 서안 위에 던져버렸다. 그리고는 휙 돌아서 방안을 부지런히 서성이며 혼잣말처럼 중얼거렸다. 서른 세 살, 내무부 서무관 출신,

그것도 운귀 지역에서 일했다! 방금 어싼에게서 본 그 작자가 아닐까? 윤계선은 급히 서안 앞으로 다가가 덮치듯 문서를 집어들고 좀더 상세히 읽어보았다. 문서에서 묘사한 외모 특징도 거의 일치했다. 더 이상 지체할 수 없었다. 그는 급히 문서를 서무관의 손에 쑤셔 넣다시피 하며 다급히 말했다.

"지금 당장 쾌마로 달려가 어싼 흠차에게 문서를 보여드려. 뭔가 짚이는 데가 없느냐고 물어봐! 내가 화청(花廳)에서 기다리고 있을 테니 어서 갔다 와!"

그렇게 지시하고 난 윤계선은 화원으로 들어가지 않고 직접 화청으로 향했다. 손수 차를 따라 마시며 흥분과 불안으로 벅차 오르는 가슴을 안고 서무관이 어서 돌아오기만을 기다렸다.

시간이 굼벵이처럼 느린 가운데 약 일각이 흘러갔을까, 밖에서 급한 말발굽 소리가 들려왔다. 윤계선이 엉거주춤 일어나 창 밖을 내다보니 어싼이었다. 어싼이 직접 달려온 걸 보면 십중팔구는 사실일 것이라는 생각에 윤계선이 급보로 걸어나와 낭하에 선 채로 다그쳐 물었다.

"어공, 이자가 그자 맞지?"

"틀림없소. 그자가 바로 노로생이오."

어싼이 말에서 날렵하게 미끄러지듯 내리며 덧붙였다.

"자식, 간이 여간 큰 게 아니구만! 그런 사고를 쳐놓고 감히 나한테 와서 은자를 꿔가다니!"

씩씩거리며 계단을 두어 개씩 뛰어오르는 어싼의 얼굴이 벌겋게 상기되어 있었다. 범인을 눈앞에서 놓쳤다는 아쉬움과 그런 자에게 은자를 꾸어 준 자신에 대한 원망, 그리고 상대에 대한 분노로 어싼의 가슴은 크게 오르락내리락했다. 윤계선이 미처 자리를 권할 사이도 없이 털썩 의자에 내려앉으며 어쌘이 말했다.

"이런 경우를 보고 주고도 얻어맞는다는 게 아닌지 모르겠소! 하필이면 흠명요범(欽命要犯)에게 돈을 꿔주어 가지고 자칫 방조죄에 걸려들지 않을까 모르겠네, 그것 참! 그자가 지금 어디로 튀었을까?"

"멀리는 못 갔소!"

무섭게 아랫입술을 깨물어 윤계선이 냉소를 머금었다.

"손오공일지라도 아직 남경성을 벗어나진 못했을 거요. 서무관들을 모두 불러오너라!"

진작에 이상한 기미를 눈치채고 이쪽 동정에 귀기울이고 있던 서무관들이 윤계선의 명이 떨어지기 바쁘게 급히 달려왔다.

"몇 가지 명령을 너희들이 즉각 전해야겠다!"

창 밖을 뚫어지게 응시하며 윤계선이 한 글자씩 힘을 주어 말했다.

"남경 성문령아문(城門領衙門)은 즉각 총출동하여 남경성의 모든 요도(要道)를 봉쇄하라. 북경 교외의 팔기 주둔군들은 육로의 요도를 즉각 차단하여 주야로 비상경계에 돌입하라. 오가는 행인들에 대한 수색을 강화하라. 현무호수사아문(玄武湖水師衙門)의 수사(水師)들은 즉각 각 부두로 출동하여 승선객들을 상대로 수색을 강화하고 인상착의가 비슷한 자들은 무조건 연행하라. 군함을 파견하여 수로를 전부 봉쇄할 것. 안찰사아문은 즉각 사람을 파견하여 남경 주변의 주현들에 경계를 강화하여 남경을 벗어나는 자들 중에서 수상쩍은 자들을 구속시켜 수사할 것. 또한 아역들을 파견하여 경내의 모든 객잔(客棧)과 기방(妓房)을 샅샅이 훑도록 하라. 내일 날 밝기 전까지 반드시 이 노로생이란 자를 붙잡아야 할 것이다. 이상!"

"예, 지시를 받들어 수행하겠습니다!"

"잠깐!"

급급히 뒤돌아서는 서무관들의 등뒤에서 윤계선의 지엄한 목소리가 다시 들려왔다.

"크게 떠벌리지 말고 조용히 움직이라고 전하라. 모든 행동은 기밀에 붙여야 하느니라! 형부의 전단지를 각 아문에 발송하여 범인을 체포하는 즉시 수상쩍다 하여 구속한 사람들을 전부 석방시키라 이르거라. 그만 물러가거라!"

"예, 중승어른!"

아역들의 대답이 우렁찼다. 여러 갈래로 나뉘어 윤계선의 헌명을 전하러 서무관들이 떠나가고 나니 커다란 화청은 삽시간에 휑뎅그렁해졌다. 안색이 잔뜩 굳어진 어싼은 심신이 불안한 듯 차만 꿀꺽꿀꺽 들이켰다. 윤계선은 그러는 어싼의 속내를 점치고도 남았다. 강희제 때의 대신 어삐룽의 증손으로서 사도(仕途)에 든 이래 소신껏 맡은 바에 충실하여 모름지기 건륭의 성총을 받아온 어싼이었다. 끝까지 한 점의 부끄럼도 없이 초심 그대로 매사에 진력을 다하여 변함없는 건륭의 성총을 기대해왔던 그는 이번에 노로생을 붙잡지 못하는 날엔 은자 5백 냥을 꾸어준 사실에 대해 입이 백 개라도 자신의 결백함을 주장하기엔 역부족이라는 걸 미리 짐작하고 있었던 것이다. 흠차요범에 대한 방조죄에다 그것도 자기 돈도 아닌 번고의 은자를 사사로운 일에 빌려주었으니 생각만 해도 끔찍했다. 빈 찻잔을 잡고 멍하니 앉아있는 그를 보며 윤계선이 다가가 찻물을 따라주었다.

"내가 너무 호들갑을 떨어 놀랐나본데, 걱정하지 마오. 난 만일의 경우를 대비했을 뿐이오. 두 시간 안에 내가 노로생을 만나게끔 해줄 테니 염려 붙들어 매시오! 백전(百戰)을 종횡무진 누비며 혁혁한 전공을 이룩한 선조의 자제가 어찌 이만한 일에 그리 낙담해서야 되겠소? 자, 그 동안 바둑이나 한판 둡시다!"

"오늘은 그대를 못 이길 것 같소."

어싼이 애써 웃으며 윤계선을 마주하여 그가 건네주는 백자(白子)를 받았다.

"조상을 능가할 생각은 언감생심 해본 적도 없고, 그저 조상을 욕되게 하는 일만 없었으면 했는데……."

그러자 윤계선이 말했다.

"근수(勤守)도 자신을 지키는 길이지만 진취(進取) 역시 보전(保全)의 도라고 하오. 내 생각엔 그래도 진취가 더 바람직한 것 같소."

윤계선의 말에 어싼이 답했다.

"그대가 나랑 바둑을 두어서 이겨본 적이 거의 없다는 데는 이견이 없지? 왜 그런 줄 아오? 자기는 개판 일보직전이면서도 '진취'에만 열을 올려 내 것에 침을 흘렸기 때문이야."

악의없는 그 말에 윤계선이 곰곰이 생각해보니 과연 그런 것 같았다. 고개를 갸우뚱하여 씩 웃어 보이며 윤계선은 이번만은 꼭 이겨보리라 바둑판을 열심히 들여다보았다. 그러나 어싼은 정신이 황홀하여 마음은 참외밭에 있는 것 같았다. 불과 몇 분만에 바둑 9단의 수비가 뻥 뚫려버렸다는 건 이를 뒷받침해 주고도 충분했다. 터무니없이 적에게 고지를 점령당한 어싼이 씁쓸한 웃음을 지어 보이며 바둑판을 밀어냈다.

"오늘은 한 판 져주었으니 역관으로 돌아가 제대로 붙어보자고!"

그러자 윤계선도 웃으며 화답했다.

"솔직히 오늘은 나도 마음이 불안하여 집중할 수가 없었소. 방금 했던 말은 조설근에게서 들은 소리요. 군자의 은택은 오세(五世)에서 끊긴다고 했거늘, 오세에서 끊기지 않고 이어 나간다는 것은 창업보다 더 어려운 것이라 하오. 자신을 보전하면서도 재빨리 분발하고 진취한다는 것은 극히 용이하지 않을 것이오. 그렇다고 자신이 죽을 둥 살 둥 모르고 앞으로 달리기만 했다간 함정에 빠지는 수가 비일비재할 것이요. 이왕의 명예만 끌어안고 앞으로 나아가길 두려워한다면 대장부 일생이 그 이상 비참한 게 어딨겠소……."

"조설근, 대단한 인물이지."

어쌴이 고개를 꺾어 길게 한숨을 내쉬며 덧붙였다.

"그런데 운장, 그 사람을 잘 타일러보오. 크게 될 사람이 허구한 날 〈홍루몽〉인지 뭔지 하는 풍화설월(風花雪月)만 읊고 다녀서야 무슨 좋은 꼴을 보겠냐 그 말이오. 그 조부였던 조인(曹寅)은 한 시대를 풍미했던 인물로 손색이 없는데! 총명한 사람이 그 머리를 어디에 쓰느냐에 따라 그 사람의 일생이 좌우되지 않겠소? 그 지혜의 씨앗을 제대로 된 곳에 심으면 필히 진귀한 꽃을 피울 사람인데!"

그러자 윤계선이 말했다.

"난 그리 생각지 않소. 나도 책을 적게 읽은 사람은 아니지만 고금도서를 막론하고 〈홍루몽〉에 비견될 만한 책은 없었던 것 같소. 입덕(立德), 입언(立言), 입공(立功) 모두 중요한 일이오. 꼭 관직에 올라 벼슬을 해야만 인간이 완성되는 건 아니오. 그대나

나나 기거팔좌(起居八座)의 대신(大臣)이라 해도 무리는 아니잖소? 대문 나서면 의장(儀裝)과 호종(扈從)이 구름 같고, 좌당(坐堂)하면 일호백응(一呼百應)하니 말이오. 그럼에도 우리는 우리보다 높은 윗사람을 만나면 허리를 굽실거리며 비굴한 웃음까지 지어 보이고, 윗선의 비위맞추기에 급급하지. 지의 하나면 금세 곤두박질쳐 파뿌리처럼 땅바닥에 처박혀버릴 위기에 항시 노출되어 있다 보니 우린 저도 모르는 사이에 얼마나 비굴해져 있는지 모르오. 하지만 조설근은 언제 어디서나 꿋꿋하게 살 수 있는 진짜 도골선풍(道骨仙風)의 사내요. 굳이 바리바리 싸들고 찾아다니지 않아도 친왕, 황자에서부터 가난한 선비들에 이르기까지 문턱이 닳도록 방문하고 술집으로, 청루(靑樓)로 끌고 가고 싶어 안달이지. 선비의 자존심 빼면 아무 것도 없는 강희 연간의 탐화 류소림이 선뜻 그 먹을 갈아주고 종이를 펴주는 모습을 보고 내가 얼마나 감명을 받았는지 모르오……. 그러니 그대도 편견을 버려야 하오!"

어쌴은 듣기만 할 뿐 말이 없었다. 한참 후에야 그는 말머리를 돌렸다.

"노로생 말이오, 한낱 무직에 불과한 그가 그같은 장편 상소문을 써냈다는 것이 나로선 도통 믿어지지가 않소! 또한 정신이 제대로 박힌 자라면 어찌 달걀을 바위에 내리치는 그런 아둔한 짓거리를 감행할 수 있단 말이오?"

자신이 입술을 축여가며 한 말에 대해선 가타부타 응답이 없고 그 사건에만 매달려 있는 어쌴을 보며 가벼운 한숨과 함께 윤계선이 말했다.

"궁금하고 이상하긴 나도 마찬가지요. 아무리 생각해봐도 류통훈은 귀신이란 말이지, 어떻게 미궁에 빠져있던 범인을 색출해냈을까?"

이같이 말하며 윤계선은 서안 앞으로 다가갔다. 그가 막 붓통에서 붓을 집어들었을 때 밖에서 친병 하나가 들어섰다. 윤계선과 어싼의 얼굴에 일순 긴장이 감돌았다. 윤계선이 다그쳐 물었다.

"그 자식 붙잡았어?"

"그런 건 아닙니다."

친병이 급히 아뢰었다.

"주전사(鑄錢司)의 우병수(于秉水) 어른이 방문하시어 뵙기를 청하였습니다."

윤계선이 고개를 삐딱하게 기울이고 잠시 생각을 더듬어 보았다. 작년에 번대(藩臺)인 갈순례(葛順禮)로부터 우씨 성을 가진 자에게 주전사를 맡기는 것이 어떠냐며 값어치가 엄청난 필사본〈역경(易經)〉을 받았던 기억이 났다. 그 당시 윤계선은 결코 선물이라고 가볍게 받아 챙길 수 없는 진귀한 책을 며칠동안 매만지며 고민을 했었지만 결국 과감히 본인에게 돌려주었었다. 물론 주전사의 빈자리는 끝내 우병수가 메웠다. 벼슬을 위해 그 비싼 뇌물을 상납할 정도라면 그리 깨끗한 자라고는 보기 힘들다는 판단 하에 윤계선이 단호하게 말했다.

"두 흠차가 흠명범인을 잡는 것 때문에 머리에 쥐가 날 지경이니 나중에 다시 오라고 그래!"

친병이 알겠노라며 물러가자 어싼이 그제야 말했다.

"우병수라고, 내가 알기론 제대로 된 경로를 통해 벼슬을 딴 경우는 아니지만 인간성은 썩 괜찮은 것 같았소. 점잖고 멋스럽지."

그 말에 윤계선은 시무룩히 웃기만 할 뿐 아무 말도 않았다. 친병이 물러가고 얼마 안지나 밖에서 어지러운 발자국 소리가 들려오는가 싶더니 곧 몇몇 친병들이 흥분하여 외치며 들어섰다.

"중승어른, 잡았습니다. 그 노로생인가 뭔가 하는 토끼새끼를 잡았습니다!"

용수철처럼 퉁기듯 일어난 어싼이 진지한 표정으로 태연하게 앉아있는 윤계선을 보고는 멋쩍게 도로 주저앉았다. 잠시 후 동아줄에 짐짝처럼 묶인 노로생이 등을 떠밀려 들어왔다. 밖에서부터 억울함을 하소연하며 들어온 그는 들어와서도 고개를 뻣뻣이 치켜들고 오만불손한 태도를 보였다. 어싼이 자리해 있는 걸 본 그는 다짜고짜 거칠게 내뱉었다.

"이봐요, 어흠차! 내가 은자를 빌리고 차용증을 써주지 않은 것도 아닌데, 어찌하여 사람을 이리 비참하게 만드는 거요?"

그러자 어싼이 즉각 눈썹을 무섭게 치켜세우며 두 눈을 부릅떠 고함을 질렀다.

"그 때문은 아니야! 네가 한 일은 너 자신이 더 잘 알 것이 아니냐!"

"무슨 말을 하는지 통 알 수가 없구만!"

윤계선이 흐흥! 코웃음을 쳤다. 노로생에겐 시선도 주지 않고 찻잔 뚜껑으로 떠있는 엽차를 밀어내며 말했다.

"이 안하무인을 무릎 꿇게 하라!"

"내가 무슨 죄를 지었는지 말하지 않는 한 무릎 꿇을 수 없소!"

노로생이 턱을 있는 대로 치켜들고 소리쳤다.

"이래 봬도 나도 조정의 명관(命官)이오. 난 그대들의 부하도 아니거늘 왜 무릎을 꿇어라, 말아라 하는 거야!"

"꿇어, 이 자식아!"

두 친병이 양옆에서 노로생을 힘껏 눌러버렸다. 노로생이 휘청거리며 일어나려 하자 이번에는 무릎 뒤를 힘껏 걷어찼다.

강제로 무릎이 꿇린 노로생을 향해 윤계선이 껄껄 웃었다. 그리고는 찻잔을 내려놓으며 말했다.

"구렁이도 담 넘는 재주는 있다더니, 뻗대는 재주는 타의 추종을 불허하는군. 흥, 이자의 포승을 풀어주거라."

"예!"

"몸을 뒤져!"

"예!"

친병들이 대답과 함께 달려들어 눈 깜짝할 사이에 포승을 풀었다. 그리고는 온몸을 샅샅이 뒤졌다. 다른 물건은 없고 있는 건 오직 은표(銀票)뿐이었다. 몇백 냥 짜리에서부터 몇십 냥 짜리가 족히 4, 50장은 될 것 같았다. 친병에게서 은표를 받아들고 한 장씩 살펴보던 윤계선이 은표를 어싼에게 넘겨주었다. 그리고는 홱 고개를 틀어 노로생에게 물었다.

"이젠 알겠어? 왜 잡혀왔는지?"

윤계선이 은표를 자신에게 넘겨준 의도를 모를 리 없는 어싼이 말없이 자신이 노로생에게 빌려주었던 은표를 찾아 소매 속에 집어넣었다. 이때 노로생이 악에 받쳐 대답했다.

"난 죄가 없소. 난 왜 잡혀왔는지 모르겠소!"

"총 1만 3천 7백 냥이야. 이 많은 돈이 어디서 났고 어디에 쓰려고 했어?"

"우리 집이 화재 때문에 잿더미가 되고 말았소. 이 돈은 그 동안 모아두었던 돈이오. 집에 돌아가 새집이라도 한 채 사려고 가져가는 중이었소, 왜?"

새빨간 거짓말에 윤계선이 푸우! 하고 웃음을 터뜨렸다. 그리고는 말했다.

"그렇다고 쳐! 묻겠는데, 자네 같은 천총의 1년 봉록이 얼마지?"

윤계선의 예리한 질문에 노로생은 그만 말문이 막혀버리고 말았다. 일순 당황한 기색을 보이던 노로생이 다급히 둘러댔다.

"그중 일부는 빌렸다고 봐야지. 못 믿겠으면 어흠차께 물어보오."

노로생의 말이 끝나기도 전에 윤계선이 말허리를 잘라버렸다.

"봉록에서 아껴 모은 돈이 얼마고 빌린 돈이 얼마나 되? 빌렸다면 누구한테서 빌렸고, 빌린 금액은 총 얼만가? 꿍꿍이 수작 꾸밀 생각일랑 집어치우고 제대로 불어!"

윤계선이 마침내 무섭게 탁자를 내리쳤다. 벼루며 붓, 찻잔 모두 저만치 높이 솟았다 떨어지는 충격에 어싼이 깜짝 놀라 흠칫했다.

"그건……."

드디어 한풀 꺾인 노로생이 진땀이 흘러 번들거리는 얼굴을 들어 윤계선을 바라보았다. 그러나 입술만 맥없이 실룩일 뿐 아무 말도 못했다.

"나 윤계선을 호락호락하게 봤다면 큰 오산이지."

윤계선이 껄껄 소름끼치는 웃음을 웃으며 천천히 방안을 거닐었다.

"대신을 사칭하여 가짜 상주문이나 올리는 돌이키지 못할 화를 불러일으키고는 걸음아 나 살려라, 하고 도망갔지. 그리고 노자가 없으니 평소의 인맥을 악용하여 돈이나 꾸고. 한탕 해가지고 아예

이 세상에서 종적을 감춰버리려고 했던가? 흥! 하늘의 그물은 크고 엉성하나 악인은 절대 놓치지 않는다는 걸 명심하라!"

윤계선이 깊고 검은 우물 같은 눈빛으로 노로생을 노려보며 말을 이어나갔다.

"고작 그깟 재주로 조정을 뒤죽박죽으로 만들려고 했었단 말이야? 개가 웃다 이빨 빠질 일이로군. 하기야 오늘 어쌴 공만 아니었더라면 얼마간은 더 활개치고 다녔을 테지."

윤계선은 이 사건을 크게 들춘다면 얼마나 많은 달관귀인들이 연루될지 모른다는 생각하에 은근슬쩍 노로생을 붙잡은 '수공(首功)'을 어쌴에게로 넘겨버렸던 것이다.

윤계선의 속내를 알 리가 없는 어쌴은 범인을 붙잡아 혐의를 벗은 것만 해도 다행인데, 윤계선이 이같이 공로까지 밀어주자 속으로 쾌재를 불렀다. 그러나 짐짓 내색하지 않고 얼굴을 길게 늘어뜨리며 말했다.

"어쩐지 느낌이 이상하다 했어! 그같이 엄청난 짓을 저질러놓고도 언감생심 내게로 돈을 꾸러 와? 말해봐, 그 위조상주문은 자네가 쓴 게 분명한가?"

"아닙니다……. 소인이 간이 열개라도 감히 그런 짓은 못합죠."

"끝까지 오리발 내밀 거야?"

"소인은 정말 억울합니다!"

어느새 김빠진 공처럼 후줄근해진 노로생이 풀이 죽어 중얼거렸다.

"소인은 위조상주문이 뭔지도 모릅니다……."

화구(火球)를 떠 안은 줄도 모르고 무작정 취조에 열을 올리는 어리숙한 선비 출신 흠차를 지켜보던 윤계선이 속으로 웃으며 넌

지시 말했다.

"매에는 장사가 없다고 했는데, 오형(五刑)의 형벌이라도 받아야 실토를 할 모양이네……."

"그래 맞아, 피륙의 고통을 맛보여주어야겠군!"

자신도 흠차대신이니 당연히 이 사건을 물을 자격이 있다고 생각한 어싼이 윤계선의 말에 맞장구를 쳤다. 그는 곧 양옆에 대기하고 있는 친병들을 향해 소리쳤다.

"이는 흠안(欽案)인 만큼 추호도 지체할 순 없다. 여봐라, 대형(大刑)을 준비하라!"

친병들은 정작 자신들의 주관(主官)은 돌부처럼 부동자세로 앉아있고, 하도(河道)에서 온 흠차가 주관이 되어 자신들에게 명해오자 윤계선의 눈치를 힐끗힐끗 살피고는 응답과 함께 형방으로 달려가 형구를 꺼내왔다. 탕! 하는 육중한 소리와 함께 작목(柞木)으로 만든 협곤(夾棍, 몸의 일부를 끼우게끔 만든 나무틀)이 노로생의 발 옆에 떨어졌다.

"봤지?"

어싼이 득의양양하여 말했다.

"어마어마한 사술(邪術)을 품었다는 표고도 이 앞에선 꼼짝 못했거늘 너의 뼛골은 설마 강철로 된 건 아니겠지?"

두 친병이 어느새 나무틀을 노로생의 두 다리에 끼웠다. 그리고는 세 사람이 끈을 하나씩 들고 잡아당길 태세를 취했다.

"당겨라!"

마침내 어싼의 추상같은 명령이 떨어졌다.

친병들은 잡아당기기에 앞서 다시금 자기네들의 주관인 윤계선을 바라보았으나 그는 여전히 무덤덤했다. 어쩔 수 없이 이들은 흠차의 명령에 따라 힘껏 줄을 잡아당겼다.

"악!"

외마디 소리와 함께 노로생은 비명도 제대로 지르지 못한 채 다 죽어가는 듯 두 눈을 희번덕거리며 기절해버리고 말았다. 아역이 미리 받쳐들고 있던 냉수를 입에 넣고 푸우! 푸우! 뿜어댔다. 그러자 얼마 안지나 송장같이 뻗어있는 노로생이 천천히 소생하기 시작했다. 그 모습을 본 어쌴이 헤헤 웃으며 말했다.

"말해봐, 싫어? 좋아, 그럼 이번엔 아예 뼈를 가루로 내버릴 테니!"

"아, 아, 안돼……. 불게, 다 불어버릴게."

노로생이 경기를 일으키며 죽어라 머리를 조아렸다. 그리고는 숨넘어가는 소리로 말했다.

"사실 그 위조상주문은…… 소인이 쓴 게 틀림없습니다……."

"누구의 사주를 받았어? 누가 주모자야?"

"……."

"말 못해?"

"제발, 제발!"

노로생이 잔뜩 겁에 질려 덜덜 떨며 울었다. 불과 몇 시간 전까지만 해도 흔쾌히 자신에게 노자를 꾸어주던 흠차와 마냥 무덤덤하여 더욱 무서운 윤계선을 번갈아 보며 훌쩍이던 노로생이 사색이 되어 입을 열었다.

"누가 주모자(主謀者)인지는 소인은 정말 모릅니다. 흠차어른께서도 아시다시피 소인은 내무부에 안면 있는 어중이떠중이들이 많지 않습니까. 작년에 진천(秦川)이라 부르는 자가 몇 사람을 데리고 운남(雲南)으로 내려왔었습니다. 술이 서너 순배 돌아가

자 당금 폐하에 대한 험담이 심심찮게 오갔습니다. 선제는 혼군(昏君)이고 부당한 수법으로 보위를 찬탈했으며, 그 보위를 물려받은 당금 폐하도 무능하고 별볼일 없는 군주이니 쫓아내야 한다며 죽이 맞아 돌아가던 중 그 진천이라는 자가 이 세상에서 가장 겁없는 대신이 손가감이라며 그 사람의 상주문을 위조하자고 불을 붙이는 바람에 이리 되고 말았던 것입니다……."

심상찮게 굳어진 두 대신을 훔쳐보며 노로생이 죽어라 머리를 쪓어댔다.

"일이 이 지경에 이르리라곤 정말 몰랐습니다……. 죽을죄를 지었습니다……."

노로생이 알아듣지도 못할 말을 넋두리 삼아 늘어놓고 있자 어쌴이 짜증스레 손사래를 치며 고함을 질렀다.

"시끄러워, 정신 사납게 주절대지마! 그 진천이라는 자는 어딨어?"

"아뢰나이다……. 그 빌어먹을 놈이 듣자니 북경으로 가는 길에서…… 병들어 죽어버렸다고 합니다!"

"이게 진짜 덜 혼났군!"

"사실입니다……. 정말입니다!"

공(功)과 명(名)에 약한 어쌴이 또다시 형벌을 안길 것 같았다. 이대로 계속 심문해 나가다간 자신도 모르게 끌려들어 갈지도 모른다는 생각에 윤계선이 서안 밑으로 어쌴의 발끝을 밟아 그만하라는 암시를 주었다. 윤계선의 총알받이가 될 만큼 아둔한 어쌴은 아니었으나 오늘은 흥분한 김에 그만 부지불식간에 불덩이를 떠 안은 형국이 되고 말았다. 윤계선의 신호를 받은 어쌴은 필히 그럴만한 이유가 있을 거라고 생각하고 말했다.

"오늘은 새 발의 피인 줄 알아! 밤새도록 잘 생각해 봐. 내일까지 바가지로 콩 쏟아 붓듯 다 불지 않는 날엔 내일이 너의 제삿날이 될 줄 알아!"

친병들이 노로생을 끌고 물러가기를 기다려 어쌴이 물었다.

"중승, 무슨 일이오?"

"별일 있어서가 아니고……."

윤계선이 남으로, 남으로 하염없이 흘러가는 흰 구름을 바라보며 긴 한숨을 토해냈다.

"위에서 체포하라고만 했으니 우린 붙잡은 걸로 임무를 완수한 거요. 심문하는 건 류통훈의 몫이 아니겠소?"

46. 뜨거운 감자

    윤계선의 뜻을 받아들여 어쌴은 노로생에 대한 심문을 남경에서는 더 이상 하지 않기로 했다. 둘은 곧바로 초심(初審) 결과를 형부에 보고 올렸다. 어쌴은 범인색출에 진을 뺀 형부에서 보고를 받는 즉시 쾌마가편(快馬加鞭)하여 범인을 북경으로 압송하라는 명이 떨어질 거라고 생각했다. 그러나 한시 바삐 범인을 넘겨받아 식육침피(食肉枕皮)라도 할 것 같던 류통훈은 가타부타 아무런 움직임도 보이지 않고 있었다. 어서 빨리 화구(火球)를 떠넘겨야 발 편히 뻗고 잠을 잘 것 같은 어쌴이 조급한 나머지 몇 번이고 형부의 의사를 타진하였으나 답변은 한결 같았다. 형부의 뜻인즉 "형부에서 따로 지시가 내려질 때까지 당분간은 남경에 구류하라. 옥중에서 죽게 해선 아니되겠다"였다. 마음이 갑갑하여 윤계선에게 상의하니 "황제가 서두르지 않는데 밑에서 그리 서둘러서 뭘 어쩌겠다는 것이냐"는 식으로 두루뭉실하게 핀잔만 들었다.

그래도 하도(河道)에서 흙탕물과 씨름하던 때가 마음이 편했다. 윤계선이 어련히 알아서 잘 처리했을까! 그러나, 괜히 끼어들어 이젠 빠져 나오려고 해도 나올 수도 없는 지경에 이르고 보니 후회막급이었다. 그사이 향시를 무사히 치르고 시험지를 채점하면서도 어쌴은 좌불안석이었다. 한편 이 사건의 배후가 어마어마할 것이라는 짐작 하에 엄청난 시비의 소용돌이에 휘말려들세라 사도의 험악함에 아직 눈을 뜨지 못한 순진한 어쌴에게 불덩이를 떠안겨 버리고 난 윤계선은 다행이라 생각하면서도 한편으론 어쌴에게 미안한 마음이 들었다. 얼굴에 근심이 역력한 어쌴을 위로하여 윤계선이 말했다.

"때가 되면 술술 풀리게 돼 있소. 앉아서 엉뚱한 추측이나 하고 그러지 마오. 내 생각엔 사이직과 류통훈은 요즘 산서성의 두 가지 사건 때문에 경황이 없어 그럴 것이오. 그대는 공로가 있으면 있었지 과오는 없는 사람이거늘 뭘 그리 두려워하오?"

"두려운 건 없소."

어쌴이 미간을 좁히며 말했다.

"범인을 붙잡으라고 해서 붙잡았으면 됐지 두려울 게 뭐가 있겠소? 난 그저 형부의 미온적인 태도가 이상할 따름이오. 어쩐지 이 사건의 배후에 뭔가 있어 이네들이 감히 손을 대지 못하는 게 아닌가 싶소. 채점이 끝나고 다시 발문하여 그때도 답변이 똑같을 경우엔 난 상소를 하여 사이직과 류통훈을 탄핵할 것이오. 저네 한인들은 우리와 달라 아무리 솔직한 사람도 꿍꿍이 속은 다 있소!"

그러자 윤계선이 웃으며 말했다.

"왜 그러오? 나도 한인이오. 나까지 싸잡아 욕할 셈이오? 그건 농담이고. 그대는 겉보기엔 온화하고 인내심이 많을 것 같은데 성정이 꽤 급하네! 급할수록 돌아가라고 했소! 그네들이 흠명요범을 풀어주라고 한 것도 아닌데, 무슨 연유로 탄핵한다는 거요? 정 찜찜하면 채점 끝나고 직접 노로생을 북경으로 압송하여 형부에 넘기면 되지 않겠소? 자기네 물건을 배달까지 해주었는데 설마 받지 않을까?"

윤계선은 이제 아예 이 사건에서 손을 털어버리려는 듯이 말하고 있었다. 윤계선이 이리 나올 줄은 정녕 몰랐던 어싼이었다. 한참 윤계선의 말을 음미해보던 어싼이 입을 열었다.

"북경에 다녀온 지 얼마 되지도 않는 사람이 이유야 어찌됐건 자주 들락거리면 남의 말 하기 좋아하는 사람들의 구설수에 오르내리지는 않을까 걱정이오. 특히 허벅지를 보면 엉덩이까지 봤다고 말하는 이부 관원들이 나를 폐하의 면전에서 아부 떤다고 씹어대기 십상이란 말이오."

그러자 윤계선이 파안대소했다. 뭔가 말하려던 그가 옆방에 사람들이 드나드는 걸 보고는 급히 어싼에게 주의를 주었다. 그리고는 어싼의 어깨를 두드리며 소리 낮춰 말했다.

"그건 어불성설이오. 우리 신하된 사람들이 군부(君父)의 면전에서 아부를 떨지 않는다면 지나가는 거지 붙잡고 굽실거려야 마땅하단 말이오? 이부의 그것들은 구제불능의 속물이라 몇 푼 찔러주면 거기에 혹하여 그런 생각도 못한다고!"

윤계선의 말을 듣고 난 어싼의 얼굴에 수심이 가시기 시작했다. 향시가 끝나길 기다려 방(榜)이 나붙기도 전에 어싼은 곧 직접 노로생을 압송하여 북경으로 갔다. 역관에 머물 사이도 없이 곧추 승장(繩匠) 골목에 위치한 형부로 향했다. 사이직(史貽直)을 만나보고자 명함을 건네고 기다리고 있는 사이 구경거리에 민감한 북경인들이 수백 명도 넘게 모여들어 형부 앞을 아수라장으로 만들었다. 잠시 후 서리(書吏)인 듯한 사람이 나오더니 범인을 수감하라고 친병들에게 명했다. 그리고는 어싼을 향해 말했다.

"사이직 어른께오선 자리에 안 계십니다. 저희 류어른께서 영접 나오실 겁니다."

어싼이 대문 입구를 바라보니 저 안에서 희색이 만면한 류통훈(劉統勳)이 빠른 걸음으로 나오고 있었다.

"이보게 연청(延淸, 류통훈의 호), 이게 대체 무슨 경우요!"

공문결재처로 따라들어간 어싼은 앉자마자 퉁명스레 말했다.

"남경성은 물론 전국을 떠들썩하게 만든 범인은 검거되었건만 정작 위에선 아무런 지시도 없으니 얼마나 궁금하오. 구워먹으라든가, 삶아먹으라든가 무슨 언급이라도 있어야 할 게 아니오. 속이 부글부글 끓던 중 예산 때문에 호부에 볼일도 있고 하여 오는 길에 범인을 압송해왔소."

조용히 웃으며 듣고만 있던 류통훈이 친히 어싼에게 차를 따라 주었다. 그런 다음에야 입을 열었다.

"앉자마자 벌처럼 쏘는 거요? 그러지 말고 내 말 좀 들어보오. 사실 그대보다 더 급한 곳은 우리 형부라오!"

이같이 말하며 창 밖을 살피던 류통훈이 한껏 목소리를 낮췄다.

"폐하께선 지금 북경에 안 계시오. 사이직 어른도 없고!"

"그게 과연 사실이오?"

어싼이 깜짝 놀라 펄쩍 뛰었다.

"폐하께오서 어디 순방을 가셨단 말이오? 관보(官報)에서도 못 봤는데?"

그러자 류통훈이 머리를 끄덕였다.

"폐하께오선 이번에 미복(微服)하여 출순(出巡)하셨으니 당연히 관보에 실리지 않지. 장친왕, 어얼타이 그리고 기윤, 우리 아문의 전도도 수행하였소."

"어느 지역으로 가셨소?"

어싼이 궁금증을 못 이겨 불쑥 물었다. 류통훈이 그저 히죽 웃을 뿐 답을 해주지 않자 그제야 어싼은 자신이 물어선 아니 될 걸 물었다는 생각이 들었다. 류통훈이 오해라도 할세라 어싼은 다급히 해명했다.

"내 말은 폐하께오서 대략 언제쯤 귀경하시느냐는 뜻이오. 그걸 묻는다는 게 그만…… 이번에 호부에서 은자 1백만 냥을 조달해야 하는데, 폐하의 지의가 없인 호부에서 그 많은 액수를 내어줄 리가 없을 것 같아서 말이오."

류통훈이 모자를 벗어 던지고 반들거리는 앞머리를 쓸어 올리며 말했다.

"일정이 어찌 되는지는 나도 모르오. 폐하께오서 순방을 나가신 것도 상서방과 군기처, 구문제독 등 몇 사람만 알았을 뿐 나도 이제야 알았소. 확실한 건 아니지만 나 같은 사람에게까지 순방소식이 알려진 걸 보면 아마 폐하께오서 곧 돌아오실 때가 되지 않았나 싶소. 하지만 설령 귀경하셨을지라도 당분간은 관원을 접견하지 않으실지도 모르는 일이오."

류통훈의 말을 들어서는 황제가 귀경했다는 건지 안했다는 건지 헷갈리기만 했다. 어싼은 속으로 류통훈을 '미꾸라지'라 욕하면서도 겉으론 웃으며 말했다.

"어쩔 수 없지. 아무튼 난 범인을 인계했으니 구워먹든 삶아먹든 그건 그대가 알아서 하시오."

류통훈이 웃는 듯 마는 듯하며 말했다.

"자기가 위조상주문의 장본인이라 자백했다면서? 그러면 내가 보기엔 일찌감치 결안(結案)을 해버려도 되겠구만."

"그러나 밑에선 그리 간단하게 생각지 않는 모양이던데……."

어쌴이 말을 이었다.

"알다시피 노로생은 한낱 미관말직에 불과하오. 그런 자가 상서방과 군기처에서도 잘 모르는 사실을 떠들고 다녔다는 것은 믿을 수가 없는 일이오. 대체 누가 그자한테 그 같은 유언비어를 제공했으며, 그 물건이 어떤 경로를 통해 상서방으로 흘러 들어왔고 버젓이 어람(御覽)까지 청하게 되었느냐는 말이오. 이는 노로생 혼자 벌일 수 있는 일이 아니오. 사단이 났다는 소식도 어찌 그리 빨리 입수하고 벌써 강남에 와서 돈을 빌릴 정도란 말이오?"

"보아하니 어공은 형명(刑名)에 대해 그리 생소한 것 같지는 않군."

류통훈이 웃으며 덧붙였다.

"그렇다면 어공, 왜 심문할 때 모든 의혹을 끝까지 파헤치지 못했소? 자신의 죄를 자백한 자가 자기 코가 석 자인 판에 설마 주동자를 불지 않았을까?"

류통훈의 이 한마디에 어쌴은 답변할 거리가 없었다. 머리가 아찔해지는 순간이었다. 그제야 어쌴은 윤계선이 이 사건에서 손을 털고 나앉은 이유를 알 것 같았다. 이미 엎질러진 물이라 윤계선을 원망해봐도 아무 소용이 없었다. 한편 노골적인 자신의 말에 어쌴이 난감해졌다고 생각한 류통훈은 말투를 부드럽게 했다.

"어공, 사람이 어찌 그리 순진하오. 이런 류의 사건을 심문하는 건 그리 어렵지 않소. 문제는 결안이 안된다는 거요. 그래서 아무도 이 뜨거운 감자를 먹으려 들지 않는단 말이오. 그런 맥락에서 우리 형부에선 지금 성지(聖旨)만을 눈 빠지게 기다리고 있는 중이라오. 넝쿨 더듬어 수박을 찾아내듯 끝이 보일 때까지 철저히 수사를 하라든가 아니면 일벌백계로 종결하라든가 폐하께오서 귀경하시면 뭔가 지시가 있을 게 아니오. 감자는 한 포기만 달랑 있는 것 같아도 뽑아보면 크고 작은 알맹이가 얼마나 많이 딸려나오는지 모르잖소. 그것도 모자라 호미로 캐보면 흙 속에 또 묻혀 있고. 이런 사건 또한 주동자가 따로 있고 위조한 자가 따로 있소. 그밖에도 요언을 유포한 자, 붙는 불에 키질한 자, 불붙는 걸 보면서도 보고하지 않은 자…… 적어도 2백 명의 관원이 연루되지 않으면 내가 손바닥에 장을 지지겠소! 이같이 거대한 추문을 폐하께오서 가벼이 처리해버리실 수가 있겠소? 위조상주문 자체만 추궁한다면 단칼에 노아무개의 목을 치는 것으로 뚝딱 끝나버리겠지만 문제는 그게 아니잖소?"

류통훈의 말을 들을수록 어싼은 머리가 지끈거렸다. 후회 막급이었지만 누굴 원망할 수도 없는 노릇이었다. 그래도 평소에 류통훈보다 윤계선을 더 믿어왔던 어싼이었다. 그러나, 윤계선은 불덩이를 그에게 떠넘긴 반면 류통훈은 정치에 대해 아직 왕초보의 허울을 벗지 못한 그에게 솔직하고 진지했다. 이같이 생각한 어싼이 류통훈을 향해 읍해 보이며 간절한 어투로 말했다.

"이 돌머리가 이제야 자초지종을 알 것 같소. 연청, 진심으로 이 벗을 대해주는 것을 내가 결코 잊지 않을 것이오! 한 수 가르쳐주시오!"

"그대가 1차 심문한 기록을 내가 읽어보았소."

류통훈이 천천히 말을 이어나갔다.

"적당한 선에서 잘 끝낸 것 같았소. 그대는 워낙에 성총을 한 몸에 받고 있는 사람인지라 폐하께오서 이번 일에 치하를 하시면 하셨지 꾸중하실 일은 없을 것 같소."

직급이나 성총 모든 면에서 자신보다 우위에 있는 어쌴의 겸허한 자세에 적이 감동을 받은 류통훈이 내색하지 않고 그에게 방향을 제시해주었다.

"북경에 온 이상 기다려서라도 폐하를 알현하고 가오. 노로생의 사건을 폐하께서 필히 물으실 것이니 여쭐 내용을 잘 생각하여 주해 올리면 그걸로 만사대길할 것이오."

류통훈의 조언대로 자신이 황제를 알현하여 노로생 사건으로 말미암아 주변 사람들을 주련(株連)시키지 말 것을 주청 올린다면 노로생을 붙잡은 공로를 인정받는 건 물론 모름지기 얼마나 많은 사람들을 보호하여 그네들로부터 호감을 사게 될지 생각만 해도 가슴이 울렁거렸다. 뿐만 아니라 주련을 하지 않으면 정국의 안정에도 유리할 것은 자명한 일이었다. 윤계선이 듣는 데서 류통훈을 비난한 적이 있었던 어쌴은 내심 창피하게 생각하며 자리에서 일어났다. 류통훈을 향해 읍해 보이며 그가 말했다.

"연청, 난 그만 가봐야겠소. 폐하께서 귀경하시면 패찰을 건네겠소. 시간 있으면 내 처소로 와줬으면 좋겠소. 아껴둔 술이 있는데, 우리 둘이서만 한 잔씩 하게."

말을 마친 어쌴은 곧 밖으로 발걸음을 떼었다. 류통훈의 배웅을 받으며 이당(二堂)을 나선 어쌴은 얼핏 저쪽 대문으로 들어서는 러민을 보았다. 윤계선의 아문에서 몇번 만나서 안면이 있었지만 윤계선에 대한 고까운 마음이 들어 짐짓 모르는 척 외면해 버렸다.

그 시각 건륭은 산서성 태원현의 현아문(縣衙門)에 머물고 있었다. 벌써 도착 열흘째지만 순무, 장군, 제독은 물론 흠차대신인 푸헝, 양사경과 새로 온 손가감마저도 어가(御駕)가 도착해있는 사실을 전혀 눈치채지 못하고 있었다. 태원현아문은 성(城) 서북쪽 모퉁이에 위치해 있어 각 주현의 아문이 빽빽이 들어서 있는 성부(城府)에서 그 존재가 전혀 두드러지지 않았기 때문이었다.

태원현 아문은 뜰이 넓고 조벽(照壁), 대문(大門), 대당(大堂), 이당(二堂), 금치당(琴治堂)을 주축으로 서쪽엔 서재(書齋)와 화원(花園)이, 동쪽엔 화청(花廳)과 큰 정원(庭園)으로 나뉘어져 있었다. 군기처의 밀유를 받는 즉시 현령은 아문아역들을 전부 남감(南監)으로 범인을 간수하러 보냈다. 워낙 복잡한 사건이 연달아 터져 경황이 없는 현령은 동원(東院)을 들락거리는 사람들에게 관심을 쏟을 여력이 없는 듯했다.

때는 초겨울인지라 날은 하루가 다르게 추워만 갔고, 초목이 조령(凋零)하여 쓸쓸했다. 그러나 싸하량과 칼지산에 대한 사건은 끓는 죽가마처럼 벌렁대며 좀처럼 조용해질 기미를 보이지 않고 있었다. 푸헝은 성 남쪽에 있는 흠차행원에서 폐문사객(閉門謝客)하고 있으며, 손가감이 도착했어도 맞아주지도 않았다. 칼지산은 순무아문의 업무는 내팽개친 채 두 주먹 불끈 쥐고 싸하량과 칼친을 족치기에 바빴다. 양사경은 하루에도 몇 번씩 헌명을 내려 7품 이상 관원들을 불러 심문을 하지만 대부분 원고인 칼지산을 되물어버리며 자신들의 혐의를 완강히 부인하는 통에 사건은 제자리걸음을 하는 게 고작이었다. 그사이 바로 옆방에 있는 건륭은 밖으로 외출하는 횟수가 잦아졌다.

시월에 접어들어 한 차례 찬비를 뿌리는가 싶더니 어느새 눈으로 변해 있었다. 불그레한 먹구름이 태원성(太原城)을 숨막히게 뒤덮고 있는 가운데 왕소금같은 눈발이 사람들의 얼굴을 아프게 때렸다. 기승을 부리는 북풍이 밤새도록 불어닥쳤고 기온은 급강하 하여 삽시간에 천지가 한 덩이로 얼어붙은 것만 같았다. 아침 일찍 기침하는 습관이 몸에 밴 건륭은 창 밖이 훤히 밝은 것에 흠칫 놀랐다. 얼마나 늦게까지 잔 줄 알고 수행원들을 불러 의복시중을 들게 하며 일찍 깨우지 않은 걸 나무랐다. 그러자 복인, 복의 두 태감이 조심스레 웃으며 아뢰었다.

"폐하, 밖에 눈이 내려 창호지가 이리 밝은 것이지 사실은 아직 이른 시간이옵나이다! 어얼타이 어른과 장친왕께오선 아직 기침 전이시옵니다!"

"오, 그래? 눈이 내렸단 말이지?"

방금 전까지 화가 치밀어 있던 건륭이 두 눈을 반짝이며 반색했다.

"어젯밤에도 조금씩 눈발이 날리긴 했다만 땅에 닿는 즉시 녹아버리기에 눈이 남아 있으리라곤 기대도 안했는데!"

허리띠까지 매고 난 건륭은 두 팔을 시원스레 쭉 펴며 다소 흥분하여 문을 밀었다. 흑 흐느끼게 하는 찬바람이 눈발을 감아 안으로 몰아쳤다. 그 바람에 건륭의 얼굴이며 목에 눈이 가득 들러붙고 말았다. 건륭이 크게 발작할세라 두 태감이 잔뜩 움츠러드는 순간 건륭이 하하 크게 웃으며 말했다.

"설경이 끝내주는구만!"

눈발이 기승을 부리거나 말거나 건륭은 흥이 도도하여 문을 밀치고 나갔다. 문 어귀에서 눈사람이 되어 서 있던 시위 써렁거가 급히 다가와 건륭의 몸에 내려앉는 눈을 털어냈다. 그리고는 멀지도 가깝지도 않은 거리를 유지하며 따라갔다.

첫눈치고는 제법 내린 눈이었다. 아문을 나서니 온통 백설이 애애하여 우중충하고 초라해 보이던 주변 건물들을 하얗게 단장하고 있었다. 지붕 위에서 갈기를 세우며 한 겹씩 벗겨지는 눈발이 시야를 뽀얗게 가려 대지는 신비스러움 그 자체였다. 사슴가죽으로 만든 신발을 신고 저벅저벅 걸어가노라니 망망한 눈밭 한가운데 차츰 새까만 두 그림자가 보이기 시작했다. 흰 입김을 연신 토해내며 서 있는 두 사람은 기윤과 전도였다. 날씨가 포근한 편은 못 되는지라 모자며 장갑에 솜옷까지 두루뭉실하게 차려입은 두 사람의 등뒤로 다가가 건륭이 큰소리로 웃으며 말했다.

"그래도 문인아사(文人雅士)의 흉내를 내어 설경을 감상하러 나오긴 했네만 차림새가 그게 뭔가, 꼭 곰같이! 목을 잔뜩 움츠리고 덜덜 떨면서 어디 설경 구경하는 사람 같은가, 꼭 벌받는 사람 같구만! 이런 경우를 두고 거문고 불살라 학을 삶아먹는다고 하지. 운치를 모르기로서니 설경이 아깝군!"

"폐하!"

두 사람이 깜짝 놀라며 뒤를 돌아보니 양가죽을 댄 회색 비단장포에 자줏빛 털조끼를 껴입은 건륭이 바람에 장포자락을 휘날리며 약간 언덕진 곳에 서 있었다. 모자를 쓰지 않은 발그레한 양볼에 건강미가 넘쳤다. 두 사람은 황급히 눈밭에 엎드려 문후를 올렸다. 기윤이 조심스레 아뢰었다.

"신들은 첫눈을 감상하고자 마음먹고 나왔사온데 그만 흥이 깨지고 말았사옵니다……."

건륭이 웃으며 다가갔다. 그리고는 물었다.

"흥이 깨지고 말았다니, 대체 무슨 일인가?"

이에 전도가 두 말 않고 손을 뻗어 멀리 언덕 건너편을 가리켰다.

"저길 보시옵소서, 폐하!"

그가 가리키는 방향을 좇아 멀리 내다보던 건륭의 얼굴이 굳어지기 시작했다. 건너편이라고 해봤자 화살이 날아가 꽂힐 수 있을 정도로 그리 먼 거리는 아니었는지라 납작하게 땅에 엎드려버린 초가집들이 무거운 눈을 잔뜩 뒤집어쓰고 쓰러져 있는 모습이 한눈에 보였던 것이다. 눈을 가늘게 좁히며 유심히 살펴보니 그 추운 날씨에 몇몇 아낙이 품에 아이를 껴안고 밖에 나와 앉아있는 게 보였다. 남정네들은 힘없이 괭이를 휘두르며 흙더미를 뒤지는 폼이 뭔가를 찾고 있는 듯했다. 사르륵사르륵 눈이 내리는 소리에 간간이 젖먹이의 사례 들린 울음소리가 들려오는 것 같았다. 안색이 잔뜩 어두워진 건륭이 한참 후에야 입을 열었다.

"태원부(太原府)에서는 대체 뭘 하고 있는지 모르겠군! 눈이 이 정도로 내렸으면 벌써 순시를 돌아야 할 것 아닌가."

그러자 전도가 한숨을 섞어 아뢰었다.

"어서 빨리 싸하량, 칼친의 사건을 매듭지어야겠사옵니다. 관원들이 전부 자기 몸에 불똥이 튈세라 몸을 사리기에만 급급하다보니 정작 민생 현안에는 통 관심이 없사옵니다."

"폐하!"

조금 망설이는 어투로 기윤이 조심스레 입을 열었다.

"신이라도 나서서 저네들을 도와주는 게 어떨까 하옵니다."

건륭은 아무런 응답도 없이 돌아섰다. 기윤과 전도는 급히 서로 눈짓하며 뒤따라갔다. 현아문 앞에 다다라 웃으며 나오는 윤록과 어얼타이와 마주친 건륭이 천천히 계단을 올라가며 말했다.

"십육숙, 간밤에 돼지꿈을 꾸셨나 기분이 좋아 보이네요."

건륭의 말이 끝나기도 전에 윤록의 뒤에서 허겁지겁 쫓아오던 한 사람이 눈길에 주르륵 미끄러져 넘어졌다. 추태를 보인 그 사람은 다름 아닌 태원현령이었다.

"조정 명관이라는 사람이 어째 이리 체신머리없이 허겁지겁 뛰어다니나!"

심각하게 굳어진 건륭의 눈치를 살피며 장친왕이 무엄하게 현령을 꾸짖었다. 거의 보름동안 자신의 아문에 소리소문 없이 들어와 '살림'을 차린 정체불명의 '인물'들을 보며 현령이 감히 범접할 생각은 못하고 고개를 떨구어 대답했다.

"예, 어르신! 소인이 실례했습니다…… 간밤에 내린 눈 때문에 저쪽동네의 집들이 무너졌다는 급보를 받고 달려가던 중이었습니다. 노인 하나가 매몰되어 사경을 헤매고 있는 모양입니다. 저희 관할구역은 아니옵니다만 인명 앞에 어디 네 것, 내 것 따질 일입니까?"

그사이 화가 조금 풀린 듯한 건륭이 물었다.

"자넨 태원현 관원인가? 이름은?"

"아뢰나이다. 소인은 왕진중(王振中)이라는 사람입니다."

"오, 왕진중이라……."

건륭은 어쩐지 이 이름이 귀에 낯설지가 않았다. 당장 떠오르진 않았지만 어디선가 들어본 이름임엔 틀림없었다. 잠시 생각하다 건륭이 웃으며 말했다.

"체통없이 뛰어다닌 건 지적당해 마땅하나 백성들의 질고(疾苦)를 헤아려 자기 소관이 아님에도 주먹 쥐고 달려가는 모습이 보기 좋네."

매일이다시피 외출을 하여 거의 얼굴을 볼 수 없는 젊은 '객상 (客商)'이 관직이 웬만하지 않을 법한 두 영감을 제치고 자신에게 말하는 모습을 보며 그 내력에 문득 의구심을 품으며 왕진중이 말했다.

"과찬이십니다. 관직이란 백성들을 더욱 잘 보살펴주라는 뜻에 서 소중한 것이지 백성들의 질고를 나 몰라라 할 바엔 집에 가서 땅이나 파는 편이 더 낫지 않겠습니까? 죄송합니다만 소인은 갈 길이 급하여 그만 가봐야겠습니다."

왕진중은 연신 허리를 굽실거리며 물러갔다.

건륭은 흡족한 눈매로 멀어져 가는 왕진중의 뒷모습을 오래도 록 응시하며 연신 머리를 끄덕였다. 그리고는 윤록 등 네 사람을 데리고 동원의 화청으로 들어왔다.

차가운 눈밭에서 방안에 들어오니 몸이 사르르 녹아내리며 기 분이 말할 수 없이 상쾌했다. 창호지에 비낀 설광(雪光)이 방안을 환하게 비추었다. 젖은 옷과 신발을 벗어 던지고 간편한 의복으로 갈아입은 건륭이 온돌 위에 다리를 포개어 앉으며 윤록을 향해 말했다.

"숙부님과 어얼타이는 저쪽에 자리하고 나머지 두 사람은 아직 젊으니 서 있도록 하게."

네 신하는 급히 사은을 표하며 명에 따랐다. 어얼타이가 말했다.

"폐하, 지금까지의 상황으로 볼 때 폐하께오서 북경을 떠나시면 서 '양사경이 사심없이 수사에 임하지 못할 것 같다'고 하시던 예 측이 적중하신 것 같사옵니다. 그렇게 보지 않았사온데, 사람이 어찌 저 모양인지 모르겠사옵니다!"

"이상할 것도 없네."

윤록이 말을 받았다.

"양사경과 칼친의 형은 동년진사(同年進士)이고, 싸하량과는 사돈지간이라고 들었네. 일각에서는 평소에 대인관계가 평범한 칼지산에 대해 이구동성으로 싸하량이 그 지시에 따라 움직였을 뿐이라며 원고인 칼지산을 공격하는 데 열을 올리고 있는 실정이오. 뇌물을 받고 생원들을 팔아 넘겼다는 사건도 칼지산은 칼친이 뇌물을 받아 챙긴 증거를 확보했다고 하고, 칼친은 또 칼지산이 그리 하라고 시켜서 따랐을 뿐인데 이제 보니 함정이었다며 억울함을 하소하는 식이라네. 무슨 뒤죽박죽인지 나도 모르겠소. 내가 보기엔 이 사건은 자기네들끼리 장물을 배분하는 과정에서 불화가 생겨 물고 뜯고 하는 것 같네."

이에 전도가 맞장구를 쳤다.

"소인도 이들의 행각이 자기네들끼리의 내분인 것 같습니다."

"어제 전도 자네가 법사아문에서 있었던 심문 현장을 가보고 왔다고 했나?"

건륭이 물었다.

"손가감은 여전히 한 마디도 하지 않고?"

"예, 폐하."

전도가 급히 아뢰었다.

"심문이 끝날 무렵에야 손가감은 '이 사건은 더 이상 질질 끌 순 없으니 앞으로 3일 내에 결안할 것이니, 간증인(干證人)들은 증언할 준비를 하라'고 말했사옵니다. 그리고는 양사경과 무어라 말하는 것 같았으나 사람들이 떠들어 잘 듣지 못했사옵니다."

그러자 건륭이 잠시 후에 기윤에게 물었다.

"푸헝은 뭐라고 그러던가?"

이에 기윤이 급히 몸을 숙여 답했다.

"처음엔 신을 만나주려 하지 않았사옵니다. 군기처의 관방을 보여도 소용없었으나 밀유를 받고 특별히 북경에서 내려왔노라고 거짓말을 하여 겨우 만났사옵니다. 폐하께서 물어보라고 하셨던 내용을 다 물었사옵니다. 푸헝의 말로는 칼지산이 당초 싸하량과 칼친의 죄증(罪證)을 들고 푸헝을 찾아올 때 푸헝은 '확증이 틀림없다면 상소문을 올려라. 폐하께선 이런 일을 절대 간과하시지 않으실 거다'라고 힘을 실어주었다 하옵니다. 칼지산은 상소를 올려놓고도 몇 번 푸헝을 찾아왔었으나 폐하의 지의를 받고 나서는 한 번도 오지 않았다 하옵니다."

기윤이 잠시 망설이는 듯하더니 덧붙였다.

"하오나 푸헝은 칼지산이 간사한 미꾸라지라는 식으로 비난을 하며 손가감도 대의에 따라 공정하게 이 사건을 처리하지 못할 경우엔 본인이 나설 것이라고 했사옵니다."

"역시 불은 푸헝이 붙인 게 틀림없군."

건륭이 웃으며 말을 이었다.

"푸헝이 흑사산(黑査山)을 평정하고 나서 인근 몇 개 현의 현령을 갈아치우려 했지. 그러나 푸헝이 추천한 몇 사람을 싸하량이 전부 퇴짜를 놓아 푸헝의 심기를 불편케 만들었다고 들었네. 나중에 싸하량은 현지 치안을 유지하기 위한 방편으로 잔존해 있는 도둑들에게 1인당 은자 1백 냥씩 내주었다고 하는데, 이는 비적들을 소탕하는 데 공로를 세운 관병들에게 상으로 내린 은자의 배는 된다고 하더군. 그러니 푸헝에게 미운 털이 박힌 건 당연하지."

"그래, 오늘은 이만하지. 짐으로선 나름대로 감이 잡히네."

건륭이 웃으며 덧붙였다.

"오늘은 눈 때문에 여기저기 귀동냥하러 다니기도 힘들 텐데, 몇몇 친병들을 보내어 순무아문과 학정아문의 동정을 알아보라고 하고 나머지는 오늘 하루 쉬게. 아까 그 왕진중이라는 관원이 썩 괜찮아 보이던데, 십육숙이 알아서 이부(吏部)로 발문하여 태원지부(太原知府)로 승격시켜 주도록 하세요. 기윤, 자네는 군기처에서 전해온 주장들과 류통훈이 어제 보내온 밀주문을 이리로 가져오도록 하게. 다들 물러가게."

"예, 폐하!"

잠시 후 기윤이 옆방에서 문서를 한아름 안고 들어왔다. 조심스레 건륭의 면전에 내려놓고 난 기윤은 물러가라는 말이 없자 두 손을 모으고 한 쪽에 조용히 시립하여 있었다.

기윤의 존재는 잊은 채 각지에서 올라온 문후상주문이며 청우(晴雨)에 관한 보고서를 읽어보느라 건륭은 여념이 없었다. 산동, 직예, 하남성에 '많은 서설(瑞雪)'이 내렸다며 주상의 홍복에 힘입어 올해 대풍작을 기대한다는 내용을 읽어본 건륭이 못내 흡족하여 붓에 주사를 묻혀 어비를 달기 시작했다.

　군기처 :
　하남, 산동, 직예에 전하거라. 이곳 산서에도 대설(大雪)이 내려 올해도 풍작이 기대된다고 말이다. 그러나, 이런 날씨에 오갈 데 없는 가난한 백성들을 잊어선 아니 될 것이니 지방관들에게 민생현장을 자주 돌아보아 아사(餓死)하고 동사(凍死)하는 사람이 없도록 잘 조치하라고 이르거라.

다시 류통훈의 주장(奏章)을 보니 무려 만언(萬言)은 될 것 같았다. 운귀총독 처소에서 노로생의 위조상주문 초안을 발견했다고 했고, 이 사건은 무려 여섯 개 성(省)이 연루되어 있다고 했다. 강서, 호북, 호남, 사천과 귀주 등 지역의 42명의 관원들이 미리 이 위조상주문을 읽어본 적이 있다는 것이었다. 그러나 주동자는 아직 정체를 드러내지 않고 있어 심문의 강도를 더 높이겠노라고 했다. 상주문을 다 읽고 나서야 온돌을 내려선 건륭은 천천히 방안을 거닐던 중 무릎꿇어 엎드린 채로 입을 쩝쩝 다셔대는 기윤을 내려보며 일갈했다.

"한 시간이 지났나, 두 시간이 지났나? 어찌 그새를 못 참아 그리 안절부절인가?"

"그건 아니옵고……."

기윤이 눈을 깜빡이며 말을 이었다.

"신은 담배의 인(燐)이 발작한 것 같사옵니다. 둘째가라면 서러워 할 '골초'라 이렇게 구제불능이옵니다."

그러자 건륭이 피식 웃었다.

"짐은 자네가 오곡(五穀)은 뒷전이고 '남의 살'을 유난히 좋아한다는 것도 알고 있네. 원래는 안될 일이지만 아무도 없으니 짐이 파격적으로 자네에게 담배 한 대 태우도록 해주겠네."

기대하지도 않았던 건륭의 너그러움에 기윤이 좋아라 하며 연신 머리를 조아렸다. 그리고는 아편에 중독된 사람처럼 허겁지겁 주머니에서 연초를 꺼내어 곰방대에 재웠다. 그 와중에도 엄지로 꽁꽁 눌러가며 연초를 재워 불을 붙여 물고 게걸스레 뻑뻑 빨아대는 그 구름을 탄 모습에 건륭이 껄껄 웃으며 구제불능이라는 듯 손가락질을 했다.

밖에는 눈발이 갈수록 거세만 갔다. 조용한 실내에서 눈 떨어지는 소리가 유난히 크게 들렸다. 삭풍에 창호지가 파르르 떨었다. 한참동안 침묵하고 있던 건륭이 마침내 입을 뗐다.

"어보게, 기윤! 자네가 보기엔 위조상주문 사건과 산서성의 두 가지 사건 중 어느 쪽이 더 중요한 것 같은가?"

"그건 당연히 산서성의 사건이옵니다."

기윤이 생각할 것도 없다는 듯이 아뢰었다.

"산서성의 이 두 가지 사건은 사직(社稷)의 우환(憂患)이옵고, 위조상조문 사건은 개선지질(疥癬之疾, 옴같이 하찮은 병)에 불과하옵나이다. 폐하께오서 과감히 산서행을 강행하신 것에 신은 마음 속 깊이 탄복을 금할 수가 없었사옵니다!"

"사직의 우환, 개선지질이라……."

건륭이 다시금 곱씹으며 방안을 거닐었다. 그러던 그가 심지 돋군 등잔불처럼 두 눈을 부릅뜨고 온돌로 돌아가 앉았다. 그리고는 류통훈의 상주문에 붓을 날려 주비(朱批)를 달았다.

수개월 동안 여태 주동자를 색출해내지 못했다는 것은 경의 무능함을 적나라하게 보여줌이네.

이같이 앞으로의 지속적인 추적에 여유를 남겨두면서 건륭은 기발한 영감이 떠올라 필봉(筆鋒)을 반대방향으로 꺾었다.

이 사건은 증정(曾靜) 사건과 다르다는 걸 밝혀두네. 짐이 증정을 주살한 것은 그가 성조와 선제를 욕되게 했기 때문이었네. 짐이 이번 사건을 이 정도 선에서 일단락 지으려 함은 노로생의 위조해낸 상서의 내용이 터무니없어 이에 발끈할 가치조차 없기 때문이네. 마구

짖어대는 건 개의 속성이니 우리가 어찌 그 소리에 우왕좌왕 흔들릴
수 있겠는가? 류통훈은 즉각 정범 노로생을 석방시켜 원적으로 돌려
보내라. 지방관들에 특별히 명하여 그 사람을 엄히 간수하고 잘 교화
시켜 성화(聖化)의 은혜로움 속에서 천수를 누리도록 배려하라 이
르거라. 절대 누군가가 접근하여 가해하지 못하도록 보안을 철저히
해야겠다!

붓을 내려놓은 건륭은 흡족한 표정으로 주비를 단 상서를 기윤
에게 넘겨주었다. 그리고는 웃으며 말했다.

"이제 정신이 번쩍 드는가, 골초? 이 상서들을 즉각 장정옥에게
전해주어 처리하도록 하게!"

기윤이 상서를 받아들고 아직 한 마디도 하지 않았을 때 갑자기
밖이 소란스러워지기 시작했다. 한바탕 몸싸움을 하는 듯하더니
울며불며 여인의 하소연이 들려오는 것 같았다. 건륭이 즉각 수행
태감을 시켜 나가보라고 명했다. 대답과 함께 쏜살같이 뛰쳐나갔
던 태감 복인이 곧 들어와 아뢰었다.

"폐하, 태원현령의 딸이옵니다. 그 아비가 향리로 내려가 시찰
을 하던 중 법사아문에 의해 연행됐다 하옵니다. 듣기에 그 아비가
싸하량 사건의 가장 중요한 증인이라는 것 같았사옵니다."

밖에선 여자가 째지는 듯한 목소리로 저지하는 태감과 승강이
를 벌이고 있었다.

"높은 사람이면 다야? 우리 같은 사람은 높은 사람 못 만나본
줄 알아? 전에 폐하께오서 우리 집에 머무르신 적이 있다는 걸
너희들은 모르지?"

기윤과 건륭은 순간 흠칫 놀라고 말았다.

47. 지정란(芷汀蘭)

건륭은 말없이 문을 열고 나갔다. 처마 밑에 서서 보니 눈보라가 일어 시야가 흐릿한 가운데 서쪽 측문 앞에서 두 태감이 열 여덟 살 가량 되어 보이는 여자아이와 승강이를 벌이고 있었다. 봉두난발하여 발악적으로 대드는 통에 두 태감은 감당하기 버거워 연신 뒷걸음질을 하고 있었다.

"이리 데리고 와 보거라."

건륭이 손사래를 쳐 보이고는 방안으로 들어가 버렸다. 주섬주섬 서안 위의 문서를 정리하며 건륭이 말했다.

"기윤, 이 문서들을 장친왕에게 보내주게. 어얼타이도 한 번 보고 각 지역으로 발송하라 이르게."

기윤이 응답과 함께 물러가는 동시에 여자아이가 언제 열 손톱을 치켜세우며 덤볐던가 싶게 조용히 흐느끼며 쭈뼛쭈뼛 안으로 들어섰다. 순간 건륭이 마치 불에 덴 듯 화들짝 놀랐다. 두 눈을 화등잔처럼 크게 뜨고 아무리 뜯어보아도 틀림없었다. 그녀는 바로 건륭이 하남성을 순시하던 중 진하묘(鎭河廟)에서 몸져누웠을 때 극진히 간호해 주었던 그 왕정지(王汀芷)였던 것이다!

찰나에 비바람이 기승을 부리던 황하(黃河) 변에서의 처절했던 조우가 한꺼번에 뇌리를 훑고 지나갔다. 눈앞의 이 여자애가 바로 하루종일 자신의 침상을 지켜주며 미음을 떠 먹여주고 약을 달여 시중들던 그 왕정지였다니, 이렇게 만날 줄은 꿈에도 몰랐다! 세상은 크고도 작다는 말을 새삼 실감하며 건륭은 온돌에 걸터앉아 멍하니 왕정지를 바라만 볼 뿐 무슨 말을 어떻게 꺼내야 할지를 모르고 있었다.

눈밭에서 들어오자마자 눈앞이 캄캄하여 잠시 아무 것도 보이지 않았으나 점차 희미하게 정체를 드러낸 실내 광경은 아무 것도 모르는 왕정지를 적이 주눅들게 만들었다. 젊은 남자만 빼고 주위의 사람들 모두가 허리를 굽힌 채 조각처럼 서서 숨조차 제대로 못 쉬고 있었던 것이다. 누군지는 모르지만 아무튼 대단한 인물임엔 틀림없다고 생각한 왕정지는 감히 건륭을 똑바로 바라보지도 못했다. 참기 어려운 무거운 침묵이 이어지는 가운데 왕정지가 헝클어진 머리카락을 쓸어모아 뒤로 넘기고는 몸을 낮춰 인사하며 나지막한 목소리로 말했다.

"뵙게 되어 광영이옵나이다!"

그리고는 한 쪽으로 물러서며 말을 이었다.

"소녀가 어르신을 뵙고자 함은 법사아문더러 소녀의 아비를 풀어주게끔 어르신께서 도와주십사 청을 들기 위함이었나이다. 소녀의 아비는 천하에 둘도 없는 청관(淸官)이옵나이다. 당신의 말을 빌리자면 어차피 죽으면 썩어 없어질 육신인데, 백골난망의 성은에 조금이라도 보답하려는 일념으로 죽는 순간까지 백성들을 어루만지다 가시는 게 꿈이라 하셨사옵니다. 그런 분을 어인 이유로 붙잡아 가는지 모르겠사옵니다. 솔직히 소녀의 아비가 저희 모녀를 임지(任地)로 데려온 것은 공주마님으로 모셔놓고 호강시켜 주기 위함이 아니라 어차피 들여야 할 사환(使喚)들의 몸값을 아끼기 위해서라고 하셨나이다……. 엊그제 아버지께서 동원(東院)에 순무보다 더 높으신 분들이 계신다고 말씀하시는 걸 얼핏 들었사옵니다……. 오늘 문득 그 생각이 나 예의가 아닌 줄 알면서…… 이리 생떼를 부렸사옵나이다……."

다시금 서러움이 밀려오는지 여자아이는 손수건으로 입을 가리고 가녀린 어깨를 들썩이며 흐느꼈다.

"자네 아비가 왕진중이라는 사람인가?"

"예, 어르신……."

"자네 아비는 어찌 내가 순무보다 벼슬이 높다고 단언하는가?"

"아버지가 보기에 수염이 없는 데다가 목소리가 이상한 사람들이 몇 사람 드나드는 걸 보니…… 꼭 궁중의 태감들 같았다고 하였사옵니다."

왕정지가 다소 수줍은 듯 발가락으로 땅바닥에 원을 그려가며 말했다.

"아버지가 그러시는데, 조정의 군기대신들도 태감을 부릴 자격이 없다고 하셨사옵니다."

건륭은 그제야 복인, 복의 두 태감이 꽥꽥 숫오리 같은 소리를 제대로 간수하지 못하여 눈치 빠른 왕진중에게 들키고 말았다는 걸 알고는 웃으며 말했다.

"자네 아비 말이 맞네. 우린 벼슬이 순무보다는 좀 높은 편이지.

복지, 자네 이걸 가지고 가서 손가감더러 왕진중을 풀어주라고
하게."

이같이 말하며 건륭은 침대머리에 놓여있던 노란 와룡대(臥龍
袋)를 태감 복지에게 내주었다. 그리고는 눈이 휘둥그래진 왕정지
를 향해 웃으며 말했다.

"이젠 소원성취 했네?"

"불쌍한 저희 아비를 살려주신 은혜 백골난망할 것이옵니다!"

일이 이같이 순순히 풀릴 줄은 생각지도 못했던 왕정지가 감동
의 눈물을 흘리며 엎드려 머리를 조아렸다. 그리고는 일어서서
물러갈 채비를 하며 말했다.

"그럼…… 소녀는 그만 물러가겠나이다."

이같이 말하며 용기를 내듯 번쩍 고개를 쳐들어 건륭을 바라보
던 왕정지의 두 눈에 순간적으로 일말의 놀라움이 서렸다. 그러나
이내 고개를 갸웃거리며 천천히 돌아섰다.

"잠깐!"

건륭이 미소를 지으며 불러 세웠다. 태감들을 물러가라 명하고
나서야 비로소 입을 열었다.

"자넨 내가 누군지 궁금하지 않나?"

이에 왕정지가 고개를 떨군 채 대답했다.

"아버지께서 이곳 동원에 계시는 분들은 큰일하시는 분들이니
괜스레 이것저것 묻고 다니지 말라고 하셨사옵니다."

이에 건륭이 웃으며 다시 물었다.

"잘 아는 얼굴이라도?"

그렇지 않아도 어딘가 낯익은 모습에 머릿속으로 생각을 더듬
으며 물러가던 왕정지가 그제야 건륭을 알아본 듯 삽시간에 안색

이 창백하게 질리고 말았다. 도톰한 입술을 맥없이 달싹이며 왕정지가 두 눈이 휘둥그래진 채 더듬거렸다.

"혹시 폐…… 폐하시옵니까!"

건륭이 빙그레 웃으며 머리를 끄덕여 보이자 그녀는 경황이 없어 무릎 꿇는 것도 잊은 채 몸둘 바를 몰라했다.

방안엔 잠시 침묵이 흘렀다. 건넌방의 화롯불 위에서 끓고 있는 물주전자의 달가닥거리는 소리마저 또렷하게 들렸다. 한때 서로 좋은 감정을 지녔던 남녀가 예기치도 않던 우연한 만남을 가졌으니 가슴속에 물결치는 격랑은 이루 헤아릴 수가 없을 것이다. 수줍게 얼굴을 붉히며 이마를 다소곳이 숙이고 있는 왕정지는 어느새 얌전하고 양순한 여인으로 돌아가 있었다. 전에 보았던 그 고운 자태를 점점 회복해 가는 여자를 뚫어지게 바라보는 건륭의 눈은 보석처럼 빛났다. 그렇게 서로 마주하여 한 마디도 못하고 시간이 얼마나 흘렀을까, 마침내 건륭이 웃으며 입을 열었다.

"참으로 오래간만이네! 자네를 보고 있노라면 함초롬하게 이슬 머금은 향긋한 지정란(芷汀蘭)이 떠오르곤 했지. 그때나 지금이나 폐부를 적시는 상큼한 느낌은 여전하네!"

건륭이 한걸음에 성큼 다가가 눈 둘 데를 모르는 왕정지를 와락 품안에 끌어안았다.

"가끔씩 보고 싶었다네. 믿거나 말거나 사무치도록 말이네."

복숭아처럼 발그레한 얼굴을 건륭의 넓은 가슴에 묻고 건륭의 손길이 닿는 대로, 입술이 닿는 대로 내맡기면서도 왕정지는 처녀 특유의 본능에 그 품을 빠져 나오려고 꼼지락대며 말했다.

"이러시면 아니 되나이다. 사람들이 보면…… 거긴 정말 아니 되옵니다……."

"거긴 아니 되다니? 어딜 말인가?"

벌써 욕망에 불붙기 시작한 건륭이 귀엣말로 속삭였다.

"정말 많이 보고 싶었네……. 자넨 짐이 보고프지 않았나?"

"뵙고 싶었사옵니다……. 몇 번 꿈속에서 만나 회포를 풀었던 것 같사옵니다."

"자네 아비는 훌륭한 관원이네. 짐이 곧 더 큰 벼슬을 내릴 것이네. 나중에 가족 모두 북경으로 부를 테니 자넨 입궐하여 창춘원(暢春園)으로 들도록 하게……."

그러자 제정신이 번쩍 드는 듯 왕정지가 한사코 파고드는 건륭의 손을 가볍게 밀어냈다. 그리고는 옷섶을 여미며 한숨을 내뱉었다.

"그러고 싶사오나 팔자가 그건 아닌가 보옵니다……. 소녀는 벌써…… 혼약을 한 사람이 있사옵니다……."

"그건 짐도 들어서 알고 있었네."

건륭이 문제될 것 없다는 듯이 다시금 덮치듯 달려들어 왕정지를 껴안아 온돌에 내던지듯 팽개쳤다. 그리고는 허겁지겁 그녀의 속곳을 벗겨냈다…….

이튿날도 대설(大雪)은 멈추지 않았다. 이날 손가감은 결안을 하기로 결정했다. 태감이 보내온 와룡대를 보고 건륭이 지척에 와 있다는 걸 의식하여 결안을 서두른 건 아니었다. 원고와 피고가 자신에게 유리한 증언을 해줄 사람을 찾아갈수록 그 공방이 심해져 급기야는 위험수위에 이르렀기 때문이었다. 안그래도 몇몇 대원들이 각자 문호를 세워 파벌간의 다툼이 심심찮았던지라 이번 싸하량과 칼친의 사건은 파벌들간에 정쟁으로까지 비화될 조짐을 보이고 있었던 것이다. 길게 끌어 될 일이 있고 안될 일이 있으나 이번 사건은 후자에 속한다고 손가감은 판단했다. 그는 산서로 온 시일이 가상 짧은 흠자였다. 그가 노착했을 때 순부, 법사, 학정 세 아문에는 각지에서 올라온 '증인'들로 초만원을 이루고 있었는지라 어쩔 수 없이 그는 학정아문과 벽 하나를 사이에 둔 문묘(文廟)에 머무르기로 했다. 법사아문에 머물러 있다는 양사경(楊嗣景)에게로 발문하니 반시간도 안되어 종인(從人)이 아뢰어왔다.

"양흠차께오선 곧 친히 방문하실 거라고 하셨사옵니다."

"내가 마중 나가지."

손가감이 서둘러 밖으로 나왔다. 눈을 저벅저벅 밟으며 문 어귀에 다다르니 양사경이 벌써 도착하여 수레에서 내려서고 있었다. 그는 한 무리의 막료들을 대동하고 있었다. 이에 손가감이 급보로 다가갔다.

"몽웅(夢熊, 양사경의 호), 주심공당(主審公堂)은 그쪽인데 내가 그리로 가면 될 것을 거꾸로 걸음 하시다니."

두 사람은 눈밭에서 서로 공수하여 예를 갖추었다. 손가감의 안내를 받아 안으로 들며 양사경이 허허 웃으며 말했다.

"결안에 앞서 우리 두 사람이 먼저 의견일치를 보아야 할 터인데, 내가 있는 곳은 이목(耳目)이 너무 많아서 조용히 이야기를 나눌 수가 없을 것 같아서 말이오. 내가 이부(吏部)의 차사(差使)를 맡고 있으니 이번 사건과는 무관하게 관직을 노리고 눈 도장이라도 찍어두려는 자들이 너무 설쳐 통 정신이 없다오. 나도 하루빨리 결안하고 그만 북경으로 돌아가고 싶소!"

그러자 손가감이 웃으며 말을 받았다.

"사전에 우리 두 사람이 미리 회동이 있어야 함은 당연지사 아니겠소? 내가 독단전횡이라도 할 줄 알았소?"

문묘의 서쪽 배전(配殿) 난각으로 들어가 주빈(主賓) 격식을 차려 자리한 양사경이 웃으며 말했다.

"세상에 둘도 없는 손석 공이오. 내가 어찌 감히 그런 생각을 품을 수가 있겠소!"

따끈한 차를 두어 모금 마시어 한기를 내쫓으며 양사경이 물었다.

"이 두 가지 사건에 대해 손석 공은 어찌 생각하시오?"

"집착하지 않고, 시간 끌지 않고, 주련하지 않는다는 게 내 원칙이오."

손가감이 간단명료하게 답했다.

"며칠동안 들어보니 원고, 피고 모두 케케묵은 장부를 들춰내어 인신공격을 하며 진흙탕 싸움을 벌이고 있었소. 칼지산은 산서에서 벼슬한 지 낼모레면 20년이 되는 사람이오. 그 중 순무의 권력을 행사한 세월이 9년이지. 비록 공공연히 뇌물을 받아 챙기진 않았다지만 종종 편의를 봐주고 사후에 몰래 받아 챙긴 경우는 가끔씩 있었다 하오. 칼친과 싸하량 등은 이를 질시하여 앙심을 품어왔으니 이번 사건을 자기네끼리 물고 물리는 내분이라고 봐도 무리는 아닐 거요. 하지만 싸하량과 칼친은 산같은 철증(鐵證)이 밝혀지는 한 그 죄를 면키는 어려울 것이오. 조정에서 주련은 원치 않을 터이니 주범의 죄를 묻는 것으로 이번 사건은 일단 마무리짓는 게 바람직할 것 같소. 칼지산에 대해선 어찌 처리할지 나중에 폐하께 주청 올려 결정하는 게 좋겠소. 몽웅, 그댄 어찌 생각하오?"

양사경이 미소 띤 얼굴로 연신 머리를 끄덕였다.

"손석 공의 부석(剖析)이 무슨 뜻인지 명백히 알겠소. 그러나, 싸하량과 칼친이 칼지산의 혐의를 거론하고 나서는 한 칼지산에 대해서 나중에 폐하께 주청 올려 수사여부를 결정짓는다는 건 형평성에 어긋나는 것 같소. 어제 이친왕이 보낸 서한을 손석 공도 읽어보아 알겠지만 벌써 일각에선 우리가 칼지산의 손을 들어주어 그 사람에게 유리한 방향으로 수사를 몰고 간다는 유언비어가 나돌고 있다고 하지 않소. 만에 하나 우리가 철수한 연후에 칼지산에 대한 더할 나위 없이 확실한 죄증이 나오는 날엔 우리 둘은 입이 백 개라도 그 혐의를 벗어날 수 없을 게 아니오?"

양사경이 계속 이어나갔다.

"지금은 동한(冬閑) 시기인지라 관원들이 임지로 되돌아가도 달리 할 일들은 없을 거요. 서둘러 수사를 마무리지으려 하지 말고 내분이 됐든, 개가 개를 무는 형국이 되든 우리가 상관할 바 없이 좀더 지켜보십시다. 아무리 흙탕물이라지만 진실은 언제든 밝혀지게 돼 있소."

"그건 아니오."

손가감이 말했다.

"그렇게 밑도 끝도 없이 지지부진하게 사건을 끌고 가다간 산서성 전체의 정무가 마비되고 흙탕물을 뒤집어쓰지 않는 사람이 없을 정도로 사안은 복잡해지기만 할 것이오. 벌써부터 먼지를 시커멓게 뒤집어쓴 옛날옛적의 장부까지 뒤져내며 공방을 벌이는데 갈수록 사건의 핵심과는 멀어져 가는 다른 일이 파생된단 말이오. 이번 같은 대설에 굶어죽고 얼어죽은 사람이 벌써 생겨났다고 하는데, 주현(州縣)의 관원들을 증인입네 하며 다 붙잡아놓고 어쩔 셈이오? 땅이 녹으면 춘경춘파(春耕春播)에 들어가야 하고 재해 복구도 서둘러야 하는데, 한두 가지 사건 때문에 산서성 전체가 죽을 쑤는 형국이 되어서야 되겠소?"

이쯤하여 두 흠차는 벌써 목에 힘줄이 뻗고 얼굴을 붉히기 시작했다. 이부에서 담금질을 하며 늙어 왔다고 해도 과언이 아닌 양사경이었다. 눈치와 속셈이 빠르기로 소문이 난 그는 손가감과 정면 충돌을 한다는 것은 자신도 철저히 망가질 각오가 되어있어야 한다는 걸 알고 있었다. 속으로 고깝기 그지없었으나 애써 웃으며 양사경이 말했다.

"손석 공, 그럼 이건 어떻겠소. 지금 증인으로 와 있는 관원들은 전부 되돌려보내고 원고, 피고 세 사람만 우리가 좀더 수사의 강도를 높여보는 거 말이오."

양사경의 속마음이 점점 그 실체를 드러내고 있었다. 피고를 감싸고 도는 그 마음이 눈 위의 장화발 자국처럼 확연하게 드러났다. 손가감의 얼굴에 성에가 끼었다. 차갑기 이를 데 없는 얼굴로 한참 창 밖을 노려보던 손가감이 자리를 차고 일어나며 말했다.

"난 이번 사건에서 결정적인 순간에 내 목소리를 내고 내 판단을 믿으라는 폐하의 밀유를 받은 사람이오. 내 판단이 정확했을 경우 당연히 공로는 그대 반, 나 반이겠지만 틀렸을 때는 내가 모든 책임을 떠 안을 테니 그리 알면 되겠소. 그만 일어나죠!"

"그러죠!"

양사경이 파리 삼킨 얼굴을 하고 자리에서 일어나며 말했다.

"그럼 손석 공만 믿겠소!"

두 사람은 몸도 마음도 무겁게 문묘를 나섰다. 각자 자신의 수레에 올라 징소리도 울리지 않고 자박자박 교부(轎夫)들의 단조로운 발소리를 들으며 법사아문으로 왔다.

법사아문은 썰렁한 문묘와는 딴판이었다. 수십 명의 태원부 아역들이 각종 도구를 동원하여 눈을 치우느라 여념이 없었다. 웬만한 사람 키 넘는 눈더미가 한 쪽에 쌓여있었고, 흠차대신들의 수레가 내려앉을 공터가 미리 만들어져 있었다.

"안으로 드시죠."

손가감이 조금 뒤로 물러나는 양사경을 향해 안으로 들어가자는 손시늉을 하며 대문으로 들어갔다. 곧추 대당으로 향하며 보니 복도와 낭하, 처마 밑엔 각 지역에서 '증인'으로 온 관원들이 삼삼오오 떼지어 엉거주춤 서 있었다. 나름대로 주현들에서는 일방을 호령하는 부모관(父母官)들이 이곳 법사아문으로 끌려와 제대로 먹지도 못하고 차가운 땅바닥에 거적을 깔고 집단생활을 하다보니 행색들이 말이 아니었다. 저마다 열병을 앓고 난 사람처럼 눈이 퀭하고 얼굴도 누렇게 떠 있었다. 원고, 피고 쌍방의 증인들 모두가 한 곳에 있는지라 그 와중에도 서로 등지고 따로 무리지어 있었다. 그러다가 눈길이 마주치기라도 하면 뒤돌아보며 퉤퉤 침을 내뱉고 쌍스러운 욕설도 서슴지 않았다. 손가감과 양사경이 막 대당 안으로 발을 들여놓으려 할 때 갑자기 밖에서 문지기가 아뢰는 소리가 들렸다.

"흠차(欽差) 산서주절사(山西駐節使) 푸헝 어른이 당도하셨습니다!"

끓는 죽가마처럼 시끄럽던 뜰이 즉시 조용해졌다. 이윽고 오악(五嶽)이 분명하고 제세(濟世)의 호걸 같은 기상을 지닌 삼십 대 젊은 관원이 구망오조(九蟒五爪)의 현란한 관포를 번쩍이며 성큼 들어섰다. 까만 가죽 장화발이 위엄을 배가시키는 것 같았다. 비록 젊은 나이지만 그 관성(官聲)이 하늘을 찌른다고 해도 과언이 아닌 푸헝이었다. 산서성 전체가 싸하랑, 칼친 사건으로 술렁거리기 시작하여 여태 두문불출, 일언불발을 해왔던 흠차 푸헝이 예고도 없이 돌연 나타나자 사람들은 크게 놀라는 분위기였다. 두 친병만을 거느리고 나타난 푸헝은 그러나 딱딱한 표정 대신 만면에 춘풍이었다. 성큼성큼 발걸음을 떼며 안으로 향하던 푸헝이 낭하에 서서 추위에 떨고 있는 한 노인에게 시선이 닿는 순간 그리로 다가가 물었다.

"호부(戶部) 전량사(錢糧司)의 팽세걸(彭世傑)이 아닌가?"

"아, 아뢰나이다, 흠차어른."

팽세걸이 황급히 한 쪽 무릎을 꿇으며 더듬거렸다.

"원, 원래는 호, 호부의 차사를 맡고 있었나이다."

"흑사산을 공략할 때 자네가 양초를 제때에 공급해준 공로가 컸네."

"별 말씀을요…… 그건 소인의 응분(應分)의 차사였사옵니다."

"자넨 그만 집으로 돌아가게."

푸헝이 그 어깨를 두드리며 말했다.

"내가 자네를 아네. 이 나이에 이런 데서 추위에 벌벌 떨지 말고…… 그만 돌아가게!"

"하오나 양흠차께오서……"

"문제될 게 없네. 내가 보낸다는데 누가 뭐라고 하겠나!"

푸헝이 손사래를 치자 그는 떠나갔다. 그 사이 손가감과 양사경이 다가왔다. 그러자 푸헝이 급히 마주 걸어가며 말했다.

"두 분 흠차, 그간 별래무양(別來無恙)하였소?"

푸헝이 사람들 앞에서 자신의 체면에 흠집을 내가며 인정을 팔이 왕아무개라는 현령 하나를 풀어 준 것도 아니꼬운데, 푸헝이 또 닮은꼴로 나오니 속으론 한 대 쥐어박고라도 싶은 심정이었으나 입으론 짐짓 달리 말했다.

"다같이 흠명(欽命)을 지니고 같은 성(城) 안에 머물러 있으면서도 서로 바빠 얼굴 볼 사이도 없었는데, 오늘 서설이 귀인을 데려다주니 참으로 반갑소! 하하하……."

"두 분 어른이 오늘 결안한다기에 보러왔소."

푸헝이 아무런 말이 없는 손가감을 힐끔 쳐다보며 말했다.

"잘됐소. 요 며칠 우리 애들이 매일 성 밖으로 나가보는데, 동사(凍死)하는 사람이 하루에도 몇 명씩은 된다 하오. 이 사건에 언제까지 매달려 백성들의 질고를 나 몰라라 할 순 없지 않소."

세 사람이 대당으로 들어서니 중앙에 공안(公案) 두 개가 나란히 배열돼 있었다. 손가감과 양사경의 자리일 터였다. 서쪽으로 책상이 하나 있었으니 칼지산의 자리일 것이고, 동쪽에 두 걸상은 피고인 칼친과 싸하량을 배려한 자리였다. 걸상 앞에 싸하량과 칼친이 무릎을 꿇어 있었다. 칼지산은 대청 안의 기둥 옆에 멍하니 서 있었다. 세 사람 모두 푸헝을 힐끔 바라볼 뿐 아무 말도 없었다. 이어 양사경이 명했다.

"위에 푸헝 흠차의 자리를 하나 더 만들거라!"

"그럴 거 없소."

푸헝이 대수롭지 않게 웃으며 말했다.

"손바닥만한데 어디 공안 하나 더 만들 자리가 있소? 난 양흠차 옆자리에 붙어 앉아 구경하는 것으로 충분하오!"

그리하여 세 사람은 함께 공안으로 올라가 자리했다.

"승당(昇堂)!"

양사경의 친병이 크게 외쳤다. 그러자 밖에서 대기 중이던 조예(皂隷, 관아에서 죄인 처형에 투입되는 말단 아역)들이 '오우—!' 하고 귀청이 찢어지는 듯한 기합소리로 당위(堂威)를 드러내며 붉은색과 검정색 수화곤(水火棍)을 들고 들어와 한 줄로 섰다. 이어 수십 명의 친병들이 장검을 뽑아들고 대당 사방으로 진을 쳤다. 대당 안의 분위기는 삽시간에 살벌하게 변하고 말았다.

"오늘 이 자리는 사건을 결안하기 위한 자리라는 걸 분명히 해둔다."

손가감의 얼굴은 목석같이 표정 하나 없었다.

"본 흠차는 양흠차와 상의 끝에 밖에 대기중인 증인들을 전부 임지로 돌려보내기로 했다. 증인들더러 즉각 임지로 돌아가라 명을 전하라!"

"예!"

"잠깐만!"

친병이 밖으로 나가려 할 때 갑자기 싸하량이 벌떡 일어나 소리쳤다.

"사건을 결안한다며 증인을 되돌려 보내다니, 이게 무슨 어불성설입니까?"

퉁명스레 내뱉고 난 싸하량이 다시 털썩 자리에 내려앉았다. 칼친 역시 똑같은 주장을 했다.

"어불성설? 이것들이 모가지가 오락가락하는 판에 아직도 정신 못 차렸구만! 어느 면전이라고 감히 공당을 포효한단 말인가!"

손가감이 소름끼치는 웃음을 지으며 소리쳤다.

"여봐라! 저네들이 앉은 걸상을 빼버려라!"

아역들이 명을 받고 다가왔으나 둘은 미동도 하지 않고 자리를

지켰다. 필경은 까마득히 높은 장관들이었는지라 아역들은 누구
도 감히 강제적인 행동을 보이지 못하고 망설였다.

탁!

급기야 손가감이 갈기를 세우며 당목(堂木)을 힘껏 내리쳤다.
그리고는 두 눈을 무섭게 부릅뜨고 일갈했다.

"걸상을 치우라고 말했다! 당신들은 이제 파직 당한 이상 일반
서민들과 다를 바가 없다!"

두 사람은 그제야 마지못해 일어났다. 진사 출신으로서 입담이
좋은 칼친이 말했다.

"자고로 대장부에겐 형(刑)을 올리지 않는다고 했습니다. 이
자리는 양흠차께서 마련해준 자리입니다!"

그러자 손가감이 껄껄 웃으며 말했다.

"자네에게 자리를 내어줄 수 있다면 당연히 빼앗을 권리도 있는
법이야. 그리 당당하지도 못한 자격에 조금 서 있기로서니 그게
형이라고 할 순 없지. 파직까지 당해 놓고 무슨 체면에 '대장부'를
운운하는가. 3천 조항의 〈대청률(大淸律)〉에는 '탐장(貪贓)의 묵
리(墨吏)에겐 예를 갖출 필요가 없다'라고 명시했거늘 그 더러운
입 다물지 못해?"

봉창 두드리는 소리에도 발 편히 뻗고 잠을 자지 못할 정도로
당당하지 못한 양사경은 손가감의 말이 바늘이 되어 그대로 자신
의 양심을 찌르는 것 같아 저도 모르게 흠칫했다. 자신이 떠는
느낌을 옆자리에 붙어 앉은 손가감이 눈치채지는 않았을까 곁눈
질하는 얼굴이 삶아놓은 돼지간 같았다. 친병이 밖으로 나가 손가
감의 명령을 전하자 밖에서는 환호성이 터져 나왔다. 잠시 후 증인
들은 저마다 짐을 싸들고 떠나가고 뜰 안은 고즈넉한 기운마저

감돌았다.

"칼친."

손가감이 물었다.

"죄를 인정하는가?"

칼친이 돌연 불상스런 예감에 식은땀을 흘렸다. 떨리는 목소리로 대답했다.

"범관(犯官)은…… 인정합니다."

"회매(賄買)한 생원이 몇 명이나 되는가? 한 사람당 뇌물은 얼마나 받았고?"

손가감이 카랑카랑한 목소리로 이같이 따져 물으며 당목을 힘껏 내려쳤다.

"말해봐!"

"모두 열 일곱 명입니다……."

칼친이 기어 들어가는 목소리로 대답했다.

"1인당 4백 냥에서 5백 냥 정도 받았습니다. 어떤 생원은 고작 50 몇 냥만 받은 경우도 있습니다……."

"그건 왜 그런가?"

칼친이 대답했다.

"문장 실력이 떨어지는 생원들은 좀 많이 받고, 문필이 좋은 생원들은 적게 받았습니다. '준재(俊才)'라 추천해온 어떤 생원들은 한 푼도 받지 않은 경우도 있습니다……."

"물건에 따라 값을 매긴다? 그래, 장사꾼이면 그래야지."

손가감이 비꼬며 냉소를 터트렸다.

"영수증을 꽤 많이 받아놓았더군, 더 이상의 죄증은 없지!"

손가감이 버럭 고함을 질렀다.

"저리 가서 꿇고 판결을 기다려!"

푸헝이 공안 위를 힐끗 쳐다보니 과연 인합(印盒) 옆에 두툼한 종이쪽지가 쌓여 있었다. 손을 내밀어 몇 장 가져와 보니 이같이 적혀 있었다.

오늘 학정 칼친 어른으로부터 은자 435냥을 차용하여 급용(急用) 하였음.

－건륭 3년 제과(制科) 산서 효렴 위호고(魏好古)

푸헝은 처음에는 무슨 내용인지 언뜻 이해가 가지 않았다. 그러나 잠시 생각해보니 그 오묘함에 무릎을 치지 않을 수 없었다.

이들은 만일을 대비하여 마치 위호고가 학정 칼친으로부터 돈을 꾼 것처럼 위장을 했던 것이다. 위호고가 미리 차용증을 써놓고 있다가 거인(擧人)에 합격되면 당연히 차용증 금액에 따라 돈을 '갚을' 것이고, 합격하지 못하면 위호고는 '건륭 3년의 효렴' 위호고가 아니니 차용증도 따라서 무용지물이 되는 것이었다. 당연히 돈을 받고 효렴을 팔아먹는 것이 목적인 칼친으로선 되도록 합격 시켜주려고 백방으로 노력할 것이었다. 고사장의 병폐는 그야말로 수법이 백출했다. 푸헝은 하마터면 웃음을 터뜨릴 뻔했다. 잠시 생각에 잠겨 있노라니 손가감이 따져 묻는 소리가 들려왔다.

"그럼 자넨 어찌 어느 시험지가 차용증을 미리 쓴 시험지인지를 구별할 수 있단 말인가!"

"아뢰나이다, 흠차어른! 이는 사전에 약정한 암호가 있기에 가능한 것입니다. 시험지를 봤을 때 문장의 서두에 '천지현황(天地玄黃)' 네 글자가 있는 시험지는 바로 차용증을 써준 사람들의 것이라고 보면 됩니다."

칼친이 연신 머리를 조아렸다.

"소인은 맹세코 전에는 이런 짓을 하지 않았습니다. 근래에 두
어 번 뭐가 씌었는지 이 같은 황당한 짓을 저지르고 말았습니
다……."

칼친은 어느새 눈물까지 흘리고 있었다.

"썩 물러가지 못해!"

손가감이 벼락같이 소리를 지르며 손가락으로 대청 안의 기둥
을 가리켜 말했다.

"잠시 후에 다시 부를 것이니 저리로 가 기다려!"

이번에 손가감은 고개를 돌려 싸하량에게 물었다.

"자넨 죄를 인정하나?"

싸하량은 칼친처럼 물러 보이지는 않았다. 처음부터 뭔가 조언
을 구하는 듯한 눈빛으로 양사경을 바라보고 있었다. 양사경이
짐짓 고개를 외로 틀어 다른 곳으로 시선을 두자 다소 당황해 하는
기색을 보이던 싸하량이 손가감의 묻는 말에 급히 답했다.

"범관도 인정합니다. 하오나 한 가지 아뢰올 말씀이 있습니다!"

그는 잠시 침을 삼키고 나서 말을 이었다.

"범관은 모든 걸 칼지산 어른께 사전에 미리 말씀드리고 그 뜻
에 따라 처리했을 뿐입니다."

"그게 무슨 말인가?!"

칼지산이 발끈하며 일어섰다.

"내 뜻에 따라 뇌물을 받아 챙겼다는 거야? 증거를 대봐! 난
내가 허락한 일은 그 어떤 경우에도 증거를 남기는 법이야. 어서
증거를 대어보란 말이야!"

"평소에 은근히 그런 냄새 풍겼잖아! 그깟 쥐꼬리만한 봉록으로 식구들 입에 풀칠이나 하겠느냐며 툴툴거린 사람이 누군데?"

싸하랑이 침을 튀기며 삿대질을 해댔다.

"그게 전부야? 그게 어찌 내가 자네더러 검은 돈을 받아 챙기라고 시킨 거야? 생사람 잡지 말아. 내가 궁색한 건 사실이야. 그래서 궁시렁거린 것도 사실이고. 그걸 악용하여 내게 똥바가지를 뒤집어씌우려고 들었다니 유치하기 짝이 없군!"

"지금 말 다했어? 겉 다르고 속 다른 놈 같으니라고!"

"입 다물지 못할까!"

인신공격으로 비화되는 두 사람의 공방에 손가감이 다시 공안을 힘껏 내리쳤다.

"여긴 흠명을 받고 공개적인 심문을 하는 공당이야. 너희들의 개집 구석이 아니라고!"

손가감이 싸하랑을 향해 날카롭게 손가락을 빼들어 가리키며 말했다.

"싸하랑, 우리가 확보한 자네의 죄증은 이미 충분하네. 괜히 다른 사람 물고 들어갈 생각일랑 하지 않는 게 좋겠어! 선제께오서 이치를 쇄신하고자 얼마나 고심하셨고, 십 수년 동안 그야말로 피나는 노력 끝에 환부를 도려내어 겨우 상처를 봉합시켜놓았거늘 선제께서 붕어하신 지 얼마나 됐다고 벌써 구태의연한 짓거리를 일삼고 다니다니! 사람이 잘해주면 잘해주는 걸 알아야 인간이지, 인간의 탈만 쓰면 인간인가! 폐하께오서 이관위정(以寬爲政)을 선언하시고 관원들의 봉록을 올려주시면서 양렴은까지 넉넉하게 내어주시는 의도를 못 읽었단 말인가? 칼친, 자네가 해마다 받는 4천 냥의 양렴은으로 자그마치 백미를 4천 석이나 살 수 있어. 그 어떤 식으로든 공금에 검은 손을 내민 자네의 행위를 정당화시킬 순 없어. 싸하량은 그보다 배는 많은 8천 냥이니 더 말해서 뭘 하겠나! 부패추방에 솔선수범해야 할 자들이 앞장서 왕법을 어기고 백성들에게 기생한 흡혈귀로 전락돼있으니 이게 웬 말세란 말인가!"

잔뜩 독이 오른 손가감의 두 눈이 섬뜩했다.

"본 흠차는 파렴치한 기생충들을 처단하여 굶어죽고 얼어죽은 산서 백성들의 원혼을 위로하고자 하니 끝으로 할말이 있으면 말해 보거라."

아무도 손가감이 지의도 청하지 않은 채 독단하여 두 명의 조정대원을 즉각 정법에 처할 줄은 몰랐는지라 대당 안팎의 거의 1백 명에 달하는 친병, 아역, 막료들은 저마다 사색이 되어 굳어지고 말았다!

"끌어내거라!"

손가감이 포효했다.

"법사아문의 깃발 밑에서 형(刑)을 내리도록 하라!"

아역들은 추상같은 손가감의 명령에 추호도 망설임 없이 두 사람씩 다가와 싸하량과 칼친을 밖으로 끌어냈다. 그제야 실감이 난 듯 짐짝처럼 끌려가며 둘은 처량하게 외쳐댔다.

"이봐, 양사경! 그래, 끝까지 못 본 척할 거요?"

그러나 양사경은 안색이 창백하게 질린 채로 분노에서인지 두려움에서인지 두 손을 덜덜 떨며 아무 말도 하지 못했다. 그사이 대당 입구로 끌려가 이제 곧 문 밖으로 나가게 된 싸하량이 다급한 나머지 광기에 가까운 몸부림을 쳐 두 친병의 손을 뿌리쳤다. 그리고는 홱 돌아서더니 공안 앞으로 달려왔다. 입술을 깨물어서인지

입가에 선지피를 흘리며 소름끼치는 웃음을 흘리며 양사경을 한참 노려보던 싸하량이 장포 자락을 들어 안쪽에 댄 천 조각을 뜯어냈다. 그 속에서 종이 한 장을 꺼내어 손가감에게 건네주며 싸하량이 악에 받쳐 말했다.

"손석 공! 양사경이 이번에 산서로 내려오며 소인에게 가져다 준 편지입니다. 홍승이 대필한 이친왕의 서한이라 합니다……."

얼굴 가득 멸시에 찬 웃음을 짓고 있던 손가감이 손을 내밀어 종잇장을 받으려는 순간 양사경이 잽싸게 낚아챘다. 그리고는 손가감이 미처 대응하기도 전에 종잇장을 마구 입안에 쑤셔 넣었다. 옆자리에 앉았던 푸헝이 뭔가 이상한 느낌을 눈치채고 양사경을 쓰러뜨려 그 입에 손가락을 마구 쑤셔 넣었을 때는 이미 양사경이 종이를 삼켜버린 뒤였다!

장내는 삽시간에 아수라장이 되고 말았다. 어수선한 틈을 타 반쯤 넋을 잃고 서 있던 두 아역을 밀치고 칼친도 공안 앞으로 정신없이 달려오더니 갈기를 곤추세우며 칼지산에게로 덮쳐들었다. 싸하량과 합세하여 얼떨결에 땅에 넘어진 칼지산을 주먹으로 때리고 발길로 걷어찼다…….

"그만하지 못해!"

급기야 손가감이 벌떡 일어났다. 씩씩거리며 서 있는 두 범인을 매섭게 쓸어보며 손가감은 사색이 되어 있는 양사경을 손가락으로 가리키며 말했다.

"저자의 관복을 벗겨내고, 정자를 뜯어 버려라!"

사건이 더 이상 명료할 순 없었다. 물이 빠지고 마침내 바윗돌이 그 모습을 드러낸 격이었다. 이 상태에서 심문을 지속해봤자 배후의 이친왕과 홍승이 곧장 수면 위로 떠오를 것이고, 그리되면 결국엔 건륭에게 어려운 숙제를 내어주는 격일 터였다. 잠시 생각하여 손가감이 말했다.

"성명하신 폐하께오선 벌써 양사경 자네가 사심없이 이 사건을 처리하긴 어렵다고 판단하시어 날 추가로 파견하셨던 거야. 명색이 흠차라는 사람이 목숨을 걸고 폐하께서 내리신 사명을 완수하지는 못할 망정 두 탐관오리의 죄행을 덮어주기에 급급했으니, 이는 어느 잣대로 재단해도 결코 절대 용서받을 수 없는 짓이니라! 여봐라, 칼친과 싸하량은 수감시켜 내가 귀경할 때 북경으로 압송하게끔 조치하고 양사경은 끌어내어 즉각 참(斬)하라!"

정작 도마 위에 올랐던 두 범인은 수감시켜 북경으로 압송하는 것으로 일단락 짓고, 꿈에도 생각지 않았던 흠차가 목을 떼일 위기에 놓였던 것이다. 이 광경을 지켜보고 있던 아역들은 눈앞에 벌어진 일이 대체 꿈인지 생시인지 실감이 나지 않는 눈치였다. 잠시 망설임 끝에 아역들이 달려들었다. 몸부림치며 끌려가던 양사경이 금세라도 핏방울이 뚝뚝 떨어질 것 같은 두 눈으로 손가감을 노려보며 내뱉었다.

"네가 감히 내 목을 치겠다고? 네가 감히?"

"그래, 지금 당장!"

손가감이 그 등을 향해 "퉤!" 하고 침을 뱉어버렸다.

곧이어 세 발의 대포소리와 함께 양사경의 머리는 이미 저만치 나가떨어지고 말았다. 여전히 노기등등하여 손가감이 손사래를 치며 말했다.

"퇴당(退堂)!"

칼지산은 뭔가 할 말이 있는 듯했으나 감히 입을 열지 못하는 것 같았다. 손가감의 추상같은 호령에 잔뜩 겁에 질려 두 손을 맞잡아 읍해 보이고는 둔중한 몸을 힘겹게 놀리며 물러갔다.

그렇게 커다란 공당엔 손가감과 푸헝 두 사람만 남게 되었다. 둘은 약속이라도 한 듯 일어나 대당 출입문 쪽으로 걸어갔다. 지칠 줄 모르고 너울대는 눈꽃을 응시하며 한참을 말없이 서 있었다.

"주상께서 지금 태원에 계시오."

손가감이 숨을 길게 내쉬며 말했다.

"오늘 아침 어가는 이미 북경으로 떠났소."

"그랬었군."

"양사경을 처단한 데 대해 조정에서……."

"그건 내가 알아서 할 일이오."

손가감이 담담하게 말했다.

"조정에선 잘했다고 상을 내릴 것이오. 그러나 내 자신이 결코 웬만큼 큰 화를 심은 게 아니라는 것도 알고 있소."

이에 한참 후에야 푸헝이 말했다.

"주상께선 현명하시어 손흠차의 방패가 되어 줄 것이오. 걱정하지 마오."

48. 칠사아문(七司衙門)

건륭은 북경 근교의 풍대(豊臺)에 도착해서야 비로소 손가감과 푸헝이 산서에서 발송한 밀주문을 받아볼 수 있었다. 손가감은 심문과정을 간단히 요약하여 서술하고 있었다.

양사경은 죄증을 삼켜버리고 기군멸주(欺君滅主)를 시도한 무법 무천한 자였사옵니다. 후세에 전해지면 이는 곧 조정의 수치요, 이 나라에 흠집을 내는 일일 것이옵니다. 이런 자를 살려두어야 할 이유를 찾지 못하여 신은 현지에서 정법에 처하고 말았사옵니다. 신은 현장을 지켜 본 모든 관원들에게 절대 이 사실을 밖으로 누설해서는 안 된다, 만에 하나 이를 어겼을 시는 즉시 참(斬)한다고 엄포를 놓았사옵니다. 폐하께오서 신의 처사가 부당했다고 생각하신다면 신은 폐하께서 죽음을 내리셔도 여한이 없사옵니다……

간단명료한 손가감의 주장에 반해 푸헝의 상주문은 심문과정을 거세(巨細)없이 상세히 묘사하고 있어 마치 그 현장을 보는 듯한 느낌이 들 정도였다. 법사아문에서 한바탕 혼전을 겪었을 법한 그 장면을 상상하며 건륭은 착잡하기 이를 데 없었다. 웃지도 울지도 못하는 표정으로 한참 멍하니 앉아있던 건륭이 태감 복인에게 명하여 장친왕과 어얼타이를 불러오게 했다.

건륭이 오늘저녁 머무르기로 한 곳은 풍대대영(豊臺大營) 옆에 있는 자그마한 객잔(客棧)이었다. 미복차림으로 귀경하는지라 건륭 일행은 역관을 떠들썩하게 할세라 일부러 작은 객잔을 찾았던 것이다. 태감을 시켜 풍대대영에 이 사실을 알려 풍대대영에서 파병하여 암암리에 객잔에 단단한 보호막을 치는 것으로 건륭은 궁궐 밖에서의 마지막 날을 보내고 있었다. 방안이 너무 더워 건륭은 창문을 빠끔히 받쳐 올리게끔 했다. 윤록과 어얼타이가 들어서자 건륭이 웃으며 말했다.

"산서에서 직예까지는 내내 대설이 끊기지 않았는데, 북경에 들어오니 신기하게도 눈이 하나도 안 내렸네."

그러자 윤록이 먼저 입을 열었다.

"여기도 잔뜩 흐려있는 것이 아무래도 곧 눈이 내릴 것 같사옵니다. 보아하니 폐하께오서 눈을 몰고 다니시는 것 같사옵니다."

그 말에 건륭이 피식 웃었다.

"서설(瑞雪)은 풍년을 뜻한다는데, 많이 내려야지! 오늘은 어쩔 수 없고 내일은 호부에 명하여 황하 이북의 각 성(省)들에 발문하여 눈이 내리건 안 내리건 특히 눈이 내릴 때 백성들에게 좀더 신경을 쓰라고 이르게. 왕진중(王振中)처럼 말이네."

이같이 명하며 문득 왕정지와 한 약속이 떠오른 건륭이 한마디 덧붙였다.

"그리고 어얼타이! 왕진중을 즉각 호부 낭중(郎中)으로 전근 발령내도록 하게. 태원부엔 다시 적당한 사람을 골라 앉히면 되겠고. 중앙기추 부문에 이같이 백성들의 질고를 잘 아는 관원이 필요하다 이 말이네. 각 지역의 관원들은 왕진중을 본받아 친히 하향(下鄕)하여 백성들이 뭘 먹고 어찌 사는지, 폭설에 집이 무너지지는 않았는지 말잔치로만 끝나지 말고 실질적인 도움을 주라 이르게. 끼니를 잇지 못하는 가호(家戶)들에는 번고(藩庫)에서 지출하여 식량을 사먹게끔 하고 내년 징량(徵糧) 때 갚게 하면 되겠는가?"

이같이 말하며 건륭은 푸헝과 손가감이 보낸 밀주문을 서안 위에 던졌다.

"자네들도 읽어보게. 우리가 산서를 떠나는 그날 법사아문에서는 한바탕 난리가 났었나 보네!"

뒷짐을 진 채 창가로 다가가 보니 과연 가는 눈발이 하나둘씩 흩날리기 시작했다. 건륭이 태감 복의에게 물었다.

"오는 길 내내 투숙하는 객잔마다 우리가 우리 일행만 묵게끔 다 빌린 걸로 알고 있는데, 이번엔 아닌가 보네? 저쪽 방에 불이 켜져 있고 낯선 사람의 그림자가 언뜻 비치는 걸 보니?"

"아뢰옵니다, 폐하."

복의가 조심스레 아뢰었다.

"전시(殿試) 날짜를 기다리는 공생(貢生)이옵니다. 성(城) 밖으로 벗을 찾아 나왔다가 만나지 못하여 하룻밤 묵어가기로 했다 하옵니다. 문약한 서생이오나 만일을 대비하여 사람을 붙여 엄밀히 동태를 주시하고 있사오니 심려 놓으시옵소서, 폐하."

건륭은 더 이상 말이 없었다.

그사이 밀주문을 대충 훑어보고 난 어얼타이가 침묵을 지키고 있나가 천천히 입을 열었다.

"몇몇 대원들이 이런 몰염치한 뇌물행각을 벌였다는 것이 믿어지지가 않사옵니다! 그러나 손가감이 양사경을 죽여버린 데 대해선 신중한 조치가 아쉬운 것 같사옵니다. 목을 치는 것만이 능사가 아니라 양사경을 북경으로 압송하여 죄를 문초했어야 좋았을 뻔했사옵니다."

이에 윤록도 거들었다.

"어얼타이의 말에 공감하옵니다. 적어도 그가 삼킨 종이쪽지의 장본인이 누구인지는 밝혀냈어야 하옵니다."

"연극이라면 재밌기나 하지."

건륭의 눈빛에 서글픈 기색이 역력했다.

"양사경을 북경으로 압송해 왔더라면 짐은 더 골치를 썩였을 것 같네. 산서에서는 자기네들끼리 물고 뜯고 싸웠을지라도 결국엔 강아지끼리의 싸움인지라 입안 가득 개털을 문 것으로 끝나겠지만 북경에 와서는 그것이 구왕(狗王)들끼리의 피비린내 나는 현장으로 돌변하지 말라는 보장이 없지 않은가! 시정잡배 같은 인간들을 고위직에 앉혀놓으니 충효와 인의는 뒷전이고 자기 뱃속 챙기기에 여념이 없으니 소인배들을 다루기가 이래서 어렵다는 거네. 위에서 강하게 나오면 자기들은 그 불만을 고스란히 숨죽이고 살아온 죄밖에 없는 백성들에게 분풀이하고 더 극성스레 피를 빨아먹으니 백련교(白蓮敎) 같은 사교(邪敎)가 구더기처럼 끊지 않을 리가 있겠나. 그렇다고 좀 느슨하게 풀어주면 곧 정수리까지 기어올라와 분비물 세례를 안기려 들질 않나. 정말 어찌해야 할지를 모르겠구만. 짐은 너무 힘이 드네. 몸과 마음이 모두 지쳤네!"

이같이 말하는 건륭의 눈에 누광(淚光)이 언뜻 비쳤다. 상심이 웬만한 것 같지 않았다. 윤록과 어얼타이는 무슨 말로 위로해 주어야 할지 몰라 그저 고개를 떨군 채 말이 없었다. 이때 전도와 기윤이 밖에서 뵙기를 청해왔다. 급히 처연한 마음을 털어 내며 건륭이 평온한 목소리로 말했다.

"들게!"

전도와 기윤이 들어와 건륭에게 문후를 올렸다. 눈치 빠른 두 사람은 벌써 실내 분위기가 가라앉아 있는 것을 느꼈다. 기윤이 먼저 아뢰었다.

"상서방과 군기처 모두 폐하께서 풍대까지 당도하셨다는 사실을 알고 있사옵니다. 장상이 인편에 신들에게 서한을 보내왔사옵니다. 문후 올리러 이리로 와도 괜찮은지 여부를 폐하께 대신 여쭤라고 부탁하셨사옵니다. 그밖에 장상은 또 내정에서 열 몇 명의 시위를 이리로 파견하여 풍대대영과 협력 하에 호위를 서게 했사옵니다."

"문후 올리러 올 필요는 없겠다고 기별을 넣게."

건륭이 길게 숨을 내쉬었다. 그리고는 말을 이었다.

"다들 장정옥처럼 일편단심이면 얼마나 좋을까만 그건 짐의 허황된 욕심이지. 높은 자리에 있으면서도 항시 임연(臨淵)의 자세로 자신을 낮추는 겸허함이 억만금을 주고도 살 수 없는 고귀한 품성이라네. 3대에 걸친 유일한 재상임에도 언제 한 번 그 특세를 부리는 걸 못 봤네."

장정옥을 치하하며 심정이 조금 차분해진 듯한 건륭이 기윤과 전도에게 말했다.

"일엽지추(一葉知秋)라고 했네. 산서의 사건으로 볼 때 이치(吏治)는 또다시 내리막길을 걷는 게 틀림없네. 짐은 분노와 슬픔으로 당장 온건한 판단을 할 수 없으니 오늘은 자네들의 의견을 듣고 싶네!"

전도는 콩알같이 박힌 작은 눈을 굴리며 잠시 생각에 잠겼다. 그리고는 먼저 입을 열었다.

"상황이 더 나빠지기 전에 이치를 바로 세워야 함은 자명한 일이옵니다. 이치쇄신에 있어선 선제를 능가할 군주가 없다고 생각하옵니다. 역대의 사례를 들춰볼 때 탐오횡령사건을 수사함에 있어 항시 위에서 각본을 짜고 지시해온 거물급들은 법망을 조롱하며 버젓이 활개치고 다니게 방치하고 고작 별볼일 없는 새우들만 죽여 없애고 그걸 크게 다루어 마치 뿌리를 뽑아 내친 것처럼 대서특필하곤 했사옵니다. 사정이 이러하다 보니 고래들은 으레 자기네들은 누가 감히 건드리지 못할 거라고 착각하여 여기저기에 산란(產卵)하여 부단히 자기네 뒤를 이을 새끼 탐관을 번식하는데 열을 올리게 되는 것이옵니다. 윗물이 맑아야 아랫물이 맑다고 했사옵니다. 대신들이 청렴하면 밑에서 수작부리는 꼴을 간과할 리가 없사옵니다. 싸하량이나 칼친이나 평소에 틈새를 보이지 않았다면 어찌 아랫것들이 은자를 싸들고 와서 기웃거릴 수가 있겠사옵니까?"

그러나 기윤은 이와는 다소 다른 의견을 피력했다.

"전도의 말에 상당 부분 공감하오나 한가지 짚고 넘어가야 할 것이 있는 것 같사옵니다. 폐하께오서 관정(寬政)을 기조정책으로 펴시어 오늘날의 상서롭고 조화로운 세상을 이끌어 내셨다는 것은 결코 아무나 할 수 있는 일이 아니옵니다. 일단 이번 사건이 단지 산서성에서 발생한 뇌물수수, 탐관오리 횡령사건 정도로만 봐도 되는지 아니면 전국에 만연되어 있는 사안인지를 꼼꼼히 살펴야할 줄로 생각하옵니다. 신의 우견으론 관풍사(觀風使)를 전국에 파견하여 현지 채풍(采風)을 하게끔 하는 것이 시급한 것 같사옵니다. 그네들에게 탄핵권만 부여할 뿐 처결권을 주지 않으면 정국에 혼란을 가져다 줄 소지는 그리 크지 않을 것이옵니다."

기윤이 한 번 말문을 트니 청산유수가 따로 없었다.

"신의 소견엔 대원(大員)들뿐만 아니라 일반 관원들에게도 징교(懲敎)는 해야 한다고 생각하옵니다. 징계와 심성 교육을 결부시켜 귀에 못이 박히도록 가르침을 주어야 할 것이옵니다. 새끼가 자라서 어미가 되고, 어미가 다시 새끼를 낳는 윤회가 이어지는 한 그 누구도 방치해버릴 순 없다고 생각되옵니다. 물론 전도의 주장처럼 과감히 대원들의 목을 내리쳐 일벌백계를 꾀하는 바탕 위에서 이 모든 것이 결부되어야 함은 자명한 일이옵니다. 역대의 사례를 보면 죽음 앞에선 백성들보다 대원들이 더 약한 모습을 보였사옵니다. 이는 후세들에게 미칠 악영향이 두렵기 때문이옵니다. 이번에 산서성의 두 패륜아를 공개적으로 처형한다면 천하의 대원들이 자신을 돌아보고 반성하며 모름지기 개과천선하는 계기가 될 줄로 믿사옵니다."

조용히 귀기울여 듣고 있던 건륭이 말했다.

"기윤, 자네는 참으로 생각이 깊은 사람이네. 두 사람 생각 모두 알맹이가 많은 것 같으니 돌아가서 방금 주한 내용을 문서로 작성하여 올려보내도록 하게. 짐의 취지는 두 가지네. 이치쇄신은 반드시 파죽지세로 몰아 붙여야 하되 정국에 혼란을 주어선 안되겠다는 것과 이관위정(以寬爲政)은 곧 탐관(貪官)을 종용한다는 뜻이 아님을 분명히 한다는 것이네!"

오랜 시간 동안 무릎을 맞대고 있는 사이 어느덧 날은 어두워지고 있었다.

저녁을 대충 먹고 나서 건륭은 관보와 상주문을 읽어보았다. 거의가 다 "삼가 문후를 올린다"는 틀에 박힌 내용일색이었다. 무료하기 짝이 없었다. 급기야 건륭은 상주문을 한 쪽으로 밀어버리고 일어섰다. 아무도 부르지 않고 홀로 밖으로 나가니 하늘엔 눈꽃이 흩날리고 있었다. 뒷짐을 진 채 고개를 뒤로 꺾으니 얼굴에서 눈 녹는 느낌이 그리 시원할 수가 없었다. 산서로 다녀오는 20여일 동안의 여독이 북경의 두부같이 반듯한 사합원(四合院, 북경의 일반적인 가옥)을 마주하고 가슴 속까지 시원하게 스며드는 청량한 밤 공기를 맡는 순간 가신 듯 사라지는 것 같았다. 일방수토(一方水土)는 일방인(一方人)을 키워낸다는 말이 실감이 났다.

문득 왕정지가 생각났고, 이어 당아며 뉴구루씨, 부찰씨가 잇따라 떠올랐다. 그 순간 건륭은 자신의 마음 저편에서 항시 그리움을 유발하는 존재는 그래도 황후 부찰씨라는 생각이 들었다. 그리움이 물결쳤다. 황후는 지금 무얼 하고 있을까. 북경성 방향을 향해 돌아서 있던 건륭에게 문득 한가지 생각이 뇌리를 쳤다. 양사경 그자가 삼켰다는 쪽지는 대체 무슨 내용이 담겨 있었을까? 열 손가락이 성한 홍효가 하필 홍승에게 대필시킨 저의는 무엇일까? 일전에 그네들이 암암리에 음모를 꾸미던 '팔왕의정'과 관련이 있는 걸까……. 그 동안의 수많은 의혹을 한데 접목시키려 하니 머리가 터질 것만 같았다. 이때 홀연 서생이 묵었다는 방에서 낭랑한 글 읽는 소리가 너울너울 눈의 장막을 뚫고 들려왔다.

그대를 배웅하여 남포(南浦)로 오니 푸르디푸른 버드나무 우거진 곳에 낙화(落花)의 잔홍(殘紅)이 슬프구나. 떠나보내는 이내 아쉬움을 아는지 저 꾀꼬리 소리는 오늘따라 어찌 이리 처량한지! 산은 높고, 강은 깊고, 갈길은 먼 나그네여, 부디 백발이 되도록 공명(功名)의 일을 묻지 마라. 계명기무(鷄鳴起舞)는 여전하나 그대의 향관(鄕關)은 어디뇨? 높이 올라 멀리 보며 오늘도 외로운 기러기는 날갯짓을 멈추지 않네. 그대 그리는 이 밤, 서창(西窓)에 비끼는 밤비에 수심이 가시네.

눈꽃이 팔랑이는 고요한 밤에 길 위의 나그네가 읽는 글소리가 건륭의 마음을 차분하게 가라앉게 했다. 건륭이 홀린 듯 소리나는 방향을 향해 발걸음을 뗐다. 그사이 그 낭랑한 목소리는 다시 들려왔다.

시리도록 푸른 하늘 아래 홍엽(紅葉)이 흩날리니, 추색(秋色) 실은 파도 끝에 한줄기 저녁 연기 걸렸네. 붉은 노을 춤추는 저 산 위에 수천(水天)이 일색인데, 무정한 방초(芳草)는 석양 밖에서 이내 맘 애태우네.

향수(鄕愁)가 여로를 따라다니나 밤마다 좋은 꿈이 잠을 붙잡아 다행이라네. 휘영청 달 밝은 밤엔 누각에 홀로 기대어 있지 말라. 수심에 찬 마음에 술 들어가면 상사루(相思淚)가 북받칠 것이니.

"실례합니다!"

건륭이 웃으며 문을 밀고 들어갔다. 그리고는 손을 들어 읍하며 말했다.

　"눈 내리는 고즈넉한 밤에 낭랑한 글소리를 들으니 실로 기분이 새로운데, 어쩐지 너무 처연한 느낌이 드오. 심사가 깊어 보이는데, 무슨 일인지 혹시 여쭤봐도 되겠소?"

　이같이 다가서며 건륭이 눈여겨보니 서른 살 가량 되어 보이는 사내는 낡은 비단 장포를 입고 있었다. 준수하고 갸름한 얼굴엔 하얀 주근깨가 몇 개 보였고, 가느다란 머리채를 멋스레 목에 감고 있었다. 불쑥 불청객이 들이닥쳐 놀랄 법도 하지만 그는 사람 좋게 건륭을 향해 웃으며 말했다.

　"상방(上房)에 드신 손님인 것 같은데, 어서 앉으시오! 실례가 안된다면 존성대명(尊姓大名)을 여쭤도 되겠소?"

　그러자 건륭이 소탈하게 웃으며 사내를 마주하여 앉았다. 그리고는 말했다.

　"난 전흥(田興)이라는 사람이오. 산서 쪽에 말을 넘기고 오는 길이오. 선생의 글소리에 이끌려 이렇게 실례했소만 그러는 그대는 존함을 어찌 쓰시오?"

　사내가 미처 대답하기도 전에 전도가 불쑥 문을 밀고 들어서더니 방안에 있는 사람은 보지도 않고 말했다.

　"장궤(掌櫃, 지배인), 어씨가 매상 보고를 올리려나 봅니다! 소인더러 장궤가 어디서 뭘 하시나 가보고 오라 했습니다!"

　이같이 말하고 고개를 번쩍 쳐든 전도가 그만 기함을 하며 뒷걸음치고 말았다.

　"아니, 이거 러민 셋째도련님이잖소! 이게 어찌된 일이오?"

　먼저 전도를 알아봤던 러민 역시 고된 여로에서 만난 옛사람이 반가운 듯 친절하게 웃으며 말했다.

"그러는 그댄 어쩐 일이오? 형부에서 차사를 맡고 있다고 하지 않았소? 헌데 어찌 전어른더러 장궤라 부르는 거요?"

당황할 법도 하지만 기민한 전도는 이내 둘러댔다.

"그렇긴 한데 이분은 우리 형부의 관원이 아니라 내 바로 윗상사의 친척이오. 산서에 장사를 다녀오는 길에 만나 동행했을 뿐이오."

"러민…… 선생."

두 사람 사이가 가까워 보이자 건륭이 완전히 마음의 빗장을 풀며 물었다.

"존함을 들으니 만인(滿人)인 것 같은데, 혹시 어느 기(旗) 소속인지 물어도 되겠소?"

이에 러민이 한숨과 함께 말했다.

"말할라치면 창피하고 가슴 아픈 일이오. 가부(家父)께선 생전에 호광순무(湖廣巡撫)를 지녔던 러문영이란 사람이오. 선제 때 사단을 일으켜 가문이 졸지에 망해버리고 말았소. 그래서 난 기인들이라면 누구나 받을 수 있는 월례 은자도 받지 못하는 실정이라오. 다행히 윤계선 중승이 의로운 분이시라 공생(貢生) 자리를 마련해주시어 이렇게 전시(殿試)를 보러올 수 있었다오. 요즘 내무부에 칠사아문(七司衙門)이라고 새로운 아문이 신설되어 며칠 동안 거기서 잔심부름 해주고 방값이라도 벌어 쓰는 처지요……."

그러자 건륭이 웃으며 말했다.

"인연이 닿으려니까 이렇게 만난 게 아닌가 싶소."

혼인을 약속했다가 헤어진 장씨네 정육점 집의 딸 옥이를 찾아 이곳 풍대까지 왔으나 사람들은 이미 간 곳이 없더라며 상심에 젖은 러민을 위로하고 건륭과 전도가 상방으로 왔을 때는 윤록,

어얼타이, 기윤 모두가 기다리고 있었다.

"내정(內廷)에서 오늘의 관보를 가져왔는가?"

선릉의 물음에 윤록이 급히 아뢰었나.

"오늘은 아직 관보를 취해오지 못했사옵니다. 며칠 사이 궁금(宮禁)이 전보다 훨씬 삼엄해졌사옵니다. 신설된 칠사아문이 원래의 내시위방(內侍衛房)을 견제하면서 관보를 가지러 갔던 태감이 안으로 들어가지도 못하고 쫓겨오고 말았사옵니다. 신이 이미 친필서신을 태감 복신에게 주어 다시 보냈사오니 한 시간 쯤이면⋯⋯."

"엉뚱하게 칠사아문이라니?"

방금 러민에게서 들었을 때는 러민이 무얼 잘못 알고 하는 소리인 줄로만 생각하고 대수롭지 않게 생각했던 건륭이 그제야 크게 경계했다.

"그래, 그 칠사아문은 어디에 소속된다고 하던가?"

이에 윤록이 어색한 웃음을 지으며 답했다.

"이 일은 전에 폐하께 주한 바가 있사옵니다. 내무부에서 신설한 아문이옵니다. 황실의 종친들은 갈수록 늘어가는데, 이들을 따로 보살펴야 할 전문기관이 없어 특히 타지에 있는 왕공들이 입경할 시 그 배려를 제대로 못해주어 말들이 많은가 보옵니다. 당시 폐하께 주청 올리니 폐하께오선 머리를 끄덕이셨사옵니다. 관보 가지러 가는 태감을 되돌려 보낼 정도로 방위를 강화한다는 것은 어떤 의미로는 좋은 일이 아니겠사옵니까?"

윤록의 말을 들으며 건륭의 눈은 어얼타이를 향하고 있었다. 그럼에도 이에 대해선 함구하고 있는 어얼타이를 보며 건륭은 어얼타이 역시 이 일을 사전에 모르고 있었다는 걸 짐작할 수 있었다. 잠시 생각하여 건륭이 냉소하며 말했다.

"그랬었군! 짐이 머리를 끄덕였다니 그랬나 보지만 짐은 통 기억이 안 나네. 십육숙이 없는 소리야 하겠냐만 이 같은 중대사를 짐이 머리를 끄덕이는 것으로 성재(聖裁)를 한 적이 있는가? 밑에서 주장을 올려오고 짐이 판단하여 실행 여부를 결정하는 게 순서 아니었던가? 그것도 하필이면 짐이 북경을 비운 사이에 소리 소문 없이 만들어버렸다는 것이 어째 영 찜찜하군!"

건륭이 불편한 심기를 노골적으로 드러냈다. 윤록이 그 예리한 눈빛을 감히 직시하지 못하고 부들부들 떨며 급히 무릎을 꿇었다. 그리고는 머리를 조아렸다.

"이 일은 홍효 등이 도맡아서 처리한 일이옵니다. 신은 그저 들어서 대충 알고 있을 뿐이옵니다. 이네들이 감히 내정의 시위들과는 별개로 대내에 숙위(宿衛)하고 있을 줄은 꿈에도 몰랐사옵니다."

그러자 옆에 있던 기윤이 나섰다.

"이는 결코 가벼이 넘길 일이 아니옵니다. 폐하의 과감한 성재를 요하는 사안이옵니다. 이대로 방치하면 명나라 때의 특무기관이었던 동창(東廠), 금의위(錦衣衛)의 제2, 제3이 되지 말란 법이 없사옵니다. 성조께오선 즉위 초에 바로 숱한 병폐를 유발하는 십삼아문(十三衙門)이라는 기관을 폐지시켰사옵니다. 하온데 어찌 인(仁)으로 천하를 육성하는 오늘날의 태평성세에 이 같은 불명불백(不明不白)의 기관을 함부로 설치할 수 있단 말이옵니까? 더 커지기 전에 혹을 떼어버리지 않으면 점점 더 힘들어질 것이옵니다."

건륭이 빠른 걸음으로 서안 앞으로 다가갔다. 붓을 날려 몇 줄을 적어 태감 복의에게 주며 지시했다.

"쾌마로 지의를 전하라. 풍대제독과 보군통령아문, 구문제독더러 지의를 받는 즉시 짐을 배알하러 오라고 전하라. 그리고 장정옥, 나친, 홍효도 들라하라. 단, 어느 누구도 종인(從人)을 대동할순 없다!"

이같이 힘주어 명하며 건륭은 지의에 휴대용 인새(印璽)를 찍었다. 복의가 물러가자 그제야 건륭이 말했다.

"십육숙, 기윤의 말이 함금량이 높아요. 그 주장에 짐도 크게 공감하니 오늘밤에 짐은 이 정체불명의 아문을 요절시켜 버릴 거예요."

번갯불에 콩 볶아 먹으려는가. 건륭의 말에 사람들 모두 적이 놀라는 눈치였다. 윤록의 얼굴이 때론 시뻘겋게, 때론 하얗게 변해가는 모습을 지켜보며 전도가 히죽 웃으며 말했다.

"아문을 철거하자면 아무리 조심한다고 해도 삼경반야(三更半夜)에 주위사람들을 놀라게 할 소지가 크옵니다. 내일아침 입궐 때까지는 몇 시간 남지도 않았사온데, 내일 조서 한 장으로 끝내버리는 것이 어떨까 하옵니다. 신의 소견으론 저쪽 방의 러민이 칠사아문에서 심부름을 하고 있다 하오니, 불러서 대충 어찌 돌아가는지를 물어본 뒤에 좀더 침착하게 대응하는 것이 바람직할 것 같사옵니다."

전도가 이같이 말하는 것은 윤록에게 숨통을 틔워주기 위함이 아니었다. 그는 러민이 이번 전시에 합격하여 자신의 머리 위에서 노니는 꼴을 볼 수가 없다고 생각했다. 어떻게든 황제가 직접 선발하는 전시에서 러민이 미역국을 먹게 만들겠다는 속셈이 깔려 있던 차에 이참에 건륭에게 러민은 '칠사아문'의 '일당'이라는 느낌을 확실하게 심어주고자 함이었다. 그러나 이 같은 전도의 속셈을 꿰뚫어 보기라도 하듯 건륭이 입을 열었다.

"그 사람은 전시에 뜻이 있는 사람이네. 이같이 민감한 사안에 코가 꿰이면 앞으로 공(公)과 사(私)의 판단이 흐려져 장래를 개척하는데 악영향을 끼칠 소지가 크네. 전도, 자넨 책을 많이 읽은 사람이 오이밭에서 갓끈 고쳐 매지 말라는 옛말도 모르나?"

건륭의 이 한마디에 전도는 연신 고개를 조아리며 물러났다. 그 얼굴이 귀밑까지 붉어졌음은 당연했다.

"십육숙, 그만 일어나 짐의 얘기를 들어보세요."

건륭이 윤록을 향해 온화한 미소를 지으며 말했다.

"칠사아문의 신설은 십육숙의 착오도 아니고 홍효의 잘못도 아니예요. 짐이 어쩌다 머리를 잘못 끄덕여 발생한 실수에 불과하니 그리 불안해할 것 없어요. 누가 뭐래도 짐의 친숙부님인데, 짐이 십육숙의 체면을 인정사정없이 구겨버릴 순 없지 않겠어요? 이제 곧 사람들이 도착할 것이니 십육숙과 홍효 두 사람이 이 일을 처리하도록 하시지요. 결자해지라고 하지 않았습니까? 단, 짐의 마음이 이리도 홀가분하지가 못하니 칠사아문은 오늘밤을 넘기지 말고 없애버리세요. 이는 나라의 제도이고 법규예요. 십육숙이 누구보다 더 잘 알 텐데……."

그사이 태감 복신이 들어와 아뢰었다.

"풍대제독(豊臺提督) 갈풍년(葛豊年)이 뵙기를 청하였사옵니다."

건륭이 시계를 꺼내어 한참 들여다보며 생각하더니 천천히 말했다.

"장정옥 등이 오려면 한참 더 걸릴 테니 먼저 접견하지!"

잠시 후 갈풍년이 들어왔다. 그는 체구가 건장하고 골격이 당당한 사내였다. 양볼 가득한 살이 하중을 이기지 못해 턱밑에 축 처져 있었고, 귀밑엔 한뼘 크기의 칼자국이 선명했나. 융마(戎馬)의 생애가 그리 순탄치는 못한 사람임을 말해주고 있는 것 같았다. 자신이 왜 불려왔는지를 알 수 없다는 듯이 어정쩡하게 예를 갖춰 문후를 올리고 일어서는 갈풍년을 향해 건륭이 웃으며 말했다.

"갈풍년이라…… 아, 이제야 생각이 났네. 분위장군(奮威將軍) 악종기(岳鍾麒)의 부하장령이었지? 전쟁터 나갈 때 홍포(紅袍)를 즐겨입기로 유명한 그 갈풍년이 자네였군."

"그렇사옵니다, 폐하!"

잔뜩 경직되어 있던 갈풍년이 입을 길게 찢으며 웃었다.

"폐하께오선 기억을 못하실 것이오나 소인은 옹화궁(雍和宮)에서 호위(護衛)로 있었던 적도 있사옵니다! 이위에 앞서 왕부를 나와 옹화궁에 있었던 시간은 그리 길지 않사옵니다."

그러자 건륭이 머리를 끄덕였다.

"이제 보니 짐의 가노(家奴)였군! 음, 전쟁터에선 싸움도 잘한다고 들었네!"

이에 갈풍년이 말했다.

"소인은 듣기 좋게 풍대제독이라고 하오나 실은 소인의 차사가 경사(京師, 북경)의 문지기 누렁이에 불과하다는 걸 잘 아옵니다. 주인 아닌 다른 사람이 들어오고자 할 때는 필히 '왕왕' 사납게 달려들어 물어버리는 그런 충실한 개 말이옵니다!"

"비유가 참으로 적절하네!"

건륭이 파안대소를 금치 못했다. 자리에 있던 윤록, 어얼타이, 전도와 기윤도 모두 웃었다. 건륭이 흡족한 미소를 지으며 물었다.

"그래, 자네 풍대대영엔 현재 병력이 얼마나 되나? 장비는 문제 없나?"

이에 갈풍년이 즉시 대답했다.

"북경 근교의 각 주현들에 배치되어 있는 병력 모두를 합치면 총 4만 7천 7백 76명이옵니다. 장비는 홍의대포 10문, 일명 무적대장군포라 이르는 대포가 8문, 조총 1천 자루가 있사옵니다. 이밖에 7천 기병들이 더 있사옵니다만 풍대 아닌 밀운현(密雲縣)에서 훈련받고 있는 실정이옵니다."

갈풍년의 보고를 들으며 건륭이 말했다.

"예를 들어 짐이 갑자기 자네더러 1만 병력을 대기시키라고 한다면 최단시간은 얼마나 걸릴 것 같은가?"

그러자 갈풍년이 흥분하여 고개를 번쩍 쳐들며 말했다.

"폐하, 무슨 사변이 있사옵니까? 1만 병력을 대기시키는 데는 반시간도 채 걸리지 않을 것이옵니다!"

"앞으로 자네가 크게 위용을 떨칠 날이 있을 것이네."

건륭이 치고 베는 데는 날개 돋친 호랑이라는 별명을 달고 있는 갈풍년을 흡족한 표정으로 바라보았다. 그리고는 말했다.

"지금 당장은 아니네. 좀 있다 장친왕, 이친왕, 나친, 어얼싼 등 네 대신을 따라 북경성 안으로 들어가게. 구문제독아문과 회동하여 각자 5백 명의 정예병을 거느리고 가서 칠사아문의 무장을 해제해버리도록 하게. 그 안에 있는 모든 문서들을 하나도 빠뜨리지 말고 봉해버리게. 한 사람도 죽이지 않고 무사히 조용히 차사를 끝내는 것이야말로 공을 세우는 것이네."

"예, 폐하! 지의 받들어 모시겠사옵니다!"

49. 철모자는 벗겨지고

물러갔다가 왕공들이 도착하길 기다려 같이 들어오라는 건륭의 명을 받고 객잔 밖으로 나온 갈풍년은 한참 기다려도 홍효(弘曉) 등이 모습을 보이지 않자 조바심에 안절부절하지 못했다. 문 어귀에 지키고 서 있는 태감 복인더러 먼저 병영으로 돌아가 인마를 집합시켜놓고 다시 오면 안되겠느냐고 주상께 아뢰어 달라고 다그치니 마지못해 아뢰러 들어갔던 복인이 나와 전하는 말은 '기다리는 김에 좀더 기다려 보라'였다. 뭐 마려운 강아지처럼 갈팡질팡하며 밖에서 눈이 빠지게 기다리고 있노라니 족히 한 시간은 넘어서야 멀리서 말발굽 소리가 요란스레 들려오기 시작했다. 홍효, 나친, 장정옥, 구문제독(九門提督) 서리(署理)인 병부시랑 잉눠 등 몇몇 왕공대신들이 홀몸으로 말을 타고 달려오는 모습이 보였다. 맨 앞은 지의를 전하러 갔던 태감 복의였다. 미리 대기 중이던 복인과 복례가 어둠 속에서 다가가 물었다.

"복의 맞아?"

"그래."

복의가 응답하며 먼저 말 위에서 내렸다. 그리고는 다급히 장정옥의 말발굽 옆에 엎드렸다. 장정옥이 복의를 하마석(下馬石) 삼아 내려서자 복인, 복례 두 태감이 급히 다가가 장정옥을 부축했다. 이들은 조심스레 방안으로 들어가 근 한 달만에 배알하는 건륭을 향해 일제히 무릎꿇어 문후를 올렸다.

그들의 인사가 끝나길 기다려 건륭이 두 손을 들어올리는 시늉을 하며 말했다.

"모두 일어나게. 보다시피 여긴 대내(大內)와 달리 장소가 비좁으니 장정옥만 자리에 앉고 나머지는 서 있게."

장정옥이 급히 사은을 표하고 벽 쪽에 있는 의자에 앉았다. 그리고는 아뢰었다.

"한 달만에 용안을 다시 뵈니 기색이 참으로 좋아 보이시옵니다. 이곳 풍대에서 대내나 창춘원과는 지척이온데, 방위가 잘돼있는 그리로 미리 움직였으면 좋을 뻔했사옵니다."

그러나 건륭은 장정옥의 말을 노신의 노파심쯤으로 받아들이는데 익숙해 있었는지라 그 말엔 달리 응답하지 않았다.

"그 동안 이 자리에 있는 여러 왕공대신들이 살림을 잘 맡아주어 짐이 안심할 수 있었네. 산서에서 올라온 상주문을 읽어보았는가?"

"예, 폐하."

이친왕 홍효가 잽싸게 말을 받았다.

"실로 조정의 체통에 먹칠하는 격이었사옵니다. 하오나 손가감이 너무 경솔하게 처리했다는데 아쉬움을 금할 수 없사옵니다.

사람을 죽여 증거를 인멸시켰으니 어찌 그 배후를 추적할 수가 있겠사옵니까? 신은 양사경이라는 자를 잘 모르옵니다. 그 미친 놈이 신이 시켜 홍승(弘昇)이 대필하였다며 망발을 일삼았다 하오니 실로 어처구니가 없는 일이옵니다."

잠자코 듣고 있는 건륭의 얼굴은 섬뜩할 정도로 무덤덤했다. 그는 고개를 돌려 나친에게 물었다.

"자넨 이 일을 어찌 생각하는가?"

그러자 나친이 잠깐 당황하는 기색을 보이더니 아뢰었다.

"신의 소견엔 이 역시 위조상주문 사건처럼 뿌리를 캐기엔 무리가 따르는 사건이라고 사려되옵니다. 어차피 깊이 캐기엔 부담스러울 바에야 쾌도(快刀)로 난마(亂麻)를 베는 것이 바람직할 것 같사옵니다."

이에 홍효가 코가 떨어져 나가라 냉소하며 말했다.

"그래도 캘 건 캐야지, 무슨 소리요! 적어도 누명을 뒤집어 쓴 사람이 그 결백함을 회복할 시간은 주어야 하지 않겠소? 자기랑 무관하다고 강 건너 불구경하는 식으로 나와선 곤란하지!"

이에 나친이 말했다.

"이 사람의 뜻을 오해하지는 말아주세요. 분명히 말씀드리는데 그런 야비한 뜻은 아니었습니다. 우리 모두는 하나가 되어 주군께 충성하는 신하로서 한 집 식솔인데, 어찌 딴 생각을 품을 수가 있겠습니까. 생각나는 바를 솔직히 진언했을 뿐입니다. 이 일은 폐하께서 입궐하신 연후에 어전회의가 있는 자리에서 신이 소상히 주해 올리겠사옵니다."

"이렇게 다 모였으면 어전회의나 진배없는 것이네."

건륭이 웃으며 말을 이었다.

"입궐 연후에 논하나, 지금 논하나 마찬가지 아니겠나? 하지만 오늘 저녁엔 논하고 싶지 않네. 방금 전에도 치하했지만 여러분들은 짐이 없는 동안 차사(差使)를 열심히 해왔네. 한 달이 다 되도록 풍대제독조차도 짐이 북경에 없다는 사실을 며칠 전에야 알 정도로 철저히 입을 봉해왔고, 일 처리 또한 엄밀히 해왔음이 눈에 보이니 참으로 만족스럽네."

건륭의 말은 다분히 언중유골이었다.

"그런데, 짐은 난데없이 생겨난 칠사아문의 정체가 궁금하네."

그러자 홍효가 태연스레 입을 열었다.

"그건 신이 장친왕의 허락 하에 설립한 아문이옵니다. 폐하께서도 숙지하시다시피 대청 개국 백년동안 신의 밑으로 두세 연배 더 어린 종실자제들까지 합치면 황실의 가족은 무려 2, 3천명은 될 것이옵니다. 이네들이 매일 한다는 짓이 고작 독수리나 조련시키고 새 조롱이나 들고 다니며 찻집에나 죽치고 앉아있고 갖은 망발로 시간을 죽이는 것이오니 황실의 장래가 이대로라면 암담하기 이를 데 없다고 사려되옵니다. 이들을 건전한 방향으로 유도하기 위해선 차사를 맡겨 일하는 즐거움을 주어야 할 것 같았사옵니다. 외부에서 왕공들이 입경할 시에 시중 들어주고 용돈이라도 타 쓰는 재미가 쏠쏠하여 다른 시시비비를 일으키지 않을 거라는 확신 하에 칠사아문을 설립했던 것이옵니다."

속으로 주먹만한 것이 불끈불끈 치밀어 올랐으나 애써 누르며 건륭이 자상한 어투로 물었다.

"그래, 그 칠사아문은 누가 관장하기로 했는가?"

이에 홍효가 아뢰었다.

"여럿을 물망에 올려놓고 저울질해 보았으나 그래도 똑똑하고 명민한 점은 홍승을 따를 만한 사람이 없었사옵니다. 리친왕 홍석(弘晳)과 이친왕 가(家)의 홍창(弘昌)이 추천하였으니 심려 놓으셔도 될 것이옵니다. 신이 노파심에 홍보까지 붙여 협력케 하였사옵니다."

그러자 건륭이 물었다.

"그럼 자넨 설립만 해놓고 어찌 돌아가는지에 대해선 관여치 않아도 된다는 뜻인가?"

이에 홍효가 답했다.

"신이 군기처 일까지 소홀히 해가며 요리할 정도로 중요한 일은 아닌 것 같아서 말이옵니다. 신이 해야 할 일은 그저 매월 운영경비를 제때에 내어주는 정도일 것이옵니다."

"중요한 일이 아니라고?"

건륭이 마침내 냉소를 터트렸다.

"자잘한 일로 소일거리를 만들어 주었다는 식으로 말하는데, 그럼 그네들이 어찌하여 대내에 진을 치고 있으며 지의를 받고 입궐한 태감을 내쫓을 정도로 안하무인일 수가 있단 말인가? 이게 중요한 일이 아니면 그럼 자넨 이보다 더 '중대한' 사무를 맡고 있단 말인가? 후원이 바싹 마른 장작더미로 가득하여 불꽃 하나에도 활활 타 번지게 생겼구만! 그보다 더 '중대한' 사무가 있다면 짐이 크게 궁금하지 않을 수가 없는 일인데?"

갑작스런 황제의 노기충천에 사람들 모두 안색이 창백하게 질려버렸다. 더 이상 지탱하지 못하고 모두들 무릎을 꿇어 내리고 말았다. 장정옥이 먼저 입을 열었다.

"이 일은 신과 나친도 사전에 알고 있었사옵니다. 하오나 미리 주청을 올렸고 주상께서 윤허하셨다기에 더 이상 따져 물을 수가

없었사옵니다……. 어리석은 노신의 죄를 물어주시옵소서, 폐
하!"

그러나 나친도 울상이 되어 말했다.

"신의 불찰을 엄히 징벌해주시옵소서, 폐하."

"짐은 아무도 징계하지 않을 것이네."

건륭이 돌연 얼굴에 웃음을 머금었다.

"짐은 바로 자네들의 체면을 살려주기 위해 이 자리에 불렀다
네. 결자해지(結者解之)라고 하지 않았나! 오늘 저녁을 넘기지
말고 처리하도록 하게. 내성(內城)까지는 여기서 멀리 떨어져 있
으니 갈풍년더러 자네들을 호위하여 가라고 할 것이네. 그리 알고
그만 물러가게!"

그러자 홍효가 주춤하며 말했다.

"그 일 때문이라면 이리 서두를 건 없을 것 같사옵니다. 밤중에
병사들을 동원한다는 것은 아무래도 무리가 따르는 일이옵니다."

순간 건륭의 얼굴에 웃음기가 가신 듯 사라졌다. 미간을 가늘게
좁혀 홍효를 노려보며 건륭이 말했다.

"이 사람이 아직도 정신을 못 차렸구만. 어느 면전이라고 감히
감 놔라 배 놔라 하는 거야! 그만 물러가 있게. 날이 밝으면 짐을
따라 입성할 준비나 하세. 안되겠네, 자넨 애당초 이 일에 손대지
않는 게 나을 성싶네!"

이같이 내뱉듯 말하고 서안 앞으로 다가간 건륭이 다시 붓을
들었다. 일변 뭔가를 적어 내려가며 말했다.

"눈 안에 모래가 들어가 실명할 위험이 있는데도 짐더러 내일까
지 기다렸다가 천천히 씻어내라는 격이 아닌가!"

수유(手諭)를 갈풍년에게 건네주며 건륭이 말했다.

"자네의 차사는 두 가지네. 일단 대신들을 대내로 호송한 연후에 즉각 이친왕부로 가서 홍창, 홍보, 홍승을 체포하여 종인부(宗人府)로 연행하게. 가서 나친에게 넘겨주면 자네 차사는 끝이네!"

"폐하!"

홍효가 고통으로 일그러진 표정을 지으며 가볍게, 그러나 애절하게 불렀다.

그러나, 신색(神色)이 어두운 건륭은 눈길 한번 주지 않고 손사래를 쳤다.

"그만 물러가게. 짐이 따로 은지(恩旨)를 내릴 것이니!"

설립한 지 보름에 불과한 칠사아문은 불과 두 시간 만에 흙더미처럼 와해되고 말았다. 쥐도 새도 모르게 생겼듯이 눈 깜짝할 사이에 사라진 것이다. 북경에 있는 2,3천명의 황실자제들과 일선에서 물러났으나 어제의 '영화(榮華)'에 대한 향수가 남아있는 종실친귀들을 구워삶으면 그네들의 가노(家奴)와 추종세력들을 포함하여 세력이 기하급수적으로 늘어날 것이라는 계산 아래 내무부 산하에 칠사아문의 설립을 추진했던 홍석이었다. 내무부를 장악하면 종인부는 두말할 것 없이 명줄이 잡힐 것이며 차츰 숙위대권(宿衛大權), 외부에 있는 철모자왕들과 같은 외번접대권(外藩接待權)을 독점하여 나중엔 무소불위의 권력시대를 열어가고자 하는 옹골찬 꿈을 꾸었던 것이다.

이날 홍석은 홍창과 홍승과 홍보를 불러 '칠사아문'의 번창을 위해 머리를 맞대고자 여느 때보다 일찍 일어났다. 주섬주섬 옷을 차려입고 막 세수를 하려던 찰나 문지기가 황급히 달려 들어와 아뢰었다.

"친왕마마, 어찌된 영문인지 왕부의 문 앞에 병사들이 쫙 깔렸사옵니다! 금세라도 무슨 일이 일어나고야 말 것 같사옵니다."

"병사들이라니?"

홍석이 급히 입안에 가득한 청염수(靑鹽水)를 뱉어내며 다그쳐 물었다.

"어느 아문에서 무슨 일로 누가 파견했는지 물어보지 않았어? 남의 집 앞엔 왜 얼쩡거리느냐고 따지지 그랬어?"

이에 문지기가 아뢰었다.

"소인이 따져 물었사옵니다. 그랬더니, 이곳을 보호하라는 상부의 명을 받고 구문제독아문에서 나왔다며 다른 말은 붙이지도 못하게 했사옵니다."

순간 홍석이 마치 목석처럼 굳어지고 말았다. 머리 속이 하얗게 탈색하는 느낌과 함께 아무런 생각도 나지 않았다. 금세 안색이 잿빛으로 변해버린 그는 돌연 불길한 예감이 밀물처럼 밀려오는 걸 주체할 수가 없었다. 저도 모르게 흠칫 소스라치며 홍석이 속으로 생각했다.

'분명히 건륭이 돌아와 칠사아문에 대해 불편한 심기를 드러냈을 것이다. 아니면 저것들이 우리 집을 감시할 이유가 어디 있을까.'

쓰러지듯 안락의자에 털썩 주저앉아 반들거리는 앞머리를 매만지며 한참 생각에 잠겨있던 그가 돌연 벌떡 자리를 차고 일어났다. 그리고는 하명했다.

"대내로 갈 것이니 차비를 하거라."

문지기가 응답과 함께 물러간 사이 홍석은 의복을 정제하고 네 개의 동주(東珠)가 박힌 조관(朝冠)을 번쩍이며 왕부를 나섰다.

과연 왕부의 담장을 따라 세 발짝 사이에 초소요, 다섯 발짝 사이에 융장(戎裝)을 한 무관(武官)들이 장검을 지르고 서 있었다. 척 보기에 관품이 가장 낮은 무관일지라도 천총 이상은 될 것 같았다. 뭔가 큰일을 예고하고 있음은 너무나 자명했다. 아침나절의 차가운 기운을 힘껏 들이마시며 마음을 다잡은 홍석이 씩씩하게 수레에 올라탔다. 그러나 아무도 저지하는 사람은 없었다. 등받이에 힘껏 기대며 홍석은 큰소리로 명령했다.

"동화문으로 가자!"

동화문은 평소 분위기 그대로였다. 문지기, 시위, 태감들은 리친왕(理親王)의 도래에 예나 다름없이 정중하게 문후를 올렸다. 패찰을 건네고 들어가니 잠시 후 홍석더러 양심전으로 들라는 지의가 전해졌다.

양심전이 가까워질수록 가슴이 터질 것만 같은 긴장이 엄습해 왔다. 간밤에 내린 눈에 길이 미끄러워 몇 번씩이나 넘어질 뻔했다…… 정신이 혼미하여 양심전 수화문 앞에 다다르니 태감 왕례가 마중 나와 있었다. 홍석을 향해 예를 갖춰 인사하며 왕례가 말했다.

"리친왕께서 당도하시는 대로 즉각 들라시는 폐하의 지의가 계셨나이다."

홍석이 기계적으로 머리를 끄덕여 보이며 넋나간 사람처럼 안으로 들어갔다. 그 시각 건륭은 동난각에 앉아 나친, 어얼타이, 윤록, 홍효 등과 의사(議事)중이었다. 급히 삼고구궤(三叩九跪)의 대례를 올리고 난 홍석이 말했다.

"우매한 신이 어가(御駕)의 광영스런 귀환을 여태 모르고 영접 나오지 못하여 큰 불경을 저지르고 말았사옵니다."

"보기에 기력은 괜찮은 것 같구만."

건륭이 아무 일도 없었던 것처럼 자연스레 웃으며 반겼다.

"그런데, 먼젓번보다는 다소 수척해 보이네. 아무리 좋은 일도 내 몸을 챙겨가며 해야지!"

건륭이 곧 홍석에게 자리를 하사했다. 그리고는 방금 전의 의제를 따라 말했다.

"전시(殿試) 날짜는 더 이상 뒤로 미뤄선 아니 되겠네. 날씨도 하루가 다르게 추워지는데, 벌써 한두 달째 와서 기다리는 선비들 생각도 해줘야지. 어떤 이들은 겨우 노자만 마련해 떠났는데, 이렇게 하루 이틀 미뤄지니 절에 묵고 있다고 하네. 예부더러 절마다 돌아다니며 그네들을 찾아 1인당 은자 다섯 냥씩 내어주라고 하게. 복건, 광주 등 남쪽에서 온 공생들은 겨울날 옷가지들도 제대로 준비해 오지 못했을 터이니 군수물품 중에서 면이불과 솜옷을 꺼내어 가져다주도록 하게. 그네들 중에서 미래의 인물들이 배출될 터인데, 어느 절에서 처참하게 얼어죽으면 우리로선 그보다 더 큰 죄가 어디 있겠나?"

홍석과 가까이에 앉은 어얼타이가 급히 말했다.

"폐하의 성려는 실로 주도면밀하옵니다. 신의 우견으론 어젯밤 칠사아문을 압수수색하였을 때 나온 은자 5, 6천 냥과 의복, 땔감들을 가난한 공생들에게 나눠주는 것이 어떨까 하옵니다."

이에 나친이 즉각 반대했다.

"그래도 폐하의 지의대로 하는 게 바람직할 것이오. 압수한 물건을 사람들에게 내준다는 것은 앞으로 압수한 물건에 대한 관리상의 문제를 야기시킬 소지가 있소. 압수한 은자와 물건은 입고시키고 상으로 내릴 물건은 새로이 창고에서 취해주는 것이 경위가 분명한 일 아니겠소?"

두 사람의 가벼운 설전을 통해 홍석은 비로소 어젯밤 칠사아문이 압수수색을 당했다는 사실을 알게 되었다. "윙!" 하는 벌떼 날아다니는 듯한 소리와 함께 머리가 한없이 팽창하는 것 같았다.

"전시 일자는 정확히 10월 26일로 하지."

건륭이 야유가 섞인 눈빛으로 목석처럼 굳어진 홍석을 일별하며 말했다.

"홍효와 홍석이 주지(住持)하고 나친이 감독하도록 하게. 왕년엔 해마다 전시시험 때 추위에 병들어 눕는 사례가 있었는데, 이번 만큼은 그런 경우가 한 건이라도 있어선 아니 되겠네. 응시생들마다 손난로를 하나씩 내어주고, 더운물을 한 시간 간격으로 공급하여 충분히 섭취하게끔 배려해야겠네. 전시 제목에 대해선 짐이 그때 가서 정할 것이네. 경들의 생각은 어떠한가?"

몇몇 대신들이 즉각 이구동성으로 찬성을 표했다. 그러자 건륭이 웃으며 홍석을 바라보았다.

"홍석, 자넨 어찌 가타부타 말이 없는가?"

"예? 예, 폐하!"

홍석이 화들짝 놀라며 두 다리를 털썩 들었다 놓았다. 그리고는 급히 아뢰었다.

"폐하의 훈육이 극히 지당하옵니다. 칠사아문은 신도 꼴사납게 생각하던 중이었사옵니다. 요절시켜버린 것은 참으로 현명한 조치였사옵니다!"

홍석의 동문서답에 대신들은 모두 아연해지고 말았다.

그러자 건륭이 껄껄 웃으며 말했다.

"보아하니 자넨 그 칠사아문에 푹 빠져버린 것 같구만. 이거 어디 미안해서 전시의 주지(住持)를 맡아달라고 할 수 있겠나?"

이에 홍석이 또다시 엉뚱한 소리를 했다.

"칠사아문은 사실 신이 통양(痛痒)을 느낄 일은 아니옵니다. 하오나 홍승, 홍보, 홍창 모두 피를 나눈 형제간들이오니 그네들을 위해 땀을 쥔 건 사실이옵니다. 미운 놈 떡 하나 더 준다고, 폐하께 오서 부디 한 번만 이네들의 체면을 살려주십사 하고 간절히 주청 올리는 바이옵니다. 아시다시피 칠사아문은 황실자제들을 올바른 길로 인도하기 위한 장을 마련하자는 취지에서 신설된 기관이옵니다!"

그 말에 건륭은 코웃음을 쳤다.

"흥! 꿈보다 해몽이라더니, 제법 그럴싸한데! 하지만 안됐네. 자네가 그리도 끔찍이 위하는 홍승, 홍창, 홍보는 어젯밤 벌써 따끈한 이불 속에서 목덜미 잡혀 나와 지금은 종인부에 감금되어 내무부 신형사(愼刑司)의 고문을 기다리고 있을 것이니 말일세."

"폐하!"

"폐하 소리 한번 제대로 들어보는군."

이를 앙다문 건륭의 웃음이 날카로웠다.

"자네가 언제 한번 마음속으로 우리나 짐을 이 나라의 군주로 생각한 적이 있단 말인가? 자기 코가 석 자나 빠진 줄을 모르는 사람이니 어쩔 수 없군, 짐이 똑바로 일러주는 수밖에! 자네가 그리도 믿는 홍보, 홍창은 어제 벌써 모든 걸 다 자백했네. 사람들이 그리 물러 터져서야 어느 짝에 써먹겠나? 채찍 서른 번에 알아서 설설 기니 그만큼 멋쩍은 일도 없더군!"

홍석이 더 이상 지탱하지 못하고 홍수에 오두막 무너지듯 허물어진 건 바로 그때였다. 네 발로 벌벌 기어 건륭의 앞으로 다가가 연신 머리를 조아려댈 뿐 그는 아무 말도 할 수가 없었다.

"인간이란 참으로 불가사의한 동물이야."

건륭이 자리에서 일어났다. 뒷짐을 지고 천천히 궁진 안을 거닐며 마치 혼잣말을 하듯, 마치 신랄하게 질책하듯 건륭이 입을 뗐다.

"자네 아비가 성조(聖祖)로부터 두 번씩이나 폐위당했다는 사실은 삼척동자도 다 아는 일이지! 눈물을 머금고 두 번째로 폐위시키면서 성조께오선 밀실야담(密室夜談)이 아닌 명발조유(明發詔諭)를 내려 '감히 윤잉이 태자로서의 자격이 있다며 떠들고 다니는 자가 있다면 짐은 가차없이 참할 것이다'라고 엄명을 내리셨지. 그런데 자넨 벌써 성조의 조유를 잊었단 말인가? 다들 선제(先帝)께오서 각박하네, 인정머리 없네 하지만 그래도 자네 아비를 너그럽게 용서해주고 말년에나마 자유로운 공기를 마시게끔 해주신 분은 선제가 아니었던가. 끝까지 신하임을 인정하지 않는 사람에게 태자장(太子葬)으로 장례를 치러준 분이 바로 선제였네. 그러니 세상은 요지경이라 할 수밖에! 선대의 빚은 선대에서 끝나버렸다 쳐도 오늘날에 짐이 자네를 어떻게 대해 주었는지는 자네가 더 잘 알 거 아닌가? 즉위하자마자 자넬 친왕으로 봉해주었고, 어전에서의 권한을 최대한 부여해 주었지. 그런데, 뭐? 적반하장도 유분수지, 자네 아비가 앉아야 마땅한 보좌를 선제께서 부정한 수법으로 탈취했다고? 이 양심전, 태화전 모두 자네가 물려받았어야 하는데, 파렴치한 홍력(弘歷, 건륭)이 턱 버티고 앉아 천하를 조롱한다고?"

홍석은 타다 남은 한줌의 재 같았다. 온몸을 사시나무 떨 듯하며 덜덜 떨었다.

"신, 신……신은……비슷한 말은 했었사오나 진심에서 우러나온 말은……아니었사옵니다……사실이옵니다……."

건륭은 그에 전혀 아랑곳하지 않고 말을 이어나갔다.

"휴……짐이 너무 심약하게 보였나 보네……. 닭 모가지조차 비틀지 못할 정도로 나약하게 보였겠지! 묻겠는데, 양명시가 어떻게 죽었지?"

건륭이 성큼 홍석에게로 다가섰다. 그리고는 경멸에 찬 시선으로 구겨서 내던진 휴지 조각 같은 홍석을 굽어보며 말했다.

"그리 두려워할 건 없네. 양명시의 죽음이 자네랑 직접적인 연관은 없다는 걸 아네. 하지만 자넨 그네들과 한 패거리가 되어 방조한 죄는 피해갈 수 없을 것이네! 벽에도 귀가 있고, 강변에서 한 말은 물 속의 고기가 듣는다고 했네! 짐이 자네의 행각을 모를 줄 알았나? 짐이 산서성(山西省)의 싸하량, 칼친 사건을 서둘러 일단락 지어버린 이유를 알겠는가? 그 사건의 뿌리를 캔다면 오늘 자리한 사람들 중에서도 불행해지는 사람이 있을 것이니 짐이 그쯤하고 그만두는 수밖에 없었지!"

음성은 나지막했지만 뇌성(雷聲)을 품고 있어 좌중을 잔뜩 숨 죽이게 만들었던 건륭이 돌연 실성한 사람처럼 크게 웃음을 터트렸다.

"상천(上天)이시여! 짐더러 인정(仁政)을 베풀라는 사명을 내려주셨사온데, 이같이 의리라곤 개돼지보다도 못한 자들에게 어찌 더 이상의 인애(仁愛)를 베풀라는 것입니까? 손가감이 삼습일폐(三習一弊)를 논하는 상주문을 올려 짐더러 군자를 가까이하고 소인배를 멀리하라 간언했사오나 짐의 신변엔 군자보다 소인배가 더 많은 것 같사오니 이를 어찌하면 좋겠사옵니까?"

거의 발악에 가까운 신경질적인 몸짓을 보여 이같이 하소하던 건륭이 자리한 모든 이들을 낱낱이 쓸어보았다. 나친, 어얼타이, 홍효, 윤록 모두 자리에 앉아있지 못하고 털썩털썩 무릎을 깊이 내린 가운데 결국엔 홍효마저 머리를 조아리며 흐느꼈다.

　"신이 죽을죄를 지었나이다. 신이 몹쓸 놈이옵니다. 마땅히 ……."

　"그렇지, 짐이 이번엔 자넬 말하려던 참이었네!"

　건륭이 악에 받쳐 소름끼치는 웃음을 지으며 소리쳤다.

　"자넨 몹쓸 놈이라고 자해하기엔 너무 좋은 사람이네! 무원칙하고 줏대가 없어서 그렇지! 십삼숙 같은 유명한 협왕(俠王)에게서 어찌 자네 같은 무골충(無骨蟲)이 생겨났는지 의심이 갈 정도라네. 명색이 상서방, 군기처에서 중책을 맡고 있다는 사람이 그래 자기 친동생(홍창)도 건사하지 못하여 파멸을 자초하는 위태로운 짓을 일삼는 걸 방치할 수 있었단 말인가? 양사경이 삼킨 문서가 자네의 사주 하에 쓰여진 비밀문서가 아니라고 끝까지 주장한다면 다소 억지스럽긴 하지만 짐이 그것까진 믿어줄 수 있네. 그러나, 하루 이틀도 아닌 홍승, 홍창, 홍보의 간악한 작태를 방치해왔고 짐에게 한 번도 밀주문을 올리지 않았다는 사실은 그 어떤 식으로든지 용서받을 생각일랑 집어치우게!"

　그때까지 건륭이 이같이 진노하는 모습은 본 적이 없었던 나친과 어얼타이는 그 뻗친 서릿발이 가을하늘에 비친 듯한 기상에 노루새끼를 품에 안은 듯 떨리는 가슴을 부여안고 어찌할 바를 몰라했다. 대전 안의 태감과 궁녀들 모두 잔뜩 숨죽이고 있는 가운데 궁전 안에는 온통 건륭의 노한 포효뿐이었다.

　"그 누구도 역사의 수레바퀴를 되돌릴 순 없지! 썩어문드러진

'팔왕의정' 제도를 복원하겠다고? 당치도 않지! 그것이 그리 좋은 제도라면 어찌하여 성명하신 성조께오서 계승, 발전시키지 않고 폐지해버렸겠으며, 모든 철모자왕들의 병권을 박탈해버렸겠는가? 좀더 솔직해지지? '팔왕의정'의 이름으로 짐의 보위를 찬탈하는 게 목적이었다고!"

한바탕 발작하고 나니 울분은 한결 가신 것 같았다. 천천히 온돌로 되돌아와 자리에 앉아 손을 내미니 태감 복인이 급히 우윳잔을 조심스레 건륭의 손바닥에 올려놓으며 아뢰었다.

"방금 데워 내어왔는지라 좀 뜨거울 것이옵니다. 조심해서 드시옵소서."

건륭이 후후 두어 번 불어 후루룩 조금 마시고는 말을 이었다.

"보아하니 자네들은 그래도 수치심이나 두려움 같은 것이 엿보이는 걸 보니 구제불능은 아닌 듯 싶네. 자네들의 불찰은 짐이 용사할 것이니 그만 일어들 나게!"

"망극하옵나이다, 폐하!"

윤록, 홍효, 어얼타이와 나친이 머리를 조아리고는 일어났다. 모두 땀에 속옷이 흥건히 젖어 있었다. 그러나 홍석만은 여전히 땅에 길게 엎드린 채 흐느꼈다.

"신이 죽을죄를 지었나이다. 부디 폐하께오서 이 비루한 인간의 목을 치시어 선제의 영혼을 위로해 주시옵소서."

한줌이 되어 땅에 엎드린 홍석의 어깨가 뼈만 앙상하여 보기에도 흉했다. 강희 51년부터 부모 잘못 만난 죄로 아비 윤잉을 따라 높다란 담장 안에서 손바닥만한 하늘만 애처로이 쳐다보며 살아왔을 사촌형을 바라보며 건륭은 일순 감개가 북받쳤다. 마음 속 깊이 한숨을 내쉬며 어찌 벌할까 잠시 생각하고 있던 중 태감 왕렴이 들어와 아뢰었다.

"장정옥이 부름을 받고 당도하였사옵니다. 지금 수화문 밖에서 대령하여 있사옵니다. 접견 여부를 말씀해 주시옵소서, 폐하."

이에 건륭이 한심하다는 듯 실소를 터트렸다.

"자넨 까마귀 고기를 먹고 다니나? 장정옥은 궁문이 닫히지 않은 이상 패찰을 건네지 않아도 되고 장검과 장화발 그대로 들어와도 된다고 짐이 특별히 윤허하지 않았던가!"

"예, 폐하!"

부랴부랴 까치발로 물러가며 혀를 홀랑 내미는 왕렴의 모습은 차라리 귀여웠다. 잠시 후 장정옥 특유의 가래 가랑가랑한 기침소리가 들려왔다. 건륭이 온화하기 이를 데 없는 말투로 불렀다.

"형신, 어서 들게! 복인, 복의! 자네들이 장상을 부축하여 자리에 모시게!"

두 태감의 극진한 부축을 받으며 조심조심 자리에 앉은 장정옥이 안도의 한숨을 쉬었다.

"늙으니 몸 구석구석 어디 성한 데가 없나보옵니다. 나오긴 벌써 나왔는데, 이제야 당도했으니 말이옵니다. 젊어서 성조를 보좌할 땐 연거푸 3, 4일 동안 잠을 자지 않아도 멀쩡했었는데, 요즘 들어선 하룻밤만 늦게 자도 아침에 자리를 차고 일어나기가 힘들어질 정도이옵니다."

빙그레 웃으며 장정옥의 말을 듣고 있던 건륭이 장정옥에게 인삼탕을 내어주라고 명했다. 그리고는 말했다.

"그래도 짐은 장상이 곁에 있어주는 것만으로도 무한한 위안을 느낀다네. 자기 욕심만 차리고 향리로 보내주지 않는 짐이 야속하더라도 어쩌겠나, 힘들면 쉬어가면서 하는 데까지 해보세. 이네들은 오늘 짐에게 혼이 났다네. 지금은 칠사아문 사건을 어찌 처리할 까 의논하고 있던 중이라네!"

그러자 장정옥이 잠시 침묵하더니 천천히 입을 열었다.

"어얼타이와 나친은 어찌 생각하오?"

"장상."

나친이 이마의 땀을 닦아내며 말했다.

"내 자신을 반성하는 데만 여념이 없다보니 아직 이 일을 어찌 처리해야 좋을지 거기까지는 생각이 미치지 못했네요!"

평소에 장정옥과 의견차이를 좁히지 못하는 경우가 많았던 어얼타이는 이 시각 장정옥이 건륭의 면전에서 은근히 노신의 자격을 뽐낸다 생각하여 아니꼬운 듯 짤막한 기침소리와 함께 시선을 짐짓 다른 데로 돌려버렸다.

장정옥이 미간을 좁히며 한숨을 내쉬었다.

"칠사아문에 대해선 신도 사전에 들은 바가 있었사옵니다. 미리 막지 못한 죄를 용사해 주시옵소서. 하오나 신은 지금까지도 이 사건이 그리 대단한 사건이라는 느낌이 들지 않사옵니다."

건륭의 주장과는 천양지차인 장정옥의 이 한마디에 사람들은 모두 적이 놀라는 눈치였다. 땅에 엎드려 있던 홍석마저도 몰래 장정옥을 훔쳐보았다. 그러나 건륭은 전혀 화내는 기색 없이 물었다.

"어찌 그리 생각하는지 말해보게."

"칠사아문엔 온통 금지옥엽들 천지라는 데는 이의를 제기할 사람이 없을 것이옵니다."

장정옥이 차분히 이야기를 풀어나가기 시작했다.

"하오니 단속이 그리 쉽지 않은 것도 사실이옵니다. 신의 무례함을 용사해 주시옵소서. 하오나 그네들은 정작 총대를 메어주고 나가라 등 떠밀면 뒷걸음치고 반면에 웬만한 일은 안중에도 두지 않는 그런 오합지졸(烏合之卒)들이라고 단정지어도 그네들에겐 결코 억울한 평가가 아닐 것이옵니다. 결국 그네들의 속성상 이른 바 쥐어주어도 못한다는 식이오니 조정에 위협이 될 만큼 성숙돼 있지 못하다는 것이옵니다. 이것이 첫 번째로 신이 말씀 올리고 싶은 대목이옵니다. 또한 저네들이 거창하게 부르짖고 다니는 팔왕의정은 우리 대청이 산해관으로 입관하기 전부터 전해 내려온 조제(祖制)이옵니다. 〈여씨춘추(呂氏春秋)〉에서는 '호인(胡人)들이 선왕(先王)의 법을 따르지 아니함은 그 법이 따를 바가 못 되기 때문이다'라고 명시되어 있사옵니다. 폐하, 먼저 이 대련(對聯)을 보시옵소서. '천하는 유독 한 사람이 다스려야 마땅하나, 천하가 한 사람만을 받든다고는 볼 수 없다[惟以一人治天下, 不以天下奉一人]'라고 하지 않았사옵니까! 이는 오늘날의 형세를 극명하게 보여주는 구절이옵니다. 여덟 명의 철모자왕들이 폐하의 보위를 노리는 마음은 있으나 결코 그 담력과 배짱은 장담할 수가 없는 것이 그네들의 고민이자 한계일 것이옵니다. 그 옛날엔 팔왕(八王)이 공동으로 수렴청정하여 정무를 관장했기에 군주에게 전권이 없었사옵니다. 그러한 약점 때문에 군주에겐 팔왕의정제도의 시행을 막을 힘이 없었사옵니다. 하오나 지금은 폐하의 성지(聖旨)가 내려지면 그 순간 철모자왕들의 철모자를 벗겨 내칠 수가 있사옵니다. 모자는 철로 된 것이라 자손들에게 전해질 수 있을지 모르나 사람의 머리는 단칼에 떨어져 나가면 그만이옵니다. 철모자와 머리, 두 가지 가운데서 택하라면 머리를 내놓고 철모자를 고집할 사람은 아무도 없을 것이옵니다. 신이 칠사아문 사건의 위해성을 그리 중요하게 생각지 않는 가장 중요한 이유는 세 번째 조항이옵니다. 바로 폐하의 영명하심과 여태 베푸신 관정(寬政)에 조야(朝野)가 빈복(賓服)하고 천하가 칭송하고 있어 대내외적으로 조정에 대적하는 세력이 극히 드물다는 것이옵니다. 어느 배가 끝까지 순항을 할지, 어느 배가 암초에 부딪쳐 침몰될지는 백성들이 더 잘 알고 있사옵니다."

장정옥의 말이 여기까지 이어지는 사이 건륭은 벌써 무거운 수심을 걷어내고 환한 미소를 짓고 있었다. 장정옥은 이같이 건륭에 자신감을 불어 넣어주면서 동시에 칠사아문 장본인들은 엄벌에 처하여 칼에 피를 묻힐 정도로 위협적인 존재는 못 된다는 걸 은근히 강조하고 있었다.

"역시 정옥이 자넨 항시 짐에게 이처럼 돈오(頓悟)의 깨우침을 주는 현신(賢臣)이라네."

건륭이 흡족하여 장정옥을 향해 머리를 끄덕여 보였다. 그리고는 순간적으로 표정을 무겁게 하여 홍석에게 말했다.

"그만 일어나게. 이번이 마지막 용서인 줄 알게."

힘겹게 겨우 기어서 일어난 홍석은 수치와 부끄러움에 쥐구멍이라도 있으면 비집고 들어가고픈 심정이었다. 막 사은을 표하려 할 때 건륭이 말했다.

"자네가 끝까지 사악한 무리들에게 이용당했노라고 주장해도 좋고 다 좋은데, 짐이 용서해주는 것과는 별도로 국법은 영원히 이를 용서치 못할 것이네. 그런 뜻에서 자네의 동주(東珠)를 떼어 내어 징계를 내릴 것이네. 홍효는 봉록을 지불정지하고 추후 사직에 이로운 일을 하였을 때 다시 해금(解禁)시켜 줄 것이네. 그리고, 십육숙! 매번 십육숙을 생각할 때마다 이런 일만은 없었으면

하고, 내심 바라지만 뜻대로 되진 않네요. 조카로서 나이든 숙부에게 벌을 내린다는 것이 얼마나 고통스러운 일인지 몰라요!"

이같이 말하는 건륭의 눈언저리가 붉어졌다. 흘러나오려는 눈물을 급히 닦으며 건륭이 말을 이었다.

"그러나 법 앞에선 그 누구든 예외는 없다는 것은 엄연한 현실이에요. 달리 벌하지 않고 3개월 동안 폐문사과(閉門思過)하여 당분간 근신의 시간을 가지세요. 이변이 없는 한 3개월 후에 복직하는 걸로 알고 계세요."

"망극하옵나이다, 폐하!"

사람들이 일제히 엎드렸다.

천천히 자리에서 일어나 창가로 걸어간 건륭이 멀리 창 밖을 내다보며 말했다.

"악의 우두머리이고 종실의 패륜아인 홍승은 종신감금으로, 호가호위(狐假虎威)의 홍보에겐 패자 작위를 박탈하는 죄를 묻는다. 오늘부터 홍보는 일반 서민이나 다름없을 것이다. 홍창은 마지막으로 한 번만 더 지켜보지!"

50. 극성시대(極盛時代)를 열리라!

    싸하량과 칼친은 북경으로 압송되어 오는 즉시 양봉협도(養蜂夾道)에 위치한 옥신묘(獄神廟)에 수감되었다. 사실 똑같이 수감생활이라지만 하루 세 끼 옥수수떡과 보리죽으로 겨우 목숨을 부지하던 산서를 떠나 형이 집행되지 않은 범인들에 대한 의식주가 산서와는 천양지차인 북경으로 오니 두 사람은 불과 며칠만에 혈색이 눈에 띄게 좋아졌다. 이들을 압송하여 북경에 도착하자마자 손가감(孫嘉淦)은 곧 차사(差使)를 형부의 사이직(史貽直)에게 인계하고 사실상 이 사건에서 손을 떼고 물러났다.

    사이직이나 손가감 모두 정직하고 곧은 점은 대동소이하나 '사람냄새' 나지 않는 '철의 사나이' 손가감에 비해 사이직은 좀더 '인간적'이라는 게 이 둘을 바라보는 사람들의 시각이고 보면 싸하량과 칼친은 손가감이 손을 털고 나앉음에 따라 은근히 기대를 품고 있었다. 또한 사실상 형부의 실무를 통괄하는 류통훈이 칼친이 산동성 학정(學政)으로 있을 때 선발한 수재(秀才)라는 점에서 칼친은 당장 내일이라도 풀려날 것처럼 자신만만해 있었다. 칼친이 자신이 선발한 수재들이 많은 한림원과 류통훈을 철석같이 믿고 있는 반면 싸하량은 윤록을 구세주로 여기고 있었다.

각자 북경에서의 인맥을 자신하는 만큼 이 둘이 북경에 도착하자마자 옥신묘에는 면회를 오는 경관들의 발길이 끊길 줄 몰랐다. 이들은 번갈아 가며 주안상까지 차려와 옥졸들까지 매수하여 매일 거나한 술판을 벌이며 유유자적의 나날을 보냈다. 벌써 입동(立冬)인지라 해마다 한 번씩 있는 올해의 추결(秋決)은 요행히 비켜갔고, 내년 추결까지 기다리고 있노라면 순식간에 만 번 변하는 세월에 그 누가 건륭이 어느 날 문득 '기분으로' 대사면의 은지(恩旨)를 내리지 않는다고 장담할 수 있으랴 싶었다!

이날은 면회 오는 사람이 별로 없었다. 싸하량은 은자 스무 냥을 내어놓으며 옥졸들더러 열 냥 짜리 주안상 두 개를 봐오게 했다. 하나는 옥졸들에게 선심 쓰고 하나는 자기네들끼리 먹고 마시자는 것이었다. 그는 웃으며 칼친에게 말했다.

"오늘은 내가 낼 테니 다음은 자네가 내라고. 그리고 다음부터는 자네 벗들이 면회 왔을 땐 날 불러주고, 내 벗들이 왔을 때 그댈 불러줄 테니. 밖에서 봤을 때 우리 둘이 사이가 안 좋아 보이면 좀 그렇지 않은가."

"여기 끌려오기 전에 그런 생각을 했더라면 좋았을걸."

칼친이 씁쓸하게 웃으며 말했다.

싸하량은 잠시 할말을 찾지 못했다. 그도 그럴 것이 두 사람이 수화불용(水火不容)의 사이로 관계가 악화된 것은 싸하량이 그 원인이 됐던 것이다. 싸하량이 먼저 칼친이 학정이란 직권을 남용하여 고사장에서의 부정을 눈감아주고 검은 돈을 받아 챙겼다는 혐의를 포착하고 이를 적발하는데 앞장섰고, 칼친이 대파처럼 거꾸로 박히는데 결정적인 역할을 한 사람이었던 것이다. 털어서 먼지 나지 않는 사람은 없다고 생각하여 칼친이 문생들을 풀어 대대적인 뒷조사를 벌인 결과 싸하량의 공금횡령 실태는 '먼지' 정도가 아니라 흙덩이였다. 두 사람의 공방은 갈수록 심해졌고 불신과 반목은 눈덩이처럼 커져만 가서 급기야는 둘다 치명타를 입어 '시한부'의 삶을 초래하게 됐던 것이다. 자못 후회스러웠지만 되돌릴 순 없었다. 싸하량이 어색한 웃음을 지으며 말했다.

"다 지나간 일인데 그런 잘잘못을 따져선 뭘 하겠소. 지금은 우리 두 사람이 당면한 어려움을 함께 헤쳐나가는 벗이라는 게 중요하지."

칼친이 뭐라 말하려 할 때 네 옥졸이 풍성한 주안상을 들고 들어왔다. 두 사람이 자리하여 미처 술잔을 들기도 전에 밖에서 누군가의 소리가 들려왔다.

"칼친 사부님은 어느 방에 계신가?"

어딘가 귀에 익은 목소리에 칼친이 고개를 빼들고 내다보니 그 사람은 다름 아닌 류통훈이었다! 두 사람은 긴장과 흥분에 떨려 일어나고 싶었지만 자꾸만 엉덩방아를 찧으며 몸이 말을 듣지 않았다. 류통훈이 종인(從人)을 데리고 오지 않은 걸 봐서 사적인 방문일 것이라고 생각하니 다소 긴장이 풀리는 것 같았다. 싸하량이 먼저 일어나 마중을 나왔다. 칼친은 그 와중에도 사부라는 권위를 내세워 느릿느릿 팔자걸음을 하며 한참 후에야 문 밖으로 모습을 드러냈다. 그리고는 류통훈을 향해 히죽 미소를 지어 머리를 끄덕였다.

"연청, 자네 오랜만이네! 어서 안으로 드시게. 조촐한 주안상이 괜찮다면 한잔 같이 나누지."

"그간 별래무양하셨습니까, 사부님!"

류통훈이 격의없이 웃으며 칼친을 향해 문후 인사를 올렸다. 싸하량에겐 두 손을 맞잡아 읍해 보이고 자리에 앉은 류통훈이 말했다.

"사부님을 뵈러왔는데 괜찮지 않을 게 뭐가 있겠습니까? 자, 남의 술 가지고 인심 쓰는 셈이지만 오늘은 어쩔 수 없네요. 먼저 제가 한 잔 올리겠습니다."

류통훈이 술을 찰랑찰랑 넘치게 따라 두 손으로 칼친에게 받쳐 올렸다. 칼친이 단숨에 바닥을 보이는 걸 보며 류통훈이 이번에는 잔을 들어 싸하량의 술잔에 가볍게 부딪쳤다. 그리고는 웃으며 말했다.

"그래, 여기 계시면서 불편한 점은 없으십니까? 오래 전부터 마음은 열두 번도 달려왔지만 워낙 할 일이 많아 짬을 낼 수가 없었고, 두어 번은 오다가 길에서 다시 불려간 적도 있습니다. 올해 겨울은 북경날씨가 유난히 춥네요!"

류통훈이 스스럼없이 시원시원하게 안부를 묻고 제자로서의 관심을 보이는 동안 두 사람은 마음이 콩밭에 있었다. 성격상 단도직입적인 류통훈이 정작 두 사람이 촉각을 곤두세우는 사건의 처리 결과에 대해선 함구무언이니 두 사람으로선 애써 웃고 있는 속마음이 타서 재가 되는 것 같았다. 그러나 체면을 중시하는 기인(旗人)들인지라 몇 번 입가에 맴도는 말을 내뱉으려 해도 혓바닥에 붙은 말은 쉬이 떨어지지가 않았다. 민감한 사안과는 천리만리 떨어진 이야기로 시간을 보내고 있을 때 싸하량이 마침내 떠보듯 물었다.

"폐하께오선 근자에 다망하시오? 옥체는 강녕하시온지?"

"대단히 다망하시오!"

류퉁훈이 술을 권하며 대답했다.

"전시(殿試) 준비가 한창이잖소! 폐하께오서 며칠 전에 장친왕을 포함한 몇몇 황친들을 벌하시고 칠사아문의 주관들도 폄직에, 하옥에 북경은 요즘 난리도 아니라오!"

싸하량은 이 사건에 대해 어렴풋이 알고 있었다. 황제 몰래 정체불명의 아문을 설치한 사건의 주동자들도 목을 치진 않았다고 하니 자기네들도 큰 문제는 없을 거라 안도하며 싸하량이 말했다.

"장친왕께선 날 얼마나 위해주시는지 모른다오. 그런 분이 여태 모습을 보이지 않으니 어쩐 일인가 했더니 그런 일이 있었구만."

싸하량의 한숨에 땅이 꺼질 것 같았다. 그러자 칼친은 전시 결과에 관심이 있는 듯 물었다.

"올해 전시 장원은 누구요?"

"이번엔 실로 오랜만에 우리 만인(滿人)이 최고봉을 선점했다는 거 아닙니까!"

류퉁훈이 두 사람과 잔을 부딪쳐 함께 건배하고는 웃으며 말했다.

"전에 호광순무를 지냈던 러중승의 큰도련님인데, 러민이라고 학문이 뛰어나다고 들었습니다. 원래는 2갑 2등(二甲二等)에 합격되었으니 본인이 생각했던 이상적인 결과는 아니였죠. 그러나 폐하께오선 만인자제가 이 같은 성적을 냈다는 것은 결코 쉬운 일이 아니니 이참에 기인(旗人)들에게 우리도 할 수 있다는 자신감을 심어주어 기인들이 분발하는 계기를 마련해주어야 한다고 하시며 어필(御筆)로 죽죽 그어버리고 장원에 앉혔잖아요."

아무리 만인이 장원에 급제했노라고 류통훈이 흥분해도 두 사람은 그저 남의 집 잔치 같기만 했다. 자기네들이 탄 배는 어디로 갈지 망망대해에서 표류중인데, 남이야 호랑이 날개 돋쳐 구중천으로 날아오르든 무슨 상관이랴 싶었다. 술이 두어 순배 더 돌아가자 마침내 싸하량이 용기를 내어 눈을 질끈 감고 물었다.

"여보게, 연청! 그대는 사실상 형부의 2인자나 마찬가지인데, 우리 둘에 대해선 조정에서 아직 뭐라 언급이 없나보지?"

그러자 류통훈이 추호의 망설임도 없이 답했다.

"선례에 따라 처리할 거요."

두 사람으로선 궁금증만 더해 갈 뿐 듣지 않은 것과 다름없었다. 잠시 어색한 기분이 이어지고 연신 술만 쭉쭉 들이켜던 싸하량이 말했다.

"여느 때 같으면 이 시간에 면회 오는 사람들이 줄을 서 있을 텐데, 오늘은 웬일로 이리 조용하지? 이상하네."

"뭐가 그리 이상하오?"

류통훈이 웃으며 덧붙였다.

"날씨가 추우니 아랫목에 배 깔고 누웠겠지."

류통훈이 이같이 말하고 있을 때 전도가 불쑥 들어섰다. 순간 칼친이 두 눈을 반짝이며 반색을 했다.

"아니, 이게 뉘신가? 실로 오랜만이요, 전도! 어서, 어서 이리 오게!"

그러나 전도는 냉담하기만 했다. 반색을 하며 손짓하는 칼친에 겐 외눈 한 번 주지 않고 그저 류통훈을 향해 허리 굽혀 예를 갖추며 말했다.

"시간이 다 됐습니다."

"알았소."

류통훈이 머리를 끄덕였다. 자리에서 일어서는 그 표정이 어느새 심각하게 굳어 있었다. 깍듯이 칼친을 향해 상체를 굽혀 예를 갖추며 류통훈이 말했다.

"이는 흠명(欽命)이라 어쩔 수가 없었습니다. 차마 입 밖에 내보내기 어려운 말이지만 해야 하고, 내 손으로 집행하기 어려운 일이지만 집행할 수밖에 없네요. 방금 옥졸들에게 은자 스무 냥을 주며 주안상을 봐오라고 했죠? 그 돈은 여기 있어요."

류통훈이 이같이 말하며 주머니에서 은자를 꺼내어 탁자 위에 올려놓았다.

"이 주안상은 내가 두 분의 마지막 가는 길을 특별히 위로하여 전송하는 뜻에서 마련한 거예요."

마지막 가는 길이라니? 이게 어찌된 일인가? 그제야 뭐가 크게 잘못되어 가고 있다는 사실을 깨달은 두 사람은 사색이 되어 사시나무처럼 벌벌 떨었다. 류통훈이 문 밖을 향해 엄히 명했다.

"몇 사람이 들어와 이 두 어른을 부축하여 무릎꿇게 하여 지의를 받게 하거라."

두 사람이 탁자 밑으로 허물어지자 류통훈이 그제야 안주머니에서 조서를 꺼내어 조심스레 펴들고 읽기 시작했다.

　칼친과 싸하량은 모두 조정의 3품대원으로서 결코 용사받을 수 없는 지법범법(知法犯法)의 죄를 지었다. 탐오횡령 액수가 천문학적이고, 권력을 남용한 각종 죄행이 밑도 끝도 없으니 실로 개돼지보다도 못한 몰염치한 관가의 패륜아들이 아닐 수 없다. 단 하루라도 인간세상에서 더 오래 숨쉬게 할 이유가 없으니 싸하량은 즉각 형장으로 끌고 나가 참(斬)하도록 하고 칼친에겐 자결(自決)을 권유한다. 어차피 죽을 바엔 치사하게 구걸하는 일이 없도록 하라!

"망…… 망극하옵니다…… 폐하……!"

두 사람은 거의 기절하기에 이르렀다.

류통훈이 아역들더러 두 사람을 부축하여 일으키게 하고는 한숨을 지었다.

"차사(差使)가 차사이니 만큼 두 분께서는 이 사람을 이해해주기 바랍니다."

말을 마친 류통훈이 곧 큰소리로 외쳤다.

"여봐라!"

"예!"

"싸하량을 포박하거라!"

"예!"

아역들이 잽싼 손동작으로 날렵하게 싸하량을 포박하기 시작했다. 류통훈이 '너무 조이지 말라'며 명했으나 사람을 짐짝처럼 묶어 내치는데 이골이 난 아역들은 벌써 싸하량을 얼굴이 핏빛이 되도록 꽁꽁 묶어버렸다. 혼비백산하여 있는 칼친에게로 다가가 묵묵히 절을 하고 일어난 류통훈이 전도에게 말했다.

"형장엔 내가 갈 터이니 자넨 사부님이 승천할 때까지 잘 시중들게. 일 끝나면 폐하께 보고 올리도록 하게."

말을 마친 류통훈은 곧 싸하량을 압송하여 형장으로 향했다. 죄수를 태운 수레가 먼 천둥같은 바퀴소리를 내며 굴러가자 남겨진 건 죽음이 깃든 정적뿐이었다.

"칼친어른!"

전도가 불렀으나 칼친은 미동도 하지 않았다. 다시 한 걸음 다가서며 전도가 온화한 목소리로 불렀다.

"칼친어른!"

그제야 칼친의 목젖이 약간 움직였으나 무어라 말하는지 들리지 않았다. 전도가 처연한 웃음을 지으며 말했다.

"생사는 명에 달려 있다 했거늘, 하늘이 필요하다 하여 부르오니 즐겁게 떠나야 하지 않겠어요?"

이같이 말하며 전도는 곧 주머니에서 비수 한 자루, 동아줄 한 토막, 그리고 약 한 봉지를 꺼내어 술에 쏟아 넣고 흔들어 칼친의 앞으로 밀어보냈다.

희뿌연 시야가 안개처럼 걷히며 자신의 죽음을 재촉하는 세 가지 물건이 확연히 눈에 보였을 때서야 칼친은 비로소 죽음을 실감했다. 애처로운 비명과 함께 땅바닥에 허물어진 칼친이 땅을 치며 오열했다.

"어찌…… 이리 비참하게 죽을 수가 있단 말인가……. 아니야 이렇게 죽을 순 없어! 내 폐하께 긴히 주할 말이 있소, 칼지산이……."

"칼지산은 이미 산서에 없어요."

전도가 차갑게 말했다.

"그 사람의 악업은 그 사람의 몫으로 남겨두세요. 폐하께서도 알고 계시니 어르신은 어서 길을 재촉하시는 게 좋겠어요."

"아니야! 난 절대 이렇게 죽어갈 순 없어, 난 싫어!"

그러자 전도가 술잔을 들었다. 그리고 말했다.

"만약 나더러 선택하라면 난 기꺼이 이 술을 택할 거예요. 이는 연청어른이 사부님의 고통을 덜어주고자 마련한 술이에요. 뱃속으로 들어가는 즉시 모든 게 끝나는 그런 약이에요. 이 칼에도 독이 묻어 있어 피를 보는 즉시 숨을 멈추게 될 거예요. 몸부림치며 죽어가는 순간이 가장 괴롭다고 하니 이 동아줄만은 사용하지 말았으면 해요……."

"아니야, 아니야 난 절대 이렇게는 못 죽어……."

"끝까지 버틸 셈인가요."

순식간에 전도가 소름끼치는 웃음을 지어냈다.

"좋게 말해서 소용없다면 억지로 자살하게 만드는 수밖엔 없겠죠."

그가 버럭 고함을 치자 대기 중이던 네 명의 형부 조예(皁隸, 형을 집행하는 말단 아역)들이 들어왔다. 전도가 한숨을 내쉬며 지시했다.

"이 어르신을 도와드려라!"

두 아역이 즉각 칼친을 꼼짝달싹 못하게 붙잡았다. 다른 하나는 독이 든 술잔을 억지로 칼친의 손에 쥐어주고 그 손을 우악스레 틀어쥐어 술잔을 놓지 못하게 했다. 그리고 다른 하나는 코를 비틀고 귀를 잡아당겨 거칠게 독주를 입안에 쏟아 넣었다……. 그렇게 칼친은 '자기 스스로' 술잔을 들어 '자살'을 하고 말았다. 숨이 끊긴 걸 확인한 전도는 검시관에게 후사를 맡기고는 수레를 타고 옥신묘를 떴다.

전도가 양심전에 당도했을 때는 정오 전이었다. 태감 하나가 아뢰러 들어간 사이 전도가 꼬마 태감에게 물었다.

"폐하께오선 지금 누굴 접견하고 계시냐?"

"신과(新科) 장원(壯元) 러민을 접견중이십니다."

전도와 친한 꼬마 태감이 웃으며 덧붙였다.

"폐하께오선 오늘 기분이 대단히 좋아 보이십니다. 푸헝 흠차를 군기대신, 상서방대신, 영시위내대신으로 임명하시고 벌써 푸헝 어른더러 상경하라는 조유(詔諭)를 내리셨다 합니다! 와, 하루아침에 어얼타이 중당과 나친 중당을 엉덩이 밑에 깔아버렸네요!"

꼬마 태감이 겁없이 떠들고 있을 때 안에서 전도더러 들라는 명이 전해왔다. 전도는 급히 응답하며 양심전 동난각으로 향했다.

과연 태감의 말처럼 건륭은 기분이 그만인 것 같았다. 실내가 봄날 같은지라 건륭은 조복 대신 얇은 양가죽 두루마기만을 입고 허리띠도 매지 않고 자리에 앉아 있는 모습이 자연스러워 보였다. 한 쪽에 서 있는 러민은 그러나 다소 긴장하고 경직되어 있었다. 전도가 숙련된 동작으로 건륭을 향해 대례를 올리고 나서 아뢰었다.

"차사를 마쳤사옵니다, 폐하."

"시체를 확인했나?"

"예, 폐하! 철저히 확인했사옵니다."

그러자 건륭이 웃으며 말했다.

"성조 때 양광총독에게 사약을 내렸는데, 가짜 약이었다는 사실이 수년 후에야 발각되어 덕분에 그 사람이 몇 년은 더 살았다고 하지 않은가, 그래서 물었네."

"이번에는 약을 미리 개에게 먹여보고 나서 약효가 좋은 걸로 택했사옵니다."

전도가 급히 덧붙였다.

"만에 하나 정말 그리 황당한 일이 재연된다면 폐하께오선 신에게 죽음을 주시옵소서!"

러민은 그제야 전도가 어디서 무슨 일을 하고 있는지 알 것 같았다. 땡! 땡! 땡……! 열두 번째 울리는 자명종 소리를 들으며 전도가 탄식을 내뱉었다.

"싸하량도 이미 목이 떨어져나갔을 것이옵니다. 이번 조치는 폐하의 이관위정(以寬爲政) 정책에도 어긋나지 않을 뿐더러 이치정돈의 신호탄으로도 그 위력을 충분히 발했다고 보여지옵니다!"

"성조, 세종께오서 짐에게 인심(仁心)과 전권(專權)이라는 두 무기를 내려주셨네. 짐은 이 무기로 대청(大淸)의 극성시대(極盛時代)를 열어갈 것이네."

건륭의 눈빛이 형형했다.

"태평을 분식(粉飾)할 순 있네. 그러나 그건 필경 오래 가지 못할 것이고 결국엔 몰락을 초래하는 촉매제가 될 것이네. 짐은 절대 눈 가리고 야옹! 하는 그런 우매한 황제가 되진 않을 것이네. 짐은 아부로 성총을 홀려내는 자들에게 가차없이 형을 내려 멀리 군중(軍中)으로 보내버렸던 한무제(漢武帝)처럼 진정한 대장부 황제로 남고 싶네!"

이같이 말하며 건륭은 천천히 자리에서 일어났다. 금칠을 한 대궤 앞으로 다가가 그 속에서 자그마한 종이꾸러미를 꺼내어 어안(御案) 위에 올려놓으며 건륭이 물었다.

"여보게, 전도! 자네랑 짐이랑 눈 내리는 날 화롯불에서 땅콩을 구워 황주를 마시며 처음 만나 이야기 나누던 기억이 나는가?"

"소인은 그 당시 용안을 몰라 뵈어 큰 불경을 저지르고 말았사옵니다."

전도가 그 날의 기억이 생생했지만 일부러 이같이 말했다.

"그날 만승지군(萬乘之君)에게 죽을죄를 지었다고 생각하여 얼마나 혼이 났던지…… 그 기억은 흐릿해지고 말았사옵니다. 그 동안 감히 한 번도 돌이키지 못했던 기억이옵니다."

"자넨 잊었겠지만 짐은 잊을 수가 없네. 무슨 말이든 무심코 한 말이 진심이니 짐은 지금까지도 자네가 했던 말들을 소중히 간직하고 있네."

이같이 말하며 종이꾸러미를 헤쳐 건륭은 물건 하나를 건져올렸다.

"자네들, 이걸 좀 보게!"

언뜻 보기에 그건 흑탄(黑炭) 같았다. 그러나 조금 가까이 다가가 자세히 보니 그건 흑탄이 아니라 오래된 보리떡이었다. 그나마 등겨가 듬성듬성 섞인 그런 보리떡이었는데, 갈라진 틈 사이로 이름 모를 풀이 말라붙어 있었다. 풀을 대충 양념하여 소를 만들었던 것 같았다.

"이게 바로 산서성 동부에서 살고 있는 백성들의 '선(膳)'이라네!"

건륭이 깊은 한숨을 토해내며 말을 이었다.

"자네는 그 당시 짐에게 했던 말을 잊었다고 하지만 짐은 자네의 말에 충격을 받아 산서 지역을 미행(微行)한 계기가 됐던 것이네. 그곳 백성들 십중팔구가 이런 떡으로 근근히 끼니를 때우고 있었지. 백성들은 그야말로 죽지 못해 살고 있는데, 산서의 관원들은 저마다 피둥피둥 살집들이 좋기만 하더군. 그래서 짐은 더더욱 싸하량과 칼친 이 두 탐관을 용서할 수가 없었네. 산서의 관원 모두의 봉록을 일년동안 지불정지하여 그 돈으로 현지 백성들을 구제할 것이네!"

"러민, 자네를 관풍사(觀風使)로 파견하는 짐의 의중을 잘 읽으리라 믿네."

건륭의 심정은 대단히 흥분되어 있는 것 같았다.

"아문에 들어앉아 고소장이 날아들 때까지 기다리지 말고 다리품을 팔아 백성들의 삶의 현장을 직접 체험하며 그네들의 고단함을 어루만져주어야 할 것이네. 그늘에 대자로 누워 하늘에서 청관(淸官), 호관(好官)의 명성이 익은 감처럼 떨어지리라곤 절대 생각지 말게! 짐을 실망시키는 일은 없으리라 믿으며 좀더 구체적인 가르침을 받고 싶으면 돌아가 전도에게 술 한잔 사고 그 고견(高見)을 훔쳐내면 되겠네!"

마지막으로 건륭이 웃으며 덧붙였다.

"그리 알고 그만 물러들 가게!"

전도와 러민이 물러가자 건륭은 곧 상주문을 집어들었다. 읽고 주비를 달고 다시 읽고 생각하고 중간중간에 대신들까지 접견해가며 건륭은 저녁 수라를 들 때까지 숨돌릴 새 없이 바빴다. 예부와 이부에 명하여 이번 전시에 새로이 합격한 진사들 중에서 지방으로 파견되거나 북경에 남게 될 명단을 작성하게 하여 내일부터 본격적인 접견에 들어갈 것을 시사했다. 그제야 겨우 한숨을 돌리고 보니 밖엔 땅거미가 내려앉기 시작했다.

서둘러 자녕궁으로 가 태후에게 저녁 문후를 올리고 나오니 궁전 곳곳엔 어느새 등롱이 불을 훤히 밝히고 있었다. 어디로 갈지 잠시 생각하고 있을 때 궁녀 하나가 등롱을 들고 마주 오고 있는 게 보였다. 어쩐지 눈에 익어 유심히 쳐다보던 건륭이 그만 실성하여 소리쳐 부르고 말았다.

"당아!"

출산한 지 얼마 되지 않는 당아는 안색이 아직 창백하게 보였다.

오랜만에 얼굴을 보는지라 당황해하는 눈치가 역력했다. 그러나 곧 건륭의 수행원들을 의식하여 일부러 대수롭지 않은 양 깍듯이 예를 갖춰 문후를 올렸다.

"그간 강녕하셨사옵니까, 폐하!"

"자네들은 그만 물러들 가게."

건륭이 주위를 물리쳤다. 수행원들이 물러가길 기다려 건륭이 서둘러 당아의 어깨를 껴안으며 말했다.

"가세, 우리의 보금자리로 가세."

"지금 말이옵니까……."

"그럼! 지금 당장!"

건륭이 다소 주저하는 당아를 향해 말했다.

"저네들은 다시 한 번 입을 잘못 놀리면 어찌되는지 잘 알 터이니 걱정하지 말게!"

당아는 말없이 건륭을 따라 자녕화원(慈寧花園)으로 왔다. 관음정(觀音亭) 앞에 서니 작년 이맘때 바로 이곳에서 사랑을 나눴던 기억이 떠올랐다. 모든 건 변함이 없었으나 다만 만월(滿月)이 쟁반같은 그 날에 비하면 오늘은 만월은커녕 듬성듬성한 차가운 별들조차도 먹구름에 가려 하나둘씩 사라지고 있었다. 다만 멀리 누런 궁등만이 오랜만에 재회한 두 사람을 희미하게 비추고 있었다. 그 동안 건륭의 품이 많이 그리웠던 당아가 달려들듯 안기며 나지막이 흐느꼈다.

"소첩…… 그 동안 얼마나 폐하가…… 그리웠는지 모르옵니다……. 아기가 얼마나 힘들게 태어났는지…… 모르시죠? 그 사람도 곁에 없고…… 까닭 모를 서러움에 많이…… 울었사옵니다……."

"짐도 자네가 보고 싶었네⋯⋯."

건륭이 한 손으로 당아의 어깨를 껴안고 다른 한 손으로 머리카락을 쓸어 내리며 속삭였다.

"짐은 언제 어디서든 자넬 잊어본 적이 없네. 자넬 떠올릴 때마다 가슴이 아파 참을 수가 없더군⋯⋯."

칠흑같은 어둠 속에서 건륭의 얼굴은 똑바로 보이지 않았다. 건륭의 품속에서 살며시 고개를 쳐드는 당아의 얼굴에 홀연 차가운 물방울이 떨어졌다. 그건 빗물이 아닌 건륭의 눈물이었다. 일순 밀려드는 불길한 예감에 당아가 황급히 물었다.

"폐하, 폐하! 어찌 낙루를 하시옵니까? 대체 어찌된 일이옵니까⋯⋯."

"당아, 푸헝이 곧 조정으로 돌아와 중책을 맡을 것이네. 우리 둘의⋯⋯ 연분은⋯⋯ 여기까지인 것 같네. 앞으로도 그대를 그리는 마음은 영원할 것이네. 그래서 이 시각 짐의 눈에선 피가 흐르고 있다네."

건륭의 품으로 더욱 파고든 당아가 흐느꼈다.

"그렇다면 우린 이제⋯⋯."

"이번처럼 가끔씩은 만나겠지, 아주 가끔씩 말이네. 짐이 푸헝을 두려워해서가 아니라 한 발씩 물러나는 것이 정국에 큰 힘이 되고, 그것이 푸헝이나 짐, 그리고 자네에게도 이로울 것 같아서 말이네."

건륭의 목소리는 상심에 듬뿍 젖어 있었다.

"솔직히 당초에 흠차직을 주어 내보낼 때는 그 사람이 짐에게 불가분의 존재로 다가올 줄은 몰랐었네. 그래서 당아, 자네와의 사랑을 이어가기 위해선 그 정도의 사람은 기꺼이 버릴 수가 있다고 졸렬한 생각을 했었지. 짐은 이 나라의 군부(君父)이네. 여자 때문에 중신(重臣)을 포기할 순 없네……."

당아가 천천히 건륭의 팔을 밀어냈다. 눈을 크게 뜨고 보니 오늘 따라 건륭은 저 산보다 더 크고 높아 보였다.

"폐하께오서 그리 말씀하시니 소첩은 기꺼이 따르는 수밖에 없을 것이옵니다. 하늘 아래에서 가장 높으신 폐하에게 이 하찮은 여자가 걸림돌이 되어드릴 순 없사옵니다."

"그건 아니네. 하늘 아래에서 가장 높은 사람은 짐이 아니네."

"……?"

"그분은 공자(孔子)시네."

관음정 앞에 나란히 선 두 사람은 잠시 아무 말도 없었다. 어느 방에선가 들려오는 자명종 소리가 긴 여운을 꼬리처럼 끌며 멀어져갔다.

〈2부 제④권에서 계속〉